LA MER SILENCIEUSE

CLIVE CUSSLER & JACK DU BRUL

LA MER SILENCIEUSE

roman

Traduit de l'anglais (États-Unis)
par
BERNARD GILLES

BERNARD GRASSET

PARIS

L'édition originale de cet ouvrage a été publiée par Putnam, en 2010, sous le titre :

THE SILENT SEA

Photos de couverture :
Jonque : © Harald Sund/Getty Images.
Vague : © Kim Westerkow/Getty Images.

ISBN : 978-2-246-77351-1
ISSN : 1263-9559

Le bon vent soufflait, la blanche écume volait,
Et le navire libre formait un long sillage derrière lui ;
Nous étions les premiers qui eussent navigué
Dans cette mer silencieuse.

SAMUEL TAYLOR COLERIDGE,
La Complainte du vieux marin.

Prologue

Pine Island, Etat de Washington,
7 décembre 1941

U N ÉCLAIR DORÉ BONDIT par-dessus le plat-bord de la barque au moment où elle accosta sur la plage de galets. La queue dressée comme un fanion triomphant, la chienne plongea dans l'eau avec un grand bruit, fendit la vague et s'ébroua sur la berge, faisant jaillir autour d'elle des myriades de diamants liquides. Puis elle aboya contre deux mouettes posées sur la plage, qui s'envolèrent, effrayées. Estimant sans doute que ses maîtres mettaient trop de temps à venir, elle s'enfonça dans un bosquet et ses aboiements diminuèrent d'intensité jusqu'à disparaître complètement, engloutis par la forêt qui recouvrait la plus grande partie des deux cent soixante hectares de l'île.

— Amelia ! s'écria Jimmy Ronish, le plus jeune des cinq frères naviguant dans la barque.

— Laisse-la, fit Nick, l'aîné, en rentrant ses rames.

Il sauta lestement de l'embarcation et atterrit sur les galets. Après quelques pas, il accrocha le filin autour d'une souche de bois flotté couvert d'initiales gravées à la pointe du couteau.

— Réveillez-vous, lança Nick Ronish. La marée basse est dans cinq heures et on a plein de choses à faire.

En cette arrière-saison, la température était plutôt agréable mais les eaux du Pacifique Nord glaciales, et ils devaient attendre entre chaque vague de pouvoir débarquer leur matériel. L'une des pièces les plus lourdes était un rouleau de quatre-vingt-dix mètres de cordage de chanvre que Ron et Don, les jumeaux, durent porter ensemble. Jimmy, lui, fut chargé des sacs à dos contenant les déjeuners : âgé de neuf ans et plutôt frêle, il ployait sous la charge.

Les quatre frères, plus âgés – Nick, 19 ans, Ron et Don, 18 ans, et Kevin, de onze mois plus jeune seulement –, auraient pu passer pour des quintuplés avec leurs tignasses blondes et leurs yeux bleu clair. L'énergie bouillonnait dans ces corps de jeunes garçons au seuil de l'âge adulte. Jimmy, en revanche, était plutôt petit pour son âge et il avait les cheveux bruns et les yeux marron. Ses frères le taquinaient en lui disant qu'il ressemblait beaucoup à M. Greenfield, l'épicier de la ville, et bien qu'il ne comprît pas très bien ce que cela impliquait, Jimmy détestait ces allusions. Il idolâtrait ses aînés et supportait mal tout ce qui le distinguait d'eux.

D'aussi loin que remontaient les souvenirs de leur grand-père, la famille était propriétaire de cette petite île, et à chaque génération, les garçons (car depuis 1862, la famille n'avait pas mis au monde la moindre fille) passaient leurs étés à l'explorer. L'aventure ne consistait pas seulement à jouer Huck Finn en fuite sur le Mississippi ou Tom Sawyer explorant le réseau de grottes de l'île, car Pine Island recélait un autre mystère bien à elle : le puits.

En 1887, Abe Ronish, grand-oncle des garçons, avait trouvé la mort en tombant dedans, et depuis lors les mères interdisaient à leurs garçons de jouer dans ses parages. La consigne était évidemment transgressée.

D'après une légende locale, un certain Pierre Devereaux, l'un des plus célèbres corsaires à avoir ravagé les côtes du Maine espagnol, avait enfoui une partie de son trésor dans cette île pour alléger son navire alors qu'il était poursuivi par une escadre de frégates depuis qu'il avait doublé le Cap Horn. La légende fut en quelque sorte confirmée lorsque l'on découvrit dans l'une des grottes de l'île une petite pyramide de boulets de canon, et par le fait que les douze premiers mètres du puits étaient garnis de grossières solives.

On avait depuis longtemps perdu la trace des boulets, désormais considérés comme un mythe, mais l'armature de poutres dans le trou mystérieux de la terre caillouteuse était toujours là.

— J'ai les chaussures trempées, se plaignit Jimmy.

Nick s'arrêta pour regarder son frère.

— Je t'ai déjà dit que si je t'entendais te plaindre une seule fois, tu resterais dans le bateau !

— Je ne me plaignais pas, rétorqua le garçon en s'efforçant de ne pas renifler. Je le disais, c'est tout.

Et, joignant le geste à la parole, il secoua quelques gouttes de ses chaussures mouillées pour montrer qu'il n'y avait pas de problème.

Nick lui jeta un coup d'œil sévère puis retourna à ses affaires.

Pine Island affectait la forme d'un cœur jailli des eaux froides du Pacifique. La seule plage s'étendait à la jonction des deux lobes supérieurs du cœur, mais le reste de l'île était soit bordé de falaises aussi insurmontables que des murailles de château, soit protégé par des hauts fonds rocheux capables d'éventrer n'importe quelle embarcation. L'île n'était habitée que par quelques mammifères, surtout des écureuils et des souris, abandonnés là pendant des tempêtes, et par des oiseaux de mer qui se perchaient dans les hauts pins pour se reposer et surveiller leurs proies.

Vingt ans auparavant, les Ronish avaient laborieusement bâti une route qui traversait l'île, et tenté, en vain, de drainer le puits à l'aide de pompes à moteur à essence. Ils avaient beau en rajouter, encore aujourd'hui et évacuer d'énormes quantités d'eau, le puits ne cessait de se remplir. La recherche obstinée d'un passage souterrain qui le relierait à la mer ne fut pas plus fructueuse. Ils songèrent même à construire un batardeau dans la baie mais finirent par y renoncer devant l'ampleur de la tâche.

C'était à présent à Nick et à ses frères d'affronter le problème, et leurs réflexions les amenèrent plus loin que leurs pères et que leurs oncles. A l'époque où Pierre Devereaux avait creusé son puits pour y cacher son trésor, la seule pompe disponible devait être la pompe manuelle de son navire. Et avec un engin si rudimentaire, ils n'auraient jamais pu drainer le puits alors que trois pompes de dix chevaux n'y étaient pas parvenues.

La solution se trouvait donc ailleurs.

Ses oncles avaient raconté à Nick qu'ils avaient fait leurs tentatives en plein été et, en consultant un vieil almanach, ce dernier s'était rendu compte qu'à cette période les marées basses étaient particulièrement réduites. Pour réussir, ses frères et lui devaient atteindre le fonds du puits à la période de l'année à laquelle Devereaux l'avait creusé, lors des marées les plus basses, et cette année, cette marée avait lieu le 7 décembre un peu après 14 heures.

Les frères aînés préparaient leur expédition depuis les premiers jours de l'été. Grâce à des petits boulots, ils avaient gagné l'argent nécessaire à l'achat de matériel, notamment une pompe à générateur à essence, la corde et les casques de mineurs équipés de lampes à batterie. Ils s'étaient entraînés avec la corde et un seau plein de façon à pouvoir tenir des heures sans trop de fatigue musculaire. Ils avaient même fabriqué des lunettes leur permettant, le cas échéant, de voir sous l'eau.

Si Jimmy participait à l'opération, c'est parce qu'il les avait entendus parler et avait menacé de tout révéler aux parents si on ne l'emmenait pas.

Sur leur droite, éclata soudain un bruit : des nuées d'oiseaux s'envolaient dans le ciel clair. Amelia, leur golden retriever, jaillit alors de la rangée d'arbres en aboyant. Elle prit en chasse une mouette qui volait au ras du sol et s'immobilisa brutalement, sidérée que l'oiseau ait filé vers les cieux. Sa langue pendait de côté comme un chausse-pied.

— Amelia, viens ! lança Jimmy de sa voix aiguë.

La chienne bondit à ses côtés et faillit le renverser dans son excitation.

— Tiens, crevette, prends ça, dit Nick en lui tendant les casques de mineurs et leurs lourdes batteries.

La pompe était l'élément le plus lourd, et pour la transporter, Nick s'était inspiré des bandes dessinées où l'on voit des indigènes ramener à leur village le héros suspendu à deux longues branches. Les branches en question étaient faites en bois de construction pris sur un chantier et les quatre frères aînés les portaient sur leurs épaules. Après avoir soulevé la pompe du fond de la barque, ils entamèrent la traversée de l'île, longue de plus d'un kilomètre et demi.

Il leur fallut trois quarts d'heure pour transporter tout leur matériel. Le puits était situé sur un escarpement qui surplombait une baie peu profonde, seule encoche dans cette forme parfaite de cœur. Les vagues venaient se briser sur la côte, mais le temps était si beau que seuls quelques rares embruns se dispersaient en haut de la falaise.

Après leur deuxième voyage depuis le bateau, ils étaient un peu essoufflés.

— Kevin, dit Nick, Jimmy et toi allez chercher du bois pour le feu. Et pas du bois flotté : il brûle trop vite.

Mais avant qu'on obéisse à son ordre, la curiosité l'emporta et les frères Ronish s'approchèrent du puits pour y jeter un regard.

Large d'environ un mètre quatre-vingts et de section parfaitement carrée, il était étayé par des troncs visiblement anciens, et sûrement apportés depuis le continent. Le souffle glacé qu'exhalait le puits refroidit un instant leur enthousiasme : nul besoin de trésors d'imagination pour penser qu'il venait des fantômes de tous ceux qui avaient tenté d'arracher ses secrets aux entrailles de la terre.

Pour empêcher toute chute, on l'avait recouvert d'une grille en métal, à présent rouillée, accrochée par des chaînes à des pitons enfoncés dans la roche. Ils avaient trouvé la clé du cadenas dans le tiroir où leur père rangeait le Mauser à crosse de bois dont il s'était emparé pendant la Grande Guerre. L'espace d'un instant, Nick craignit que la clé ne se brise dans le cadenas, mais après un petit déclic elle parvint à l'ouvrir.

— Allez chercher ce bois pour le feu, ordonna-t-il aux plus jeunes qui s'exécutèrent, Amelia sur leurs talons.

Avec l'aide des jumeaux, Nick souleva la lourde grille et la jeta sur le côté. Ils érigèrent ensuite un bâti en bois au-dessus du puits de façon à ce que la corde tombe à la verticale à partir d'un système de levage permettant à deux garçons de faire descendre facilement un troisième. Ils utilisèrent pour cela les madriers ayant servi au transport de la pompe qu'ils clouèrent sur les étais en chêne qui consolidaient le puits. En dépit de son âge, le vieux bois de construction supporta fort bien les quelques clous.

Nick se chargea de la confection des nœuds, éléments vitaux, tandis que Don, plus doué en mécanique, se chargeait de la pompe qui ne tarda pas à émettre son doux ronronnement.

Lorsque tout fut prêt, Kevin et Jimmy allumèrent un feu à une dizaine de mètres du puits, non loin d'un tas de bois qui pouvait l'alimenter pendant deux heures. Ils s'assirent tous autour du foyer et mangèrent leurs sandwichs accompagnés de thé glacé.

— On a bien calculé le temps pour la marée, dit Nick en mâchant une bouchée de sandwich. On dispose de dix minutes avant, et de dix minutes après la marée basse : passé ces délais, notre pompe ne pourra pas évacuer l'eau. Lorsqu'ils ont essayé, en 21, ils ne sont jamais descendus plus bas que 61 mètres alors qu'ils savaient que le puits en mesurait 73 de profondeur. Comme nous sommes sur un promontoire, je me dis que le fond sera peut-être à six mètres en dessous du niveau de la marée basse. On devrait arriver à colmater les arrivées d'eau et la pompe fera le reste.

— Je parie qu'il y a un gros coffre rempli d'or, dit Jimmy, les yeux brillants d'excitation.

— N'oublie pas, répondit Don, que le puits a été dragué une centaine de fois avec des grappins et qu'on n'a jamais rien ramené.

— Dans ce cas, des doublons d'or en vrac, insista Jimmy. Dans des sacs qui ont pourri.

Nick se leva et épousseta les miettes sur son pantalon.

— On sera fixés dans une demi-heure.

Il enfila une paire de bottes en caoutchouc qui lui montaient jusqu'aux cuisses, jeta par-dessus son épaule la batterie de son casque et remonta la fermeture éclair d'une veste huilée imperméable avant de charger un deuxième sac de matériel sur son autre épaule.

Ron fit descendre dans le puits un bouchon en liège au bout d'une corde graduée de trois mètres en trois mètres.

— Cinquante-huit mètres, annonça-t-il lorsque la corde mollit.

Nick enfila un harnais d'escalade et l'attacha par un mousqueton à l'extrémité de leur grosse corde.

— Envoie le tuyau de la pompe mais ne démarre pas encore. Je descends.

D'un coup sec, il éprouva le fonctionnement du bloqueur.

— C'est bon, on a fait des essais pendant tout l'été. Pas de conneries, hein ?

— On est prêts, fit Ron.

— Jimmy, je ne veux pas que tu t'approches à plus de trois mètres du puits, tu m'entends ? Quand je serai descendu, il n'y aura rien à voir.

— J'approcherai pas, promis.

Connaissant la valeur des promesses de Jimmy, il lança un long regard à Kevin qui lui répondit en levant le pouce.

— Soixante et un mètres, annonça Ron.

Nick sourit.

— Sans avoir levé le petit doigt, on est déjà arrivés plus profond que tout le monde. Y en a, là-dedans, dit-il en se frappant la tempe de l'index.

Sans un mot, il enjamba le rebord du puits ; son corps se balança un peu avant de se stabiliser. S'il éprouvait de la peur, elle ne se lisait en tout cas pas sur son visage. Il était tout entier à son affaire. Un signe de tête aux jumeaux et ceux-ci tirèrent un peu sur la corde pour relâcher le bloqueur. Nick s'enfonça de quelques centimètres.

— C'est bon. Nouvel essai.

Les garçons tirèrent à nouveau et le bloqueur se rouvrit.

— Et maintenant, remontez-moi, ordonna Nick.

Sans efforts, les deux frères le remontèrent un peu.

— Pas de problème, Nick, fit Don. Je t'avais dit que ce système fonctionnait au poil. Je parie que même Jimmy pourrait te remonter du fond du trou.

— Merci, mais sans façon. C'est bon, on y va.

Les jumeaux laissèrent filer Nick vers le fond du puits. Au bout de trois mètres seulement, il leur cria d'arrêter. A cette profondeur, ils pouvaient encore s'entendre. Plus tard, lorsqu'il approcherait du fond, ils avaient prévu un code à base de secousses sur la sonde.

— Que se passe-t-il ? s'écria Don.

— Il y a des initiales gravées sur une vieille poutre : ALR.

— Je parie que c'est l'oncle Albert. Son deuxième prénom c'était Lewis.

— A côté, il y a celles de papa, JGR, et on dirait aussi TMD.

— Ça doit être M. Davis. Il travaillait avec eux quand ils essayaient d'atteindre le fond.

— C'est bon, descendez-moi.

Nick tourna sa lampe à douze mètres, là où les étais en bois laissaient place à la roche nue et humide, recouverte d'une mousse verte bien que l'on fût bien au-dessus du niveau de la marée. Le faisceau lumineux disparut, avalé par les abysses, quelques mètres en dessous de ses pieds. Un frisson le parcourut tout entier.

Il descendit pourtant, suspendu seulement à une corde et à la confiance qu'il avait en ses frères. Lorsqu'il leva les yeux, le ciel n'était plus qu'un minuscule carré au-dessus de lui. Les parois ne se refermaient pas vraiment sur lui, mais il éprouvait leur proximité et il préféra ne pas y penser. Soudain, il aperçut un reflet en dessous et il se rendit compte qu'il avait atteint le niveau de la marée. La pierre était toujours mouillée au toucher. D'après ses calculs, il se trouvait à cinquante-deux mètres de profondeur, mais il ne voyait toujours pas comment l'eau de la mer pouvait pénétrer dans le puits.

Trois mètres plus bas, il lui sembla entendre un vague clapotis. Il donna deux coups sur la sonde pour demander à ses frères de ralentir la descente. Le bruit de l'eau s'amplifia et des gouttes se mirent à tomber sur son casque. Une goutte glacée coula le long de sa nuque.

Là !

Il attendit de descendre encore de quelques centimètres et donna un coup sec sur la cordelette.

Il se balançait à présent devant une fissure dans la roche de la taille d'une carte postale. L'espace n'était pas assez large pour submerger les pompes que son père et ses oncles avaient amenées et il se dit qu'il devait y avoir une autre entrée d'eau. Il tira une poignée de filasse de son sac et boucha la fissure du mieux qu'il put.

Lorsque la marée serait remontée, ce bouchon ne tiendrait pas longtemps : le temps était compté.

Nouvelle secousse à la sonde, puis il reprit sa descente, défilant devant des paquets de mousse accrochés aux parois. L'odeur était fétide. Il boucha deux fissures semblables et à la troisième, l'eau cessa de dégouliner. Il tira quatre fois de suite sur la sonde et quelques instants plus tard, le tuyau flasque de la pompe se gonfla d'eau.

Bientôt, il aperçut la surface de l'eau en dessous de lui. Il interrompit sa descente et tira sa propre sonde de sa sacoche imperméable. En découvrant qu'il restait moins de cinq mètres d'eau, il laissa échapper un petit cri de satisfaction. A cette profondeur, le puits se rétrécissait et il calcula que dans dix minutes, il ne resterait plus que quatre-vingt-dix centimères d'eau. La pompe la vidait plus vite que…

Quelque chose sur sa gauche venait d'accrocher son regard. Au fur et à mesure que le niveau baissait, une niche apparaissait dans la paroi. Et aux éclats sur la roche, visiblement dus à des coups de burin, on voyait bien qu'il ne pouvait s'agir d'une anfractuosité naturelle. Il était encore trop tôt pour affirmer que c'était là que Pierre Devereaux avait dissimulé son trésor, mais Nick n'était pas loin de le croire.

La pompe avait évacué assez d'eau pour qu'on aperçoive à présent une partie de ce qui avait été jeté au fond du puits. Il s'agissait surtout de bois flotté venu de la mer ainsi que de branches tombées par l'ouverture. Nick imaginait que certains de ces bouts de bois avaient été jetés là par son père et ses oncles, irrités de n'avoir pas trouvé de trésor.

Les minces filets d'eau qui suintaient à travers ses bouchons de filasse ne pouvaient lutter contre la puissance de la pompe et le niveau ne cessait de baisser. Une secousse sur la sonde : ses frères le descendirent à nouveau et il se balança, comme un pendule au bout d'un fil, jusqu'à ce qu'il réussisse à coincer une jambe dans la niche et à s'y engager tout à fait. Il fit comprendre à ses frères d'arrêter la corde et la détacha du harnais.

Nick Ronish se tenait désormais debout à moins de soixante centimètres du fond du puits.

Restait un obstacle de taille : l'amas de bois qui tapissait le fond. Il faudrait en ôter au moins une partie pour rechercher les pièces d'or et pour cela, il faudrait être deux. Il attacha un fagot de branches mouillées à la corde et fit comprendre à ses frères qu'après avoir hissé le bois à la surface, l'un d'eux devrait descendre. Kevin et le jumeau restant pourraient s'occuper de l'appareil de levage, et, au besoin, Jimmy leur prêterait main forte.

Le bois dégoulinant d'eau disparut au-dessus de sa tête et il étouffa un petit rire en songeant qu'ils pourraient presque attacher la corde au collier d'Amelia qui se chargerait de le remonter.

Il se colla le dos au mur pour se protéger de la chute d'éventuels morceaux de bois. Trois minutes plus tard, Don fit son apparition.

— Tu as trouvé quelque chose ?

— Des bouts de bois. Il va falloir en remonter une partie. Mais regarde où je me tiens. Ça a été creusé dans la roche.

— Par les pirates ?

— A ton avis ?

— Bon Dieu ! On va être riches.

Sachant que la marée n'allait pas tarder, les deux jeunes gens se hâtèrent d'évacuer le plus de bois possible. Nick ôta son harnais d'escalade et l'utilisa pour hisser une centaine de kilos de bois mouillé. De leur côté, Ron et Kevin n'étaient pas en reste : ils récupérèrent le bois et renvoyèrent le harnais au bout de la corde.

Nick et Don renouvelèrent deux fois l'opération. Mais le temps pressait et ils sautèrent de la niche dans le fond du puits. Des branches glissèrent sous leur poids. Nick s'allongea sur une bûche aussi grosse que lui, plongea la main dans l'eau glacée et sentit la pierre sous ses doigts. Ils avaient atteint le fond du puits.

A la différence de ses frères, Nick n'avait cru qu'à moitié aux histoires de trésor des pirates. Jusqu'à ce qu'il découvre la niche creusée dans le roc. De toute façon, atteindre le fond du puits alors que des générations d'ancêtres avaient échoué aurait suffi à son bonheur. Mais maintenant ?

Il écarta les bras pour tenter de détecter quelque chose dans la vase collante. A ses côtés, Don faisait de même, enfoncé jusqu'aux épaules au milieu d'un amas de branches. Nick sentit un objet rond et plat. Il le tira de la vase et le nettoya.

Nul scintillement d'or : ce n'était qu'un vieux joint rouillé. Il fouilla un autre endroit que son frère et lui avaient dégagé. Au toucher, il reconnut des brindilles et des paquets de feuilles puis sentit quelque chose d'inconnu qu'il remonta. Il poussa un grognement en plongeant le regard dans les orbites creuses d'un animal mort, probablement un renard.

Loin au-dessus d'eux, la pression avait eu raison d'un des bouchons de filasse posés par Nick et l'eau se remit à couler, d'abord en filet puis comme un véritable torrent.

— C'est bon, s'écria Nick. On se tire d'ici.

— Encore une seconde, fit Don, le torse entièrement plongé sous l'eau, les mains fouillant le fond à tâtons.

Nick était occupé à remettre son harnais d'escalade lorsqu'il entendit Don pousser un grognement sourd.

— Don ?

Quelques secondes auparavant, Don était allongé sur une grosse branche d'arbre, mais il était à présent adossé à la paroi, cette même branche appuyée sur la poitrine.

— Nick ! s'écria-t-il d'une voix étranglée.

Nick se précipita vers son frère, mais son mouvement brusque dut faire bouger l'amas de bois car Don poussa un hurlement. La branche s'enfonça plus profondément dans sa poitrine où apparut une tache sombre.

L'eau continuait à se déverser au-dessus d'eux comme une tempête d'été.

— Tiens bon, petit frère, dit Nick en saisissant la branche.

Il sentit alors une curieuse vibration dans le bois, comme si l'extrémité dissimulée sous l'eau était attachée à quelque chose.

Il avait beau tirer, la grosse branche s'enfonçait inexorablement dans la poitrine de son frère.

Don hurlait de douleur et Nick se mit hurler à son tour, en proie à la terreur, regardant frénétiquement autour de lui, cherchant un moyen de retirer le gros morceau de bois.

— Tiens bon, Don, tiens bon, lança-t-il, les yeux brouillés de larmes.

Don l'appela une nouvelle fois par son nom, mais plus faiblement. Nick lui tendit une main que Don saisit, mais bientôt la force de son étreinte diminua. Ses doigts lâchèrent prise.

— Donny ! hurla Nick.

Don ouvrit la bouche mais Nick ne sut jamais ce que furent les derniers mots de son frère. Un flot de sang jaillit d'entre ses lèvres pâles, suivi d'un filet régulier qui inonda sa gorge et sa poitrine.

Nick laissa échapper un hurlement de fauve, surgi du plus profond de lui-même, et il serait resté à jamais aux côtés de son frère si un deuxième bouchon de filasse n'avait sauté, redoublant en force le torrent qui dévalait dans le puits.

Il n'avait plus le choix. Sous l'avalanche d'eau, il boucla la corde à son harnais et tira sur la sonde. Ses autres frères durent comprendre qu'il se passait quelque chose de grave car ils le remontèrent instantanément. Nick éclaira avec sa lampe le corps sans vie de Don jusqu'à ce qu'il ne fût plus qu'une pâle silhouette dans le royaume des morts. Puis il disparut tout à fait.

*

* *

Les obsèques de Don Ronish eurent lieu le mercredi suivant. Des événements terribles s'étaient déroulés dans les moments mêmes où les cinq frères jouaient les explorateurs. Les Japonais avaient bombardé Pearl Harbor et les Etats-Unis étaient désormais en guerre. Seule la Navy possédait les équipements de plongée nécessaires pour récupérer le corps et la requête de la famille en ce sens n'avait rencontré aucun écho. Le cercueil demeura vide.

Depuis qu'elle avait appris la nouvelle, leur mère n'avait pas prononcé un mot et, durant tout le service funèbre, elle demeura appuyée contre son mari pour ne pas s'évanouir. La cérémonie terminée, le père demanda aux trois aînés de demeurer sur place tandis qu'il conduisait leur mère et Jimmy jusqu'à leur voiture, une Hudson d'occasion. Il revint près de la tombe, de dix ans plus âgé que le dimanche précédent. Sans un mot, les yeux rougis, il regarda un à un ses trois fils puis plongea la main dans la poche de son pantalon de complet, le seul qu'il possédait et qu'il avait déjà mis à son mariage et à l'enterrement de ses parents. Il en tira trois morceaux de papier qu'il donna à chacun de ses fils, s'attardant un peu lorsqu'il donna le sien à Kevin. Il embrassa le papier et le glissa dans la main de son fils.

C'était des certificats de naissance. Celui qu'il avait donné à Kevin était celui de Don, qui avait dix-huit ans et était donc en âge de faire son service militaire.

— C'est à cause de votre mère. Elle n'a pas compris. Faites la fierté de votre famille et peut-être serez-vous pardonnés.

Il tourna les talons et s'éloigna, accablé comme s'il portait tout le poids du monde sur ses larges épaules.

Les trois garçons s'en furent donc rejoindre le centre de recrutement le plus proche, tous leurs rêves d'aventure balayés par le souvenir du cercueil vide de leur frère et leur esprit bientôt occupé par les horreurs de la guerre.

1

De nos jours, près de la frontière
entre l'Argentine et le Paraguay

FUIR AU LIEU D'AFFRONTER ? Jamais Juan Cabrillo n'aurait imaginé éprouver un tel dilemme. Et pourtant aujourd'hui il avait bel et bien envie de fuir.

Mais qui aurait pu le deviner ?

Le visage de marbre, le regard bleu toujours aussi impavide, il se félicitait pourtant de l'absence de son meilleur ami (et adjoint) Max Hanley. Max, lui, se serait aussitôt rendu compte de l'inquiétude de Juan.

A soixante-cinq kilomètres en aval de la rivière aux eaux noires se trouvait la frontière la plus contrôlée au monde, en dehors, peut-être, de la zone démilitarisée séparant les deux Corée. Pas de chance, son équipe et lui devaient aller récupérer un objet de l'autre côté de la frontière. Au Paraguay, un coup de fil entre diplomates et quelques dessous-de-table sous forme d'aide économique auraient promptement réglé l'affaire.

Mais ce qu'ils cherchaient avait atterri en Argentine. Si l'incident s'était déroulé dix-huit mois auparavant, là aussi il aurait pu être facilement réglé. Mais après le deuxième effondrement du peso, une junte militaire dirigée par le généralissime Ernesto Corazón avait pris le pourvoir en Argentine. D'après les observateurs, ce coup d'Etat était d'ailleurs préparé de longue date et la crise monétaire n'avait offert qu'un prétexte commode.

Les personnalités les plus en vue de la société civile furent soumises à des procès truqués pour crimes contre l'Etat. Les plus riches furent exécutés, quant aux autres, plus de trois mille selon certaines estimations, ils furent envoyés dans des camps de travaux forcés dans les Andes ou au fond de la forêt amazonienne. Toute tentative pour obtenir des nouvelles d'eux se soldait par une arrestation. La presse fut nationalisée et les journalistes qui ne collaient pas à la ligne du parti jetés en prison. Les syndicats furent interdits et les manifestations de rue écrasées dans le sang.

Ceux qui réussirent à fuir le chaos consécutif au coup d'Etat, pour la plupart des membres de familles riches acceptant de tout abandonner derrière eux, décrivaient une situation pire que celle de la dictature militaire des années 60 et 70.

En six semaines, l'Argentine avait basculé de la démocratie à l'Etat policier. L'Onu tempêta, menaça de sanctions, mais finit par accoucher d'une motion édulcorée condamnant les violations des droits de l'homme, que la junte ignora superbement.

Depuis lors, les militaires n'avaient fait que resserrer leur emprise sur le pays. Ils avaient commencé à masser des troupes sur les frontières avec le Paraguay, l'Uruguay et le Brésil, ainsi que le long des cols de montagne menant au Chili. Grâce à la conscription, le gouvernement avait pu lever une armée aussi puissante que celle de tous les Etats d'Amérique du Sud réunis. Le Brésil, traditionnel rival régional, avait fortifié sa frontière et les deux pays échangeaient de temps à autre des salves d'artillerie.

C'était au sein de ce cauchemar autoritaire que Cabrillo et son équipe devaient réparer une bévue de la NASA.

*
* *

La Corporation se trouvait dans la région à surveiller la situation lorsque l'appel leur parvint. Dans le cadre d'une opération sous couverture, ils venaient de débarquer une cargaison de voitures volées en Europe dans le port de Santos, au Brésil. Leur navire, l'*Oregon*, était un cargo sans port d'attache ni ligne régulière et pourvu d'un équipage des plus discrets. Ce ne serait qu'un pur hasard si quelques mois plus tard, la police brésilienne recevait un tuyau sur l'endroit où se trouvaient ces voitures volées. Au cours de la traversée, Cabrillo et son équipe technique avaient en effet dissimulé des traceurs GPS dans ces véhicules. Leurs propriétaires ne les retrouveraient probablement jamais, mais le réseau serait sûrement démantelé.

La Corporation s'infiltrait dans les organisations criminelles mais ne se livrait jamais elle-même à de telles activités.

La grue de proue effectua une dernière passe au-dessus du bastingage. Dans la lueur incertaine des quelques lampadaires éclairant cette portion de quai, une rangée de voitures luisait comme autant de joyaux. Ferrari, Maserati et Audi R8 attendaient leur chargement dans des semi-remorques. Un employé des douanes se tenait à quelque distance, la poche de sa veste légèrement gonflée par l'enveloppe de billets de cinq cents euros.

Au signal lancé par un marin, le moteur de la grue se mit à ronronner et une Lamborghini Gallardo orange fluo émergea de la cale comme si elle dévorait déjà le bitume d'une autoroute. Par son contact à Rotterdam, où les voitures avaient été chargées, Cabrillo savait que celle-ci avait été dérobée près de Turin à un comte italien qui l'avait lui-même acquise auprès d'un vendeur véreux qui prétendrait ensuite qu'on la lui avait volée dans son hall d'exposition.

Max Hanley laissa échapper un petit grognement désapprobateur.

— Belle voiture, mais pourquoi cette couleur à vomir ?

— Parce qu'il y en a qui ont un goût de chiottes, mon ami, répondit Juan en faisant signe au grutier de déposer la voiture sur le quai. Des membres du gang des voleurs détachèrent les câbles en prenant soin de ne pas égratigner la peinture.

Le troisième homme sur le pont répondait au nom d'Angel. Agé d'environ vingt-cinq ans, il portait un pantalon en tissu brillant et une chemise blanche passée par-dessus. Il était si mince qu'on devinait au creux de ses reins la forme d'un pistolet automatique.

Mais peut-être était-ce à dessein.

Pourtant, Juan ne craignait pas d'être doublé. La confiance était un principe de la contrebande et si Angel s'autorisait un mouvement de trop, il ne pourrait plus jamais poursuivre ses affaires.

— C'est bon, *capitão*, c'est terminé, dit Angel avant d'adresser un sifflet à ses hommes.

L'un d'eux tira un sac de la cabine d'un camion tandis que d'autres commençaient à charger les voitures dans les remorques. Un membre de l'équipage accueillit le contrebandier au bastingage et l'escorta jusqu'à la passerelle, où Juan pénétra à son tour. La salle n'était éclairée que par la lumière verdâtre du radar.

Tandis que le Brésilien posait le sac sur la table des cartes, Juan alluma quelques lumières supplémentaires.

— Le prix convenu était de deux cent mille dollars, dit Angel en ouvrant le sac. Il aurait été plus important si vous aviez accepté d'en livrer trois à Buenos Aires.

— Laissez tomber, fit Juan. Pas question que j'aille traîner par là-bas. Et bonne chance pour trouver un capitaine qui accepte ! Personne ne voudra amener un cargo régulièrement enregistré à Buenos Aires, surtout pas avec une cargaison de voitures volées.

Lorsque Juan s'approcha de la table, son tibia heurta le rebord avec un craquement inhabituel. Angel, surpris, approcha la main du pistolet glissé dans sa ceinture.

Juan lui fit un geste d'apaisement et releva sa jambe de pantalon : quelques centimètres en dessous du genou, sa jambe avait été remplacée par une prothèse ultramoderne qui semblait tout droit sortie des films *Terminator*.

— Les risques du métier, expliqua-t-il.

Le Brésilien haussa les épaules.

L'argent était réparti par liasses de dix mille euros. Juan les divisa en deux et en confia la moitié à Max. Pendant quelques minutes, on n'entendit plus sur la passerelle que le bruissement des billets qu'on comptait. Ils semblaient tous authentiques.

Juan tendit la main.

— Ça a été un plaisir de traiter avec vous, Angel.

— Un plaisir partagé, *capitão*. Je vous souhaite un bon…

Un braillement rauque venu du haut-parleur rendit inaudible le reste de sa phrase. Une voix à peine compréhensible appelait le capitaine au mess.

— Je vous prie de m'excuser, dit Cabrillo. Max, si je ne suis pas de retour à l'arrivée du pilote, tu prends le commandement.

Il gagna ensuite le mess par un escalier. Les espaces intérieurs du vieux cargo étaient aussi décatis que les parties extérieures. Les cloisons n'avaient pas été repeintes depuis des dizaines d'années et au sol, des sillons dans la poussière témoignaient d'une ancienne et vaine tentative de nettoyage. Avec ses affiches de paysages accrochées un peu au hasard, le mess n'était qu'un tout petit peu plus accueillant que le reste du navire. Sur l'une des parois étaient affichées des petites annonces, depuis des leçons de guitare proposées par un ingénieur qui avait quitté le navire dix ans auparavant jusqu'à une vignette annonçant que Hong-Kong reviendrait dans le giron de la Chine le 1er juillet 1997.

Dans la cuisine attenante, des stalactites de graisse de l'épaisseur d'un doigt pendaient sous la hotte de ventilation.

Juan traversa la salle vide et au moment où il s'approchait du fond, une porte parfaitement dissimulée dans la cloison s'ouvrit sans bruit. Linda Ross se tenait dans le couloir. Vice-présidente chargée des opérations, elle occupait la troisième place au sein de la Corporation, juste après Juan Cabrillo et Max Hanley. Mignonne, le nez retroussé, elle avait le chic pour changer de couleur de cheveux. Aujourd'hui, ils étaient d'un noir de jais et tombaient sur ses épaules en lourdes vagues.

Vétéran de la Navy, Linda avait également opéré sur des missiles de croisière et officié au Pentagone, ce qui lui avait apporté une expérience précieuse pour son travail actuel.

— Quoi de neuf ? demanda Juan.

— Overholt est au téléphone, ça paraît urgent.

— Lang paraît toujours pressé, répondit Juan en ôtant des fausses dents et du coton de ses joues.

Pour parfaire son déguisement, il portait également une perruque de cheveux grisonnants et une fausse bedaine sous son uniforme fripé.

— Je crois que ça vient de sa prostate, ajouta-t-il.

Langston Overholt IV avait passé assez de temps à la CIA pour connaître tous les squelettes dissimulés dans les placards, au propre comme au figuré, ce qui expliquait pourquoi, après avoir tenté pendant des années de le mettre à la retraite, les directeurs successifs avaient fini par le laisser à Langley en qualité de conseiller. Il avait été également le supérieur de Juan lorsque celui-ci était agent de terrain et quand ce dernier avait quitté la CIA, Overholt l'avait vivement encouragé à créer la Corporation.

Overholt avait confié à la Corporation la plupart de ses missions les plus dangereuses et les honoraires substantiels y afférant provenaient d'un budget à ce point enfoui sous des tonnes de lignes budgétaires différentes, que les auditeurs du Congrès chargés de vérifier les comptes de la nation se comparaient eux-mêmes aux mineurs qui s'étaient lancés en 1849 dans la ruée vers l'or en Californie.

Ils atteignirent la cabine de Juan.

— Dis-leur d'attendre dans le centre d'opérations. Le pilote ne devrait pas tarder à arriver.

Plusieurs ponts au-dessus, la cabine de pilotage semblait fonctionnelle, mais elle n'était qu'un décor destiné aux pilotes et aux inspecteurs maritimes. La barre et les commandes de machines étaient reliées par ordinateur au centre d'opérations ultramoderne qui constituait le véritable centre nerveux du navire. C'était de là que provenaient toutes les instructions nécessaires à la manœuvre et de là aussi qu'étaient guidées toutes les armes dissimulées dans le cargo faussement décrépit.

L'*Oregon* avait débuté sa carrière comme transporteur de bois entre la côte ouest des Etats-Unis et le Japon, mais passé entre les mains expertes des architectes navals et des ouvriers, il était devenu l'un des navires d'attaque et de renseignements les plus perfectionnés au monde.

— Entendu, président, dit Linda en poursuivant son chemin dans la coursive.

A la suite d'un affrontement épique avec un navire de guerre libyen quelques mois auparavant, il avait fallu procéder à d'importantes réparations. Trente obus d'artillerie de marine avaient percé le blindage, mais Juan n'en tenait aucune rancune à son navire car ces obus avaient été tirés presque à bout portant. Il en avait profité pour faire réaménager sa cabine.

Les boiseries précieuses avaient été remplacées par une sorte de stuc qui ne craquait pas avec les mouvements du bateau. Les passages de portes furent modifiés et arrondis, des cloisons également arrondies ajoutées, donnant à la cabine une allure plus douillette. Avec son décor en arabesques, la pièce ressemblait au Café Américain de Rick dans *Casablanca*, le film préféré de Juan.

Il jeta la perruque sur son bureau et prit le combiné en bakélite du téléphone, réplique d'un appareil ancien.

— Lang ? Ici Juan. Comment allez-vous ?

— Au bord de l'apoplexie.

— Comme d'habitude. Que se passe-t-il ?

— D'abord, dites-moi où vous êtes.

— A Santos, au Brésil. C'est le port de São Paulo, au cas où vous l'ignoreriez.

— Magnifique, vous êtes dans les parages, dit Overholt avec un soupir de soulagement. Et pour votre gouverne, sachez que dans les années 60, j'ai aidé les Israéliens à capturer un criminel de guerre nazi à Santos.

— Un point pour vous. Et maintenant, que se passe-t-il ?

Au ton adopté par Overholt, Juan avait compris qu'il leur réservait quelque chose d'important, et déjà l'adrénaline se répandait dans ses veines.

— Il y a six heures, un satellite a été lancé de Vanderberg par une fusée Delta III sur une orbite polaire en basse altitude.

Cette seule phrase suffit à lui faire comprendre qu'un engin avait dû s'abîmer quelque part en Amérique du Sud car les fusées tirées en direction du pôle depuis la base aérienne de Californie emportaient du matériel d'espionnage ; il se dit également que cela avait dû se passer en Argentine puisque Lang faisait appel à sa meilleure équipe.

— Les techniciens ne savent pas encore ce qui a pu se passer, reprit Overholt. De toute façon, ça n'est pas notre problème.

— Notre problème, dit Juan, c'est qu'elle s'est écrasée en Argentine.

— Exactement. A environ cent cinquante kilomètres du sud du Paraguay, dans une des zones les plus denses du bassin amazonien. Et il y a de fortes chances que les Argentins soient au courant parce que nous avons averti tous les pays que devait survoler la fusée.

— Je croyais que depuis le coup d'Etat, nous n'avions plus de relations diplomatiques avec l'Argentine.

— On a toujours moyen de transmettre des informations de ce genre.

— Je sais déjà ce que vous allez me demander, mais soyez raisonnable. Les débris doivent être éparpillés sur cinq mille kilomètres carrés dans une forêt que nos satellites espions n'arrivent pas à percer. Vous croyez vraiment que nous allons retrouver votre aiguille dans cette botte de foin ?

— Oui, parce qu'il y a un enjeu de taille. L'aiguille que nous cherchons est un émetteur de rayons gamma de faible énergie.

Juan demeura un instant silencieux.

— Du plutonium.

— C'était la seule source d'énergie fiable pour cet oiseau très particulier. Les crânes d'œuf de la NASA ont essayé toutes les alternatives possibles et imaginables, mais ils ont fini par revenir au plutonium en quantité infime, utilisant la chaleur de sa décomposition pour faire fonctionner les systèmes du satellite. Le bon côté des choses, c'est qu'ils ont tellement blindé l'enveloppe qu'elle est pratiquement indestructible. Même une roquette ne pourrait en venir à bout.

« Comme vous pouvez l'imaginer, le gouvernement n'a aucune envie qu'on sache qu'un satellite a pu émettre des radiations dans l'un des environnements les plus vierges de la planète. L'autre inquiétude, c'est que le plutonium puisse tomber aux mains des Argentins. On les soupçonne d'avoir redémarré leur programme d'armes nucléaires. Il n'y avait pas beaucoup de matière dans ce satellite, quelques grammes tout au plus m'a-t-on dit, mais nous n'avons aucun intérêt à leur faciliter l'accès à la bombe.

— Les Argentins ne sont donc pas au courant pour le plutonium ?

— Grâce au ciel, non. Mais avec l'équipement adéquat, n'importe qui peut détecter des traces de radioactivité. Et avant que vous ne me le demandiez, il n'y a aucun danger pour peu qu'on suive des procédures de sécurité assez simples.

Mais ce n'était pas la question que Juan entendait poser. Il savait que le plutonium n'est dangereux que si on l'ingère ou si on l'inhale. Dans ce cas, c'est l'un des toxiques les plus puissants.

— Je m'apprêtais à demander si nous avions du soutien.

— Nada. Une équipe est en route pour le Paraguay avec le dernier né des détecteurs de rayons gamma, mais vous ne pourrez compter sur personne d'autre. Le directeur de la CIA et le chef d'état-major interarmes ont dû se mettre à deux pour convaincre le président de nous laisser vous aider. Je suis sûr que vous comprendrez qu'il éprouve une certaine… hésitation lorsqu'il s'agit de questions internationales délicates. Il n'a toujours pas digéré la débâcle d'il y a quelques mois en Libye.

— La débâcle ! ? Nous avons sauvé la vie de la secrétaire d'Etat et permis les accords de paix.

— Et failli déclencher une guerre quand vous avez attaqué l'une de leurs frégates lance-missiles. Cette opération-ci doit se dérouler dans le plus grand secret. Faufilez-vous sur le territoire, récupérez le plutonium et disparaissez comme vous êtes venus. Pas de feu d'artifice.

Cabrillo et Overholt savaient tous deux qu'il ne pourrait tenir une telle promesse, et Juan préféra s'enquérir du lieu exact où la fusée avait explosé et de la trajectoire de sa chute. De sous son bureau, il tira un clavier et une souris sans fil, révélant un écran plat. Overholt lui envoya alors des images et des projections de la cible. Les images, sans valeur, ne montraient qu'une épaisse couche nuageuse, mais la NASA leur avait fourni une zone réduite de recherche : treize kilomètres carrés seulement, ce qui rendait la recherche envisageable. Overholt demanda alors à Cabrillo s'il avait une idée de la façon dont ils pourraient pénétrer en Argentine sans être repérés.

— J'ai besoin de consulter des cartes avant de répondre. Ma première idée ce serait un hélico, bien sûr, mais avec la forte présence militaire des Argentins sur leur frontière nord, ce ne sera peut-être pas possible. Je devrais avoir trouvé quelque chose d'ici un jour ou deux et on pourrait passer à l'action vers la fin de la semaine.

— Ah, autre chose, fit Overholt d'une voix si douce que Juan se raidit. Vous avez soixante-douze heures pour récupérer le bloc d'alimentation.

— Trois jours ? Impossible !

— Le président veut être débarrassé de cette histoire d'ici soixante-douze heures. Il ne parlera pas du plutonium, mais il compte demander aux Argentins leur aide pour récupérer, je cite : « du matériel scientifique de la plus haute importance ».

— Et s'ils refusent et entreprennent les recherches pour leur propre compte ?

— Au mieux on passera pour des imbéciles, au pire pour des criminels par négligence. Et en prime, on offrira au généralissime Corazón un petit paquet de plutonium à usage militaire.

— Lang, donnez-moi six heures. Je vous dirai à ce moment-là si on accepte… je veux dire, si on peut jouer à votre petit jeu.

— Merci, Juan.

Après trois heures de réunion avec ses chefs de département, Juan appela Overholt, et douze heures plus tard, il se retrouvait sur la berge d'une rivière paraguayenne, prêt à se lancer dans l'inconnu.

2

L E PRINTEMPS APPROCHAIT et l'équipe d'hiver, squelettique, le sentait déjà. Non pas que le temps se fût grandement amélioré, car les températures grimpaient rarement au-dessus de − 30°, mais elle le voyait au nombre toujours plus élevé de croix tracées sur le calendrier de la salle de réception. Ils n'avaient pas vu le soleil depuis la fin mars.

Seules quelques bases de recherche restent ouvertes tout au long de l'année sur ce continent, le plus désolé de la planète, et elles sont en général beaucoup plus importantes que la station Wilson/George, dirigée par un conglomérat d'universités américaines grâce à une bourse de la National Science Foundation. Même en été, qui commence ici en septembre, lorsque le personnel est au complet, seule une quarantaine de personnes travaillent dans ces bâtiments préfabriqués, posés sur des pilotis fichés dans le roc et dans la glace.

L'argent coulant à flots pour la recherche sur le réchauffement climatique, on avait décidé de ne pas fermer la station. C'était la première tentative de ce genre et elle avait été couronnée de succès. Les structures avaient résisté aux pires conditions météorologiques et pour la plupart, les gens avaient tenu le coup. Parmi eux, un astronaute de la NASA, nommé Bill Harris, était chargé d'étudier les effets de l'isolement sur les relations humaines, dans la perspective d'un voyage habité vers Mars.

Wee Gee, nom que l'équipe donnait à son refuge depuis les six derniers mois, semblait tout droit sorti d'un carnet de croquis futuriste. Cette base était située à côté d'une baie profonde, au bord de la mer de Bellingshausen, au beau milieu de cette péninsule pointée vers l'Amérique du Sud comme un doigt gelé. S'il y avait eu du soleil, il aurait suffi d'une paire de jumelles pour apercevoir l'océan Antarctique depuis les collines derrière la base.

Cinq modules entouraient un bâtiment central qui faisait office de restaurant et de salle de loisirs. Les modules étaient reliés entre eux par des passerelles surélevées conçues pour se balancer avec le vent. Les jours de mauvais temps, ceux qui étaient le plus sujets au mal de mer choisissaient de ramper plutôt que de se tenir debout. Les modules servaient de laboratoires, d'espace de stockage et de chambres à coucher ; pendant l'été, période d'intense activité, les gens y dormaient à quatre par cellule. Pour des raisons de sécurité, tous les bâtiments étaient peints en rouge vif. Avec ses panneaux opaques sur les toits en dôme et ses nombreux murs, l'ensemble ressemblait à des silos en damier.

A quelque distance, le long d'une route soigneusement balisée, s'élevait un bâtiment où l'on entreposait les véhicules à neige. Le temps avait été particulièrement effroyable au cours de l'hiver, et on avait peu utilisé ces moyens de transport polaires. Des tuyaux récupérateurs de chaleur reliés à la base maintenaient dans le garage une température de − 23°, de façon à ne pas endommager le matériel.

La plupart des appareils météorologiques pouvaient être commandés à distance et l'équipe n'avait pas grand-chose à faire pendant ces mois sans soleil. Bill Harris poursuivait sa recherche pour le compte de la NASA, deux chercheurs en profitaient pour terminer leur thèse et un autre écrivait un roman.

Seul Andy Gangle semblait ne pas savoir quoi faire de son temps. A son arrivée, ce jeune post-doctorant de l'université de

Penn State, âgé de vingt-huit ans, avait participé au lancement de ballons-sondes et pris très au sérieux ses recherches sur le climat. Mais l'enthousiasme du début se mua bientôt en désintérêt. Il passait beaucoup de temps au garage, ou, lorsque le temps le permettait, à parcourir seul le rivage pour récolter des « échantillons » dont tout le monde ignorait la nature.

L'isolement dans lequel vivait ce groupe imposait des règles strictes : pas question d'empiéter sur l'intimité de chacun, en sorte qu'on le laissait tranquille. Les autres membres en avaient parfois discuté, mais personne n'avait estimé qu'il était en train de succomber à ce que les psys nomment le syndrome de l'isolement et que l'équipe préférait qualifier de syndrome de l'halluciné. Dans ses formes les plus sévères, il pouvait s'apparenter à une crise psychotique assortie d'hallucinations. Quelques années auparavant, un chercheur danois avait dû être amputé des orteils après s'être enfui tout nu dans la neige. Le bruit courait qu'il était toujours interné dans un hôpital psychiatrique de Copenhague.

Non, Andy ne souffrait pas du syndrome de l'halluciné. Ce n'était qu'un solitaire ennuyeux que les autres étaient trop contents d'éviter.

— Bonjour, grommela-t-il en pénétrant dans la salle de détente où flottait une bonne odeur de bacon grillé.

L'éclairage au néon accentuait sa pâleur naturelle au point de lui donner un teint blafard. Comme la plupart des hommes de la base, il avait depuis longtemps cessé de se raser, et sa barbe noire contrastait avec la blancheur de sa peau.

Deux femmes assises à une table en formica levèrent la tête pour le saluer avant de retourner à leur petit déjeuner. Greg Lamont, le directeur de la station, lui souhaita aussi le bonjour.

— Les gars de la météo m'ont dit que si vous comptiez encore aller sur le rivage, ce serait la dernière fois aujourd'hui.

— Pourquoi ça ? demanda Gangle, sur la défensive.

— Une tempête qui s'annonce, répondit l'ancien hippie aux cheveux gris, devenu scientifique. Elle va balayer la moitié de l'Antarctique.

— Ça ne va pas affecter nos conditions de vie, j'espère ? demanda Gangle, inquiet.

— Trop tôt pour le dire, mais ça n'est pas impossible.

Andy acquiesça d'un air absent, comme si les idées se bousculaient dans sa tête, et gagna la cuisine.

— Vous avez bien dormi ? lui demanda Gina Alexander.

La quarantaine, divorcée, elle était venue en Antarctique pour « s'éloigner le plus possible de ce salaud et de sa nouvelle poupée Barbie ». Elle n'appartenait pas à l'équipe des chercheurs mais travaillait pour la société de service chargée de la gestion quotidienne de la base.

— Comme la nuit précédente, répondit Andy en se versant une tasse de café.

— Tant mieux. Comment voulez-vous vos œufs ?

Il lui jeta un regard presque sauvage.

— Froids et baveux, comme d'habitude.

Elle ne sut comment prendre la remarque. D'ordinaire, Andy se contentait de répondre « brouillés » avant d'emporter œufs et café dans sa chambre. Elle décida finalement d'opter pour la légèreté.

— Dites donc, vous n'êtes pas d'humeur joyeuse, ce matin.

Il se pencha vers elle et lui parla tout bas pour ne pas être entendu des autres.

— Ecoutez, Gina, il ne nous reste plus qu'une semaine à passer ici, alors servez-moi ces œufs et gardez vos commentaires pour vous, d'accord ?

Mais Gina n'était pas du genre à essuyer ainsi les rebuffades, son ex-mari aurait pu en témoigner.

— Dans ce cas, mon petit bonhomme, je vous conseille de bien me surveiller pendant que je vous les prépare : je pourrais être tentée de cracher dans la poêle.

— Ça améliorerait probablement le flou. (Il fronça les sourcils et sembla réfléchir.) Le bout ? Mais non, enfin… le sou. Euh… je veux dire le goût. C'est ça, le goût.

Sans bien comprendre ce qui arrivait à Andy, Gina éclata de rire.

— Mon garçon, quand on veut être méchant, faut avoir l'esprit plus vif !

Ne voulant pas s'attarder là d'un air imbécile, Andy prit une poignée de barres protéinées sur le comptoir et quitta la salle, les épaules voûtées comme un vautour.

Railleuse, elle lui lança :

— Débile à l'œil halluciné !

« Sept jours, Andy, se dit-il en regagnant sa chambre. Encore sept jours et tu pourras dire adieu à tous ces cons. »

Quarante minutes plus tard, emmitouflé sous six couches de vêtements, Andy inscrivit son nom sur le tableau blanc accroché près du sas et franchit la lourde porte blindée. La différence de température entre la base et ce petit espace atteignait 32°. L'haleine de Gangle se transforma en un nuage aussi épais que le brouillard londonien et chaque inspiration semblait lui transpercer les poumons. Il prit quelques minutes pour ajuster ses vêtements et ses lunettes. Bien que dans la péninsule Antarctique la température fût relativement plus clémente qu'à l'intérieur des terres, le froid mordait, sans pitié aucune, tout morceau de peau exposé.

Tous les vêtements du monde ne pouvaient protéger de ce froid, en tout cas pas sur le long terme. La perte de chaleur était inévitable et, avec le vent, inexorable. Cela commençait par les extrémités, le nez, le bout des doigts et les orteils, tandis que le corps se refermait sur lui-même pour conserver sa température. Pour faire face à ces conditions climatiques extrêmes, rien ne servait de faire appel à la volonté. On ne lutte pas ainsi contre la douleur. L'Antarctique était aussi hostile à la vie humaine que le vide de l'espace intersidéral.

Avec ses grosses moufles enfilées par-dessus une paire de gants, il eut besoin de ses deux mains pour tourner la poignée de la porte. Le froid de l'extérieur l'enveloppa. Il faudrait plusieurs secondes pour que l'air emprisonné dans ses vêtements parvienne à le réchauffer. Il frissonna puis tourna le coin qui protégeait la sortie du vent et saisit la rampe pour descendre les marches jusqu'au sol rocailleux. Ce jour-là, le vent n'était pas très fort et ne devait pas dépasser dix nœuds. Il en éprouva une certaine satisfaction.

Il saisit un tuyau métallique d'un mètre cinquante de long et épais comme une pièce de cinquante *cents*, et se mit en marche.

Le soleil n'était qu'une pâle promesse nimbant l'horizon et ne poindrait pas avant une semaine, mais sa clarté était suffisante pour lui permettre de voir sans utiliser sa lampe frontale. Sur ce terrain difficile, ses après-skis rigides ne lui facilitaient pas la tâche. Cette partie de la péninsule Antarctique était volcanique et il ne s'était pas écoulé assez de temps depuis la dernière éruption pour que l'érosion de la roche laisse apparaître cette glaçure lisse qu'il avait vue en photos lors des séances d'entraînement.

Au cours de ces séances, on lui avait aussi appris à ne jamais transpirer quand on est à l'extérieur : c'était le meilleur moyen de succomber à une hypothermie parce que le corps laisse échapper sa chaleur beaucoup plus vite lorsque les pores sont ouverts. Andy mit donc vingt minutes à atteindre sa zone de recherches. Si Greg Lamont avait raison et que c'était là son dernier jour dehors avant son départ, ce devait être le meilleur lieu de prospection. Il était proche de la plage où il avait fait sa découverte mais dissimulé par une série de collines basses qui lui offraient une protection. Pendant deux heures, il arpenta les lieux, scrutant le sol avec attention. Lorsque quelque chose de prometteur apparaissait, il utilisait le tuyau métallique pour sonder la glace et la neige ou pour soulever des cailloux. C'était un travail mécanique qui lui convenait parfaitement et il ne voyait pas le temps passer. Soudain, il éprouva le besoin de courir en rond. Ce fut sa seule distraction. Il parvint à s'arrêter avant de transpirer, mais son haleine avait gelé sur les trois écharpes dont il avait entouré son nez et sa bouche. Il les ôta et les renoua de façon à ce que la pellicule de glace se trouvât à l'arrière de sa tête.

Le moment était venu de rentrer. Il observa un moment l'océan lointain, se demanda quels secrets il dissimulait sous sa surface couverte d'icebergs, puis s'en retourna vers Wilson/George, son tuyau sur l'épaule comme un bâton de vagabond.

Andy Gangle avait fait une découverte stupéfiante et il n'en était pas peu fier. Tant pis si d'autres suivaient ses pas : il passerait le reste de sa vie dans un luxe dont il n'aurait même pas rêvé auparavant.

3

APRÈS UN DERNIER REGARD AUX FLOTS NOIRS, Cabrillo retourna à la cabane sur pilotis qui surplombait en partie la rivière et leur servait de base arrière. Il grimpa l'échelle jusqu'à l'unique pièce faite de rondins attachés par des cordes, qui craquèrent sous son poids. Le toit de palmes avait à moitié disparu, laissant apparaître un pan de ciel.

— Le café est prêt, chuchota Mike Trono en lui tendant une tasse.

Mike était l'un des principaux agents terrestres de la Corporation. Ancien parachutiste de sauvetage, il avait sauté derrière les lignes ennemies au Kosovo, en Irak et en Afghanistan pour porter secours à des pilotes dont l'appareil s'était écrasé. Plutôt fluet, les cheveux bruns en bataille, il avait quitté l'armée pour piloter des hors-bords, mais le boulot lui avait finalement paru manquer de piquant.

Jerry Pulaski, à l'ample silhouette, était allongé à côté de lui, endormi. Son complice était un ancien commando et au cours de cette mission, il devait se charger du bloc d'alimentation de plus de trente kilos une fois qu'ils l'auraient retrouvé. Mark Murphy, également endormi, complétait la fine équipe.

Au sein de la Corporation, Mark Murphy était chargé des armements sophistiqués de l'*Oregon*, et, bien qu'il n'eût jamais mis les pieds à l'armée, il savait les manier comme nul autre ;

c'était en tout cas l'avis de Juan. Plusieurs fois diplômé du Massachusetts Institute of Technology, il s'était lancé dans la conception et le développement de matériel militaire. Juan l'avait recruté avec son meilleur ami, Eric Stone, devenu le chef navigateur de l'*Oregon*. Juan devinait en eux une dynamique particulière lorsqu'ils étaient réunis, au point de croire qu'ils communiquaient par télépathie. Et quand ils discutaient de jeux vidéo, il avait l'impression de les entendre parler une langue connue d'eux seuls. Les deux jeunes gens se considéraient seulement comme des *geeks* du genre chic, bien que cet adjectif ne fît pas l'unanimité au sein de l'équipage.

Mark avait connu sa première expérience de combat rapproché lorsque la Corporation avait sauvé la secrétaire d'Etat, et d'après Linda Ross, il s'était conduit comme un professionnel. Juan avait tenu à ce qu'il les accompagne dans cette mission au cas où ils auraient rencontré des problèmes techniques avec le plutonium. Au sein de la Corporation, nul mieux que lui ne pouvait y faire face.

L'humidité était telle que les quatre hommes avaient ôté leur chemise et s'étaient aspergé le corps de DDT pour lutter contre les myriades d'insectes qui tourbillonnaient autour de la moustiquaire. Juan sentait la sueur coller les poils de sa poitrine et lui dégouliner le long des flancs. Alors que Jerry Pulaski arborait une musculature arrogante, Juan se contentait d'un physique de nageur, avec de larges épaules et une taille fuselée. Peu enclin à surveiller son alimentation, il gardait la forme en alignant des longueurs dans la piscine en marbre de l'*Oregon*.

— Encore une heure avant le coucher du soleil, annonça Juan en avalant une gorgée du café instantané préparé sur un petit réchaud portatif.

Habitué au délicieux Kona préparé à bord, il fit la grimace et jeta un regard mauvais à sa tasse.

— Il nous reste tout juste assez de lumière du jour pour préparer le canot gonflable. Si l'on part d'ici deux heures, on sera à la frontière un peu avant minuit.

— Juste avant l'arrivée de la troisième relève, quand la deuxième ne pense plus qu'à aller se coucher, dit Mike avant de lancer un coup de pied dans la cheville de Pulaski. Debout, la Belle au bois dormant, ton petit déjeuner va refroidir.

Jerry bâilla et s'étira, les cheveux tirebouchonnés par la chemise qu'il avait utilisée comme oreiller.

— Putain, c'est pas marrant de voir ta tête au réveil !

— Toi, la ramène pas, j'ai vu certaines des filles que t'as emmenées chez toi.

— C'est du café, ça ? demanda Mark Murphy en frottant ses yeux ensommeillés.

Il portait d'habitude les cheveux longs, mais pour cette mission, Juan lui avait demandé de revenir à une coupe plus pratique.

— Baptiser ça café serait exagéré, dit Juan en donnant sa tasse au génie des armes.

Après s'être changés, ils se rassemblèrent dans la cabane. Leur embarcation, un canot gonflable à coque rigide, ou RHIB, était amarrée à l'un des pilotis, la ligne de flottaison dangereusement basse. Modifié à bord de l'*Oregon*, il était équipé de deux énormes moteurs hors-bord et ne disposait, pour accueillir l'équipe, que d'un cockpit surélevé protégé par des vitres blindées à l'épreuve des balles.

Le RHIB était arrivé au Paraguay à bord d'un conteneur en acier chargé sur un camion de location. Juan ne savait pas si les Argentins avaient posté des espions dans les aéroports voisins de la frontière, mais à la place des dictateurs militaires c'est ce qu'il aurait fait. On conduisit donc le camion jusqu'à une ville isolée, à environ quatre-vingts kilomètres en amont de la frontière argentine. Eux-mêmes se trouvaient à présent à une cinquantaine de kilomètres plus au sud.

Plutôt que de franchir la frontière en hélicoptère, ce que la couverture radar rendait périlleux, même à basse altitude, Juan avait opté pour la voie fluviale, d'autant qu'un affluent se jetait dans le fleuve à moins de huit kilomètres de l'objet de leurs recherches. En outre, la couverture nuageuse qui s'affichait sur l'image satellite était en fait due aux gigantesques brûlis d'une opération de déforestation. Le risque d'être repérés était trop grand.

Juan se rappelait aussi l'opération Griffon menée par les Allemands au cours de la Deuxième Guerre mondiale, lors de la bataille des Ardennes : des commandos d'hommes parlant couramment l'anglais avaient traversé les lignes alliées pour intervertir les panneaux de signalisation, gêner la circulation et créer le maximum de chaos. L'un des caporaux SS avait révélé que la partie la plus effrayante de l'opération avait été le franchissement des lignes alliées, car ils étaient soumis aux tirs croisés des deux camps. Une fois de l'autre côté, poursuivait le militaire allemand, il avait accompli sa tâche sans la moindre peur, se sachant protégé par son uniforme et sa maîtrise de l'anglais. Il n'avait pas été capturé et avait fini par être blessé en défendant Berlin contre les Russes.

Comme Juan n'avait aucune envie de se trouver pris au milieu d'une fusillade entre garde-frontières nerveux, il avait choisi de franchir l'obstacle par en dessous.

Le RHIB était rempli jusqu'aux plats-bords de lourdes plaques de fer, de quoi quadrupler son coût d'expédition. Mark Murphy et Eric Stone avaient calculé très exactement le poids nécessaire pour relever le défi de Juan, mais le moment était venu de vérifier les calculs des deux génies.

Sans un mot, ils se mirent au travail. Jerry et Mike installèrent les capuchons sur les moteurs en s'assurant qu'ils étaient étanches, tandis que Mark vérifiait le bon amarrage des armes et des équipements. Après un dernier coup d'œil à la cabine, Juan sortit les quatre respirateurs Dräger. A la différence des bouteilles de plongée, ces appareils allemands ne laissaient pas de traînées de bulles. Ils nettoyaient le dioxyde de carbone du circuit fermé et ajoutaient de l'oxygène puisé dans un petit réservoir lorsque l'équilibre entre les gaz devenait dangereux.

Les quatre hommes revêtirent alors des combinaisons de plongée noires ultrafines, non pour se protéger du froid – l'eau était à la température du corps – mais pour dissimuler la blancheur de leur peau. Leurs chaussures de plongée étaient équipées d'épaisses semelles en caoutchouc et de palmes détachables, au cas où il leur faudrait quitter la rivière en toute hâte.

— Ça aurait été bien de pouvoir faire ça plus près de la frontière, dit Jerry Pulaski d'un ton plaintif.

— Ça, c'est sûr, fit Juan en réprimant un sourire.

D'après les images satellites, la prochaine bourgade le long du fleuve se trouvait à huit kilomètres en aval. Là encore, si Juan avait été membre de la junte, il aurait payé un indicateur pour lui rendre compte de tout mouvement suspect. Dans cette partie du monde, le patriotisme était un pâle substitut au ventre plein, et l'équipe s'apprêtait à affronter une rude épreuve. Cabrillo se tourna vers Murphy.

— Tu veux les honneurs ?

— Certainement pas ! Si on s'est trompés, tu nous feras payer le bateau, à Eric et à moi.

Juan haussa les épaules.

— Bien vu.

Dans le courant jusqu'à la poitrine, il saisit l'un des flotteurs et ouvrit une valve. L'air comprimé s'échappa en sifflant jusqu'à ce que le caoutchouc fût devenu flasque. Il fit signe à Jerry d'agir de même, et bientôt l'eau submergea le canot. Juan et Jerry appuyèrent sur les côtés pour l'enfoncer, mais la proue se releva et il fallut chasser encore plus d'air pour que le RHIB fût parfaitement équilibré.

Les calculs de charge s'étaient révélés exacts mais Juan n'en fut pas étonné.

Tous les membres de l'équipe mirent alors leurs masques et effectuèrent les essais de communication. Les risques de rencontrer crocodiles ou caïmans étaient minces, mais ils avaient tous une arbalète fixée à la cuisse.

Juan coupa la corde entre le canot et la cabane, et ils se laissèrent emporter avant de le pousser au milieu du fleuve.

Ils nagèrent ainsi sur plusieurs kilomètres, portés par le courant. Loin de la pollution lumineuse des grandes villes, la voûte céleste était cloutée de milliers d'étoiles au point que le ciel de la nuit ne semblait plus noir mais argenté.

En approchant du village suivant, ils dégonflèrent les compensateurs de flottabilité du RHIB et l'entraînèrent au fond de l'eau. Juan avait sorti un compas et il se guida grâce à l'écran lumineux de l'instrument. Dans cette obscurité, la situation avait quelque chose d'effrayant, d'autant que la température de l'eau, proche de celle du corps, annihilait toute sensation tactile. Ils progressèrent ainsi sur un kilomètre et demi avant que Juan ne donne l'ordre de remonter à la surface.

Le village se trouvait loin derrière et ils avaient à présent le fleuve pour eux seuls. Mais y aurait-il eu des bateaux qu'avec leurs combinaisons noires, les marins les auraient pris pour des branches à la dérive.

Après plusieurs heures, une faible lueur leur annonça qu'ils approchaient de la frontière. Avant de partir, ils avaient étudié les images satellites : du côté paraguayen, un quai en béton long d'une trentaine de mètres, bordé de bicoques et d'entrepôts décatis. La petite ville endormie, dont le bâtiment principal était une église blanche, formait un quadrilatère de quatre rues. Pour faire face à la concentration de troupes argentines, les Paraguayens avaient installé un détachement de soldats dans un champ au nord du village, sur la berge du fleuve.

Du côté argentin, tout était presque identique, si ce n'est qu'une garnison de près de cinq cents hommes s'y trouvait et avait déployé des rouleaux de fil de fer barbelé sur la piste entre les deux bourgades et érigé sur la rive des tours de guet équipées de projecteurs. Sur les photos satellites, on apercevait également deux vedettes amarrées à côté de ce qui semblait être le poste de commandement. Juan avait reconnu des Boston Whalers, probablement armées de mitrailleuses et de lance-grenades.

Proches du fond mais sans le toucher de façon à ne pas soulever de vase, ils progressèrent à travers le redoutable dispositif. Ils comprirent qu'ils avaient atteint l'Argentine lorsqu'un rayon de lumière vint transpercer les eaux sombres. Ils se trouvaient trop loin de la surface et le fleuve était trop boueux pour qu'on les voie depuis les rivages, mais ils s'écartèrent tout de même du rayon lumineux. Les deux soldats dans la tour ne contemplaient que le lent courant qui filait vers le sud.

Juan et son équipe demeurèrent sous l'eau pendant encore une heure et ne refirent surface que lorsqu'ils se furent éloignés de plusieurs kilomètres de la frontière. Il leur fallut encore une heure pour atteindre un affluent sans nom repéré auparavant. Cette fois-ci, les hommes durent lutter contre le courant. Au bout de vingt minutes, ils n'avaient parcouru qu'une centaine de mètres, mais jugeant qu'ils se trouvaient désormais à l'abri des regards, Juan donna l'ordre d'interrompre la progression.

Il soupira d'aise en enlevant le lourd appareil respirateur Draeger avant de le jeter au fond du bateau à moitié immergé.

— J'ai le bout des doigts rabougri, se plaignit Mark.

— Doucement, chuchota Juan. Bon, les gars, vous connaissez le programme. Plus on ira vite plus on gagnera de sommeil.

Les plaques d'acier destinées à enfoncer le RHIB pesaient vingt-cinq kilos chacune, un poids raisonnable pour des hommes en bonne condition physique, mais il y en avait des centaines et il fallait les soulever par-dessus le plat-bord et les jeter dans la rivière. Les hommes, notamment Jerry Pulaski, travaillaient comme des machines. Pour chaque plaque de métal que Murphy ou Mike jetaient par-dessus bord, il en jetait deux. Très lentement, le bateau commença à émerger comme quelque amphibien visqueux du limon primordial. Lorsque les plats-bords apparurent, Murphy lança la pompe sur batterie et l'eau se mit à sortir.

Il leur fallut une heure, après quoi les quatre hommes se laissèrent tomber comme des sacs de sable sur le pont encore mouillé.

Juan fut le premier à se lever. Il dit à ses hommes de dormir et confia le deuxième tour de garde à Jerry. Les ronflements ne tardèrent pas à ponctuer la clameur de la nuit tropicale.

Deux heures plus tard, un peu avant l'aube, le RHIB quitta l'affluent et retourna sur le fleuve. Les poches d'air qu'ils avaient vidées demeuraient flasques, mais l'eau était si calme et le canot si peu chargé que ses capacités n'en étaient pas amoindries.

Les quatre hommes avaient revêtu des treillis militaires argentins avec les insignes de la 9e Brigade et coiffé les traditionnels bérets marron. La 9e Brigade était une unité paramilitaire bien entraînée et bien équipée, placée sous les ordres exclusifs du général Corazón. En d'autres termes, c'était un escadron de la mort.

En se faisant ainsi passer pour un officier de la 9e Brigade, Juan se donnait les moyens de les tirer de n'importe quel mauvais pas.

Il se tenait debout à la barre, le béret crânement porté sur le côté, les yeux protégés par les lunettes noires d'aviateur, autre attribut des membres de la 9e. Derrière lui, les deux moteurs horsbord faisaient jaillir deux murs d'écume blanche tandis que la proue filait à la surface de l'eau comme une fusée. Mike et Murphy se tenaient à ses côtés, un pistolet-mitrailleur Heckler and Koch dans le dos. Jerry, lui, était recroquevillé en chien de fusil au fond du canot, endormi malgré le rugissement des moteurs.

Vingt minutes plus tard, ils arrivèrent en vue du premier village. Impossible d'estimer la date de sa destruction, mais au vu de la végétation qui envahissait les restes calcinés des cabanes, il s'agissait plutôt de mois que de semaines. Les terres cultivables avaient elles aussi succombé à l'inexorable avancée de la jungle.

— Je comprends ce qu'ont ressenti les gars en remontant le fleuve dans *Apocalypse Now*, dit Mike.

Aucun cadavre sur le sol – les animaux s'étaient chargés de faire place nette –, mais partout on lisait des traces de sauvagerie. La vingtaine de bâtiments que comptait le village avaient été détruits à l'explosif, des blocs de béton projetés jusque sur les berges du fleuve, et les quelques pans de murs encore debout étaient criblés de trous de balles de mitrailleuse. On apercevait également ceux formés par les obus de mortier tirés pour chasser la population vers les champs préalablement encerclés par les soldats argentins. Les villageois s'étaient rués vers leur massacre.

— Mon Dieu ! s'écria Murphy. Pourquoi ? Pourquoi tout ça ?

— Nettoyage ethnique, fit Juan, les dents serrées. On est très au nord du pays et ces villageois devaient être indiens. D'après les rapports des services de renseignements, le gouvernement de Buenos Aires veut éradiquer les dernières poches d'indigènes encore présents dans le pays. Et pour te donner une idée des personnages dont nous avons endossé l'uniforme, c'est très vraisemblablement l'œuvre de la 9ᵉ Brigade, dit-il avec un mouvement de menton vers le village dévasté.

— Charmant, lança Mike.

Il avait glissé son béret sous une épaulette et ses cheveux fins volaient autour de son visage.

— Il se passe la même chose dans les villes, reprit Juan. Dès qu'ils trouvent des indigènes, ils les raflent et les emmènent dans des camps de travail ici dans l'Amazone, ou bien ils disparaissent purement et simplement. Ce pays est un mélange d'Allemagne nazie et de Japon impérial.

— Combien d'Indiens reste-t-il ?

— Avant le coup d'Etat, ils étaient environ six cent mille. Dieu sait combien ont déjà été tués, mais si ce régime dure encore quelques années ils vont tous être massacrés.

Ils croisèrent un ferry qui remontait le courant avec à son bord huit camions et une quarantaine de passagers sur le pont supérieur. Les camions étaient peints en couleur camouflage et les passagers accoudés au bastingage étaient des soldats. Ils adressèrent de bruyantes salutations et de grands signes amicaux au RHIB auxquels Juan et ses compagnons se gardèrent de répondre. Lorsque les soldats argentins furent assez près pour reconnaître les bérets marron, les cris cessèrent et la plupart d'entre eux éprouvèrent soudain le besoin d'aller voir ce qui se passait de l'autre côté du vieux navire.

Il y avait peu de trafic sur le fleuve, surtout des pirogues taillées à la main, manœuvrées par un unique pêcheur. Juan avait un peu honte lorsqu'elles étaient prises dans le sillage du RHIB, mais jamais des membres de la 9ᵉ Brigade n'auraient ralenti en pareil cas. Ils auraient même probablement foncé sur les frêles embarcations pour les faire chavirer.

Deux heures et demie plus tard, ils atteignirent un affluent baptisé Rio Rojo en raison de la couleur brun rouge, semblable à du sang, que les alluvions donnaient à ses eaux. Pulaski, à présent réveillé, scrutait les berges avec Mike pour voir s'ils étaient surveillés. Mais seul un mur recouvert d'un inextricable enchevêtrement de végétation s'offrait à leur regard.

— RAS, lança Mike d'une voix forte pour couvrir le grondement des moteurs.

— RAS, lui fit écho Jerry en baissant ses jumelles.

Juan ralentit de façon à négocier le tournant et accéléra de nouveau lorsqu'ils furent engagés sur l'affluent. Le Rio Rojo faisait moins de cinquante mètres de large et les branches des arbres, en se rejoignant, formaient une sorte de plafond si bien que la lumière ainsi filtrée prenait une teinte verdâtre.

Ils poursuivirent leur progression à vitesse réduite et se retrouvèrent bientôt face à un vieux navire à coque de bois, sa cheminée exhalant une fumée noire et plus encore le logement du moteur à la poupe. Ce navire charriait un train de bois en quadrilatère dont les troncs latéraux étaient reliés par des chaînes. C'était sans doute du bois d'acajou et le train ne devait pas mesurer plus de soixante-cinq mètres de long vue l'étroitesse de la rivière.

— Pas de mât de radio, fit remarquer Mark Murphy.

— Ils ont probablement un téléphone portable, rétorqua Juan. Mais je n'ai pas peur qu'ils signalent notre présence. Ils voient bien que nous appartenons à la 9ᵉ Brigade et ils n'ont certainement pas envie de s'attirer des ennuis.

Ils se rangèrent sur la droite et croisèrent le navire sans qu'aucun membre de l'équipage ne leur adresse un salut.

Lorsqu'ils eurent dépassé le vieux rafiot, Juan poussa de nouveau les gaz, mais quelques instants plus tard, il dut à nouveau ralentir : un navire identique au précédent venait d'apparaître. Celui-ci était déjà bien engagé dans un coude de la rivière. D'après les règles de la navigation fluviale, Juan aurait dû ralentir, voire s'immobiliser, jusqu'à ce que le navire et son chargement de bois soient passés, mais les paramilitaires arrogants se moquaient bien des règles de navigation.

— Restez où vous êtes et laissez-nous passer ! hurla Juan en espagnol.

— Impossible ! s'écria le capitaine.

Trop occupé à surveiller son chargement, il n'avait même pas pris la peine de lever la tête pour voir qui s'adressait ainsi à lui. Car le train de bois s'approchait dangereusement de la rive, et s'il s'y encastrait, son navire n'aurait peut-être pas la puissance nécessaire pour l'en retirer. Cela arrivait parfois et il fallait alors des heures à l'équipage pour détacher certains troncs et reconstituer ensuite le chargement.

— Ça n'est pas une demande, c'est un ordre ! lança alors Juan d'un ton sec et méprisant.

L'un des marins tapota l'épaule du capitaine qui finit par lever les yeux pour découvrir les soldats à béret marron à bord du RHIB. Il pâlit un peu.

— C'est bon, c'est bon, dit-il avec la résignation des opprimés.

Il coupa les gaz et le courant envoya une dizaine de troncs sur la rive. L'impact brisa une section de chaînes, qui projetèrent de petits morceaux de rouille. Le vieux bateau repoussa le reste de son chargement contre la berge, ouvrant ainsi le passage au RHIB de Cabrillo. Les troncs libérés descendaient déjà le fleuve.

Fidèle à son personnage, Juan adressa à l'infortuné capitaine un salut moqueur et accéléra.

— Il leur faudra le reste de la journée pour réparer tout ça, dit Murphy.

— S'il avait attendu qu'ils aient franchi le coude, ils auraient eu des soupçons, rétorqua Mike Trono. Tant pis pour leurs ennuis, on ne pouvait pas risquer un contrôle. Je remarque quand même que Juan parle espagnol comme un Sud-Américain, alors que moi, dans un restaurant mexicain, je ne comprends rien au menu.

Ils poursuivirent leur route plus en amont et croisèrent un autre bateau tirant son chargement de bois avant que le GPS leur indique qu'ils étaient arrivés le plus près possible du site de l'accident. Cinq cents mètres plus loin environ, ils découvrirent un petit affluent tout juste capable d'accueillir le RHIB ; ils s'y engagèrent, non sans que les branches éraflent les flancs du canot en caoutchouc.

Jerry Pulaski l'amarra à une souche d'arbre et Juan coupa les moteurs. Après tant d'heures de vrombissement, il lui fallut quelques instants pour que lui parviennent à nouveau les bruits de la jungle. Sans qu'on eût besoin de leur en donner l'ordre, les hommes entreprirent alors de camoufler l'embarcation : à l'aide de branches arrachées à différents arbres et buissons, ils créèrent un amas végétal dissimulant complètement le canot.

Ils chargèrent ensuite leurs équipements, y compris le harnais spécialement conçu pour Jerry afin qu'il emporte la cellule au plutonium.

— Notre petite croisière s'achève, annonça alors Juan. Le boulot pénible va commencer. Je marcherai en tête, et toi, Mike, en queue. On reste sur nos gardes. On part du principe que les Argentins ont envoyé leurs propres équipes pour ramener les débris ou au moins pour enquêter.

Le visage enduit de graisse noire, aussi terrifiants que des para-militaires argentins, les hommes acquiescèrent en silence, gagnèrent le sol spongieux et se mirent à suivre une piste d'animal parallèle au petit cours d'eau. Il faisait bien 27° et le taux d'humidité rendait l'air suffocant.

Pendant le premier kilomètre, Juan sentait une douleur dans chaque muscle, tant il avait passé de temps dans l'eau, mais bientôt, force et souplesse lui revinrent comme par enchantement. Il se déplaça avec plus d'aisance, ses bottes semblaient effleurer le sol, allant jusqu'à oublier sa prothèse. Il était plus habitué aux vastes espaces comme la mer ou le désert, mais ses autres sens suppléaient à ce que ses yeux ne pouvaient voir. Il flottait dans l'air quelques traces de fumée de bois (dues aux opérations de coupe) et lorsqu'il entendit un cri d'oiseau venu de la canopée, il s'immobilisa pour deviner ce qui avait pu le déranger. S'agissait-il d'un prédateur, ou de quelque chose qu'il avait vu sur le même sentier que Juan et son équipe ?

La concentration requise pour scruter la jungle était aussi épuisante que la progression à travers l'épaisse végétation.

Quelque chose sur sa gauche attira le regard de Juan. Il jeta un genou en terre et fit signe à ses hommes de l'imiter. A travers le viseur de son pistolet-mitrailleur, il étudia l'endroit qui avait éveillé son attention. La poussée d'adrénaline dans ses veines semblait aiguiser sa vision. Pourtant, il ne perçut aucun mouvement, pas même un frémissement du feuillage. La canopée formait comme un couvercle au-dessus d'eux, tout était pratiquement immobile. Il tourna imperceptiblement la tête, modifiant son angle de vision.

Là !

Un éclair métallique. Pas l'éclat noir d'une arme braquée sur lui, mais le chatoiement d'un aluminium déjà ancien égaré dans l'épaisseur de la jungle. D'après le GPS, ils se trouvaient encore à plusieurs kilomètres de l'endroit où avait atterri le bloc d'alimentation et Juan se demanda s'il ne s'agissait pas de débris du satellite.

Toujours accroupi, la crosse du MP-5 calée contre l'épaule, il s'écarta du sentier, sachant bien que ce qui échappait à présent à son champ de vision était couvert par ses hommes. Il progressa avec la patience d'un jaguar. A un mètre cinquante, il aperçut sous la végétation quelque chose qui ne pouvait appartenir à la fusée.

Avec le canon de son arme, il écarta un paquet de lianes et ne put retenir un cri de surprise : il venait de découvrir un cockpit d'avion. Le pare-brise avait depuis longtemps disparu et des plantes grimpantes s'étaient enroulées autour des sièges et des cloisons qu'elles enserraient comme des serpents. Mais c'est ce qui se trouvait sur le siège du pilote qui attira surtout son attention. Du corps du pilote, il ne restait qu'un squelette brun vert qui ne tarderait pas à se dissoudre dans le siège. Les vêtements avaient pourri depuis longtemps, mais sur le giron de l'homme on voyait comme un trait luire dans la lumière diffuse du soleil : probablement une fermeture éclair.

Il siffla doucement et quelques instants plus tard, Mark Murphy et Jerry Pulaski le rejoignirent. Mike, lui, demeurait sur le sentier, en couverture.

— Qu'en pensez-vous ? demanda Juan.

— On dirait que cet avion est là depuis un bout de temps, dit Jerry en écrasant sur sa nuque un énorme insecte.

Mark demeura un instant songeur, puis son visage s'éclaira.

— Ça n'est pas un avion, c'est le *Flying Dutchman*.

— Pardonne mon ignorance, mais est-ce que le *Flying Dutchman* n'était pas un vaisseau fantôme ? dit Pulaski.

— Non, c'était un petit dirigeable de reconnaissance. Tenez, regardez entre les sièges. Vous voyez cette grosse manette ? Elle sert à faire varier l'inclinaison de l'appareil. Si on la pousse, le nez pique en avant. Si on la tire, le nez se relève.

— Qu'est-ce qui te fait croire qu'il s'agit du *Flying Dutchman* et pas d'un appareil de reconnaissance de la Navy disparu au cours de la Deuxième Guerre mondiale ?

— Parce qu'on est à mille cinq cents kilomètres de l'Atlantique et du Pacifique et que le *Flying Dutchman* a disparu alors qu'ils cherchaient une cité perdue dans la jungle.

— C'est bon, dit Juan. Et si tu reprenais depuis le début ?

Mark ne pouvait détacher ses yeux de la nacelle de l'aéronef.

— Quand j'étais gamin, j'adorais les dirigeables, grands et petits. C'était qu'un passe-temps, hein, rien de plus. Avant ça, c'était les locomotives à vapeur. Bon, d'accord, j'étais azimuté, ajouta-t-il en voyant le regard des deux autres.

— Etais ? fit Jerry, le visage impassible.

— En tout cas, je lisais des tas de trucs sur les aéronefs, sur leur histoire. Comme celle du L-8, un patrouilleur de la Navy qui a décollé de San Francisco en août 1942. Deux heures après un vol de reconnaissance tout à fait normal, l'équipage annonça avoir repéré une tache d'huile. Deux heures plus tard, le courant ramenait le petit dirigeable à la côte, mais sans les hommes. Seul indice : deux gilets de sauvetage manquaient à bord.

— Quel rapport avec ça ? demanda Juan, un peu agacé.

Mark Murphy était le type le plus intelligent qu'il eût jamais rencontré, mais il avait tendance à se perdre en digressions, ce qui mettait d'ailleurs en valeur sa mémoire quasi photographique.

— Bon, encore une histoire de dirigeable perdu : celle du *Flying Dutchman*. J'espère que je m'en souviens bien. Après la guerre, un ancien pilote et quelques-uns de ses copains ont acheté un dirigeable réformé par la Navy dans l'intention de rechercher une cité perdue dans la jungle sud-américaine, probablement El Dorado. Ils ont transformé l'appareil pour qu'il puisse voler à l'hydrogène, un gaz hautement explosif mais qu'ils pouvaient fabriquer eux-mêmes grâce à l'électrolyse.

— Des chasseurs de trésor ? fit Jerry Pulaski, dubitatif.

— Je ne dis pas qu'ils avaient raison, rétorqua Mark, un peu sur la défensive, je dis seulement qu'ils ont existé pour de bon.

— Tout cela est très intéressant, dit Juan en s'éloignant du cockpit et de son macabre occupant, et j'ai gardé en mémoire les coordonnées sur le GPS, mais j'ai une mission à accomplir.

— Accorde-moi cinq minutes, demanda Mark.

Après un instant d'hésitation, Juan acquiesça.

Mark le remercia d'un sourire, puis se glissa dans la nacelle par l'ouverture de la porte arrachée. Sur sa gauche, les deux sièges des pilotes et les instruments de bord. A sa droite, la cabine proprement dite, agencée de manière très fonctionnelle : deux couchettes, une petite coquerie avec un réchaud électrique et une dizaine de tiroirs pour les rangements. Il les ouvrit un à un, à la recherche d'indices, mais ne trouva que des tapons de moisissure ou des vieilles gamelles.

Dans un des tiroirs, il découvrit cependant les restes d'un harnais d'escalade. Les sangles et les cordes avaient pourri, mais en dépit des années l'acier n'avait pas bougé. Il comprit qu'un des membres de l'équipage s'était servi de ce harnais pour une reconnaissance à terre. Ses efforts furent enfin récompensés lorsqu'il ouvrit une boîte de café rouillée abandonnée sur la tablette servant aux repas.

Il se maudit alors de ne pas avoir compris immédiatement. Lorsque l'appareil s'était écrasé, la boîte aurait dû rouler sur le plancher et si elle était encore posée sur la tablette, c'était que quelqu'un l'y avait déposée. Un survivant. A l'intérieur, il découvrit un morceau de caoutchouc blanc : il lui fallut quelques instants pour se rendre compte qu'il s'agissait d'un préservatif. On avait glissé quelque chose à l'intérieur, probablement des papiers, avant de le refermer soigneusement.

Le paquet se trouvait là depuis soixante ans et ce n'était ni le lieu ni le moment de l'ouvrir. Pour en savoir plus, il lui faudrait attendre d'être de retour sur l'*Oregon*. Il déposa le préservatif dans une pochette imperméable qu'il glissa dans son sac à dos.

— On y va ! lança Juan dont la voix semblait étouffée par l'épaisseur de la végétation.

— J'ai terminé, répondit Mark en sortant de la nacelle avec un dernier regard en arrière.

Il espérait bien retrouver les noms de ces hommes et rendre compte de sa découverte à leurs familles.

4

L E VENT AVAIT FORCI et des bourrasques hurlantes soulevaient des chapes de neige sur les dômes des bâtiments. Curieusement, ce continent isolé est considéré comme un désert sans guère de précipitations alors même qu'il est presque en totalité recouvert par la neige. La péninsule est moins sujette aux précipitations que l'intérieur, mais les flocons échoués sur le complexe pouvaient fort bien être tombés des siècles auparavant.

Ce n'était pas encore la tempête à laquelle ils s'attendaient, mais pour l'heure un simple rappel qu'en ces lieux, l'être humain est un intrus.

Andy Gangle se réveilla avec un terrible mal de tête, non comme s'il était resté trop longtemps devant un écran d'ordinateur, mais plutôt comme s'il avait avalé trop vite une boisson glacée. Il avait beau plaquer sur ses tempes des chaufferettes chimiques, comme pour se dégeler le cerveau, rien n'y faisait. Ni la pièce plongée dans l'obscurité, ni les comprimés d'antalgique qu'il avait avalés sans eau lorsque la douleur avait fait son apparition. En dépit de sa volonté de rester à l'écart, il ne put s'empêcher d'émettre une plainte, un appel à l'aide. Il était recroquevillé sur son lit en position fœtale sur ses draps trempés de sueur tandis que sur l'affiche accrochée au mur, Albert Einstein tirait la langue à l'objectif du photographe.

Cette affiche, gagnée lors d'un concours scientifique au lycée, il l'avait gardée sur son mur tout au long de sa scolarité. Elle était un peu défraîchie, mais chaque fois qu'il avait des problèmes, il lui suffisait de la regarder pour juger absurde tout ce qui le tracassait. Si, accablé par la culpabilité de savoir que ses équations avaient servi à anéantir deux villes au Japon, Einstein pouvait rire à la face du monde, alors rien ne saurait arrêter Andy Gangle.

Mais aujourd'hui, en la contemplant, il n'éprouvait que rage. Une rage aveugle augmentée par l'atroce douleur qui lui vrillait le cerveau. Que savait Einstein de tout cela ? Il avait déjà révolutionné la physique étant jeune et avait passé le reste de sa vie à tergiverser. Qu'il aille au diable ! Qu'ils aillent tous au diable ! Plus vite qu'il ne l'aurait lui-même cru possible, Gangle déplia ses membres gourds, bondit du lit et arracha l'affiche. Le scotch laissa quatre bouts de papier accrochés au mur mais le reste vint d'un seul tenant. Andy la déchira avec ses doigts et ses dents jusqu'à en faire des confettis qui jonchèrent le sol en linoléum.

Au même moment, Gina Alexander passait devant la porte d'Andy pour aller à la cuisine ; elle songeait que dans cinq jours, un bel avion Hercules C-130 atterrirait sur la piste glacée, à quatre cents mètres de la station, et qu'elle l'attendrait là-bas. Première escale, le Chili, puis Miami, et ensuite… ?

Elle n'en savait rien. Ce séjour en Antarctique avait eu un effet cathartique et avec le temps la douleur qu'avait représentée la trahison de son mari et leur divorce s'était estompée, mais elle ne savait pas ce qui se passerait ensuite. Elle ne voyait pas aussi loin. Peut-être irait-elle s'installer plus près de chez ses parents, mais l'idée d'aller vivre en Floride, dans un endroit nommé Plant City, lui donnait déjà d'imaginaires cheveux blancs et de l'arthrite dans les doigts.

De la chambre d'Andy lui parvint alors un bruit quasiment reptilien, un sifflement rauque, comme celui d'un serpent monstrueux ou d'un lézard géant. Elle s'arrêta net et écouta. Le bruit cessa. L'espace d'un instant, elle eut envie de frapper à la porte d'Andy et de lui demander s'il allait bien, mais elle se ravisa. Si

Andy aux Yeux Foireux avait un problème, tant pis pour lui. Avec son comportement bizarre, il s'était mis à dos toute l'équipe et il ne faisait que récolter ce qu'il avait semé.

Une minute plus tard, elle accueillait les premiers scientifiques, allumait la plaque chauffante et glissait les premières tranches dans le grille-pain.

Pourtant, il aurait été du devoir de Gina d'aller voir ce qui arrivait à Andy ou d'avertir Greg Lamont, le directeur de la station.

Au cours de son accès de frénésie, Andy avait trouvé le moyen d'alléger la douleur qui lui vrillait le crâne. Pris d'une rage folle, il s'était mordu l'index en déchirant le papier. Le sang, au goût de cuivre et de sel, pas déplaisant, fit aussitôt baisser la douleur derrière ses yeux, comme la lumière d'un lampadaire qui passe du blanc à l'orangé avant de s'éteindre.

Le morceau de chair qu'il mâchonnait avait la texture du caoutchouc, ou plutôt d'une gomme à crayon durcie par le temps. Fasciné, il leva la main et contempla le réseau de rigoles que le sang formait sur sa peau. Il pouffa, trempa l'index dans le sang et écrivit sur le mur. Il traça des lettres qui formèrent des mots et il s'ensuivit un concept qu'il aurait dû comprendre dès le début. C'était si simple, si parfait. Il dut bien reconnaître, cependant, que la ligne d'écriture était plutôt rudimentaire, car on ne travaille pas aussi facilement le sang que la peinture, mais le sens, lui, était parfaitement clair.

Je vaistika Nicole.

Quelque instinct d'autoconservation profondément enfoui en lui le poussa à se laver avant d'aller chercher ce qu'il lui fallait pour son plan. Il emmaillota son doigt dans du ruban adhésif, essuya plus ou moins bien ses lèvres tachées de sang, jeta un coup d'œil dans le couloir pour s'assurer qu'il n'y avait personne, et sortit.

5

E N ENTENDANT LE BRUIT DES HÉLICOPTÈRES, Juan leva la main. La canopée étouffait le vacarme des rotors et l'empêchait de voir les appareils, mais les meilleurs chasseurs du monde sont capables de déceler les plus infimes mouvements dans l'épaisseur de la végétation, et il avait aussitôt reconnu des hélicoptères militaires. Ils n'avaient pas le son raffiné des appareils qui transportent les nantis. Leur bourdonnement rauque dénonçait des engins rustiques, conçus pour emporter le maximum d'hommes et de matériel. Sachant que l'œil humain perçoit plus facilement le mouvement que les formes, ils s'accroupirent le long de la piste jusqu'à ce que le bruit eût disparu.

— Qu'en penses-tu ? demanda Jerry Pulaski.

— Notre comité d'accueil vient d'arriver. Faisons en sorte qu'il n'ait pas le temps d'organiser la réception. La piste nous emmène un peu à l'est de notre objectif, dit-il en consultant son GPS. Le moment est venu de couper à travers la forêt. Même formation.

En se courbant, ils parvenaient à éviter les feuilles et les branches les plus grosses, mais la grande taille de Jerry le désavantageait. Au bout de dix minutes, il avait le visage tailladé par des feuilles tranchantes comme s'il s'était rasé avec une vieille lame et les insectes, ravis de l'aubaine, se ruaient sur lui comme des pilotes kamikazes.

Pour ajouter le pénible au désagréable, le terrain se mit à monter car ils venaient d'atteindre les contreforts montagneux repérés sur les photos de reconnaissance. Quant à l'odeur de brûlé, elle se faisait envahissante. Ils ne se trouvaient plus qu'à quelques kilomètres des chantiers de déboisement.

Juan traça un chemin dans la broussaille du mieux qu'il put mais lorsqu'il avisa une large trouée en face de lui, il commit l'erreur de s'y précipiter sans l'examiner. Il avait à peine mis le pied sur une piste en terre qu'un semi-remorque jaillit devant lui. Eût-il émergé de la forêt une seconde plus tôt que le chauffeur l'aurait aperçu sans toutefois avoir le temps de freiner.

Juan se figea sur place et dut faire des moulinets avec les bras pour ne pas être aspiré sous les énormes roues du camion. L'énorme plateau vide destiné à recevoir les troncs d'arbre passa à quelques centimètres de son visage et il manqua d'être asphyxié par le tourbillon de poussière soulevé par l'engin.

Mais les réflexes nés de l'entraînement eurent raison de sa surprise initiale et il se jeta à terre au cas où le chauffeur aurait eu la mauvaise idée de regarder dans son rétroviseur. Il demeura allongé jusqu'à ce que le camion eût disparu, puis se releva.

— Pas passé loin, fit inutilement remarquer Mark Murphy.

Juan, sachant que son subordonné le taquinait, ne mordit pas à l'hameçon.

Lorsqu'ils se furent assurés qu'aucun autre camion ne surgirait de nulle part, ils traversèrent la piste et Mike Trono effaça leurs traces derrière lui avec une branche d'arbre.

En sûreté de l'autre côté, Juan tira de son sac son détecteur de rayons gamma. L'appareil était de type militaire, c'est-à-dire aussi simple que possible : une boîte noire de la taille d'un ancien lecteur de cassette, avec un bouton on/off, un voyant rouge et un cadran muni d'une seule aiguille. Lorsque le voyant rouge s'allumait, c'est que la machine avait détecté des rayons gamma ; il suffisait alors de la tourner sur 360° et l'aiguille indiquait la direction de la source.

Juan alluma l'appareil. Un grésillement du détecteur lui apprit qu'il fonctionnait, mais le voyant ne s'éclaira pas. Ils étaient encore trop loin du bloc d'alimentation pour pouvoir détecter ses faibles rayonnements.

Ils entreprirent l'ascension des collines, croisant et recroisant la piste en terre. L'air était à présent lourdement chargé de fumée et des nuages blancs s'attardaient au fond des dépressions comme à la suite d'une attaque aux gaz de combat.

Mark suggéra de faire du stop dès le passage d'un prochain camion, et il plaisantait à peine. Voyant à quel point ses hommes étaient épuisés, Juan se promit de leur accorder une nuit de repos une fois qu'ils auraient récupéré le bloc d'alimentation.

A midi, ils atteignirent le sommet de la montagne et poursuivirent leur progression à plat ventre, de façon à ce que personne ne puisse repérer un mouvement depuis le fond de la vallée. Ce fut alors l'enfer qui leur sauta aux yeux.

Sur des kilomètres, ce qui avait été une luxuriante forêt vierge offrait désormais l'aspect d'une étendue boueuse piquetée çà et là de rares broussailles. De pyramides de bois s'élevaient des colonnes de fumée, tandis que d'énormes engins jaunes hachaient le paysage, des troncs entiers enserrés dans leurs mâchoires d'acier. Au milieu de ce chaos, semblables à des fourmis, des hommes passaient de coupes en coupes et débitaient à la tronçonneuse des arbres qui avaient mis des générations à pousser.

Sur leur gauche, la dévastation s'étendait sur les flancs d'une montagne déjà scarifiée par une piste. Là, quelque chose attira l'attention de Juan. Il tendit à Mark Murphy le détecteur de rayons gamma, prit une paire de jumelles dans son sac et la braqua de façon à ce que le soleil ne se reflète pas sur les verres.

En haut de la colline, on avait ménagé un espace plat permettant de charger les troncs sur les semi-remorques. On distinguait une baraque de chantier en aluminium et plusieurs véhicules destinés à l'industrie forestière, notamment des tracteurs équipés de grappins et des débusqueurs avec des pneus à chaînes. Juste derrière se trouvaient les deux hélicoptères qu'ils avaient entendu passer, les rotors luisant dans la lumière du soleil mais rendus presque invisibles grâce à leur peinture camouflage.

Des soldats étaient rassemblés comme à la parade, mais de façon plutôt informelle, tandis que deux autres hommes en uniforme, probablement des officiers, discutaient avec un groupe de bûcherons. A leurs pieds, un morceau de métal noirci. Juan était trop loin pour distinguer les détails, mais il ne fallait pas être grand clerc pour deviner qu'il s'agissait d'un fragment de la fusée. Les civils montrèrent plusieurs fois du doigt le flanc de la montagne comme pour signifier qu'il s'était passé là, non loin du sommet, quelque chose d'important.

— Alors ? demanda Mike.

— La réception s'organise, répondit Juan d'un air sombre.

— J'ai quelque chose, annonça Mark en déplaçant le détecteur de rayons gamma.

— Où ça ?

— Par là, fit Mark en tendant le doigt. Le signal est faible, mais c'est vers l'endroit où les Argentins tiennent leur petite sauterie.

Juan imaginait le déroulement des événements : la fusée qui explose en plein vol, les débris qui pleuvent sur la jungle, et quelque chose qui atterrit dans la clairière et qui est ramassé par des bûcherons. Le chef de chantier prévient les militaires. En ce moment même, ils étaient en train d'indiquer aux soldats l'endroit, près du sommet de la montagne, où d'autres débris avaient atterri.

*
* *

Le major Jorge Espinoza, de la 9e Brigade, aimait les ordres. Il aimait en recevoir, il aimait en donner, et il aimait les voir accomplis. La nature de ces ordres ne l'avait jamais préoccupé.

Qu'on lui enjoigne de patauger pendant une semaine dans les marais pour l'entraînement de ses chers bérets marron ou d'incendier un village d'indigènes, pour lui cela ne faisait aucune différence. Il accomplissait ces deux tâches avec le même entrain et la même détermination. Au cours de toutes ces années dans l'armée, jamais il ne s'était demandé si les ordres qu'il recevait étaient justifiés d'un point de vue moral. Il ne prenait pas cela en considération. Quand on reçoit un ordre, on l'exécute. Point à la ligne.

Ses hommes le considéraient comme le chef idéal : jamais envahi par l'émotion ni assailli par le doute. Mais en privé, le major Jorge Espinoza reconnaissait intérieurement préférer certains ordres à d'autres. Massacrer des villageois est tout de même plus jouissif que de passer une semaine dans un marais avec de l'eau jusqu'à la ceinture.

Dans sa famille, on servait l'Argentine depuis quatre générations, et son père, colonel dans les services de renseignements, officiait à l'époque glorieuse où les généraux dirigeaient le pays. Avec gourmandise, il avait raconté à ses fils comment l'on traitait à l'époque les ennemis de la patrie, les histoires d'hélicoptères lâchant leurs grappes d'opposants à trois cents mètres d'altitude au-dessus des eaux glacées de l'Atlantique Sud. Le jeu consistait à lancer le deuxième homme dans l'écume formée par le premier et ainsi de suite.

C'était une version psychopathique du jeu de l'anneau, mais Jorge ne voyait pas les choses de cette façon.

Trop jeune pour avoir participé à la guerre des Malouines, il avait cependant été entraîné par ses vétérans avant de mener une impeccable carrière militaire, et avait été l'un des premiers à se porter volontaire lors de la création de la 9ᵉ Brigade, à la suite du coup d'Etat du général Corazón. Pour avoir suivi le même entraînement sévère que les jeunes hommes qu'il commandait à présent, il avait réussi à conquérir à jamais leur loyauté.

Il était à présent commandant en second de la brigade, sous les ordres du général Philippe Espinoza, son propre père, qui avait repris du service. Quant aux éventuelles rumeurs de népotisme, elles disparaissaient aussitôt devant la brutalité du jeune Espinoza et l'efficacité avec laquelle il accomplissait sa tâche.

Il aimait commander sur le terrain, ce qui expliquait sa présence au cœur de l'Amazonie argentine et ses discussions avec les bûcherons qui avaient vu s'écraser un engin près de leur lieu de travail. Le débris qu'ils lui montraient appartenait à coup sûr à une fusée américaine : il était en aluminium, soigneusement riveté et dépourvu de la moindre imperfection de surface. Les bords en étaient tordus comme sous l'effet d'une explosion et l'on distinguait une vingtaine de marques sur la peinture blanche.

La junte au pouvoir, elle, voyait dans un tel débris de fusée un moyen d'embarrasser les Etats-Unis. La NASA avait beau prétendre qu'il s'agissait d'un satellite de météorologie, les généraux argentins, eux, pouvaient fort bien dénoncer une tentative d'espionnage.

— Un autre morceau a dû tomber de l'autre côté de la montagne, dit le chef d'équipe en montrant la colline à moitié dénudée dans leur dos – la présence de tant de bérets marron le rendait un peu nerveux, mais il avait cru de son devoir de prévenir l'armée – Derrière les hommes que vous voyez en train de débiter des troncs sur la colline. Certains d'entre eux voulaient aller le chercher, mais je les paye pour couper du bois, pas pour faire de l'exploration. Ils ont déjà perdu une heure à déterrer celui-ci.

Espinoza jeta un regard à son second, le lieutenant Raul Jimenez. A la différence du major, qui avait hérité les cheveux châtains et les yeux bleus de sa grand-mère paternelle, Jimenez arborait le teint mat et les allures de gitan de ses ancêtres basques. Les deux hommes avaient fait presque toute leur carrière ensemble et si l'un était lieutenant et l'autre major, c'était simplement parce que Jimenez avait refusé un commandement pour ne pas quitter son ami.

Entre eux, nul besoin de mots pour deviner les pensées de l'autre.

— Rassemblez le plus d'hommes que vous pourrez en un quart d'heure, ordonna Jimenez d'un ton sec au chef d'équipe. On progressera en ligne vers le sommet de la montagne jusqu'à ce qu'on trouve ce que les yankees ont perdu dans la jungle.

Un peu hésitant, le contremaître se gratta la tête avant d'acquiescer.

— C'est un plaisir de rendre service à la 9e Brigade.

Après le départ du bûcheron, Espinoza et Jimenez allumèrent un cigarillo.

— On va retrouver ce qu'ils ont vu tomber, dit le major Espinoza. La seule question, c'est de savoir si ça vaut le coup.

— Chaque fois qu'on peut montrer que les Américains ne sont pas infaillibles, c'est bon pour le ministère de la Propagande.

— L'opinion mondiale est tellement remontée contre notre gouvernement qu'un bout de ferraille tombée de l'espace n'y changera pas grand-chose. Mais les ordres sont les ordres, pas vrai ? Et puis ça fait un bon exercice pour les hommes. A force de nettoyer des villages depuis les bateaux sans se fatiguer, ils risquent de s'amollir.

*
* *

Juan Cabrillo et ses hommes étaient déjà en route lorsque le contremaître recevait l'ordre de rassembler ses bûcherons. Qui arriverait en premier ? Juan et son équipe avaient plus de chemin à parcourir, mais c'était à proximité du sommet, tandis que les Argentins devaient escalader la montagne et procéder en outre à leurs recherches avec lenteur et méthode. Les hommes de la Corporation, eux, possédaient un détecteur de rayons gamma qui leur indiquerait avec exactitude où se trouvait le bloc d'alimentation.

Les hommes se mirent en route rapidement mais gardèrent le silence, et bientôt l'on n'entendit plus que le frôlement des feuilles sur leurs vêtements et le bruit feutré de leur respiration.

A cette altitude, la fumée venue du chantier de déboisement ne formait plus qu'un fin voile, qui contribuait tout de même à les dissimuler à la vue des soldats.

Juan ne modifia pas leur allure lorsqu'ils entendirent le rugissement de l'hélicoptère qui se rapprochait, mais il sentit s'accélérer les battements de son cœur. Il aurait dû se douter qu'ils procéderaient à une reconnaissance aérienne. Un morceau de fusée de trente-cinq kilos échoué dans la jungle laissait forcément un cratère repérable depuis les airs. Sauf si la canopée demeurait suffisamment dense pour le dissimuler.

Quelque chose lui disait qu'ils n'auraient pas cette chance.

— Le signal est toujours bon, annonça Mark.

Pour progresser plus rapidement, ils avaient réduit les larges espaces qui les séparaient et il marchait juste derrière le président.

Quarante minutes plus tard, ils se trouvaient près de l'endroit où l'hélico avait émergé de la jungle et cherchaient des traces d'impact.

Juan en était à regretter que leur détecteur ne leur donne aucune indication de distance lorsque le bruit de l'hélicoptère se mit à changer pour adopter un rythme régulier. Cela ne pouvait signifier qu'une chose : il se trouvait au-dessus du bloc d'alimentation.

Cabrillo étouffa un juron. Une équipe pouvait être hélitreuillée jusqu'au sol, s'emparer du bloc d'alimentation et le ramener à bord avant que ses hommes et lui aient couvert la moitié du chemin.

Ils se lancèrent alors au pas de course à travers la jungle avec une telle facilité qu'on aurait pu croire qu'ils y étaient nés.

Soudain, l'hélicoptère abandonna son vol stationnaire et se dirigea vers le sud, en direction de la zone de déboisement. Rassuré, Juan ralentit l'allure. Après cette course folle, son cœur battait à tout rompre dans sa poitrine, mais il se força à prendre de longues inspirations pour saturer à nouveau ses tissus d'oxygène.

Puis Mike et lui se jetèrent sur le sol et se mirent à ramper pour franchir les derniers mètres.

Avant de se ficher en terre, le bloc d'alimentation avait arraché le feuillage sur son passage, laissant une traînée noire en forme de cône. Quant au point d'impact, il se présentait sous la forme d'un cratère de terre brûlée. Cinq soldats argentins étaient descendus de l'hélicoptère au moyen d'une corde. Deux d'entre eux étaient occupés à creuser à l'aide de pelles, probablement confisquées aux bûcherons, tandis que les autres établissaient un périmètre de sécurité. Tous les cinq portaient le célèbre béret marron.

Ayant étudié les pratiques de la 9ᵉ Brigade, Juan savait qu'ils opéraient toujours par escouades de six. Il y avait donc un sixième homme avec eux, un homme qu'ils ne pouvaient voir pour le moment. Il cliqua trois fois sur le bouton de commande de sa radio de combat, donnant ainsi l'ordre à ses hommes de ne pas bouger et de se mettre à couvert.

Mike et lui pouvaient se débarrasser des trois sentinelles avant qu'elles aient pu lancer un appel radio, puis neutraliser les deux hommes occupés à creuser, torse nu, leurs affaires jetées à quelques mètres d'eux. Mais il y avait le sixième. L'invisible. Il fallait d'abord s'occuper de lui.

Cabrillo se débarrassa de son pistolet-mitrailleur MP-5, qui allait l'encombrer. Son pistolet demeurerait également dans son étui. Eût-il amené un silencieux, le bruit de la détonation, même étouffé, aurait jeté la panique chez les animaux de la jungle et alerté les Argentins.

Au cours de sa vie, il avait rencontré des hommes qui préféraient tuer au couteau plutôt qu'à l'arme à feu, et pour cela même ne leur avait jamais fait confiance ; mais il connaissait bien la technique et l'avait même utilisée plus d'une fois. Tuer avec un couteau c'est du sale travail, et ceux qui agissent ainsi, à son avis, éprouvent une jouissance malsaine qui éclipse le sens et les nécessités de leur mission.

Les lieux étaient difficiles à surveiller, la vue très vite bloquée par la végétation. Dès lors, comment deviner où avait pu se poster ce sixième homme pour protéger ses camarades occupés à creuser ?

A dix heures de là où se trouvait Juan, le sous-bois était moins dense car de très grands arbres empêchaient la lumière du soleil d'atteindre le reste de la végétation. C'est là qu'un tireur aurait le meilleur champ de vision. Il passerait par-derrière, neutraliserait le type, puis Mike et lui s'occuperaient des autres. Il tira son poignard et s'apprêtait à s'élancer lorsqu'il se figea sur place.

Des voix.

Une dizaine d'hommes, soldats et bûcherons mêlés, parlant fort et riant, fonçaient à travers la jungle comme un troupeau de sangliers.

Juan demeura immobile. Toute action aurait été suicidaire. Toujours préoccupé par l'absence du sixième homme, il avait envie d'appeler Murphy et Pulaski par radio, mais n'en fit rien. Le mieux était encore de rester à couvert et d'attendre une opportunité.

Pendant une heure, Juan observa les hommes déterrer le bloc d'alimentation de plus de trente kilos, tandis qu'à ses côtés, Mike dormait. Quelque part dans la jungle derrière eux, Mark ou Jerry devait également dormir, veillé par son compagnon.

Ils étaient suffisamment près du cratère pour que Juan entende un lieutenant appeler son PC :

— On l'a retrouvé, *jefe*… non, je n'en suis pas sûr. Il fait environ un mètre de long, il est rectangulaire et doit peser une trentaine de kilos… Quoi ?… Aucune idée, un genre d'appareil scientifique. Mais je ne sais absolument pas à quoi ça peut servir… Non, chef. Ce sera plus facile si on le ramène là où ils chargent les troncs. On a vu qu'ils avaient deux camions à plate-forme. On s'en servira pour retourner au chantier. Je pense qu'à ce moment-là, le pilote aura trouvé ce qui clochait dans le circuit électrique de l'hélico et on pourra être de retour à la base à temps pour prendre un cocktail au club O.

Juan en avait assez entendu. Il connaissait désormais leur plan. Il tapota Mike sur l'épaule et celui-ci se réveilla aussitôt, mais en silence. Même endormi, ce guerrier demeurait sur le qui-vive. Ils s'en retournèrent d'où ils étaient venus en prenant garde de ne pas déranger la végétation et retrouvèrent Jerry et Mike quatre cents mètres plus loin.

— Ils ont récupéré le satellite, annonça Murphy. C'est parti.

Juan avala une gorgée à sa gourde : depuis sa rencontre avec les Forces spéciales argentines, il n'avait rien bu.

— Ils vont l'amener jusqu'au lieu de chargement des troncs, puis jusqu'au chantier de coupe, et, de là, il sera transporté en hélico.

— Et nous ? demanda Mark, le sourcil interrogateur.

— On va les en empêcher.

Les soldats et l'équipe de la Corporation redescendirent de la montagne parallèlement, en direction de la portion de terrain aplanie que les bûcherons avaient ménagée pour installer leurs équipements. Il y avait une excavatrice équipée d'un grappin pour charger les troncs sur les semi-remorques et un camion doté d'un câble mât. Ce mât soutenait des câbles qui descendaient les trois kilomètres de pente jusqu'à un point d'ancrage mobile sur le camp de base. Sur cette longueur de câble étaient accrochés des chariots où les bûcherons attachaient les troncs abattus, chargés ensuite sur les semi-remorques.

Les hommes qui travaillaient sur ce chantier plus en hauteur étaient venus à bord du pick-up que Raul Jimenez se proposait d'utiliser.

Juan pensait que leur équipe de quatre hommes arriverait avant les Argentins à un ravin, résultat d'un tremblement de terre qui avait permis à cette partie de la montagne d'échapper jusque-là à l'exploitation forestière. L'importance du couvert végétal empê-chait de voir la longueur du ravin et ils devraient le franchir faute de savoir s'ils pouvaient le contourner. Ce tremblement de terre avait eu lieu récemment à l'échelle géologique, c'est-à-dire environ douze mille ans auparavant, ce qui avait permis à l'érosion de ménager une pente abrupte qu'il leur fallait pourtant descendre puis remonter.

Ils étaient épuisés en atteignant le sommet et ils avaient perdu quinze précieuses minutes. Ils se mirent à courir. Depuis qu'il avait accepté la mission confiée par Langton Overholt, Juan savait qu'ils n'avaient pas le temps de dresser un plan minutieux. Ils se trouvaient face à deux escadrons des troupes d'élite argentines et ne disposaient pour leur part que de quatre pistolets-mitrailleurs et de l'effet de surprise. Pour récupérer ce bloc d'alimentation, il leur faudrait obligatoirement affronter les soldats, sans compter qu'après cela il fallait rejoindre le Paraguay, ce qui était encore une autre histoire.

6

L ORSQUE JUAN ET LES AUTRES atteignirent le sommet du ravin, les soldats de la 9ᵉ Brigade avaient déjà chargé leur prise à l'arrière d'un pick-up et grimpaient à bord. La moitié de la troupe embarqua dans un deuxième camion. Quant aux propriétaires des véhicules, ils avaient compris qu'il valait mieux ne pas protester.

Les Argentins se trouvaient à environ quatre cents mètres de l'endroit où ils se cachaient, en bordure de la jungle. Leurs pistolets-mitrailleurs, redoutables en combat rapproché, étaient inefficaces à une telle distance. Les soldats de la 9ᵉ Brigade étaient équipés de MP-5 qui, de l'avis de Juan, avaient été choisis pour leur effet d'intimidation plus que pour leurs performances.

Rapidement, Juan passa en revue les options qui s'offraient à lui. Une attaque frontale aurait été suicidaire et il était tout aussi inenvisageable de retourner dans la jungle sans le bloc d'alimentation. Ils étaient allés trop loin pour renoncer et de toute façon ce mot n'appartenait pas à son vocabulaire. Voilà pourquoi la Corporation était la meilleure dans sa partie, ses succès étant largement dus aux capacités de réflexion de Juan, à sa façon de trouver des solutions auxquelles personne n'aurait jamais songé.

Une à une, il rejetait pourtant les idées qui lui venaient. Les derniers soldats de la 9ᵉ Brigade s'installèrent à l'arrière des camions dont les pots d'échappement se mirent à cracher de la fumée, bientôt imités par ceux du semi-remorque chargé de troncs fraîchement coupés.

— Président ? chuchota Murphy qui n'avait jamais vu Juan hésiter aussi longtemps avant de prendre une décision.

Juan tendit le poing pour écarter la question et se mit à ramper en direction de la bande de terre défrichée par les bûcherons. Arrivé à sa bordure, il observa la piste sinueuse qui serpentait au flanc de la montagne. Au-dessus, apparemment aussi fin qu'un fil de gaze, apparaissait l'un des câbles en boucle des bûcherons.

Les deux pick-up s'ébranlèrent, bientôt suivis par le gros semi-remorque.

Voilà la solution, songea Juan. Pas idéale, mais c'est mieux que rien.

Sur un signe de Juan, ses hommes le rejoignirent en courant comme on le fait à la fin d'un sprint, lorsque le corps ignore l'épuisement et répond au signal chimique qui lui dit : « maintenant ou jamais ». Les quelques bûcherons demeurés près de l'engin porte-mât virent alors jaillir de la jungle neuf nouveaux membres de la 9e Brigade et crurent qu'ils tentaient de rattraper leurs camarades partis sur les camions.

Soudain, l'un de ces soldats les mit en joue en hurlant :

— A terre ! Tout le monde à terre ! Personne ne bouge !

Juan, qui faisait confiance à ses hommes pour cela, n'attendit pas de voir si ses ordres étaient suivis : il se rua sur le véhicule porte-câble, une excavatrice sur laquelle on avait remplacé la pelle par un mât. Le conducteur était protégé des débris de bois par une cage grillagée qui faisait office de cabine. La portière était ouverte et il fumait tranquillement, assis sur son siège. Il n'avait pas vu arriver l'équipe de la Corporation, et avec le bruit du moteur diesel n'avait pas entendu les ordres hurlés : quand Juan le tira en bas de sa cabine il fut pris par surprise et atterrit brutalement sur le sol.

— Murph, lança Juan. Ramène-toi et regarde un peu les commandes de cet engin.

Grâce à sa formation d'ingénieur, Mark comprenait intuitivement le fonctionnement des machines ; dès l'enfance, il avait commencé à démonter toutes sortes d'appareils et de véhicules, hobby auquel ses parents avaient mis un terme le jour où, en rentrant chez lui, son père avait découvert sa vieille Porsche en pièces détachées.

Laissant Jerry et Mike tenir en respect les bûcherons, Murphy sauta dans l'excavatrice.

— Mike, lança Juan, trouve-moi les clés du troisième camion et fais-le démarrer.

Le câble de l'engin était accroché à un appareil permettant de le soulever ou de l'abaisser sans accrocher les souches des arbres déjà abattus.

Juan s'assura que son pistolet-mitrailleur était bien fixé dans son dos et appela Mark par radio, puis grimpa sur la boucle du câble qu'il saisit par une main.

— Tu sais à quoi je pense ?

— Tu veux que je t'amène en bas de la montagne et que je te dépose dans le camion qui transporte le bloc d'alimentation.

— Pas du tout.

Et il lui expliqua ce qu'il voulait.

— Tu es cinglé, répondit Mark. Ingénieux mais cinglé.

Après une seule fausse manœuvre, Murphy comprit comment fonctionnait la machine. Il recula le collier métallique et donna du mou au câble retenant le bloc suspendu au câble principal.

Juan se raidit pour résister à l'impact du collier et s'éleva avec douceur dans les airs. Comme un skieur qui n'aurait pas quitté le tire-fesses au sommet de la pente, il se mit à descendre de plus en plus vite sous l'œil attentif de Mike.

Il dévala ainsi la pente nettoyée par les bûcherons et, en dépit des circonstances dramatiques, goûta la grandeur du spectacle qui s'offrait à lui. Le câble filait entre des amas de broussailles et il avait l'impression de survoler les bouches de l'enfer. Il traversa ensuite la route dans le sillage des trois véhicules qui descendaient vers le camp de base. Comme il l'avait prédit, les pick-up roulaient bien en avant du gros camion à dix-huit roues. Lorsque pour la deuxième fois le câble croisa la route, ce fut deux cents mètres avant, juste au-dessus d'un virage en épingle à cheveux que les pick-up venaient de franchir.

Si un seul des soldats accrochés au rebord de la plate-forme avait levé les yeux, il aurait constitué une cible de choix. Soudain, la boucle de câble ralentit : Mark devait avoir modifié ses calculs. Juan se balança vers l'avant et la boucle se mit à vriller. Tout en luttant pour conserver son équilibre, il entendait gémir les freins du camion qui approchait du virage. Puis Juan accéléra de nouveau sans cesser de se balancer d'avant en arrière.

Le camion s'engagea dans le tournant alors que Juan descendait toujours la pente à vive allure. Trop vive. Mais soudain la boucle métallique ralentit, le câble se détendit et le rapprocha du camion chargé de bois.

Pourtant, ce ralentissement entraîna la torsion de la boucle et si Juan ne s'était pas tenu sur sa prothèse, il aurait eu la chair et les os du pied broyés. Même en l'absence de douleur, il eut besoin de toute sa force pour libérer sa jambe, tandis qu'au-dessous de lui filaient les troncs de près d'un mètre de diamètre, recouverts d'une écorce épaisse et rude comme de la peau d'alligator.

Négociant son virage, le chauffeur du camion entreprit de redresser et il menaçait de s'éloigner, laissant Juan suspendu dans les airs. Juan lança de nouveau un coup de pied pour se dégager mais ne put rien faire avant que la boucle métallique revienne à son point de départ. Il se trouvait à moins d'un mètre cinquante de l'arrière du camion. Un mètre. Il se remit à tourner sur lui-même et décida de sauter.

Il atterrit un peu maladroitement et se mit à rouler sur un tronc. Il tenta de s'accrocher à l'écorce rugueuse et se retrouva avec une poignée de fibres de bois dans la main. Il n'eut pas plus de chance en tentant de ralentir sa chute avec les genoux.

Les montants métalliques du camion l'empêchèrent d'aller s'écraser sur la route, mais sans son sac à dos il se serait certainement brisé les os. Il lui fallut quelques instants pour reprendre ses esprits, puis il remonta sur le tronc le plus haut et se mit à ramper en direction de la cabine.

— J'y suis, lança-t-il à Murphy par radio.

— Je le vois. T'as un peu loupé l'atterrissage, mais je te mets quand même 7,5 sur 10.

— Tu rigoles, ou quoi ? T'as pas vu l'amorti à l'arrivée ? Rien que pour la difficulté, je mérite un 8 sur 10.

— C'est bon, 8.

— Venez me rejoindre dans le dernier pick-up. Qu'est-ce que vous avez fait des bûcherons ?

— Jerry les a enchaînés à une vieille roue de noria.

— Bien. Et maintenant, ramenez vos fraises. Je vais avoir besoin de vous.

Juan atteignit l'avant du camion. Devant lui, la route s'étendait sur près de huit cents mètres avant d'amorcer un nouveau virage en épingle à cheveux. Quant aux pick-up, on ne distinguait d'eux qu'un nuage de poussière dans le lointain. A la droite de Juan, un ravin de soixante mètres de profondeur au fond duquel on apercevait la boucle du câble de retour.

Par-dessus l'avant du camion, Juan pouvait voir le haut des huit roues et à travers les ouvertures du châssis les graviers de la piste. Un faux pas, et il passait sous vingt tonnes de bois exotique.

Plutôt que de sauter, il décida de se laisser glisser le long de l'extrémité des troncs et atterrit en douceur sur le châssis. A travers la vitre arrière de la cabine, il voyait la tête du conducteur, mais il eût suffi que celui-ci jette un coup d'œil dans son rétroviseur pour apercevoir également Juan. Il se pencha alors en avant et se retint à la poignée de la portière : le visage barbu du conducteur apparut dans le rétroviseur extérieur.

L'Argentin tourna les yeux sur la gauche, mais avant qu'il ait pu pleinement se rendre compte de ce qui se passait, Juan avait ouvert la portière et le saisissait par le col de sa chemise. Il le tira violemment vers lui et le jeta au-dehors, suffisamment loin pour qu'il ne soit pas écrasé sous les roues du camion.

Il saisit ensuite le pistolet-mitrailleur qu'il portait dans le dos et bondit sur le siège ; en dépit des vitres ouvertes, il régnait dans la cabine un mélange d'odeur de sueur, d'épices et de cannabis. Il enfonça la pédale d'accélérateur et dans le rétroviseur aperçut le chauffeur qui se remettait lentement sur ses pieds, étourdi mais visiblement indemne.

Le plus dur est à venir, songea-t-il. Plus haut sur la route, il aperçut un nuage de poussière : probablement ses hommes lancés en une course folle pour le rejoindre. En bas de la pente, la route était encore dégagée. Les soldats de la 9e Brigade devaient en ce moment aborder un nouveau virage en épingle à cheveux. Avec précaution, Juan serra de plus en plus près le bord de la route, à quelques centimètres du précipice. A cet endroit, le sol était moins ferme et les graviers jaillis sous les pneus tombaient en cascade dans le vide.

En bas, les pick-up roulaient moins vite qu'il ne l'aurait cru et probablement avaient-ils quelque mal à négocier le virage en épingle à cheveux. Il en éprouva un fugace sentiment de respect pour ces chauffeurs qui montaient et descendaient cette route une dizaine de fois par jour.

Il se rapprocha encore un peu plus du bord. Les pneus intérieurs creusaient le sol meuble du rebord de l'épaulement tandis que les pneus extérieurs étaient déjà dans le vide.

Sans quitter la route des yeux, Juan s'assura que la poignée de la portière n'était pas bloquée. Tout allait se jouer à la seconde près. Trop tôt, ils s'arrêteraient, trop tard, il les manquerait.

Il tourna soudain le volant sur la droite, se jeta par la portière ouverte, atterrit sur l'épaule comme un acrobate et rebondit aussitôt sur ses pieds.

Le dix-huit roues vacilla une seconde sur le bas-côté avant de basculer dans le vide. Couché sur le flanc, il fut retenu l'espace d'un instant par une souche d'arbre centenaire puis entama sa course vertigineuse. Le radiateur éclaté laissa échapper un jet de vapeur tandis que le pare-brise explosait en une multitude d'éclats.

Sous la violence du choc, le camion perdit sa cargaison d'une trentaine de troncs ; certains avaient la taille de poteaux téléphoniques mais d'autres, gigantesques, ne pesaient pas moins de trois tonnes. D'abord groupés, ils furent rapidement dispersés par les souches sur lesquelles ils butaient et dévalèrent dans toutes les directions. Certains se redressèrent même sous l'impact et furent projetés en bas comme des missiles balistiques.

Le chauffeur du premier pick-up n'avait pas vu l'accident qui s'était produit au-dessus de lui et ce fut seulement en entendant les hurlements de ses passagers qu'il comprit qu'il se passait quelque chose. Pourtant, devant lui il n'y avait rien. La pente abrupte l'empêchait de voir l'avalanche de troncs qui menaçaient de balayer le camion.

— Hector ! hurla l'un des soldats, les yeux rivés sur la colline au-dessus de lui. Arrête ! Pour l'amour de Dieu, arrête !

Le dénommé Hector enfonça la pédale de frein et maîtrisa l'embardée de son camion. Un énorme choc lui apprit que le camion suivant, conduit par un certain Raul Jimenez, venait d'emboutir son pare-chocs arrière.

Hector avait bouclé sa ceinture de sécurité, une habitude acquise depuis l'enfance et dont aucune vantardise du genre macho ne l'aurait détourné. Mais le passager assis à côté de lui, un sergent, n'avait jamais mis de ceinture de sécurité de toute sa vie. Il fut catapulté à travers le pare-brise, laissant un trou sanglant de la taille d'un homme là où le verre brisé lui avait entaillé le visage et les bras. Il atterrit devant le camion, mais Hector n'eut pas le temps de se rendre compte s'il était encore vivant, car un énorme tronc l'incrusta dans la poussière de la route.

Il ne le sut jamais parce qu'au même instant, la mort lui posa la main sur l'épaule. Un tronc se ficha à l'intérieur de la cabine et lui écrasa la jambe avant de poursuivre sa route et d'arracher le toit du camion comme un vulgaire ouvre-boîte.

Les hommes qui avaient survécu au premier impact sautèrent du camion et se ruèrent, paniqués, vers le bas de la pente. Frappé de plein fouet par deux énormes troncs, le camion fut éjecté de la route tandis que les hommes, trop sonnés ou trop blessés pour avoir pu s'enfuir, furent projetés hors de la plate-forme et écrasés sous la masse métallique.

Quant à ceux qui avaient commis l'erreur de s'enfuir vers le bas, ils furent eux aussi fauchés par le pick-up ; les plus chanceux n'eurent que les membres brisés. L'un d'eux parvint pourtant à éviter le camion, réussit à sauter par-dessus un premier tronc mais ne put échapper au suivant, qui lui broya les genoux avant de l'écraser complètement.

Le deuxième camion ne s'en tira pas beaucoup mieux. D'abord frappé de côté, il le fut ensuite à l'arrière par trois troncs dévalant en même temps. Au moment de la collision avec le premier véhicule, le moteur avait calé et en l'absence de direction assistée le chauffeur ne put s'opposer au basculement de son véhicule qui, après avoir heurté une souche, se mit à tournoyer. Dans un hurlement de pneus et de ferraille, des hommes furent éparpillés comme autant de poupées de chiffon. Jimenez, demeuré assis sur son siège, vit le paysage tourbillonner devant lui. La vitre latérale explosa, mais par miracle il fut épargné. Assourdi par l'horrible bruit de la carrosserie griffée et martelée de toutes parts, il crut devenir fou mais son supplice fut bref. Immobilisé par une souche, le véhicule fut aplati par l'avalanche de troncs.

— Joli coup, Tex, entendit Juan dans sa radio.

Il se tourna et aperçut le camion de son équipe qui arrivait à toute allure. S'il éprouvait un sentiment de culpabilité pour tous les hommes qu'il venait de tuer et de blesser, celui-ci s'évanouit à la pensée du village incendié. Finalement, il avait rendu service au genre humain.

Mike Trono conduisait avec Mark Murphy à ses côtés, tandis que Jerry se tenait sur la plate-forme ; le camion ralentit à peine et Jerry saisit Juan par le bras pour le hisser à bord. Ce dernier tapa sur le toit de la cabine et Mike accéléra.

Il leur fallut deux minutes pour négocier le virage en épingle à cheveux et rejoindre l'endroit où les soldats de la 9e Brigade avaient été balayés. Les blessés poussaient des gémissements de douleur, quant aux morts, ils gisaient dans des positions tellement bizarres qu'on eût pu les croire dépourvus de squelette.

Aucun des blessés, membres des forces spéciales, ne sembla trouver suspecte la présence d'inconnus revêtus du même uniforme qu'eux, soulagés de voir les secours arriver aussi rapidement. Juan s'accroupit à côté de l'un d'eux et posa la main sur une de ses épaules (l'autre était déboîtée).

— Dans quel camion se trouvait le morceau de satellite ? lui demanda-t-il en espagnol.

— Dans le nôtre, répondit le soldat dans un souffle, les lèvres livides.

— Le premier ?

— Non, le deuxième.

— *Numero dos*, lança Juan à ses hommes en levant deux doigts au cas où l'espagnol de Trono eût été aussi mauvais que ce qu'il avait prétendu.

Il leur fallut dix minutes pour retrouver le bloc d'alimentation au plutonium, un objet rectangulaire argenté, long d'environ quarante-cinq centimètres sur autant de large et épais comme un dictionnaire. Il était fait d'un alliage mystérieux que devait certainement connaître Murphy mais dont Juan se moquait éperdument. Tout ce qui l'intéressait pour l'heure, c'était qu'il l'eût, lui, en sa possession, et non les Argentins. Il s'émerveilla pourtant de constater qu'en dépit du traitement de choc qu'il avait subi, il ne présentait pas la moindre égratignure. Murphy passa l'objet au détecteur de rayons gamma.

— C'est bon, Juan, finit-il par annoncer. Pas plus de radiations que celles qu'il émettait auparavant.

— Tant mieux, dit Pulaski. Si un jour j'ai d'autres enfants, j'aimerais pas qu'ils aient des tentacules ou des nageoires. Et maintenant ? demanda-t-il à Juan.

Juan gratta sa barbe naissante. De là où ils se trouvaient, ils voyaient bien l'agitation qui régnait au camp de base. Tout le monde avait assisté à l'accident et les soldats de la 9ᵉ Brigade, accompagnés de bûcherons, se hâtaient déjà vers le haut de la montagne.

Un petit sourire éclaira le beau visage de Juan Cabrillo. Les trois atouts majeurs à la guerre sont le nombre, la surprise et la confusion. Ils n'avaient pas le premier, le deuxième venait de faire ses preuves et leurs ennemis se remettaient à peine du troisième. Jerry avait glissé le bloc d'alimentation dans le sac à dos prévu à cet effet, et, comme les autres, regardait Juan d'un air interrogateur.

— Mike, combien d'heures as-tu passées avec Gomez ? demanda celui-ci.

George « Gomez » Adams était le pilote de l'hélicoptère MD-520N embarqué à bord de l'*Oregon*.

— Attends un peu, protesta Mike Trono. On n'a travaillé que deux mois ensemble. Je n'ai piloté que deux fois en solo, et ça ne s'est pas très bien passé. Une fois, j'ai plié une traverse d'atterrissage, et l'autre fois, j'ai failli accrocher le bastingage du navire.

Juan se tourna vers Jerry.

— Tu te sens de porter ce machin sur ton dos jusqu'au RHIB ?

— Certainement pas.

— Qu'en dites-vous, monsieur Trono ?

Si Mike ne se sentait pas capable de piloter un hélicoptère des Argentins, il l'aurait dit. Juan avait choisi chacun des membres de la Corporation non seulement pour ce qu'ils savaient faire mais encore parce qu'ils étaient conscients de leurs limites.

Mike hocha la tête.

— Espérons que je m'en tirerai mieux pour mon troisième vol.

7

I L N'AVAIT PAS ÉTÉ TRÈS DIFFICILE de tromper les Argentins blessés : ces types-là voyaient ce qu'ils avaient envie de voir. Il en irait tout autrement des soldats qui se ruaient en ce moment vers l'un de leurs hélicoptères.

Juan réfléchit pendant un instant et puisa son inspiration dans les gémissements des blessés.

— Bon, lança-t-il, on retourne au camion, mais faites comme si vous étiez blessés. Murph, appuie-toi sur Jerry, et toi, Mike, fais comme si je t'aidais.

Ils remontèrent la colline, feignant de graves blessures, mais avec une rapidité surprenante. Les trois hommes s'allongèrent sur la plate-forme du pick-up puis Juan s'installa au volant. Avant d'engager la vitesse, il tira de sa poche un couteau ; la lame était affûtée comme un rasoir et il n'éprouva aucune douleur lorsqu'il la fit glisser sur son front. Un flot de sang jaillit et dégoulina sur ses joues, creusant des sillons sur le mélange de terre et de poussière collé à son visage.

Il jeta ensuite un coup d'œil dans le rétroviseur pour que ses hommes voient ce qu'il avait fait. Ils comprirent immédiatement et en un rien de temps, ils eurent l'air de survivants d'un massacre. Quelques instants plus tard, ils croisèrent un convoi de véhicules, composé principalement de pick-up mais aussi de 4 × 4 et d'un camion de pompiers des années 50. Juan ralentit à l'approche du premier camion. Le chauffeur était un civil, l'homme assis à ses côtés portait un uniforme ; en d'autres circonstances il aurait pu sembler beau, mais il avait le visage ravagé par ce qu'il venait de voir.

— Que s'est-il passé ? s'écria-t-il à l'adresse de Juan.

— Un camion qui s'est renversé, major, répondit Juan en reconnaissant l'insigne sur le col de l'officier.

Il essuya le sang sur ses yeux et l'étala sur son visage de façon à dissimuler plus encore ses traits.

— Les hommes à l'arrière sont ceux qui ont été le plus grièvement blessés.

Jerry, Mike et Mark se mirent alors à gémir.

— Et le lieutenant Jimenez ? Le morceau de satellite ? demanda le major Espinoza.

— Il l'a récupéré à l'endroit de l'accident.

— Et vous, vous êtes gravement blessé ?

— Je peux conduire.

Espinoza prit rapidement sa décision.

— C'est bon, amenez ces hommes à l'hélico et dites à mon pilote de vous emmener jusqu'à la base. Dites-lui de les prévenir par radio pour que l'équipe médicale se tienne prête.

— Très bien, major.

Il s'éloigna lentement et dut faire un effort pour ne pas sourire.

Quelques minutes plus tard, ils avaient rejoint le camp de base. A cet endroit, on brûlait les broussailles et la fumée était si épaisse qu'on avait l'impression d'inhaler des lames de rasoir. Ils ne disposaient que de quelques minutes pour s'éclipser. Dès que le major se rendait compte qu'il avait été floué, ses hommes dévaleraient la montagne comme des fous furieux. Juan se dirigea vers les hélicos.

C'étaient des Eurocopters EC-135, qui depuis dix ans avaient connu les conditions de vol les plus extrêmes. On avait modifié les portes de façon à installer des mitrailleuses de calibre .30. Sur l'un d'eux, le panneau d'accès arrière était relevé et le pilote à moitié enfoui dans les entrailles de l'appareil. Juan se dit qu'il devait être occupé à réparer la panne évoquée par le lieutenant Jimenez.

Il s'approcha du deuxième hélicoptère. Le pilote, un bandana sur le nez et la bouche pour filtrer la fumée, était endormi sur son siège. Juan eut alors une idée : pourquoi ne pas utiliser un ennemi habitué à piloter ce type d'appareil plutôt que de s'en remettre à Mike qui le connaissait mal ? Il actionna l'avertisseur, l'une des rares pièces du vieux camion qui semblait encore en état de marche.

L'homme s'éveilla en sursaut, remonta ses lunettes noires sur son crâne et ne cacha pas sa surprise en apercevant les silhouettes sanguinolentes émerger du pick-up.

— Il nous faut une évacuation immédiate, lança Juan en aidant Mike Trono qui se traînait façon Quasimodo.

— Pas sans l'autorisation du major, rétorqua le pilote.

— Appelez-le. C'est lui qui a ordonné le décollage immédiat. Mettez déjà les turbines en route, qu'on ne perde pas de temps.

Le pilote ne fit même pas mine de démarrer les moteurs de l'hélicoptère et prit son casque muni d'un système de communication intégré. Juan jeta un coup d'œil en direction de la montagne, mais avec la fumée il était difficile de voir ce qu'il s'y passait. Apparemment, les premiers véhicules de la colonne de secours n'avaient pas encore atteint les lieux de l'accident, mais Juan estima qu'ils avaient déjà perdu assez de temps.

Il dégaina l'automatique qu'il portait à la hanche et plaça le canon contre la tempe du pilote avant que celui-ci ait pu coiffer son casque. L'homme se pétrifia.

— Démarrez tout de suite les moteurs.

Le ton glacial de Juan n'admettait aucune réplique.

— Du calme, *amigo*. Je vais vous tirer d'ici, toi et tes copains.

Il déposa doucement le casque sur le siège du copilote et se prépara au décollage.

Juan se tourna vers ses hommes.

— Miguel, lança-t-il à Mike Trono en désignant le cockpit d'un geste de la main.

Mike comprit aussitôt qu'il lui fallait surveiller le pilote au cas où celui-ci tenterait de les doubler. L'Argentin devait continuer à croire qu'il avait affaire à des camarades grièvement blessés, terrorisés, et qui avaient besoin de soins médicaux d'urgence. Il ne comprendrait que plus tard qu'il avait été enlevé.

Les autres hommes grimpèrent à bord de l'hélicoptère et s'attachèrent sur les sièges en toile. Jerry déposa soigneusement le bloc d'alimentation sur le plancher de l'appareil et trouva des tendeurs pour le maintenir en place.

Le pilote appuya sur le bouton de démarrage de la turbine et un bruit sourd se fit entendre, suivi par le gémissement de plus en plus fort du moteur principal. Quelques secondes plus tard, le deuxième moteur se joignit au vacarme. Il leur faudrait plus d'une minute pour atteindre la température permettant aux pales de tourner.

Juan ne cessait de regarder vers le haut de la montagne. Le convoi devait à présent avoir rejoint les morts et les blessés. Combien de temps faudrait-il au major pour comprendre ce qui s'était passé ? Une heure, ce serait l'idéal, se dit-il, mais l'officier argentin semblait des plus capables. Ils auraient de la chance s'ils parvenaient à décoller avant le déclenchement de la fusillade.

Les rotors se mirent à tourner. Ils brassaient de plus en plus vite l'air gorgé de fumée. Un filet de voix retentit dans les haut-parleurs du casque. Malgré le bruit, on en devinait l'urgence.

Le moment est venu, songea Juan.

Le pilote fit signe à Mike de lui tendre le casque, mais celui-ci le regarda d'un air absent, à la façon d'un homme si absorbé par sa douleur que rien du monde extérieur ne peut l'atteindre. L'Argentin voulut alors s'en emparer lui-même, mais l'acier froid du pistolet de Juan contre son cou l'arrêta dans son geste.

— Laisse tomber et décolle.

— Que se passe-t-il ?

Mike quitta alors son rôle de grand blessé et braqua lui aussi un automatique sur le pilote.

— Mon ami sait aussi piloter cet engin. Alors tu fais comme on te dit et tu restes vivant. Si jamais t'essayes de nous doubler, y a un pauvre type qui va être obligé de nettoyer ta cervelle dans toute la carlingue. *Comprendes ?*

— Qui êtes-vous ? Des Américains ?

— T'as l'impression que j'suis américain ? rétorqua Juan.

Lorsqu'il parlait en arabe, Juan ne pouvait se déprendre d'un accent séoudien, mais en espagnol, il passait aisément de l'accent de Séville à celui de Mexico et du langage châtié à l'argot des bas-fonds.

Le pilote reconnut aussitôt le parler de sa ville, Buenos Aires.

— Je pense que…

— Ne pense pas. Décolle. Direction le sud.

Une microseconde lui suffit pour comprendre qu'il n'avait pas le choix.

— *Sí, sí.* Je décolle.

Il posa les mains sur les manettes. Une fois encore, Juan regarda vers le haut de la montagne. Des camions descendaient à tombeau ouvert vers le camp, soulevant des nuages de poussière qui se mêlaient à la fumée des feux de broussaille. Rassuré, il se dit qu'au moment de leur arrivée ils seraient déjà loin.

Jerry Pulaski prévint Juan en hurlant.

Et lui sauva la vie.

Le pilote du deuxième hélicoptère, qui avait dû entendre l'appel radio du major Espinoza, braquait sur eux son pistolet. Il avait vu Juan menacer le pilote de son arme et décidé de l'abattre en premier. En entendant le hurlement de Jerry, il changea de cible et tira deux fois.

Alors qu'un nuage rouge enveloppait la zone de chargement de l'appareil, Juan tira coup sur coup deux balles dans la poitrine du second pilote. L'homme, qui n'eut pas le temps pour des gesticulations hollywoodiennes, s'effondra sur place. Lui qui se voyait déjà dans la peau d'un héros gisait à présent sur le sol comme un sac de linge sale.

En voyant le pilote qui s'apprêtait à sauter de l'appareil, Mike tira une balle à travers le cockpit sans vouloir l'atteindre puis s'empara des commandes. L'hélicoptère décolla.

Juan enfonça brutalement le canon de son arme dans la tête du pilote. Du sang coulait de ses oreilles.

— Pilote cet hélico, sans ça, à trois cents mètres d'altitude je te fous dehors.

La balle de Mike était passée si près des yeux du pilote qu'il en était encore étourdi et que les yeux lui piquaient, mais il reprit les commandes de l'Eurocopter. Tandis que Mike le tenait en joue, Juan se tourna vers Jerry Pulaski et Mark Murphy, installés sur le banc arrière. Jerry était cambré, un bras sur le ventre, sous l'œil inquiet de Mark.

— C'est grave ? demanda Juan à voix basse pour ne pas être entendu du pilote.

Le grand gaillard était livide et tremblait de fièvre.

— Il a été touché au ventre, répondit Mark. Les deux balles. Le type a tiré de très près, j'ai peur qu'il soit touché au-delà des intestins... les reins, peut-être le foie.

Juan sentit son esprit s'engourdir. On pouvait traiter de telles blessures dans un bon hôpital, mais le plus près devait se trouver à mille cinq cents kilomètres de là. Ici, dans la jungle, Jerry n'avait aucune chance de s'en tirer. Et visiblement, il le savait.

— Reste avec nous, Ski, dit Juan.

Mais ses mots semblaient aussi creux que les trous dans sa poitrine.

— C'est fini pour moi, dit Jerry en inspirant avec difficulté entre chaque syllabe.

*
* *

Tandis que l'hélicoptère s'élevait au-dessus du sol, le major Espinoza comprit que sa proie lui échappait et qu'il l'avait lui-même autorisé. Il donna l'ordre à son chauffeur, un bûcheron, d'arrêter le pick-up, et sauta à terre. Il n'était armé que d'un pistolet, un Colt .45 à crosse d'ivoire, mais, fou de rage, il vida le chargeur de sept balles en direction de l'engin.

Les hommes sur la plate-forme, eux aussi, mitraillèrent le ciel. La quantité de balles suppléait au manque de précision, et en quelques secondes près de deux cents projectiles fusaient vers l'hélicoptère. Ils eurent même le temps de tirer une deuxième salve dont les balles bourdonnèrent autour de l'appareil comme autant de guêpes enragées.

*
* *

— Ça tire ! hurla Mike en apercevant les éclairs à travers la fumée.

Instinctivement, le pilote tenta de feinter, mais la pluie de balles rendait la manœuvre quasiment impossible et certaines d'entre elles percèrent la mince carlingue en aluminium de l'Eurocopter. La plupart traversèrent l'appareil sans causer de dommages, mais quelques-unes touchèrent les délicates turbines. L'hélicoptère fit une embardée, Juan perdit l'équilibre et aurait été projeté au-dehors s'il n'avait pu se rattraper à la poignée de la porte.

Secoué par les vibrations de l'appareil, Jerry se plia en deux de douleur, ce qui élargit encore les déchirures dues aux fragments de balle dans son corps. Son hurlement de douleur fit à Juan l'effet d'un coup de poignard.

Juan retrouva son équilibre et parcourut du regard la cabine : Mike maîtrisait l'hélicoptère du mieux qu'il le pouvait et le pilote argentin était avachi sur son siège. Il y avait un trou dans la vitre latérale en plexiglas : la balle avait visiblement été tirée depuis le sol et avait touché le pilote à la tête sans toutefois le tuer.

Comme toutes les blessures à la tête, celle-ci saignait abondamment. Juan ramassa un chiffon qui traînait entre deux sièges et l'appuya avec fermeté tout en tendant l'autre main en arrière.

Mark lui tendit aussitôt un rouleau de sparadrap chirurgical. Juan serra alors le chiffon à l'aide du sparadrap comme on emmaillote une momie.

— Ça va, Mike ? demanda Juan en anglais, sans craindre désormais de se dévoiler puisque le pilote serait inconscient pendant des heures.

— Oui, mais on a des problèmes.

Juan jeta un regard vers Jerry Pulaski toujours veillé par Mark.

— Vraiment ? Je n'avais pas remarqué.

— On perd du carburant, et soit cet appareil n'a pas de réservoir auto obturant, soit le dispositif ne s'est pas enclenché. En plus, la température du moteur augmente rapidement et je pense qu'une durite d'huile a dû claquer.

Juan ouvrit la porte et se pencha. Le rugissement du moteur retentit à ses oreilles comme s'il se trouvait sous une énorme chute d'eau. L'appareil traînait derrière lui un panache de fumée noire.

Les Argentins allaient les prendre en chasse et ils n'auraient qu'à suivre la fumée qui stagnerait dans l'air, déjà chargé de fumée de broussailles, pendant près d'une demi-heure.

— Oui, ça fume salement, fit Juan en revenant dans le cockpit.

Ils s'entendaient un peu mieux une fois la porte refermée, mais ils devaient tout de même crier.

— Comment va Jerry ? demanda Mike.

Les deux hommes n'étaient pas seulement camarades de combat mais aussi amis.

Juan demeura silencieux un moment avant de demander :

— On peut atteindre le Paraguay ?

— Aucune chance. Le réservoir de l'hélico n'était qu'à moitié plein et on a déjà épuisé une bonne partie du carburant. Si les moteurs tiennent le coup, on pourra peut-être parcourir quatre-vingts kilomètres. Maximum. Qu'est-ce que tu veux que je fasse ?

Juan n'était jamais plus efficace que lorsque les idées se bousculaient dans sa tête. Il prit une décision en moins de temps qu'il n'en faut à une personne normale pour enregistrer la question. Il lui avait fallu prendre en considération de nombreux facteurs : le succès de sa mission, ses obligations envers Mike et Mark, les chances de survie de Jerry une fois qu'ils seraient à terre et ce qu'il faudrait faire ensuite. Il conclut qu'il fallait avant tout sauver Jerry.

— On fait demi-tour. Les Argentins doivent avoir un hôpital de campagne sur leur base et le deuxième hélicoptère pourra l'atteindre.

— Pas question ! s'écria Jerry, qui avait retrouvé suffisamment de force pour protester. Vous allez pas vous faire descendre parce que j'ai pas dégainé assez vite.

— Ecoute, Jerry, c'est la seule solution.

— Mike, amène cet engin jusqu'au RHIB, hurla Jerry. Ecoute, président, je sais que je vais mourir. Je sens la mort approcher. Inutile de mourir pour quelqu'un qui est déjà mort. Je ne te le demande pas, Juan, je t'en supplie. Je ne veux pas partir en sachant que vous allez me suivre.

Juan prit la main ensanglantée que Jerry lui tendait. Le sang coagulé scella leurs deux paumes.

— Rester avec moi, ça n'a rien de noble, c'est du suicide. Les Argentins vont vous abattre après vous avoir torturés, dit-il avant d'être pris d'une quinte de toux, crachant du sang sur le plancher. Mon ex-femme me déteste, mon enfant ne me connaît pas. Ma famille, c'est vous. Je ne veux pas que vous mouriez pour moi, je veux que vous viviez pour moi. Tu comprends ?

— Je comprends que t'as pompé tout ça dans *Braveheart*.

Juan souriait, mais son regard le trahissait.

— Je suis sérieux, Juan.

L'espace d'un instant, le temps suspendit son cours et Juan n'entendit plus ni la pulsation du rotor ni le ronronnement de la turbine. Il connaissait la mort et la perte. Sa femme avait été tuée par un chauffard ivre : elle-même. En poste à la CIA, il avait perdu des agents et de simples connaissances, et la Faucheuse avait aussi rendu visite à la Corporation, mais jamais il n'avait demandé à un autre homme de mourir afin que lui-même puisse vivre.

Il prit le GPS dans son sac et le tendit à Mike.

— Le RHIB est au point Delta.

— Il n'y a aucun endroit où atterrir, rétorqua Mike. Tu te rappelles combien la jungle était épaisse. Et je ne peux pas poser cet engin sur la rivière sans nous tuer tous.

— T'inquiète pas pour une zone d'atterrissage, lança Mark. C'est déjà prévu.

Juan savait qu'il pouvait faire confiance à l'excentrique M. Murphy.

— Vas-y, fonce vers le point Delta.

— Pas Delta, dit Mark. Echo.

— Echo ? répéta Juan, surpris.

— Fais-moi confiance.

Mike entra les coordonnées du GPS dans l'ordinateur de l'Eurocopter et vira en direction du sud-est. Jusque-là, il avait piloté avec souplesse, comme on le lui avait appris. Gomez Adams serait fier de lui.

— Apparemment, on a tout juste assez de carburant.

— Président, s'écria soudain Mark. A tribord. Un peu en arrière.

— Quoi ?

— J'ai vu le soleil se refléter sur le pare-brise de l'autre hélico.

Les Argentins arrivaient plus vite que prévu. Il comprit alors que comme leur engin brûlait de l'huile, il ne volait pas aussi vite que l'autre. Quant au major argentin, il devait pousser son hélico à fond pour rattraper sa proie.

— Mike, pousse à fond. On a de la compagnie.

Le bruit des turbines augmenta de façon inquiétante. On entendait un bruit de métal quelque part dans le moteur et Juan se dit qu'ils n'en avaient plus pour longtemps.

Il chercha autour de lui des armes supplémentaires. La mitrailleuse de calibre .30 encastrée dans l'ouverture de la porte valait mieux que leurs pistolets-mitrailleurs H&K, mais seulement si l'autre hélico se présentait à bâbord. Sous la banquette, il trouva une trousse de secours et une boîte en plastique rouge contenant un pistolet d'alarme et quatre projectiles.

— Mark, bricole-moi un harnais, dit-il en détachant la vieille mitrailleuse Browning de son Cardan de sangles.

L'arme pesait quatorze kilos pour un mètre vingt de long et était munie d'une simple crosse de pistolet à son extrémité. Les cinquante cartouches cuivrées qui y étaient accrochées s'entre-choquaient dans un bruit de carillon. Il connaissait bien cette arme déjà ancienne, réputée fiable, mais qui avait un recul capable de vous faire sauter les dents.

Juan ôta sa chemise, l'enroula autour du canon de la mitrail-leuse et la maintint avec ce qui restait de sparadrap chirurgical.

Pendant ce temps, Murphy utilisait son propre harnais de combat pour confectionner une longe qu'il fixa à un anneau juste en avant de la porte bâbord, puis il attacha l'autre extrémité à l'arrière du harnais de combat de Juan. Après cela, il fabriqua une deuxième boucle avec la sangle de son sac à dos et la lui fixa aux chevilles. Il tiendrait l'autre extrémité pour empêcher Juan d'être aspiré dans la traînée de l'Eurocopter.

— Je les vois dans le rétro, annonça Mike depuis le cockpit. Si vous voulez faire quelque chose, faites-le vite.

— On est encore loin ? demanda Juan.

— Treize kilomètres d'Echo. Et en dessous de nous, je ne vois que la jungle.

— Fais-moi confiance ! lança sèchement Mark.

Juan regarda Jerry. S'il n'avait pas été blessé, ses hommes seraient en train de plaisanter, pas de s'envoyer des piques. La tête de Jerry roula sur le côté et si Mark ne l'avait pas attaché sur la banquette, il serait tombé sur le plancher.

— Ils ouvrent la porte latérale, annonça Mike. C'est bon, je vois un type. Il a une Browning comme la nôtre. Il tire ! Il tire !

Habitué à mitrailler des civils désarmés fuyant leurs villages, le tireur avait ouvert le feu beaucoup trop tôt. Mike vit les éclairs se ruer vers eux à trois cent mille kilomètres par seconde. Un centième de seconde après le départ des premières balles, Mike coupa le moteur pour perdre de l'altitude. En raison de la pesanteur, l'appareil mit un peu plus de temps pour descendre, mais les balles passèrent bien au-dessus du rotor principal.

Juan adressa un signe de tête à Mark qui poussa la porte tribord jusqu'à ce qu'elle s'immobilise sur ses butoirs, puis saisit la sangle passée autour de la cheville de Juan.

Le président pencha le buste hors de l'hélicoptère et manqua d'être happé par le vide. La force phénoménale du vent faillit ensuite le ramener brutalement à l'intérieur, mais Juan banda tous les muscles de son corps et parvint à maintenir sa position.

Pour tirer vers l'arrière, il tenait l'arme dans sa main droite et appuyait sur la détente avec le doigt de sa main gauche. En revanche, il ne pouvait rien faire pour empêcher les douilles de cuivre de gicler à l'intérieur de l'hélicoptère.

Son apparition soudaine avait surpris le pilote argentin qui mit un certain temps à réagir. Juan profita de ces quelques secondes pour ouvrir le feu. La mitrailleuse tressautait dans ses bras comme un marteau-piqueur et la chaleur du canon perçait à travers la chemise entortillée autour du canon.

La mitrailleuse crachait quatre cents cartouches à la minute et autant de douilles en forme de plumes métalliques dans l'hélico. Ce fut un miracle que la bande de munitions ne s'entortille pas autour du canon ou du corps de Juan.

Le pare-brise en plexiglas de l'hélicoptère argentin devint opaque puis tout blanc. Le pilote vira de bord mais commit l'erreur de ne pas passer derrière l'hélicoptère de la Corporation, ouvrant ainsi à Juan une nouvelle fenêtre de tir. Celui-ci ne sut pas si sa nouvelle salve toucha sa cible, mais l'appareil ennemi décrivit un large arc de cercle pour fuir le déluge de balles.

— On approche des coordonnées de la zone d'atterrissage, annonça Mike, placide. Mais... ça alors ! Bon sang, Murph, comment est-ce que tu as su ?

A quatre cents mètres du point Echo apparut une trouée dans la muraille d'arbres de la jungle, recouverte presque uniquement d'herbes et de buissons rabougris.

— Quand le *Flying Dutchman* s'est écrasé, lança Mark d'une voix forte pour couvrir le bruit du moteur, son enveloppe en caoutchouc a forcément atterri à proximité. En s'étendant au-dessus de la canopée, elle a dû abriter les plantes jusqu'à ce qu'elles meurent. Rien n'a pu pousser là-dessous jusqu'à la décomposition de l'enveloppe, quarante ou cinquante ans plus tard. Ce qui nous donne notre terrain d'atterrissage.

— Très astucieux, dit Juan sans cacher son admiration. Même pour toi.

— Accrochez-vous ! lança Mike.

Bordée d'arbres de trente mètres de haut, la clairière semblait monter vers eux à une vitesse vertigineuse. Pour la manœuvre finale, Mike ralentit l'hélicoptère, le balança sur la gauche puis sur la droite avant de le centrer sur la zone ouverte. Il baissa les gaz et l'hélico descendit doucement vers le sol. Soudain, une rafale de vent menaçant de pousser le rotor principal vers la muraille d'arbres, il dut pousser de nouveau les gaz, mais un peu trop fort, et l'appareil à quatre millions de dollars atterrit avec fracas. Aussitôt, il coupa le moteur. Les turbines s'arrêtèrent, mais le rotor continua de flageller les herbes et les arbres ployèrent comme sous l'effet d'une tempête.

— Tout le monde dehors ! ordonna Juan. L'autre hélico ne va pas tarder à rappliquer.

Mike décrocha son harnais et Mark se pencha sur celui de Jerry.

— Laisse tomber, je ne bouge pas, murmura le grand Polonais.

Il avait le menton couvert de sang. Il tendit alors un objet pour que les autres le voient : un morceau d'explosif Semtex et un crayon détonateur qu'il avait réussi à extraire de la poche de son treillis.

— Laissez-moi agir une dernière fois.

— Non, Ski, fit Mike d'un air suppliant.

— Ça suffit, Jerry, gronda Juan. Je peux te porter. Le bateau n'est qu'à quelques kilomètres d'ici.

On entendit alors le bruit de l'hélicoptère qui s'approchait de leur petite clairière.

— J'aime pas les adieux, souffla Pulaski. Allez-y.

— Je ferai en sorte qu'on s'occupe de ta famille.

Juan essaya, sans succès, de regarder son ami dans les yeux. Il chargea sur son dos le harnais contenant le bloc d'alimentation et sauta de l'hélico. Il tira ensuite le pilote inconscient dans les buissons, tout en gardant son pistolet-mitrailleur braqué vers le ciel, dans l'attente des Argentins.

— Fais-leur voir du pays, Jerry, dit Mark.

— Toi aussi, mon vieux.

Mike Trono avait les larmes aux yeux.

— Adieu, fit-il avant de sauter à son tour de l'Eurocopter.

Grâce au GPS, les trois hommes se dirigèrent aussitôt en direction du RHIB. Quant à Juan, il ployait moins sous le poids du bloc d'alimentation au plutonium que sous celui de la culpabilité d'avoir à abandonner Jerry. Ils avaient combattu côte à côte pendant trois ans et avaient vidé des verres dans les bars de tous les ports, de Shangaï à Istamboul. Jamais il n'aurait cru possible de laisser Jerry Pulaski au beau milieu de la jungle pour qu'il se fasse sauter à l'explosif et donne ainsi à son équipe une chance de s'échapper.

A chaque pas, il devait résister au désir de rebrousser chemin.

La canopée étouffait le bruit de l'hélicoptère argentin mais ne parvenait pas à couvrir celui de la mitrailleuse. Les soldats de la 9ᵉ Brigade passaient leur rage sur l'appareil cloué au sol.

Si Jerry n'avait pas déjà succombé à ses blessures, ce mitraillage aurait certainement raison de lui. Le visage de Juan s'assombrit et il se rendit compte soudain que les courroies en nylon de son sac à dos lui meurtrissaient les épaules. Jerry avait réglé ce sac pour sa large carrure, si bien que le bloc d'alimentation pendait trop bas.

Cinq minutes s'écoulèrent sans un bruit. Les armes automatiques avaient fait taire les créatures de la jungle et la brise n'atteignait pas le sol plongé dans la pénombre. L'atmosphère était inquiétante, oppressante.

Le fracas de l'explosion n'était pas celui d'un roulement de tonnerre. Il fut suivi d'une deuxième déflagration.

Ils savaient ce qui s'était passé. Jerry avait tenu bon jusqu'à ce que les Argentins descendent de leur hélicoptère, puis il avait fait exploser le C-4. La seconde explosion était celle des réservoirs de leur appareil. Il y aurait probablement des survivants au sein des commandos argentins, mais la poursuite s'arrêtait là.

8

L A TRANSMISSION RADIO s'interrompit brutalement. Enfin, pas tout à fait. Il y avait eu quelques bruits de friture avant que le lieutenant Jimenez cesse de parler. Le major Jorge Espinoza essaya de nouveau, hurlant le nom de code de Jimenez, Jaguar.

Il était resté au camp des bûcherons parce qu'il était médecin et qu'on avait besoin de lui. Six hommes avaient été tués sur le coup et trois ne marcheraient probablement plus jamais. Deux autres étaient en piteux état, avec le corps lacéré et de multiples fractures. Seul Jimenez s'en était sorti sans une égratignure. Espinoza avait utilisé la pharmacie du deuxième hélicoptère et les trousses de secours personnelles de ses hommes avant d'envoyer Jimenez et cinq soldats à la poursuite des voleurs.

Pour lui, aucun doute : c'étaient des Américains. Qui d'autre aurait pu repérer le satellite et envoyer une équipe de recherche aussi rapidement ? Mais comment le prouver ? L'Argentine avait mauvaise presse en ce moment, et accuser les *Yanquis* sans preuves aurait été parfaitement inutile.

Il fallait que Jimenez en capture au moins un. De préférence avec le fragment de satellite.

Une fois encore, il s'interrogea sur l'importance de ce satellite : pourquoi les Etats-Unis risquaient-ils ainsi la vie de certains éléments de leurs forces spéciales ? On lui avait dit qu'il s'agissait d'un satellite de recherche scientifique, mais les derniers événements l'amenaient à penser qu'il avait plutôt affaire à un engin militaire. S'ils récupéraient ce fragment et un soldat américain, alors le coup de propagande mentionné par Raul était assuré.

— Jaguar, répondez, bon sang !

Un bruit de friture particulièrement intense le força à éloigner l'appareil de son oreille. Avant la coupure, Jimenez lui avait annoncé qu'ils avaient tiré quelque deux cents balles sur l'hélico cloué au sol, attendu quelques minutes pour voir s'il explosait puis envoyé trois hommes en rappel.

— Jimenez, c'est vous ?

— *Jefe ?*

— Allez-y, je vous écoute.

— Mauvaise nouvelle, major.

— Que s'est-il passé ?

— L'hélicoptère était piégé. Il a explosé au moment où mes hommes posaient le pied à terre. L'explosion n'était pas très forte, mais mon hélico a été déporté d'une trentaine de mètres, heureusement d'ailleurs, parce qu'ensuite les réservoirs ont explosé. La boule de feu était énorme.

— Et vos hommes ?

— Les trois qui descendaient en rappel ont été tués. Complètement déchiquetés. Mais au sol, nous avons vu un autre homme qui a survécu à l'explosion.

— L'un d'entre eux ? s'écria Espinoza, plein d'espoir.

— Non, major. C'est l'autre pilote, Josep. Il a l'air blessé, mais apparemment les autres l'ont soigné avant de s'enfuir.

Le major Espinoza sentit un goût de cendre lui envahir la bouche et demeura un instant silencieux.

— Vous m'avez bien dit que vous étiez à environ huit kilomètres du Rio Rojo, c'est bien ça ?

— Exact.

— Ils ont un bateau. Ils ont dû franchir la frontière hier soir quand ces bons à rien de gardes-frontières dormaient ou se grattaient le cul.

— Je crois que nous n'avons plus assez de carburant pour les prendre en chasse, dit Jimenez, visiblement déçu. Et d'après le pilote, notre hélico a peut-être été endommagé par la première explosion.

— Tant pis. Marquez la position de Josep sur le GPS de façon à ce qu'on puisse envoyer une équipe pour le récupérer, puis gagnez immédiatement la base. Annoncez votre arrivée par radio, le troisième EC-135 sera prêt à décoller à votre arrivée. Ils ont probablement une vedette rapide, mais vous devriez pouvoir les intercepter avant qu'ils aient atteint le Paraguay. De mon côté, je vais prévenir les gardes-frontières. Ils pourront envoyer des bateaux de patrouille et arrêter toutes les embarcations suspectes.

— On les aura, major.

Le sourire carnassier de Jimenez s'entendait presque à travers le grésillement de la radio.

— Oui, on les aura, répondit le major Espinoza dont le sourire était encore plus inquiétant.

*
* *

Une heure plus tard, Juan et les deux autres survivants atteignirent le RHIB, toujours dissimulé derrière ses branchages. Juan déposa le bloc d'alimentation sur le pont, tandis que Murphy et Trono enlevaient le camouflage. Les deux moteurs hors bord démarrèrent au premier tour de clé. Juan savait que leur bateau était infiniment plus rapide que tous ceux qu'on pouvait rencontrer sur le fleuve, mais il ne se faisait aucune illusion : aux approches de la frontière paraguayenne, le comité d'accueil serait là.

— Amarres larguées, annonça Mark en enroulant le cordage en nylon autour d'un taquet.

Comme le président ne réagissait pas, Mark l'interpella :

— Juan ?

— Désolé. Je réfléchissais.

Juan poussa les gaz et la vedette émergea de sa cache végétale. La voie était libre sur la rivière et rapidement, ils filèrent à plus de quarante nœuds, ne ralentissant que pour négocier les courbes.

Portés par le courant, il leur fallut moins de temps qu'à l'aller pour rejoindre le fleuve. Epuisés par les derniers événements, ils n'en demeuraient pas moins vigilants : Mike surveillait le ciel à l'arrière, tandis que Mark et Juan scrutaient les berges.

Pendant une heure, ils ne virent rien d'anormal, mais soudain Mark tapota l'épaule de Juan et lui tendit une paire de jumelles en lui montrant deux points loin devant.

Juan identifia immédiatement deux Boston Whalers qui filaient vers eux à toute vitesse. Il n'avait pas besoin de les scruter plus longtemps pour savoir que leurs occupants étaient armés jusqu'aux dents.

— Mark, hurla-t-il par-dessus son épaule, on a de la compagnie.

— Sans blague. Il y a un hélico qui approche à six heures.

Juan ne prit même pas la peine de se retourner. Les Whalers approchaient trop vite pour qu'il se soucie de l'hélicoptère.

Des lueurs jaillirent à l'avant des deux vedettes. Les Argentins avaient ouvert le feu avant d'être à portée de tir, provoquant de petites gerbes d'eau bien loin du RHIB.

Ignorant le plomb qui saturait l'atmosphère, Juan attendit que les deux bateaux se rapprochent. On distinguait bien les trois hommes sur chacune des vedettes : le pilote et deux tireurs couchés à la proue, que le mouvement des embarcations empêchait de viser juste.

Il faut ajouter que Mark ne pouvait non plus ajuster correctement ses cibles car le RHIB n'était pas plus stable que les vedettes argentines.

— Tenez-vous ! hurla Juan.

Il coupa les deux moteurs et tourna la barre jusqu'à la bloquer. En dépit de ses compensateurs de flottabilité dégonflés, le bateau exécuta un impeccable virage à 180° en soulevant un geyser d'écume avant de s'immobiliser.

Mike et Mark avaient pratiqué la manœuvre un nombre incalculable de fois et ils réagirent au quart de tour. Ils ouvrirent le feu sur les deux Whalers, à moins de trente mètres de distance. Les deux pilotes, debout dans le cockpit ouvert, furent tués les premiers. L'un fut criblé de balles de la cuisse à l'épaule avant de basculer par-dessus le bastingage, l'autre fut touché à la tête et s'effondra sur le tableau de bord.

Le moteur toujours à fond, le Whaler fit une embardée à cause du poids du corps sur la barre. La force centripète expulsa ensuite le corps hors du cockpit et il se mit à pendre à l'extérieur, la main coincée dans les branches du volant. A l'issue de son embardée, la vedette rencontra le sillage du RHIB et chavira. Elle disparut d'abord sous la surface de l'eau avant de remonter, la quille en l'air.

Le deuxième Whaler poursuivit sa course sur le fleuve sans qu'on sache très bien s'il y avait encore quelqu'un de vivant à bord.

Juan fit exécuter un nouveau demi-tour au RHIB avant de lancer les moteurs à pleine puissance. La proue se leva instantanément et le bateau se mit à dévorer l'espace plus rapidement que n'importe quelle vedette.

*
* *

Debout face à la porte ouverte de l'hélicoptère, Raul Jimenez assistait, incrédule, au coulage du premier Boston Whaler. Le deuxième bateau des gardes-frontières poursuivait sa course. D'abord, il crut que les couards s'enfuyaient, puis il le vit s'encastrer dans la berge et se plier comme une canette d'aluminium. Les trois hommes furent éjectés comme des mannequins, mais Jimenez ne perdit pas de temps à se demander s'ils étaient encore vivants : toute son attention était concentrée sur le troisième bateau qui s'enfuyait.

Il reconnut le canot pneumatique noir comme étant un RHIB, modèle particulièrement apprécié par les forces spéciales étatsuniennes bien qu'il fût aussi accessible au grand public et parfois utilisé par des mercenaires. Il lui suffisait d'un seul membre de ce commando vivant. Bien entendu, il aurait aimé les capturer tous, mais lorsqu'il en aurait fini avec eux, ils ne seraient plus en état de parader devant les caméras de télévision.

On ne pouvait pas installer d'arme sur la porte de leur hélicoptère, mais ils avaient récupéré la mitrailleuse sur l'appareil endommagé par l'explosion et l'avaient accrochée à l'aide de sangles passées dans les trous d'aération du plafond. Jimenez se tenait à présent derrière l'arme et voyait le RHIB grossir à vue d'œil. Dans quelques instants, il pourrait ouvrir le feu. L'un des voleurs était à la barre, tandis que le deuxième surveillait l'hélicoptère en braquant vers le ciel un pistolet-mitrailleur. Quant au troisième, il était allongé sur le pont, soit mort, soit blessé. En tout cas, il ne bougeait pas.

Depuis l'enfance, Raul Jimenez adorait la chasse. Il avait fabriqué sa première fronde avec un morceau de chambre à air et un bout de bois fourchu et tué des centaines d'oiseaux autour de la ferme familiale. Avec son premier fusil, reçu pour son dixième anniversaire, il avait pu chasser des proies de plus en plus grosses, jusqu'à ce jaguar touché depuis un abri de chasse à un peu plus de six cents mètres, un coup que ses compagnons jugeaient impossible à réussir.

Mais le jour où il tua son premier homme, un déserteur qu'Espinoza, alors capitaine, lui avait ordonné de traquer, Jimenez comprit que plus jamais il n'éprouverait de satisfaction à chasser des animaux. Il avait poursuivi le déserteur pendant cinq jours dans les profondeurs de la jungle argentine. L'homme était habile, rendant la traque absolument passionnante, mais il avait fini par le rejoindre et par l'abattre.

Jimenez éprouvait le même genre de jouissance en prenant le RHIB noir dans sa ligne de mire. Mais au moment précis où il appuya sur la détente de la Browning, le canot pneumatique exécuta un virage sec et les balles de calibre .30 fouettèrent la surface de l'eau en faisant jaillir de petits geysers blancs.

Il lâcha un juron, visa et tira une nouvelle rafale. Mais on eût dit que le pilote devinait ses pensées parce que les balles allèrent se perdre loin à bâbord du bateau. Persuadé que cette fois-ci le canot allait virer à gauche, il lâcha une longue rafale de balles traçantes. Mais, comme auparavant, le pilote manœuvra sur la droite, passa sous l'hélicoptère et se plaça dans un angle mort.

— Pivote, hurla Jimenez dans son casque.

Le pilote s'exécuta. Il progressait presque sur le côté, comme un crabe, mais n'avait aucun mal à conserver la même vitesse que le RHIB.

Au cours des trois secondes où Jimenez avait perdu de vue le bateau, l'homme qu'il croyait blessé s'était redressé sur un genou. Derrière lui, un espace ouvert dans le pont, jusque-là dissimulé. Sur l'épaule de l'homme, un tube noir braqué en direction de l'hélicoptère distant de moins de soixante mètres.

Jimenez et l'homme armé du lance-roquettes bougèrent en même temps. Mike Trono lâcha le missile Stinger au moment même où le militaire argentin débouclait son harnais de sécurité. Le système infrarouge du missile ne mit qu'une fraction de seconde pour se mettre en route, trouver la traînée de chaleur laissée par l'hélicoptère et procéder à l'ajustement de sa trajectoire. Jimenez sauta de l'appareil juste avant que le missile ne frappe le logement de la turbine située en dessous du rotor. La charge de trois kilos explosa. La puissance du moteur sauva la vie de Jimenez, mais il fut pris dans la vague de chaleur qui enflamma ses vêtements et il s'abattit sur l'eau comme s'il chutait d'une hauteur deux fois plus importante. S'il n'était pas arrivé les pieds en avant dans les vagues causées par le RHIB, l'effet aurait été le même que s'il avait atterri sur du ciment. L'eau éteignit les flammes qui dévoraient son uniforme et empêcha que ses brûlures au visage et aux mains ne dépassent le deuxième degré. Il remonta à la surface en crachant de l'eau, la peau brûlante comme si on l'avait trempé dans un bain d'acide.

A quinze mètres de lui, l'hélicoptère plongea dans le fleuve tandis que des panaches de fumée s'échappaient des portes et du pare-brise éclaté. Jimenez n'eut pas le temps de prendre une inspiration que les rotors encore en mouvement touchaient déjà la surface de l'eau. Ils jaillirent comme du verre brisé et des fragments de matériau composite se répandirent aux alentours : si Jimenez n'avait pas plongé aussitôt, il aurait été décapité.

Sous l'eau, il apercevait les flammes léchant la carcasse de l'hélico et la silhouette du pilote en ombre chinoise, encore attaché à son siège. Les bras du cadavre flottaient dans le courant comme des thalles de varech.

Il regagna la surface avec difficulté au milieu du rugissement de l'incendie. Aucun signe du RHIB qui avait dû filer droit vers le Paraguay. Il se mit à nager vers le rivage mais à chaque mouvement ses mains brûlées le torturaient. Pourvu, se dit-il, qu'on les arrête avant la frontière.

*

* *

— Joli coup, s'écria Juan en voyant tomber s'abattre vers le fleuve à l'arrière de leur canot.

— Ça, c'était pour Jerry, dit Trono en reposant le Stinger sur le pont pour le recharger avec un deuxième missile, entreposé dans l'une des nombreuses caches secrètes.

Mark Murphy, posté à la proue, scrutait le fleuve et les berges.

— On s'en tient au plan d'origine ? demanda-t-il.

Juan réfléchit un court instant.

— Oui. Mieux vaut être prudent. Quant au coût du RHIB, ce sera une ligne supplémentaire dans le budget confidentiel de la CIA.

Tandis que Juan pilotait et que Mark continuait de scruter les alentours, Mike préparait la phase finale de l'opération, en sorte que tout était prêt lorsqu'ils coupèrent les moteurs à environ huit kilomètres de la frontière paraguayenne. Ils enfilèrent à nouveau leurs combinaisons et chargèrent sur leur dos les gros appareils de plongée Draeger. Juan surgonfla ses compensateurs de flottabilité parce que c'était lui qui emportait le bloc d'alimentation.

Après avoir crevé les derniers flotteurs entourant le bateau, ils ouvrirent les prises d'eau et le RHIB, entraîné par le poids des moteurs, s'enfonça par la poupe. Ils attendirent à bord, même après qu'il eut disparu sous la surface, pour s'assurer qu'il atteigne bien le fond. Le courant les avait poussés vers le sud sur environ quatre cents mètres mais il fallait à tout prix qu'il demeurât immergé. Ils l'attachèrent ensuite à une de ces souches d'arbre pourrissant qui jalonnaient les berges et se dirigèrent vers le nord grâce à leurs scooters sous-marins quasiment silencieux.

A contre-courant, il leur fallut près de deux heures pour atteindre la frontière et deux heures encore avant qu'ils estiment possible de faire surface. Les batteries des scooters étaient presque à plat et leurs réserves d'air quasiment épuisées, mais ils avaient réussi.

Les trois hommes prirent un moment de repos avant d'entamer la marche de six heures qui devait les mener à la cabane où ils avaient dormi, trente-six heures auparavant. Là-bas, ils avaient caché un petit bateau à moteur en aluminium.

Lorsqu'ils l'atteignirent, Mike s'installa contre un arbre et ne tarda pas à s'endormir. Bien qu'il eût été plus proche de Jerry que ne l'avait été Juan, il n'éprouvait aucun sentiment de culpabilité pour sa mort. Seulement de la peine. Quant à Mark, grand amateur de technique devant l'Eternel, il se mit à étudier le bloc d'alimentation.

Juan s'éloigna un peu et sortit un téléphone satellite de sa poche imperméable.

— Juan, c'est toi ? demanda Max Hanley à la première sonnerie.

Il imaginait Max assis dans le centre d'opérations de l'*Oregon* depuis le début de leur mission, avalant force cafés et mâchonnant le tuyau de sa pipe.

Les communications téléphoniques étaient tellement bien chiffrées qu'ils ne risquaient pas d'être écoutés et ils n'avaient pas besoin de parler par phrases codées ou par allusions.

— On l'a eu, dit-il sur un ton d'infinie lassitude. On a quitté le point Alpha il y a six heures.

— J'appelle Lang tout de suite. Depuis que vous êtes partis, il me bassine toutes les vingt minutes.

— Autre chose, ajouta Juan, glacial. On a perdu Jerry dans l'affaire.

Max demeura silencieux trente secondes avant de s'écrier :

— Oh, non ! Bon Dieu, comment c'est arrivé ?

— C'est vraiment important de le savoir ?

— Non. Au fond, non.

Juan laissa échapper un profond soupir.

— Je vais te dire, c'est dur, c'est vraiment dur.

— Pourquoi ne pas prendre quelques jours de vacances à ton retour ? On pourrait aller à Rio, se planter sur la plage et mater quelques jolies nanas en string et bikini.

L'idée de prendre un peu de vacances ne lui déplaisait pas, mais reluquer des filles qui faisaient la moitié de son âge ne l'enchantait guère. Et il savait qu'après trois mariages qui s'étaient terminés en catastrophe, Max n'avait aucune envie de se remettre en chasse. Juan se rappela alors le dirigeable écrasé et la suggestion de Mark : informer les familles. Voilà ce qu'il lui fallait pour tenter d'apaiser sa douleur. Non pas reluquer des jolies filles, mais apporter un peu de soulagement à des inconnus qui depuis cinquante ans se demandaient ce qu'étaient devenus leurs proches.

— L'idée me plaît bien, répondit Juan, mais il faudra qu'on en parle à notre retour sur le bateau. En attendant, j'aimerais que tu ailles dans mon bureau. Tu trouveras dans l'armoire le testament de Jerry. Autant s'en occuper tout de suite. Il n'aimait pas beaucoup son ex-femme, mais il avait un enfant.

— Une fille, dit Max. J'ai aidé Jerry à monter un fidéicommis pour elle, et je suis l'intermédiaire.

— Merci. Je te revaudrai ça. On devrait être de retour demain à l'aube.

— Le café vous attendra.

Juan remit le téléphone dans sa poche étanche puis s'assit contre un arbre, assailli par un million de moustiques.

— Hé, président, lança Mark quelques minutes plus tard. Regarde un peu ça.

Juan rampa jusqu'à l'endroit où Mark était assis, jambes croisées.

— Qu'y a-t-il ?

— Tu vois, là et là ? dit-il en montrant deux minuscules éraflures sur la surface brillante du métal.

— Oui.

— Elles correspondent à deux trous dans le harnais en nylon. Ce sont les balles qui ont été tirées contre nous quand l'hélicoptère a décollé.

— C'étaient des balles de 9 mm tirées presque à bout portant, et pourtant elles ont à peine laissé de marques. La NASA n'avait pas tort de vanter la solidité de son matériel.

— D'accord, mais regarde ça, dit Mark en tournant le bloc d'alimentation pointe vers le haut pour montrer un petit trou un peu plus profond.

Juan considéra son expert en armement d'un air interrogateur.

— Ça ne correspond à rien sur le harnais, reprit Mark. Ça s'est produit avant qu'on mette la main dessus.

— Les Argentins ?

Mark fit non de la tête.

— On les observait pendant qu'ils le déterraient, et on ne l'a perdu de vue que quelques minutes avant qu'ils le chargent dans le camion. Je ne me rappelle pas avoir entendu un coup de feu. Toi, si ?

— Non. Est-ce que ça aurait pu se produire quand les troncs sont tombés sur le camion ?

— Je ne crois pas. Je dois faire quelques calculs pour en être sûr, mais je ne pense pas que la collision ait été assez forte pour provoquer ça. Et n'oublie pas que le camion a basculé dans la boue. Rien de suffisamment dur et petit n'aurait pu faire un trou comme celui-là.

Juan sembla soudain comprendre où Mark voulait en venir.

— Ça s'est passé au moment de l'explosion de la fusée. Là, la collision était suffisante, non ?

— Bonne réponse ! dit Mark d'un air triomphant. Le problème, c'est que le trou est en haut du bloc d'alimentation. Il aurait dû être protégé à la fois par la vitesse verticale de la fusée et par le volume du bloc lui-même.

— Où veux-tu en venir ?

— Je ne suis pas sûr. J'aimerais pouvoir faire des tests à bord de l'*Oregon*, mais on va le rendre à des gars de la CIA, à Asunción. On ne saura jamais.

— Et que te dit ton intuition ?

— Le satellite a été abattu par une arme que seuls deux pays possèdent. Les Etats-Unis…

— Et la Chine, dit Juan.

9

Houston, Texas

Q UAND IL REJOIGNIT LA NASA, Tom Parker ne savait pas
dans quoi il s'embarquait. A sa décharge, il faut savoir
qu'il avait passé son enfance à la campagne, dans le
Vermont, et que ses parents n'avaient jamais eu la télévision
parce que la réception était mauvaise au pied de la montagne où
ils élevaient des vaches laitières.

Il se dit qu'il se tramait quelque chose lors de son premier jour
au Johnson Space Center quand sa secrétaire plaça sur l'étagère,
derrière son bureau, une magnifique bouteille en verre soufflé
« pour Jeannie ». Lorsqu'elle s'était rendu compte qu'il ne
connaissait pas Jeannie, elle lui avait dit en riant qu'il ne tarderait
pas à le savoir.

On livra ensuite à son bureau, anonymement, un soufflet
décoré à la main. Toujours aussi étonné, Parker demanda une
explication. A présent, plusieurs autres secrétaires du service
étaient au courant de son ignorance, de même que son supérieur,
un colonel de l'armée de l'air qui était aussi directeur adjoint du
programme de formation des astronautes.

Dernière pièce du puzzle, une photo dédicacée d'un homme
entre cinquante-cinq et soixante ans, le cheveu roux et rare et des
yeux d'un bleu étincelant. Parker mit un moment à se rendre
compte que la signature était celle d'un certain Hayden Rorke. La
recherche sur Internet en était encore à ses débuts à l'époque, et

c'est en se rendant à la bibliothèque qu'il découvrit que Rorke était un acteur. Il avait joué dans une célèbre série télévisée le rôle d'un psychiatre de la NASA, Alfred Bellows, constamment harcelé par l'astronaute Anthony Nelson et par Jeannie, le génie qu'il avait trouvé sur une plage.

Le Dr Tom Parker était psychiatre à la NASA, et les plaisanteries sur le thème de *I Dream of Jeannie*, le titre de la série télévisée, ne cessèrent jamais. Cela faisait dix ans qu'il travaillait pour la formation des astronautes et il était à présent l'heureux possesseur de dizaines de bouteilles semblables à celle d'où était sortie Jeannie, de photos dédicacées de la plupart des acteurs et de plusieurs scénarios de Sydney Sheldon, le producteur.

Il ajusta la webcam en haut de son ordinateur portable pour répondre à la requête de Bill Harris, son patient.

— C'est mieux, dit Harris qui se trouvait pour l'heure sur la base Wilson/George. Je voyais une image de Larry Hagman mais c'était votre voix que j'entendais.

— Au moins, il est plus bel homme que moi, dit Parker.

— Braquez donc la caméra sur Barbara Eden, ça illuminera ma journée.

— Bon, nous étions en train de parler des autres membres de votre équipe. Vous allez quitter l'Antarctique d'ici deux jours. Comment va leur moral ?

— Ils sont déçus, dit l'astronaute. On annonce une tempête. D'après les gars de la météo à McMurdo, ça ne devrait durer que quelques jours, mais on a vu les données. La tempête recouvre pratiquement tout l'Antarctique. Nous sommes cloués ici pour une semaine, voire plus, et ensuite il leur faudra plusieurs jours pour nettoyer leur piste et la nôtre.

— Comment vous ressentez ça, vous ?

L'ancien pilote d'essai et lui avaient suffisamment parlé au cours des derniers mois pour avoir aujourd'hui un dialogue sincère. Il savait que Harris ne biaiserait pas sa réponse.

— Comme les autres. C'est dur quand brusquement une échéance est repoussée, mais c'est justement pour ça qu'on est ici, non ?

— Exactement. J'ai surtout envie de savoir comment a réagi Andy Gangle.

— Comme il ne peut plus sortir, il est resté la plupart du temps dans sa chambre. Pour être franc, ça fait plus de douze heures que je ne l'ai pas vu. La dernière fois, c'était dans la salle de repos. Il ne faisait que passer. Je lui ai demandé comment ça allait, il a grommelé « ça va », et il a poursuivi son chemin.

— Diriez-vous que son comportement antisocial a empiré ?

— Non, répondit Bill. Il est à peu près le même. Il était antisocial à son arrivée ici et il l'est resté.

— Vous avez dit avoir tenté de nouer des liens avec lui au cours des derniers mois, quelqu'un d'autre que vous l'aurait-il tenté également ?

— Si quelqu'un s'y est risqué, il a dû essuyer une rebuffade. Je l'ai déjà dit : les psychologues qui l'ont autorisé à passer l'hiver ici se sont trompés. Il n'est pas fait pour ce genre d'isolement, en tout cas pas en équipe.

Pour appuyer son propos, Parker se rapprocha de sa caméra.

— Mais dites-moi, Bill, que se passerait-il si vous vous retrouviez dans une station spatiale ou à mi-chemin d'un voyage vers la lune, et que brusquement vous vous rendiez compte que les médecins qui ont examiné vos compagnons ont fait une erreur semblable ?

— Etes-vous en train de dire que vous allez vous planter ? demanda Harris en riant.

— Non, mais les autres membres du comité de sélection pourraient se planter, eux. Alors, que feriez-vous ?

— D'abord, m'assurer que la personne en question fait son boulot. Qu'elle ne veuille pas beaucoup parler, d'accord, mais il faut qu'elle fasse son job.

— Et si elle refuse ?

Bill Harris regarda soudain par-dessus son épaule, comme s'il avait entendu quelque chose.

— Que se passe-t-il ? demanda le psychiatre.

— On aurait dit un coup de feu. Je reviens tout de suite.

Parker vit l'astronaute se lever de sa chaise et, à mi-chemin de la porte de sa chambre, l'on perçut un mouvement sur le seuil. Harris tituba en arrière puis quelque chose toucha la webcam et Parker ne vit plus rien. Il resta figé pendant quelques secondes, et bientôt le noir de l'écran fit place à une teinte rougeâtre. Plus le temps passait, plus l'écran s'éclaircissait et plus la couleur virait au rouge franc.

Il lui fallut un moment pour comprendre que ce qui avait obscurci l'objectif de la caméra était un jet de sang. L'image était à présent un peu brouillée, mais il n'y avait aucune trace de Bill Harris, et dans les haut-parleurs on entendait distinctement le hurlement d'une femme. Cela dura une minute, puis plus rien. Parker observait toujours l'écran, mais lorsque quelque chose franchit le seuil de la chambre, il ne distingua qu'une ombre. Il s'agissait très certainement de la silhouette d'un homme, mais il était impossible de l'identifier.

Il vérifia que son ordinateur enregistrait bien la session, comme chaque fois qu'il s'entretenait avec ses patients à distance. Tout était conservé sur le disque dur. Par précaution, il s'envoya par courriel la première partie du dossier et en envoya une copie à son patron.

Tandis que son ordinateur poursuivait l'enregistrement, il composa le numéro de son supérieur.

— Keith Deaver à l'appareil.

— Keith, c'est Tom. Il y a un problème à Wilson/George. Ouvre le courriel que je viens de t'envoyer. Regarde les cinq dernières minutes et rappelle-moi.

Six minutes plus tard, Tom saisit le combiné avant la fin de la première sonnerie.

— Qu'en penses-tu ?

— Je sais qu'il n'y a aucune arme sur cette station, mais c'était un coup de feu.

— Je le pense aussi, dit Parker. Pour en être sûrs, il faudrait qu'un expert écoute la bande-son, comme ils le font dans les séries policières. Ça sent mauvais, Keith. Je ne sais pas si tu as entendu ma conversation avec Bill, mais McMurdo ne peut pas envoyer d'avion avant une semaine, voire plus, pas même pour faire une reconnaissance visuelle.

— Qui chapeaute cet endroit ?

— C'est l'université de Penn State qui surveille ça à plein temps, si c'est ça que tu demandes.

— Tu as un contact, là-bas ?

— Oui. Je crois qu'il s'appelle Benton. Oui, c'est ça... Steve Benton. Il doit être climatologue ou quelque chose comme ça.

— Appelle-le. Vois s'ils ont encore la télémétrie, et s'ils ont d'autres webcams en service en ce moment. Il faut aussi contacter McMurdo, leur dire ce qui s'est passé et demander s'ils ne peuvent pas envoyer un avion plus tôt à Wilson/George.

— J'ai un contact là-bas aussi, dit Parker. Au programme US Antarctic. Ça passe par la National Science Foundation.

— D'accord. Je veux des nouvelles d'heure en heure, et fais en sorte que quelqu'un surveille ton ordinateur à partir de maintenant. Je t'enverrai du monde si tu en as besoin.

— Je vais demander à ma secrétaire de surveiller pendant que je passerai les appels, mais tout à l'heure j'accepterai sûrement ta proposition.

Eu égard aux pesanteurs habituelles de la bureaucratie, les mesures se mirent en place de façon exceptionnellement rapide. A la fin de la journée, un policier de Houston avait écouté la bande audio de la webcam et déclara qu'à son avis, il y avait 75 % de chances que ce soit bien un coup de feu. Le contrôleur de la tour de McMurdo confirma que tous leurs avions étaient cloués au sol en raison du mauvais temps, et que même une urgence ne justifiait pas de risquer la vie d'un équipage. Les conditions climatiques étaient encore pires du côté de Palmer

Station, la seule autre base américaine dans la péninsule Antarctique. D'autres pays avaient installé des stations de recherche dans la région, mais la plus proche était argentine et en dépit des liens qui unissent d'ordinaire les scientifiques du monde entier, ils avaient catégoriquement refusé d'intervenir.

Le soir même, à 20 heures, le conseiller du président pour la sécurité nationale était mis au courant de la situation. Proche de la station de recherche argentine, Wilson/George avait pu être victime d'une attaque. On demanda donc des photos satellite au National Reconnaissance Office.

A l'aube, les photos étaient analysées, mais la tempête qui faisait rage sur la moitié du continent avait eu raison des optiques de précision du satellite.

Et puis, comme toujours avec la bureaucratie, les choses en restèrent là. Personne ne savait plus quoi faire. On avait rassemblé et étudié toutes les informations. Il fallait prendre une décision, mais pour cela il n'y avait plus personne.

A son arrivée à Langley, Langston Overholt but la tasse de café que lui avait préparée sa secrétaire et gagna son bureau privé. Derrière lui, à travers la vitre blindée, on apercevait des arbres au feuillage luxuriant. Les branches dansaient dans le vent et jetaient sur la pelouse leurs ombres irrégulières.

Son bureau était meublé et décoré de façon spartiate. A la différence de tant d'officiers supérieurs de la CIA, Overholt n'avait pas recouvert tout un mur de photos de lui en compagnie de différents dignitaires. Jamais il n'avait éprouvé ainsi le besoin de se valoriser aux yeux des autres. Il faut dire que sa réputation légendaire le dispensait d'une telle vantardise. Tous ceux qui venaient lui rendre visite au sixième étage savaient exactement qui il était et si certains de ses succès devaient rester secrets, on en savait suffisamment sur lui pour que son statut au sein de l'Agence fût assuré. Sur les murs de son bureau, quelques photos, surtout des portraits réalisés à l'occasion de vacances en famille, et un cliché aux tons sépia où on le voyait en compagnie d'un jeune Asiatique. Seul un œil exercé aurait reconnu le Dalaï-Lama.

— Bon, peut-être que je suis quand même un peu vantard, murmura-t-il en jetant un coup d'œil à la photo.

Overholt prit ensuite connaissance des rapports transmis à tous les chefs de service. Il s'agissait d'une version encore plus précise que celle transmise au président, qui dès sa prise de fonctions avait clairement fait savoir qu'il ne voulait pas s'encombrer de détails.

On y trouvait les nouvelles habituelles venues des quatre coins du monde : un attentat en Irak, des travailleurs du pétrole massacrés au Nigeria, des rodomontades militaires nord-coréennes le long de la zone de démarcation. L'incident à la station Wilson/George figurait à l'avant-dernière page, juste en dessous de commentaires relatifs à la prochaine capture d'un criminel de guerre serbe. Cet incident se serait déroulé dans n'importe quelle autre station de l'Antarctique qu'il n'y aurait pas attaché d'importance particulière, mais il était écrit dans ce rapport que les Argentins possédaient également une station de recherche à une cinquantaine de kilomètres de là et leur refus catégorique d'envoyer une équipe sur place éveilla le sixième sens d'Overholt. Il demanda une copie de la transmission par webcam du Dr Parker.

Il sut immédiatement ce qu'il fallait faire.

Le directeur de la section Amérique du Sud lui apprit que Juan Cabrillo avait gagné Asunción la veille au soir et qu'il avait remis le bloc d'alimentation à deux émissaires de l'Agence. En ce moment même, leur avion s'approchait des côtes californiennes.

Overholt raccrocha et appela le Dr Parker à Houston avant de demander une communication avec l'outre-mer.

10

PRÈS UNE HEURE ou presque passée sous la douche et un petit déjeuner composé d'œufs, de pain grillé et de tisane (Maurice, le steward, lui avait refusé toute boisson contenant de la caféine), Juan se sentait encore fatigué. Il aurait dû se mettre au lit, mais il n'avait aucune envie de se glisser sous sa couette en plume d'oie. Il savait que le sommeil ne viendrait pas facilement. Après un rapide examen, le Dr Huxley lui avait proposé un somnifère qu'il avait refusé. Il ne se punissait pas pour la mort de Jerry, mais un abrutisseur chimique aurait fait figure de trahison envers la mémoire de son ami. Evoquer le grand Polonais risquait fort de le tenir éveillé toute la nuit, mais Juan était disposé à payer un tel prix.

Avec ses compagnons, il était arrivé à bord de l'*Oregon* trois heures auparavant, après un vol qui les avait amenés d'Asunción au Brésil. Ils avaient passé la première heure à discuter avec l'équipage de la disparition de Jerry, des circonstances ayant entouré sa mort et de la façon dont il s'était sacrifié pour leur permettre de s'enfuir. Une cérémonie du souvenir était prévue pour le soir même. L'équipe de cuisine préparait un repas traditionnel polonais, avec des pierogi, des *Kotlet Schabowy*, et en dessert du *Sernik*, un gâteau au fromage.

D'ordinaire, c'était Juan qui conduisait ce genre de service, mais Mike Trono, en raison de son amitié avec Jerry, demanda si l'honneur pouvait lui revenir.

Juan quitta alors sa cabine pour se livrer à une inspection minutieuse du navire, ancré en dehors du port de Santos. Le soleil des tropiques cognait sur les ponts métalliques mais le vent qui soufflait à travers sa chemise en lin blanc le rafraîchissait. Même à l'œil le plus exercé, l'*Oregon* semblait bon pour le chantier de démolition. Le pont était encombré de détritus et là où la peinture n'avait pas disparu ou ne s'écaillait pas, elle était appliquée de façon si anarchique et dans une telle variété de couleurs qu'on eût presque dit un camouflage. La bande blanche au centre du drapeau iranien qui pendait à la poupe était le seul point immaculé sur le vieux cargo.

Juan s'approcha d'un vieux bidon d'essence placé près du bastingage, tira un petit micro de sa poche et appela le centre d'opérations. L'*Oregon* disposait d'un système de communication cellulaire chiffré.

— Bonjour, fit Linda Ross de sa voix haut perchée.

— Bonjour à toi, dit Juan. S'il te plaît, active la mitrailleuse de pont n° 5.

— Il y a un problème ?

— Non, j'inspecte simplement notre vieux rafiot.

Son équipage savait qu'à chaque baisse de moral, il inspectait le navire.

— C'est bon. Elle va sortir.

Le couvercle du bidon d'essence se souleva lentement sur une armature avant de se replier complètement sur le côté. Puis le canon d'une mitrailleuse M-60 émergea et pivota en direction de la haute mer. Il examina la bande de munitions : le cuivre ne montrait aucune trace de corrosion et l'arme elle-même était correctement graissée.

— Ça me paraît bien, fit Juan avant de demander à Linda de remettre la mitrailleuse dans sa cachette.

Il gagna ensuite la salle des machines, le cœur de sa création, aussi propre qu'un bloc opératoire. Le système révolutionnaire de propulsion du navire, baptisé magnétohydrodynamique, se servait d'aimants sur-réfrigérés pour extraire des électrons libres de l'eau de mer. Aucun autre navire au monde n'utilisait cette technique, encore expérimentale. Dans la salle des machines, on apercevait d'abord les cryopompes utilisées pour refroidir les aimants jusqu'à – 184°. Aussi gros que des wagons citernes, les tubes principaux couraient le long de l'*Oregon*. A l'intérieur de ces tubes, les impulseurs à géométrie variable auraient fait les délices de n'importe quel musée d'art moderne.

Grâce à l'incroyable énergie fournie par ce système, l'*Oregon* pouvait atteindre des vitesses inconnues sur les navires de ce tonnage et s'immobiliser aussi rapidement qu'une voiture de sport. Avec ses propulseurs latéraux et ses ailerons directionnels, il pouvait également faire volte-face en un rien de temps.

Il poursuivit sa déambulation dans le navire, sans but précis.

D'ordinaire, coursives et espaces de travail résonnaient de conversations et d'éclats de voix. Mais pas aujourd'hui. On ne riait plus, on baissait les yeux. Les hommes et les femmes de la Corporation accomplissaient leur travail en sachant que l'un d'entre eux les avait quittés. Mais ils ne reprochaient rien à Juan, et cela allégeait sa peine. Tous se sentaient en partie responsables : ils formaient une équipe, et, comme telle, partageaient victoires et défaites.

Pendant cinq longues minutes, Juan admira un petit Degas accroché dans un couloir près des cabines de l'équipage. Sur le tableau discrètement éclairé, on voyait une ballerine laçant un chausson sur sa cheville. A son avis, le peintre avait su capturer la lumière, l'innocence et la beauté plus que tout autre avant ou après lui. Pour autant, il ne se rendait pas compte de l'ironie qu'il pouvait y avoir à admirer dans un laps de temps aussi bref un chef-d'œuvre de Degas et la hideuse fonctionnalité d'une mitrailleuse. Pour le président, l'esthétique était partout.

Dans la cale avant, il observa des hommes qui s'apprêtaient à tirer un RHIB de son rangement. Lorsqu'ils seraient au large, loin des yeux indiscrets, une grue prendrait le RHIB dans la cale, le déposerait en mer à bâbord où il serait ensuite treuillé dans le garage à bateau situé au niveau de la ligne de flottaison.

Il se rendit ensuite à la piscine du bord. La natation, son exercice préféré, lui permettait de garder la forme, mais après avoir passé tellement de temps dans l'eau au cours des deux derniers jours, il se dit que pendant quelque temps, il opterait plutôt pour la salle de musculation.

C'est tout au fond de sa coque, juste au-dessus de la quille, que le navire dissimulait l'un de ses secrets les mieux gardés : une salle d'où l'on pouvait lancer deux submersibles. Des portes massives s'ouvraient au fond de la *moon pool* et permettaient le départ et la récupération des mini sous-marins même quand l'*Oregon* était en marche (l'opération était toutefois plus simple lorsqu'il était immobile.) Concevoir cet espace tout en maintenant l'intégrité de la coque avait constitué un véritable défi lorsque Juan avait entrepris de convertir le vieux transporteur de bois.

Le hangar situé sous l'arrière des cinq cales du navire était désert. Le MD-520N noir reposait sur ses étais, pales repliées vers l'arrière. A la différence des hélicoptères traditionnels, celui-ci n'avait pas de rotor de queue. A la place, les rejets de combustion du réacteur se faisaient à travers la queue, ce qui constituait un dispositif anti-couple. Cela le rendait plus silencieux que la plupart des autres appareils, et d'après ses dires, Gomez Adams lui-même trouvait ça plutôt classe.

L'espace était limité en raison des modifications qu'ils avaient dû y apporter après avoir renoncé au petit Robinson R44 utilisé auparavant.

Dans l'infirmerie, il trouva Julia Huxley, leur médecin, occupée à bander la main d'un des ingénieurs. L'homme s'était blessé à l'atelier et il avait fallu lui faire quelques points de suture. Julia portait la traditionnelle blouse blanche et avait noué ses cheveux en queue de cheval.

— Le rhum, c'est après le travail, Sam, lança Julia sur le ton de la plaisanterie en terminant son pansement.

— Promis. Je ne travaillerai plus en état second.

— Ça va ? lui demanda Juan.

— Oui, mais c'est trop bête. Le premier jour où on a travaillé dans notre garage, mon père m'avait dit de ne jamais quitter mon outil des yeux. Et moi, qu'est-ce que je fais ? Je regarde ailleurs en meulant une pièce métallique, cette saloperie m'échappe et je me mets à saigner comme un porc.

Un grésillement se fit entendre dans le casque de Juan.

— Oui, Linda.

— Non, c'est Max. Désolé de te déranger, mais Langston Overholt est en ligne et il ne veut parler qu'à toi.

Juan n'hésita qu'une fraction de seconde.

— De toute façon, j'avais fini. Merci. Dis-lui de m'attendre une minute, le temps que je rejoigne ma cabine.

*
* *

— Allô ?

— Excuse-moi de t'appeler comme ça si peu de temps après une mission, mais j'ai peur qu'il se soit passé quelque chose de très particulier.

Comme d'habitude Langston pratiquait l'euphémisme.

— Tu es au courant ? demanda Juan.

— J'ai parlé avec Max avant qu'on te transfère l'appel. Il m'a parlé de ton homme. C'est triste. Je comprends ce que tu ressens. Mais tu as quand même fait un travail remarquable. Les Argentins vont se plaindre à l'Onu et nous accuser de tous les péchés de la terre, mais au bout du compte, nous avons récupéré le bloc d'alimentation et eux, ils n'ont rien.

— J'ai du mal à croire que ça vaut la vie d'un homme, grommela Juan.

— Face à l'histoire de l'univers, ça n'en valait probablement pas la peine, tu as raison, mais ton gars savait ce qu'il risquait. Vous le savez tous.

Juan ne se sentait pas d'humeur à discuter de philosophie avec son ancien supérieur.

— Quelle est cette affaire délicate dont tu as commencé à me parler ?

Overholt lui fit part alors de tout ce qu'il savait à propos des événements survenus à la station Wilson/George, y compris ce qu'il avait appris par Tom Parker.

— Ça pourrait donc être ce type, Dangle...

— Gangle, corrigea Langstone.

— Gangle aurait pu péter un câble et tuer tout le monde ?

— C'est tout à fait possible, encore que d'après le Dr Parker, qui le tient de l'astronaute, ce Gangle n'est qu'un solitaire habité par un profond sentiment d'injustice.

— Justement, c'est ce genre d'individus qui massacrent leurs familles ou tirent au hasard sur la foule depuis les clochers d'église.

— C'est vrai. Mais il ne faut pas non plus oublier qu'il y a une base argentine à moins de cinquante kilomètres de là. Comme tu le sais, ils n'arrêtent pas de clamer que toute la péninsule Antarctique relève de leur seule souveraineté. Et si c'était là le premier acte d'une mauvaise pièce ? Il y a d'autres bases, là-bas. Les Norvégiens, les Chiliens, les Britanniques. Ils pourraient être les prochains sur la liste.

— Ou ça pourrait simplement être un jeune type dérangé qui a passé trop de temps au pôle Sud.

— Le problème, c'est qu'on risque de ne pas avoir de réponse pendant la plus grande partie de la semaine, voire plus si le temps ne s'améliore pas. Si ce sont les Argentins qui sont derrière cette histoire, quand on s'en rendra compte, il sera trop tard.

— Tu veux donc qu'on file vers le sud et qu'on aille voir ce qui s'est passé dans cette station Wilson/George ?

— Exactement. Ça devrait être du gâteau. Un petit voyage, un petit coup d'œil et ensuite tu dis à l'oncle Langston qu'il n'y a pas de quoi s'inquiéter.

— On le fera, bien sûr, mais il faut que tu saches que ni Max ni moi ne serons du voyage.

— Vous avez quelque chose de prévu ?

Juan évoqua alors leur découverte du *Flying Dutchman* et leur désir d'informer les familles, cinquante ans plus tard, sur ce qu'étaient devenus les disparus.

— Excellente idée, fit Langston. Tu as besoin de ça pour remettre un peu les choses à leur juste place. De toute façon, l'équipage n'aura pas besoin de vous deux pour cette mission. Max se fait trop de bile, et toi tu as besoin d'un peu de repos.

— Oh, avant que j'oublie : mon spécialiste des armements m'a dit que le satellite a peut-être été abattu.

— Redis-moi ça.

— Tu m'as bien entendu. Il y a plusieurs traces sur l'enveloppe externe du bloc d'alimentation. Deux correspondent à des balles, mais la troisième est mystérieuse. Il va falloir examiner ça de très, très près.

— C'était déjà prévu, mais merci pour le renseignement. De toute façon, je pense que ton gars se trompe. L'Argentine ne possède pas la technique lui permettant d'abattre une fusée d'aussi loin, et de toute façon, pourquoi le feraient-ils ? Ce n'était pas un lancement militaire.

— Je te rapporte simplement ce qu'il pense. S'il se trompe, tant mieux. Mais dans le cas contraire, ça change tout. N'oublie pas : qui a démontré ses capacités à abattre un satellite, et qui, par la même occasion, bloque continuellement à l'Onu les sanctions contre l'Argentine ?

Overholt demeura longuement silencieux.

— Je n'aime pas ce que tu sous-entends.

— Moi non plus, fit Juan. Mais ça donne du grain à moudre. Tu veux toujours qu'on aille en Antarctique ?

— Plus que jamais, mon garçon, plus que jamais.

11

U N SEUL MOT : « Viens. »
En dépit de sa brièveté, le major Jorge Espinoza ne cessait de scruter ce message qui n'augurait rien de bon. Il lui fallut près de douze heures pour aller depuis la frontière nord jusqu'à la propriété de son père, dans les gras pâturages de la pampa, à cent soixante kilomètres à l'ouest de Buenos Aires. Pour la dernière partie du voyage, il avait piloté lui-même son Turbine Legend personnel, un avion à hélice qui ressemblait au légendaire Spitfire et avait à peu près les mêmes performances. Le lieutenant Jimenez, recouvert de bandages à cause de ses brûlures, était assis à l'arrière.

Lorsque son père avait pris le commandement de la 9e Brigade, il avait utilisé sa fortune personnelle pour bâtir sur son domaine un nouveau poste de commandement et une caserne. L'ancienne piste, à un kilomètre six de la grande maison, avait été allongée et asphaltée pour permettre l'atterrissage d'un C-130 à pleine charge. On avait également agrandi l'aire de stationnement pour les hélicoptères et érigé un vaste hangar en métal.

Le camp était si éloigné de la maison que même les entraîne-ments au mortier ne gênaient pas le général, sa nouvelle jeune épouse et leurs deux enfants. Il comportait des quartiers pour les mille hommes de cette unité d'élite, avec les bâtiments nécessaires à leurs activités. A côté du terrain de manœuvre, on avait aménagé un parcours d'obstacles et un magnifique gymnase.

Avec ses grandes prairies, ses forêts touffues et ses deux cours d'eau, le vaste domaine était idéal pour l'entraînement de la brigade.

Autrefois paisible bourgade agricole, le village de Salto se muait en une petite ville bourdonnante vouée aux plaisirs des soldats en permission.

D'ordinaire, Espinoza effectuait des passages au-dessus de la grande maison avant d'atterrir. Ses demi-frères adoraient son avion et lui demandaient sans cesse d'aller faire un tour dans les airs. Mais aujourd'hui, face au domaine où les pluies de printemps avaient fait croître une herbe grasse, il avait surtout envie de ne pas attirer l'attention.

L'échec cuisant qu'il avait essuyé dans la forêt aurait sonné le glas de n'importe quelle carrière militaire, et peut-être même de la sienne. A la fois fils et subordonné du général, il avait échoué dans sa mission. Neuf hommes avaient trouvé la mort sous son commandement, puis Raul, arrêté par la frontière, avait rapporté que les quatre hommes présents avec lui dans l'hélicoptère avaient péri, ainsi que six gardes-frontières. Au cours de l'opération, ils avaient perdu deux bateaux, deux hélicoptères coûteux, tandis qu'un troisième était endommagé.

Mais le pire pour lui demeurait l'échec. En tant que fils et en tant que soldat, c'était impardonnable. Ils avaient laissé les Américains s'emparer sous leur nez du fragment de satellite. Il revoyait encore le visage ensanglanté de l'Américain qui conduisait le pick-up avec à son bord ses camarades « blessés ». En dépit de son masque sanguinolent, il se rappelait chacun de ses traits, la forme des yeux et de la mâchoire, le nez presque arrogant. Cet homme, il le reconnaîtrait entre mille.

En atterrissant, il remarqua un C-130 à quatre moteurs garé à côté du grand hangar. Sa rampe de chargement baissée laissait voir un petit élévateur. On ne lui avait pourtant signalé aucune nouvelle intervention de la 9ᵉ Brigade : était-il déjà rayé des listes ?

L'avion rebondit trois fois en touchant l'asphalte avant de rouler doucement. Voler à bord de cet avion était un tel plaisir que chaque atterrissage amenait la déception. Il roula doucement jusqu'à l'aire de stationnement où se trouvait l'avion de son père, un Learjet capable de l'emmener en quelques heures n'importe où en Amérique du Sud.

Alors que le général était issu d'une famille de militaires, feue la mère d'Espinoza venait d'une famille dont la richesse remontait à la fondation du pays. Ses oncles et ses cousins possédaient de nombreux buildings à Buenos Aires, des vignes dans l'Ouest, cinq grandes fermes d'élevage, une mine de fer, et avaient le monopole du système de téléphonie mobile.

Jorge avait joui des avantages de la fortune maternelle – écoles de prestige et jouets coûteux comme le Turbine –, mais contribuer au développement de ce patrimoine ne l'avait jamais intéressé. En voyant son père endosser chaque jour l'uniforme militaire, symbole de la grandeur de la nation, il avait dès l'enfance voulu lui aussi entrer dans l'armée.

Il avait travaillé d'arrache-pied pour concrétiser son rêve et aujourd'hui, à trente-sept ans, il était au sommet de sa carrière. Sa prochaine promotion le conduirait certainement à un travail de bureau dans un état-major, ce qu'il envisageait avec horreur. Il dirigeait les commandos les plus redoutables d'Argentine. Au moins pour quelques minutes encore. L'humiliation lui vrillait les entrailles.

Un SUV Mercedes ML500, à la carrosserie camouflage, les attendait, Jimenez et lui. L'intérieur était en cuir luxueux et bois poli : une idée de sa belle-mère.

— Comment est-il ? demanda Espinoza à Jesus, le majordome de son père qui conduisait la Mercedes.

— Calme, dit Jesus avant d'embrayer.

Ça n'augurait rien de bon.

Pour se rendre à la grande maison, il n'y avait qu'une piste, si bien entretenue qu'on aurait cru rouler sur une autoroute, le SUV ne soulevant qu'un très fin nuage de poussière. Haut dans le ciel, un faucon qui avait repéré une proie fondit brutalement vers le sol.

Maxine Espinoza accueillit Jorge en haut du perron. La belle-mère de Jorge, originaire de Paris, avait été autrefois employée de l'ambassade de France à Buenos Aires, dans le quartier de Cerrito. Sa vraie mère était morte trois semaines après une chute de cheval : il avait alors onze ans. Son père avait attendu qu'il ait quitté l'Académie militaire avant de songer à se remarier, bien qu'une nuée de jolies femmes aient gravité dans son sillage pendant des années.

Elle n'avait que deux ans de plus que Jorge et si son père ne l'avait pas rencontrée en premier, c'est lui qui sans hésiter lui aurait fait la cour. Il ne reprochait pas à son père d'avoir épousé une femme si jeune : en attendant si longtemps, il avait honoré sa mère, et puis l'arrivée de Maxine dans leurs vies avait adouci le général, devenu un peu cassant avec l'âge.

Elle portait des vêtements d'équitation prouvant que ses deux maternités n'avaient en rien altéré ses courbes féminines.

— Tu n'es pas blessé ? demanda-t-elle avec un délicieux accent français.

— Non, Maxine, ça va.

Elle remarqua alors les pansements de Raul.

— Mon Dieu ! Que vous ont-ils fait, ces barbares ?

— Ils ont fait sauter l'hélicoptère dans lequel je me trouvais, *señora*.

Jimenez regardait ses chaussures, mal à l'aise devant tant de richesse et, aussi, en raison de l'attention que lui portait la femme de son supérieur.

— Le général est furieux, dit Maxine en glissant un bras sous celui de chacun des deux jeunes officiers. On dirait un étalon privé de jument. Vous le trouverez dans la salle des armes.

A l'intérieur, la maison était vaste et fraîche et l'on apercevait le portrait de Philippe Espinoza revêtu de l'uniforme de colonel qu'il avait si longtemps porté. Trois hommes conversaient dans l'entrée. L'un d'eux se tourna à leur arrivée. C'était un Asiatique d'une cinquantaine d'années qu'Espinoza ne connaissait pas. Le lieutenant Jimenez s'apprêtait à suivre son major, mais Maxine ne lâcha pas son bras.

— Le général veut le voir seul.

La salle des armes se trouvait à l'arrière de la maison et ses vastes baies vitrées donnaient sur un jardin avec son ruisseau et sa chute d'eau. Aux murs, des trophées de chasse. La tête d'un énorme sanglier occupait la place d'honneur, au-dessus de la cheminée. Sur les trois armoires vitrées où étaient conservés les fusils, une seule était verrouillée : celle où le général gardait ses armes automatiques. Le sol en carreaux mexicains était recouvert de tapis des Andes.

C'était dans cette pièce que son père administrait à Jorge ses corrections lorsqu'il était enfant, et aujourd'hui encore, par-delà les odeurs de cuir et de graisse à fusil, il lui semblait sentir celle de sa propre peur.

Le général Philippe Espinoza faisait un peu plus d'un mètre quatre-vingts, avait le crâne rasé et des épaules larges comme une estrade de gibet. Il n'avait jamais fait réparer son nez, qu'il s'était cassé à l'Académie militaire, ce qui donnait à son visage une certaine asymétrie qui se révélait gênante lorsqu'on tentait de le regarder dans les yeux. Sa façon de toiser son interlocuteur n'était qu'une arme parmi toutes celles qu'il avait appris à manier à l'époque de la dictature, dans les années 70 et 80.

— Général Espinoza, fit Jorge en se mettant au garde-à-vous. Major Jorge Espinoza au rapport.

Son père se tenait penché derrière son bureau et étudiait une carte. Il devait s'agir de la péninsule Antarctique, mais Jorge n'en était pas tout à fait sûr.

— As-tu autre chose à me dire que ce que j'ai déjà lu dans le rapport ? demanda sèchement le général, sans lever les yeux.

— Les Américains n'ont pas encore franchi la frontière, en tout cas pas à bord de leur RHIB. Les patrouilles n'en ont pas vu la moindre trace sur les deux berges du fleuve. On pense qu'ils l'ont coulé et se sont enfuis à pied.

— Continue.

— D'après le pilote d'hélicoptère qu'ils ont enlevé, le chef de l'équipe se nommait Juan, et il y en avait un autre appelé Miguel. Le chef parlait espagnol avec l'accent de Buenos Aires.

— Tu es certain qu'ils sont américains ?

— Ce type, je l'ai vu moi-même. Il parle peut-être espagnol comme nous, mais… il avait un air américain.

Le général Espinoza finit par lever les yeux.

— Comme Galtieri, mais quelques années plus tard, je suis allé à l'école d'infanterie de l'armée américaine à Fort Benning. Les instructeurs avaient cet air-là. Continue.

— Il y a quelque chose que je n'ai pas mis dans mon rapport. Nous avons découvert l'épave d'un vieux dirigeable. Les Américains ont mis la main dessus avant nous et apparemment ils ont passé du temps à l'examiner.

— Un dirigeable ? fit le général, le regard perdu dans le vague. Tu es sûr ?

— Oui, mon général. C'est le pilote qui a reconnu ce type d'engin.

— Je me rappelle que quand j'étais jeune, un groupe d'Américains a survolé la jungle à bord d'un petit dirigeable. Je crois que c'étaient des chercheurs de trésor. Ils se sont perdus vers la fin des années 40. Ton grand-père les avait accueillis lors d'une réception à Lima.

— On les a retrouvés, maintenant. Lorsque les voleurs se sont emparés de notre hélicoptère, ils se sont posés à côté de l'endroit où le dirigeable s'était écrasé, comme s'ils connaissaient déjà le site. Je pense qu'ils l'avaient découvert à l'aller, sur le chemin du camp de bûcherons.

— Et tu dis qu'ils ont examiné l'épave ?

— D'après les traces de pas, oui.

— Ce que des commandos disciplinés ne feraient pas.

— Exactement, mon général.

Son père s'assit, ce que Jorge jugea comme un signe favorable. Le calme extérieur masquant sa colère semblait faire lentement place à quelque chose d'autre.

— Ta conduite dans cette affaire est inqualifiable. Je dirais même qu'on n'est pas loin de la négligence criminelle.

Aïe…

— Cela dit, reprit-il, il y a des détails que tu ignores pour l'instant qui pourraient atténuer la gravité de la situation. Des plans connus seulement à l'échelon le plus élevé de l'Etat. Ton unité va bientôt être envoyée au Sud et cela ferait mauvais effet si son officier le plus populaire était mis aux arrêts. Le rapport que j'enverrai sur cet incident dépendra de la façon dont tu t'acquitteras de cette prochaine mission.

— Puis-je vous demander, mon général, où nous allons être déployés ?

— Pas encore. D'ici une semaine, tu comprendras.

Jorge se raidit.

— A vos ordres.

— Et maintenant, va chercher ton lieutenant Jimenez. Je crois que d'ici là, j'ai quelque chose pour vous.

12

T ANDIS QUE L'*OREGON* FILAIT VERS LE SUD sous le commandement de Linda Ross, Juan Cabrillo et Max Hanley
partaient pour Houston à bord d'un vol commercial. Dans
cette ville, comme dans une dizaine de ports dans le monde, la
Corporation disposait d'une maison où une équipe pouvait
trouver tout ce dont on peut avoir besoin. Après discussion, les
deux hommes avaient en effet convenu que c'était le meilleur
point de départ pour leurs recherches sur l'équipage du
dirigeable.

Lorsqu'ils atteignirent la maison sise dans un lotissement, à
une trentaine de kilomètres du centre-ville, Eric Stone et Mark
Murphy avaient déjà abondamment pianoté sur leurs ordinateurs,
en bons virtuoses de l'informatique qu'ils étaient.

Murphy s'en vantait souvent : « Jamais aucun pare-feu ne m'a
résisté. »

A la différence des autres caches de la Corporation – le
penthouse de Dubaï était aussi luxueux qu'un hôtel cinq étoiles –,
celle de Houston était d'allure spartiate. Le mobilier semblait
avoir été commandé sur catalogue et la décoration bon marché
était essentiellement constituée de gravures de paysages. La seule
chose qui différenciait cette maison des quatre cents autres du
lotissement, toutes semblables, c'était que l'une des chambres
était recouverte d'acier épais du sol au plafond. La porte, d'allure

normale, était en fait aussi impénétrable que celle de la chambre forte d'une banque.

Une fois entré, Max s'assura que personne n'avait pénétré dans cette pièce depuis trois mois, soit la date de sa dernière inspection. Il ajouta des batteries à un appareil de détection gardé en réserve et balaya la maison tout entière tandis que Juan ouvrait une bouteille de tequila. Lorsqu'ils furent tout à fait sûrs d'être en sécurité, Max lança la connexion Internet et déposa son portable sur la table basse du salon.

Comme le soleil couchant créait des reflets sur l'écran, Max ferma les rideaux, se servit un verre de cette tequila achetée en duty free puis s'installa en soupirant à côté de Juan.

— Tu sais, dit-il en frottant le verre glacé contre son front, après toutes ces années à utiliser notre jet privé, je trouve la première classe bien décevante.

— Tu t'amollis en vieillissant.

— Bah !

La connexion était établie. Juan vérifia une fois encore les protocoles de sécurité et appela l'*Oregon*. Instantanément, l'image d'Eric et de Mark apparut et, d'après l'écran géant déployé derrière eux, il comprit qu'ils se trouvaient dans la cabine d'Eric. Ce dernier était entré à la Corporation à sa sortie d'Annapolis, après avoir passé un temps minimum sous l'uniforme. Non qu'il eût détesté la vie militaire, mais l'un de ses supérieurs, qui avait combattu au Viêtnam avec Max, estimait que ce jeune et brillant officier servirait mieux son pays en rejoignant l'équipe de Cabrillo. Puis ce fut Eric lui-même qui suggéra de recruter son ami Mark Murphy. Ils s'étaient connus en travaillant sur un programme secret de missiles : Murphy en était le concepteur pour le compte d'un des plus grands contractants de la Défense.

Avec ses doux yeux bruns et ses manières courtoises, Eric n'avait guère l'allure d'un vétéran de la Navy. Alors que Murphy cultivait une apparence de cyberpunk, arborant un style vestimentaire des plus agressifs, Eric donnait plutôt dans le genre sérieux et bon chic bon genre. Sa chemise Oxford à col ouvert contrastait ainsi avec le tee-shirt de Mark, orné d'un smiley à tête de cyclope. Tous deux semblaient trop excités pour tenir en place.

— Salut les jeunes, lança Juan. Comment ça va ?

— On fonce, patron, répondit Eric. Linda nous fait filer à 38 nœuds et comme l'Argentine ne commerce pratiquement plus avec personne, il n'y a aucun autre navire à éviter.

— Combien de temps pour rejoindre Wilson/George ?

— Un peu plus de trois jours, si on ne se cogne pas la glace.

— Si vous ne rencontrez pas de glace, corrigea Max. On ne cogne jamais la glace, c'est mauvais pour le navire.

— Merci pour le tuyau, E.J., dit Mark en utilisant les initiales du malheureux capitaine du *Titanic*.

— Alors, qu'avez-vous trouvé ? demanda Juan.

— Vous savez qui étaient ces gars ? C'est incroyable, lança Eric. C'étaient les frères Ronish. Leur famille est propriétaire de Pine Island, au large de l'Etat de Washington.

Juan ne cacha pas sa surprise. Natif de la côte Ouest, il savait tout de Pine Island et de son infâme Puits au trésor. Enfant, comme tous ses amis, il avait été fasciné par cette histoire.

— Vous êtes sûrs ?

— Aucun doute. En plus, ils ont trouvé dans le Puits au trésor un indice qui les amenés à chercher quelque chose dans la jungle amazonienne !

— Attendez un peu, vous deux. Pas si vite. Racontez-nous tout depuis le début.

— Il y avait cinq frères. L'un d'eux (Eric baissa les yeux sur ses notes), Donald, a été tué le 7 décembre 1941, figurez-vous, en essayant d'atteindre le fond du puits. Aussitôt après, les trois aînés ont rejoint l'armée. Le cadet était trop jeune. Nick Ronish est devenu le *marine* le plus décoré de l'histoire de la Navy. Il a participé à l'assaut contre trois îles et a fait partie de la première vague à Iwo Jima. Un autre frère a été parachutiste au 81e. Il s'appelait Ronald. Il a participé au débarquement en Normandie et a combattu jusqu'à Berlin. Le dernier, Kevin, s'est engagé dans la Navy où il est devenu vigie à bord des petits dirigeables qui patrouillaient le long des côtes de Californie...

Mark l'interrompit.

— Deux ans après la fin de la guerre, ils ont acheté un dirigeable aux surplus de l'armée (Kevin possédait la licence pour piloter de tels engins) et ils sont partis pour l'Amérique du Sud.

— Y a-t-il des indices comme quoi ils auraient pu trouver quelque chose sur Pine Island ? demanda Juan. Il me semble qu'il y a eu une grosse expédition là-bas dans les années 70.

— Oui, elle a bien eu lieu. On raconte que Dewayne Sullivan a versé cent mille dollars à James Ronish, le frère survivant, pour procéder à des fouilles sur Pine Island. Sullivan était une sorte de Richard Branson de l'époque. Il a gagné un argent fou dans le pétrole et l'a dépensé dans toutes sortes d'aventures folles, comme un tour du monde à la voile en solitaire ou un plongeon depuis un ballon météo à 24 000 mètres d'altitude.

« En 1978, il s'est entiché de Pine Island et a passé quatre mois à creuser dans le Puits au trésor. Ils avaient des pompes puissantes et avaient bâti un coffrage pour empêcher l'eau de s'infiltrer depuis une crique toute proche, mais ils n'ont jamais réussi à l'assécher de façon satisfaisante. Des plongeurs ont découvert le squelette de Donald Ronish, qui a été ensuite inhumé, et ont remonté des tas de débris. Mais un jour, un ouvrier a été tué quand ils remplissaient de carburant le réservoir d'une des pompes. Il l'avait laissée marcher, elle a craché de l'essence et s'est enflammée. Le lendemain ou un peu plus tard, un des plongeurs a eu la maladie des caissons et a dû être transporté par hélicoptère jusqu'au rivage. C'est là que Sullivan a annulé les opérations.

— C'est vrai ! s'exclama Juan. Je m'en souviens, maintenant. Il a dit quelque chose du genre : « aucun mystère ne vaut la vie d'un homme. »

Eric but une gorgée de soda énergétique à même la canette.

— C'est exactement ça. Mais voilà ce qu'on pense, Mark et moi : après la guerre, les frères sont retournés sur Pine Island et ont trouvé quelque chose dans le puits. Il n'y avait pas de trésor au fond, ou alors une toute petite partie, ce qui aurait pu leur permettre d'acheter le dirigeable, bien qu'à mon avis la Navy ne devait pas les vendre très cher. En tout cas, ils ont dû trouver quelque chose qui les a amenés en Amérique du Sud, une carte ou des indices gravés dans la pierre ou le bois.

— Ils se sont écrasés avant d'avoir trouvé, ajouta Murphy.

— Et le plus jeune frère ? demanda Max. Qu'est-il devenu ?

— James Ronish a été blessé en Corée. Il ne s'est jamais marié et vit dans la maison que ses parents lui ont laissée quand ils ont quitté la côte Ouest. Il est toujours propriétaire de Pine Island. On a son adresse et son numéro de téléphone.

— Ainsi que des détails sur ses finances, dit Mark en consultant un document. Au jour d'aujourd'hui, il possède 1 200 $ sur un compte épargne, 400 sur son compte courant, et près de 1 000 de débit sur une carte de crédit. Il est en retard de deux versements sur ses impôts mais à jour pour le remboursement d'une hypothèque qu'il a prise sur la maison il y a sept ans.

— Pas le genre de type dont la famille aurait découvert un trésor de pirates.

— Pas vraiment, non. Plutôt un vieux bonhomme qui coche les jours sur son calendrier en attendant le champ de navets, fit Mark. On a trouvé quelque chose sur les archives en ligne du journal local. Un entrepreneur de la région racontait que Ronish et lui s'étaient associés pour faire une nouvelle tentative dans le puits. C'était il y a cinq ans. L'entrepreneur devait fournir l'argent et le matériel, mais il ne s'est rien passé.

Juan réfléchit un instant tout en sirotant sa tequila.

— J'ai l'impression que lorsque M. Ronish se retrouve à court d'argent, il lance des recherches sur son île.

— Ça ressemble à ça, dit Eric. Je peux retrouver l'entrepreneur et lui demander pourquoi il a fait machine arrière.

Mark se pencha vers la webcam.

— Je vais de nouveau pirater son compte en banque et voir le genre d'ennuis d'argent qu'il avait quand ils se sont associés.

— Je m'oppose à ces deux propositions, rétorqua le président. Ça n'a aucune importance parce qu'on ne va pas s'occuper de cette histoire de Puits au trésor.

Eric et Mark avaient l'air de deux enfants à qui l'on vient de retirer leur jouet.

— Nous sommes là pour lui dire que nous avons retrouvé les restes de ses frères et que nous avons vraisemblablement mis la main sur un journal que l'un d'eux a tenu après qu'ils se sont écrasés, reprit Juan.

Personne n'avait encore eu le temps de lire les papiers enveloppés dans le préservatif, qui se trouvait encore dans les bagages de Juan.

— Tu plaisantes, gémit Mark. Ça pourrait mener à une découverte extraordinaire. Pierre Devereaux était l'un des pirates les plus riches de tous les temps. Son trésor doit bien se trouver quelque part.

— Très probablement au fond de l'océan, là où son bateau a coulé, grommela Max.

— Au contraire, mon frère, lança Mark. Quand son navire a coulé dans la mer des Caraïbes, il y a eu des survivants. Ils avaient doublé le cap Horn et d'après eux, le bateau ne transportait rien. Devereaux avait passé un certain temps sur notre côte Ouest avec quelques-uns de ses hommes, mais il était revenu seul au navire.

— Ou alors, ce ne sont que des bobards destinés à entretenir la légende.

— Allez, Max, où est passé ton esprit fantaisiste ? demanda Eric.

Hanley se montra surpris par le choix de l'expression.

— Fantaisiste ?

— Tu vois ce que je veux dire. Quand tu étais enfant, tu n'as jamais rêvé de découvrir un trésor de pirate ?

— Deux séjours au Viêtnam ont eu raison de toute ma fantaisie.

— Désolé, les gars, dit Juan d'un ton ferme. Pas de trésor de pirates pour nous. On va simplement donner les papiers à M. Ronish et lui dire où ses frères ont trouvé la mort.

— C'est bon, firent-ils d'une même voix et avec un air de chiens battus qui fit sourire Cabrillo.

— Laisse-moi le temps de trouver un stylo pour que je note son adresse, et puis Max et moi on ira dans l'Etat de Washington.

— N'oublie pas d'amener de l'ail et un chapelet, dit Eric.

— Qu'est-ce que tu racontes ?

— Ronish vit à proximité de Forks. C'est là où se situe l'action de *Twilight*.

— Hein ?

— C'est une série de romans fantastiques, l'histoire d'une fille amoureuse d'un vampire.

— Comment veux-tu que je le sache ? demanda Juan. Et au fait, comment se fait-il que tu connaisses ça, toi ?

Eric eut l'air si penaud que Max éclata d'un rire tonitruant.

*
* *

Comme leur voyage jusqu'à Forks, dans l'Etat de Washington, n'était pas vraiment urgent, Max n'eut guère de peine à convaincre Juan de passer une soirée à Las Vegas. S'il l'avait voulu, Juan aurait très bien pu gagner sa vie comme joueur de poker professionnel, et il n'éprouva aucun remords à plumer les amateurs à sa table. Max eut moins de succès à sa table de craps, mais tous deux avouèrent que la soirée avait été une distraction bienvenue.

A Port Angeles, sur le détroit de Fuca, ils louèrent une Ford Explorer pour le spectaculaire trajet d'une heure autour des Olympic Mountains jusqu'à Forks.

Ils se retrouvèrent dans la petite ville américaine typique, avec ses magasins alignés le long de la Route 101 et, derrière, ses maisons, toutes à divers stades de décrépitude. Le bois constituait la principale ressource de la région mais le marché battait de l'aile et de toute évidence, Forks en souffrait. Nombre de boutiques arboraient un panneau « A Louer » sur la devanture. Les seuls piétons dans les rues semblaient errer plutôt que de se rendre d'un point à un autre et ce n'était pas seulement le vent froid du Pacifique qui leur courbait ainsi les épaules.

Le ciel était chargé de nuages sombres qui menaçaient d'éclater d'un moment à l'autre.

En centre-ville, Max désigna un hôtel d'un mouvement de menton.

— On réserve une chambre ou on va d'abord voir Ronish ?

— Je ne sais pas si ce type est bavard et je ne sais pas non plus si dans ce genre de bled la réception reste ouverte très tard. Je propose qu'on réserve d'abord et qu'on aille ensuite le voir.

Vingt minutes plus tard, ils s'engagèrent sur un chemin de terre partant de Bogachiel Road, à une dizaine de kilomètres de la ville. La forêt de pins était si dense qu'elle leur déroba jusqu'au dernier moment les lumières de la maison.

Comme le leur avait dit Eric, James Ronish ne s'était jamais marié, et cela se voyait : la maison de plain-pied n'avait pas connu de nouvelle couche de peinture depuis plus de dix ans, le toit avait été réparé avec des bardeaux de couleurs différentes et la pelouse, devant, avait des allures de dépotoir. S'y entassaient plusieurs carcasses de voitures, une parabole pour satellite large comme une piscine gonflable et divers morceaux de ferraille. Les portes du garage, séparé de la maison, étaient ouvertes et l'intérieur valait l'extérieur. On y voyait des établis encombrés de débris difficilement identifiables, auxquels on ne pouvait accéder que par des chemins aménagés entre des amoncellements d'objets de rebut.

— Quel taudis ! fit Juan.

— Je te parie que ses rideaux sont faits avec des torchons de cuisine.

Juan gara le SUV près du pick-up de Ronish. Le vent faisait craquer les branches des pins et bruisser les aiguilles. La tempête menaçait d'éclater d'une minute à l'autre. Juan prit alors dans la boîte à gants les papiers enveloppés dans le préservatif. Il aurait aimé les lire avant de les remettre mais ne s'y sentait pas autorisé. Il espérait seulement que Ronish leur ferait part de ce qu'ils contenaient.

A travers la grande porte-fenêtre recouverte de poussière, on distinguait une lueur bleuâtre : Ronish regardait la télévision, probablement un jeu.

Juan ouvrit la porte moustiquaire et frappa. Aucune réaction. Il frappa plus fort et, vingt secondes plus tard, une lumière s'alluma au-dessus de la porte qui s'entrouvrit.

— Que voulez-vous ? demanda Ronish avec aigreur.

L'homme était solidement bâti, corpulent, ses cheveux gris laissant apparaître une calvitie naissante, le regard soupçonneux. Il s'appuyait sur une canne en aluminium, mais ce qui attirait le plus l'attention, c'étaient les canules en plastique transparent dans chaque narine, reliées à un réservoir à oxygène de la taille d'un four à micro-ondes.

— Monsieur Ronish, bonsoir. Je m'appelle Juan Cabrillo et je vous présente Max Hanley.

— Et alors ?

Quel accueil chaleureux, songea Juan. Finalement, Mark ne s'était pas trompé : Ronish était un vieux bonhomme qui comptait les jours en attendant la mort.

— Je ne savais pas comment vous annoncer cela, alors je suis venu vous le dire en personne.

Juan eut beau ne pas ménager de pause, Ronish l'interrompit.

— Ne vous dérangez pas, grommela-t-il, s'apprêtant à refermer la porte.

— Monsieur Ronish, nous avons retrouvé le *Flying Dutchman*. En tout cas ce qu'il en reste.

A l'exception du nez couperosé, le visage de Ronish devint livide.

— Mes frères ?

— Nous avons trouvé des ossements sur le siège du pilote.

— Ce devait être Kevin, dit tranquillement le vieil homme.

Puis il sembla se ressaisir et retrouva son air défiant.

— Et en quoi ça vous regarde ?

Max et Juan échangèrent un regard : les choses ne se passaient pas comme prévu.

— Ecoutez, monsieur...

— Si vous êtes venus pour Pine Island, vous pouvez laisser tomber.

— Vous ne comprenez pas. Nous étions en Amérique du Sud. Nous travaillons pour... (Juan avait prévu d'utiliser l'Onu comme couverture, mais cela risquait de rendre un type comme Ronish encore plus soupçonneux)... une compagnie minière, on fait du levé aérien et on a découvert le lieu où ils se sont écrasés. Il nous a fallu procéder à un certain nombre de recherches pour comprendre ce que nous avions découvert.

Au même moment, la pluie se mit à tomber. Des gouttes glacées perçaient la couverture d'aiguilles de pin et criblaient le sol de leurs éclats. Le perron de la maison n'était pas couvert et Ronish, à regret, ouvrit la porte pour permettre aux deux hommes d'entrer.

Il régnait à l'intérieur de la maison une odeur de vieux journaux et de nourriture moisie. Les appareils électroménagers de la cuisine, près de l'entrée, dataient d'au moins quarante ans, et le sol terne rappelait le vieux linoléum. Le mobilier du salon avait la même teinte maronnasse que le tapis râpé et partout, des magazines étaient empilés sur des tables ou le long des murs jaunis. Près de la porte d'entrée étaient entassés quinze ou vingt réservoirs d'oxygène. Quant au néon de la cuisine, dépourvu d'abatjour, il émettait un grésillement qui rappelait à Juan le crissement d'une craie sur un tableau noir.

La seule autre source de lumière venait d'un lampadaire posé près du fauteuil où Ronish regardait la télévision. Sûrement équipé d'une ampoule de cinq watts, songea Juan.

— Alors comme ça, vous les avez retrouvés ? dit Ronish sans une once d'émotion dans la voix.

— Oui. Ils se sont écrasés dans le nord de l'Argentine.

— C'est curieux. En partant, ils ont dit qu'ils allaient faire leurs recherches le long de la côte.

— Savez-vous exactement ce qu'ils cherchaient ? demanda Max qui s'exprimait pour la première fois.

— Oui. Et ça ne vous regarde pas.

Un silence gêné s'ensuivit. Cette visite n'apportait à Juan aucun réconfort, contrairement à ce qu'il avait espéré : rien dans cette ambiance lourde ne lui faisait oublier, ne fût-ce qu'un instant, la mort de Jerry Pulaski.

Il lui montra le paquet de feuilles enveloppées dans leur préservatif.

— Eh bien, monsieur Ronish... nous avons trouvé cela dans l'épave et nous nous sommes dit que ça pouvait être important. Nous voulions simplement vous le remettre en espérant que cela vous donnerait peut-être quelques éclaircissements sur le sort de vos frères.

— Je vais vous dire, fit Ronish avec colère, sans ces trois-là, Don serait encore vivant et je n'aurais pas eu ces folles idées de gloire et d'aventure quand je me suis engagé pour la guerre de Corée. Est-ce que vous savez ce que ça fait de perdre sa jambe à cause de ces Chinois ?

— Justement...

— Fichez le camp !

— Non. Attendez...

Juan releva sa jambe de jean et baissa sa chaussette. Sa prothèse était recouverte d'un plastique couleur chair qui luisait dans la faible lumière du salon.

La colère de Ronish sembla quelque peu retomber.

— Bon, bon… une jambe comme la mienne. Que vous est-il arrivé ?

— Arrachée par une canonnière chinoise lors de ma folle jeunesse.

— Je vois qu'on est deux. Je peux vous offrir une bière, les gars ?

Avant qu'ils aient pu répondre, la porte moustiquaire s'ouvrit en grinçant et on frappa à la porte d'entrée.

Juan lança un regard inquiet à Max. Il n'avait entendu aucune voiture remonter l'allée, mais avec la pluie qui tambourinait sur la maison, cela n'avait rien d'étonnant. D'un autre côté, se pouvait-il vraiment que Jim Ronish reçût ainsi deux visites le même soir ?

Juan se dit alors qu'il fallait se détendre. Ils n'étaient pas en mission, ils étaient seulement venus donner des informations à un vieil homme inoffensif, dans un trou perdu. Max avait raison : il avait besoin d'un peu de vacances.

— Bon Dieu, grommela Ronish. Et puis quoi, encore ?

Il tendit la main vers la poignée de la porte.

Pourtant, Juan se sentait tendu comme une corde d'arc. Il y avait quelque chose qui n'allait pas. Avant qu'il ait pu l'en empêcher, Ronish avait ouvert. Un homme se tenait sur le seuil, le visage ruisselant de pluie sous la lumière du perron.

Juan et lui se reconnurent immédiatement et tandis que l'un perdait une microseconde à hésiter, l'autre réagit aussitôt.

Heureusement pour Juan, il était armé d'un Glock dépourvu de cran de sûreté. Il tira le pistolet de son étui, sous son coupe-vent, et fit feu par-dessus l'épaule de Jim Ronish. La balle s'enfonça dans le montant de la porte en arrachant un gros morceau de bois.

Le major argentin, que Juan avait croisé sur le chemin du chantier de coupe de bois, bondit hors de sa vue. Le coup de feu avait été dissuasif, mais on entendit des voix au-dehors. Le major n'était pas seul.

Juan se rua vers la porte qu'il referma promptement. Le verrou avait beau être minable, il le tira quand même. La moindre seconde pouvait se révéler décisive.

D'un coup de pied bien placé, Max faucha James Ronish et les deux hommes se retrouvèrent à terre en même temps. Juan se précipita alors dans la cuisine, chercha un instant l'interrupteur et éteignit la lumière. Puis il revint au salon, renversa la lampe dont l'ampoule claqua avec un bruit mat et éteignit la télévision, plongeant ainsi la vieille maison dans l'obscurité la plus totale.

— Que se passe-t-il ? gémit Ronish.

— Ma folle jeunesse est de retour, murmura Juan en retournant doucement un canapé mangé aux mites pour mieux se dissimuler.

Quelques secondes s'écoulèrent. Max aida Ronish à s'allonger derrière la mince barricade érigée par Juan.

— Combien sont-ils ?

— Au moins deux, répondit Juan. Celui que j'ai vu est un officier de la 9e Brigade.

— Vu que tu lui as tiré dessus, je me doute qu'il ne vend pas des produits ménagers.

Soudain, une vive fusillade fit exploser la baie vitrée. Une pluie d'éclats de verre s'abattit sur les trois hommes allongés derrière le canapé. Les murs trop minces de la maison ralentissaient à peine les balles qui traversèrent les cloisons avant d'aller se perdre, sans doute, dans le jardin de derrière.

— Ils ont des fusils, dit Max en considérant son propre pistolet d'un air dubitatif.

D'après l'intensité de la fusillade, ils ne disposaient pas seulement d'un armement plus puissant, ils étaient aussi plus nombreux.

— Avez-vous des armes ? demanda Juan.

Cette fois-ci, Ronish répondit rapidement.

— Oui, j'ai un 357 dans ma table de nuit et un 30.06 dans le placard. Le fusil est vide mais les munitions sont sur l'étagère du haut, sous un tas de casquettes de base-ball. Dernière porte à gauche.

Avant que Juan ait pu partir chercher les armes, une balle frappa l'un des réservoirs d'oxygène que Ronish utilisait pour ses déplacements. Par chance, l'oxygène n'explosa pas mais la bonbonne de dix kilos s'envola comme une fusée avant d'atterrir sur la table du salon, qui céda sous le poids des magazines, un pied cassé.

Elle poursuivit sa course sur le canapé qui se renversa sur les trois hommes, et finit par heurter le mur du fond avant de retomber sur le sol en laissant échapper son gaz.

Ils avaient eu beaucoup de chance. Suivant la munition utilisée, la bonbonne aurait pu exploser et déclencher une réaction en chaîne avec les dizaines d'autres entassées à côté. Ils se trouvaient coincés dans un piège mortel.

— On laisse tomber les armes ! s'écria Juan. Il faut sortir d'ici.

— Je ne peux pas, dit Ronish d'une voix sifflante. J'ai besoin d'oxygène. Je ne tiendrais pas cinq minutes sans !

— Si on reste ici, on ne tiendra pas cinq secondes, rétorqua Juan qui, pourtant, ne se voilait pas la face : on ne pouvait pas déplacer James Ronish.

Après les premières salves nourries, les Argentins se regroupè- rent et la fusillade décrut. Visiblement, ils voulaient s'emparer de Ronish vivant. Juan savait que Max et lui n'avaient pas été suivis, donc ces gens avaient simplement emprunté la même piste qu'eux. Cela voulait dire qu'ils disposaient d'informations qu'eux-mêmes ignoraient à propos du dernier voyage du *Flying Dutchman*. Des informations que seul devait posséder James Ronish et qui de toute évidence n'avaient rien à voir avec le trésor du pirate Pierre Devereaux.

Juan tira trois fois pour clouer les Argentins là où ils se trou- vaient car, supposait-il, ils allaient certainement encercler la maison et donner l'assaut par tous les côtés à la fois. Comment se tirer d'un tel guêpier ?

— Monsieur Ronish, dit-il, ils sont là à cause de quelque chose que vos frères ont découvert dans le Puits au trésor. Quelque chose qui est également lié au dirigeable que nous avons trouvé. Qu'ont-ils découvert ?

Une nouvelle fusillade couvrit la réponse de Ronish. Un nuage de poussière de plâtre s'éleva dans la pièce, mêlé au rembourrage du canapé qui retombait comme des flocons de neige. Ronish se raidit soudain et gémit faiblement.

Il avait été touché. Dans l'obscurité, Juan posa la main sur la poitrine du vieil homme. Rien. Il baissa la main et se rendit compte qu'il avait été touché au ventre. Il tâta la jambe : depuis que la balle avait pénétré son corps une dizaine de secondes plus tôt, le sang avait cessé de circuler, ce qui voulait dire que l'artère fémorale était sectionnée. Sans intervention médicale, il se viderait de son sang en quelques minutes. Juan prit son pistolet dans la main gauche et de la droite comprima fortement la blessure, tandis que Max tirait à travers la baie vitrée.

— Qu'ont-ils trouvé ? redemanda Juan avec insistance.

— Un chemin vers les chinoiseries, répondit l'homme avec difficulté. La cheminée. J'ai gardé une estampe.

Juan se rappelait vaguement avoir aperçu une œuvre d'art au-dessus de la cheminée en fausses briques. Pouvait-il s'agir d'une estampe ? Il l'avait à peine remarquée. Il tira un coup de feu en direction de la cheminée. La flamme du canon éclaira brièvement un cadre sur le mur, mais pas les détails. De toute façon, l'œuvre était trop grande pour pouvoir être emportée facilement.

— Monsieur Ronish, s'il vous plaît. Qu'entendez-vous par « un chemin vers les chinoiseries ? »

— Je regrette qu'ils soient allés sur l'île…

En raison de l'effondrement de sa pression artérielle, il était en état de choc.

— Sans ça, tout aurait été différent.

Max remit un chargeur dans son arme. Juan et lui n'en avaient amenés que deux chacun.

Sous sa main, Juan ne sentait plus la pulsation du sang. Le vieil homme était mort, pourtant il ne se sentait pas responsable. Du moins pas directement. De toute façon, avec ou sans eux, les Argentins l'auraient tué. Mais si Juan et son équipe n'étaient pas tombés sur l'épave du *Flying Dutchman*, James Ronish aurait terminé ses jours inconnu de tous. Là était sa responsabilité indirecte.

Une voix retentit à l'extérieur.

— Je vous fais mes compliments pour votre maîtrise de l'espagnol, dit l'homme en anglais. Mon pilote a cru que vous étiez originaire de Buenos Aires.

— Quant au vôtre, on dirait celui du chihuahua dans la pub pour les tacos.

Juan n'avait pu résister au plaisir du persiflage.

L'Argentin lança une bordée d'injures mettant en cause le statut marital des parents de Juan.

— Je vais vous donner une chance. Quittez la maison par la porte de derrière et mes hommes ne tireront pas. Mais Ronish reste à l'intérieur.

Une fenêtre de la cuisine vola en éclats. Quelques secondes plus tard, une lumière vacillante apparut dans le passage voûté entre cette pièce et la salle à manger. Ils venaient de jeter un cocktail Molotov.

Juan bondit, tira à travers la fenêtre, rafla la gravure sur le mur et la jeta à travers la cuisine comme un Frisbee. Le cadre heurta le montant de la fenêtre et sa vitre de protection se brisa.

Max tira à son tour pour couvrir Juan qui glissait un nouveau chargeur dans son arme, puis les deux hommes se ruèrent dans le couloir en direction des chambres. La maison était un de ces ranchs comme on les construisait par millions au sortir de la Deuxième Guerre mondiale, semblable à celui où Juan avait vécu enfant, jusqu'à ce que son père cesse d'exercer son métier de comptable, semblable également à celui de tous ses amis et à celui de Max. Les deux hommes auraient pu le parcourir les yeux fermés.

La porte de la chambre principale était la dernière sur la gauche, après la salle de bains. Juan savait même où le lit était placé, seul endroit possible, et il bondit dessus en pliant les genoux pour amortir le choc. Puis il bondit à nouveau, à travers la fenêtre cette fois, en se protégeant la tête des deux mains.

Il atterrit sur le sol meuble recouvert d'aguilles de pin, roula sur le côté et se releva, le pistolet à la main. La flamme d'un coup de feu tiré depuis le coin de la maison révéla la position du tireur. Juan tira deux balles d'affilée et entendit une plainte sourde.

Une seconde plus tard, ce fut au tour de Max de passer par la fenêtre. Sa sortie ne fut pas aussi acrobatique que celle de Juan, mais elle fut tout de même réussie. Ils filèrent alors sous l'averse aussi vite qu'ils le purent, le vent et les paquets de pluie couvrant le bruit de leur fuite.

On y voyait à peine, mais suffisamment pour ne pas heurter un arbre. Au bout de cinq minutes de course, Juan ralentit et se jeta à plat ventre derrière un arbre tombé à terre.

A ses côtés, Max sentait son cœur battre la chamade dans sa poitrine.

— Explique-moi, dit-il, haletant, qu'est-ce qu'ils foutaient là ?

La respiration de Juan était un peu moins hachée, mais il avait vingt ans de moins que son ami, et, à la différence de Max, s'entraînait régulièrement.

— Ça, mon cher Maxwell, c'est la question à un million de dollars. Ça va, toi ?

— Simplement une petite coupure à la main quand j'ai sauté par la fenêtre. Et toi ?

— Il n'y a que ma fierté qui est blessée. J'aurais dû descendre ce type au premier coup.

— Sérieusement, comment sont-ils arrivés jusqu'ici ?

— Comme nous. Ils ont suivi la piste depuis le *Flying Dutchman*. Mais ce que j'aimerais savoir, c'est ce qu'ils espéraient trouver.

— A moins d'être aussi azimutés que Marc et Eric, je ne pense pas qu'ils cherchent le trésor de Devereaux.

— On ne le saura jamais. La gravure a brûlé dans la cuisine et j'ai donné les papiers à Ronish.

Max prit quelque chose dans la poche de sa veste et tapota le poignet de Juan.

— Je lui ai pris ça quand je l'ai jeté par terre.

— Tu mériterais que je t'embrasse.

— Pour goûter pleinement l'expérience, attends que je me sois rasé. Bon, qu'est-ce qu'on fait, maintenant ?

Max avait toujours été persévérant, obstiné, mais il revenait à Juan de dresser des plans d'action. C'était par exemple Juan qui avait déterminé le moment où il fallait quitter leur abri et jeter la gravure dans l'incendie qui commençait à embraser la cuisine.

Il se tourna sur le dos, laissant la pluie laver sur son visage l'odeur de poudre.

— C'est très simple : toi et moi, nous allons résoudre le mystère du Puits au trésor de Pine Island.

13

U N GROUPE DE CINQ LATINOS, dont un blessé, aurait attiré l'attention dans de petites villes comme Forks ou Port Angeles, aussi Espinoza et ses hommes furent-ils contraints de retourner à Seattle. Le blessé, touché au flanc, souffrit en silence pendant les longues heures de voyage en voiture et ne put être soigné qu'à l'hôtel, dans les faubourgs de la ville. On le bourra de médicaments et de cognac, mais la blessure était saine, la balle n'avait pas perforé l'intestin, et sauf infection, l'homme devrait s'en tirer sans dommage.

Lorsque ses hommes furent installés, Espinoza retourna à la chambre qu'il partageait avec Raul Jimenez. Il demanda à son ami de l'excuser et appela son père sur son téléphone portable. Comment allait-il réagir ?

— Au rapport, dit le général en guise de salutation.

Espinoza hésita, sachant parfaitement que les ordinateurs de la NSA interceptaient presque toutes les communications dans le monde entier, et triaient cette masse d'informations grâce à des mots-clés susceptibles d'intéresser les services de renseignements.

— On a eu de la concurrence. Le même homme que j'ai vu il y a deux jours.

— Je me demandais s'ils allaient s'intéresser à ça... je ne pensais pas qu'ils allaient réagir aussi vite. Que s'est-il passé ?

— La cible était accompagnée et l'un de mes hommes a été éraflé.

— Je me moque de tes hommes. As-tu appris quelque chose ? Ou bien as-tu encore échoué ?

— J'ai récupéré un document. Je crois que l'Américain a essayé de le détruire en le jetant dans le feu avant de s'enfuir. Mais nous sommes entrés dans la maison avant qu'il soit endommagé. Vous m'aviez dit que la cible savait peut-être quelque chose sur la Chine, alors quand je l'ai vu sur le sol de la cuisine, je l'ai pris.

« C'est une sorte de gravure par frottements, comme ces empreintes de pierres tombales que font parfois les familles. C'est le plan d'une baie, mais sans aucune indication. Il y a des caractères qui semblent être ceux d'une langue asiatique.

— Du chinois ? demanda le général, visiblement excité.

— Apparemment.

— Excellent. Si mon intuition est la bonne, nous allons bouleverser le monde, Jorge. As-tu pu parler à la cible ?

Le général n'avait pas expliqué ce qu'il recherchait précisément, mais ses félicitations remplirent son fils de fierté.

— Il était déjà mort quand nous sommes entrés. On a brûlé complètement sa maison avant de partir. Comme je doute qu'ils procèdent à une autopsie du corps, on est tranquilles.

— Où es-tu, en ce moment ?

— A Seattle. Voulez-vous qu'on revienne ?

— Non. Pas encore. Demain, je veux que vous me fassiez parvenir l'estampe. A ton avis, que va faire la concurrence, à présent ?

— Ça dépend des informations qu'ils ont pu tirer de la cible. En arrivant à la maison, j'ai posé la main sur le capot de leur voiture. Il était encore chaud, ce qui veut dire qu'ils n'étaient pas là depuis longtemps.

— En tout cas, ils étaient suffisamment intéressés pour retrouver la cible, dit-il plus pour lui que pour son fils. Crois-tu qu'ils vont continuer ou bien ont-ils eu ce qu'ils voulaient ?

— Si je peux me permettre... ces hommes étaient visiblement des soldats. A mon avis, ils sont venus voir la cible pour lui parler de ses frères, comme le voudrait la solidarité militaire.

— Tu crois qu'ils vont laisser tomber ?

— Je crois qu'ils vont raconter à leurs supérieurs ce qui s'est passé ce soir, et ce sont eux qui décideront de laisser tomber.

— Oui, des militaires agiraient vraisemblablement ainsi. Il n'y a pas de menace évidente contre la sécurité nationale, donc ils recevront l'ordre d'abandonner même s'ils ont envie de continuer. Tout ça est très bien, Jorge, très bien.

— Merci, mon général. Puis-je vous demander de quoi il s'agit, au fond ?

Le général Espinoza étouffa un petit rire.

— Même si nous étions tous les deux à la maison, seuls, je ne pourrais rien te dire. Je regrette. Je peux seulement t'affirmer que d'ici quelques jours, une alliance sera rendue publique qui va changer à jamais l'équilibre des forces au niveau mondial, et si je ne me trompe pas au sujet de ta découverte, tu auras contribué à son succès. Je t'ai envoyé à la poursuite d'un mirage et il est possible que tu aies découvert la poule aux œufs d'or.

Son père n'avait pas pour habitude d'utiliser des expressions aussi frivoles et Jorge en déduisit qu'il était heureux. Comme tous les fils attentionnés, il était particulièrement fier d'avoir pu apporter un peu de joie à son père.

— Occupe-toi de ton blessé, reprit le général, et tiens-toi prêt à repartir dès que tu en recevras l'ordre. Je ne sais pas encore si on te demandera de revenir au pays ou si on te confiera une autre mission. Ça dépendra de ce qu'on trouvera sur la gravure.

Puis il fit une pause afin de donner plus de poids aux mots suivants :

— Je suis fier de toi, mon fils.

— Merci, père. Je n'ai jamais eu d'autre ambition.

Il raccrocha. Pas question d'attendre les ordres sans rien faire, se dit-il. Il ignorait ce que les Américains avaient tiré du vieil homme, mais tout portait à croire qu'ils se rendraient sur son île privée.

*

* *

Juan avait toujours pensé qu'il suffisait de consacrer suffisamment d'argent à un problème pour le résoudre. Et s'agissant du Puits au trésor, il pensait de même.

Pendant deux heures, cachés dans le bois, Max et lui avaient contemplé la lueur de l'incendie qui ravageait la maison de James Ronish. Ils avaient préféré attendre pour être sûrs que les Argentins avaient bien quitté les lieux. Quand ils sortirent de leur cachette, ils découvrirent un tas de cendres fumant sous la pluie, un morceau de cheminée et le cadeau d'adieu laissé par les Argentins : les quatre pneus crevés de leur SUV de location. Ils retournèrent au motel sur les jantes.

Une fois là-bas, sans même prendre une douche ou songer à se reposer, ils coupèrent les pneus pour en retirer les balles de peur que le garagiste ne signale l'incident à la police. Ils cassèrent également un phare et rayèrent copieusement la belle peinture métallisée. On songerait alors à un acte commis par de jeunes vandales et personne n'irait chercher plus loin, d'autant que dans cette petite ville endormie, l'incendie meurtrier serait l'objet de toutes les conversations.

C'était l'attention portée à ce genre de détails, même infimes, qui avait fait le succès de la Corporation.

Le lendemain matin, Max alla récupérer le SUV chez le garagiste en maudissant ces « sales petits voyous », tandis que Juan organisait une vidéoconférence avec son équipe de réflexion. Lorsqu'il annonça à Mark et à Eric qu'il n'avait pas le choix et qu'il lui faudrait descendre dans le Puits au trésor, on eût dit qu'ils allaient y sauter à pieds joints avec lui.

— Ma question est la suivante : comment ? Comment refaire ce que seuls les frères Ronish auraient d'après vous accompli au lendemain de la Deuxième Guerre mondiale ?

— As-tu consulté les papiers récupérés dans le *Flying Dutchman* ? demanda Eric. Il pourrait y avoir un indice, là-dedans.

Par-dessus l'épaule d'Eric, il aperçut Mark qui mangeait une banane. Tous les deux étaient en train de prendre leur petit déjeuner.

— J'ai jeté un rapide coup d'œil. Malgré la protection, le papier est en très mauvais état. Je ne sais pas si j'arriverai à en tirer quelque chose. Admettons que cette piste n'existe pas : qu'est-ce que vous en penseriez, tous les deux ? Plusieurs tentatives pour sonder le puits ont échoué. Vous avez parlé de celle où l'on avait eu recours à la haute technologie et qui avait quand même échoué. A votre avis, qu'est-ce que les frères ont imaginé ?

Mark avala une bouchée.

— On sait que leur première tentative s'est soldée par un désastre, donc de toute évidence l'un d'entre eux a appris quelque chose pendant la guerre.

— Lequel ?

— Je doute que ce soit le pilote. Il était guetteur sur un dirigeable. C'est pas le genre de boulot qui a dû lui donner beaucoup d'inspiration.

— Alors c'est soit le marine soit le ranger de l'infanterie, dit Juan.

Mark se pencha vers la webcam.

— Ecoute, là il s'agit de problèmes d'ingénierie, d'hydrodynamique, de trucs comme ça. Pendant la guerre contre le Japon, les marines ont dû souvent faire face à des pièges de toutes sortes. Moi, je parie qu'il a vu un truc mis au point par les Japonais et qu'il s'est dit que Pierre Devereaux avait dû y penser avant.

Eric lui jeta un regard en coin et répliqua, exactement comme Juan s'apprêtait à le faire :

— Tu crois encore qu'il s'agit d'une histoire de pirate ? Si c'était le cas, jamais les Argentins ne se seraient intéressés au Puits au trésor.

— De quoi s'agit-il, alors ? demanda Mark, sur la défensive.

— Ça, je n'en sais strictement rien, répondit Eric avant de se tourner vers Juan. Une idée, président ?

— Aucune. Ronish est mort avant d'avoir pu parler. Et Max et moi n'avions vraiment pas le temps de fouiller la baraque. Allez, vous deux, réfléchissez. Qu'est-ce qu'ils ont découvert ? Comment trouver ce qu'il y a au fond du Puits au trésor ?

Mark se tapota le menton d'un air pensif.

— Un truc… un truc… un piège… quelque chose qui a à voir avec l'eau… la pression hydrostatique.

— Tu as une idée ?

Mark ne répondit pas, pour la bonne raison qu'il n'en avait aucune.

— Désolé. J'ai été tellement absorbé par cette histoire que je n'ai jamais vraiment réfléchi au côté technique.

— Bon, soupira Juan. Te casse pas la tête. Max et moi, on trouvera bien quelque chose.

— Je peux savoir quoi ? demanda Eric.

— Bien sûr que non. J'improvise, là.

Au cours de l'heure qui suivit, ils dressèrent une liste des équipements dont ils avaient besoin. Ce qu'on ne pouvait se procurer à Port Angeles serait livré depuis Seattle. Lorsqu'ils eurent terminé, un camion de livraison était déjà en route depuis Seattle et un petit ferry partait de Port Angeles pour le port de pêche de La Push, où Max et Juan devaient embarquer. Ils allaient pourtant devoir patienter encore une journée, le temps que les équipements ultramodernes de communication sous-marine arrivent par avion de San Diego.

Lorsque tout fut au point, le président avait dépensé quarante mille dollars, mais, comme il l'avait toujours pensé, le problème était résolu.

Il demanda alors des nouvelles de l'équipage de l'*Oregon* et notamment de Mike Trono.

— Après le service religieux, il a passé environ une heure à parler avec le Dr Huxley qui était devenue, de fait, la psychiatre du bord. Il a dit qu'il était prêt à reprendre le travail. Linda s'est arrangée avec Huxley et il s'est remis au boulot avec les autres cracheurs de feu.

— C'est probablement ce qu'il avait de mieux à faire. On ne tire rien de bon à se tourner les pouces, affirma Juan, qui le savait d'expérience. On vous appellera quand on aura tout installé sur Pine Island. J'imagine que ça vous intéresserait d'avoir la transmission vidéo.

— Et comment ! s'écrièrent-ils à l'unisson.

Juan coupa la communication et referma son ordinateur. Les équipements envoyés depuis Seattle et Port Angeles arrivèrent en fin d'après-midi et ils durent attendre le lendemain matin pour se rendre à La Push. Le ferry avait deux heures de retard en raison du vent mais ils chargèrent rapidement le SUV aux pneus flambant neufs. Avec son fond relativement plat, le bateau ne pouvait transporter que quatre véhicules, et il était de surcroît à la merci du mauvais temps. Le trajet jusqu'à Pine Island fut une véritable bataille entre le moteur diesel et les vagues qui balayaient le pont, mais le capitaine connaissait bien la côte et pilotait son navire de main de maître.

Il était également payé pour oublier jusqu'à l'existence même de ce voyage.

L'approche de Pine Island se fit en douceur car l'unique plage se trouvait à l'abri du vent, mais ils durent abaisser la rampe de débarquement à douze mètres environ du rivage. Juan estima la profondeur de l'eau à un mètre vingt.

Il s'assura que Max avait bien bouclé sa ceinture de sécurité avant de reculer le SUV jusqu'à l'arrière du ferry.

— Prêt ?

Max s'agrippa à l'accoudoir.

— Vas-y.

Juan écrasa la pédale d'accélérateur et les pneus du Ford crissèrent sur le pont. Le lourd véhicule dévala la rampe, atterrit nez en avant dans l'océan en soulevant deux gerbes d'eau qui passèrent par-dessus le toit, mais les roues finirent par accrocher dans le sable.

La manœuvre n'était guère élégante et le moteur toussait lorsque la calandre émergea de l'eau, mais ils avaient réussi. L'engin remonta vers la plage et finalement les quatre roues se retrouvèrent sur la terre ferme.

— Ça t'a plu, hein ? demanda Max, un peu pâle, à Juan qui lui souriait. Et tu as réfléchi à la façon dont il faudra remonter cet engin dans le ferry, après ?

— Comme tu dois t'en souvenir, j'ai pris une assurance tous risques quand j'ai signé le contrat de location. Aujourd'hui, c'est pas le jour de chance de la société Budget Car.

— T'aurais dû me prévenir : j'aurais acheté des pneus rechapés au lieu de pneus neufs.

Juan laissa échapper un long soupir d'époux martyr.

— C'est fini, on ne se parle plus !

Il se gara juste après la limite de marée haute. Les Argentins auraient pu anticiper leur venue sur l'île et disposer des pièges, et, tandis que Max assemblait certaines pièces d'équipement, Juan scrutait la plage à la recherche de traces récentes. Les plaques de schiste argileux semblaient intactes. Aucune empreinte de pied. Mark et Eric lui avaient appris que c'était là le seul endroit où accoster : personne n'y était donc venu depuis longtemps.

Ils avaient amené des détecteurs de mouvements capables d'envoyer un signal à l'ordinateur portable de Juan. Il en dissimula plusieurs sur la plage, face à l'intérieur de l'île, de façon à ce que le ressac ne les déclenche pas.

La piste menant au puits était envahie de végétation et le SUV fut soumis à rude épreuve. Buissons et arbustes disparaissaient sous le pare-chocs avant et griffaient le bas de caisse. Ils constatèrent alors qu'en dépit des écriteaux « propriété privée », des gens continuaient à visiter Pine Island : il y avait des traces de feu

de camp, des détritus et des initiales gravées depuis bien longtemps sur certains arbres.

— C'est le rendez-vous des amoureux, fit remarquer Max.

— J'espère que ça ne te donne pas des idées, répondit Juan en
souriant.

— Ne t'inquiète pas pour ta vertu.

Les environs du puits avaient peu changé depuis ces jours de
décembre 1941 où les frères Ronish étaient venus pour la
première fois, à une exception près : l'entrée du puits était à
présent obstruée par une plaque métallique boulonnée dans le
rocher. C'était James Ronish qui avait insisté pour qu'on la pose,
plus de trente ans auparavant, et, bien que rouillée, elle semblait
encore solide. Mark leur avait appris son existence et ils s'y
étaient préparés.

Par contre, la nouveauté, c'est que l'on avait jeté des barres de
béton à l'embouchure d'un petit bras de mer. Lorsque Dewayne
Sullivan avait tenté de drainer le puits, ils avaient bloqué la petite
crique car l'eau qui noyait les pompes tous les jours venait vraisemblablement de là. Depuis lors, le bras de mer s'était à
nouveau rempli, mais l'eau stagnait, ce qui voulait dire que le
barrage remplissait toujours son rôle.

Juan entreprit de débarquer le matériel tandis que Max s'attaquait à la plaque métallique avec un chalumeau oxyacétylé-
nique. La plaque elle-même était trop épaisse pour être aisément
découpée et il choisit de commencer par les têtes des vis. La
flamme du chalumeau montant à plus de 3 300 °, les huit vis ne
résistèrent pas longtemps. Le vent dispersa rapidement l'odeur de
métal brûlé.

Max utilisa le treuil fixé à l'avant du SUV pour faire glisser la
plaque, et l'ouverture béante qui avait fasciné tant de gens depuis
des générations apparut.

— Tu te rends compte que je vais plonger dans le Puits au
trésor ? dit Juan. Quand j'étais enfant, j'ai suivi l'expédition de
Dewayne Sullivan dans les journaux et je rêvais d'en faire partie.

— Ça doit être un truc de la côte Ouest, parce que moi je n'avais jamais entendu un mot sur cette histoire avant que Murphy et Stone nous en parlent.

— Et en plus tu n'es absolument pas fantaisiste, dit Juan, paraphrasant Eric.

Ils avaient commandé à Seattle un équipement de plongée ultra perfectionné. Juan disposait d'un casque recouvrant tout le visage relié à la surface par un câble de communication en fibre optique. Une petite caméra montée sur le côté du casque permettrait à Max de voir tout ce que voyait le président. Il n'est jamais bon de plonger tout seul, surtout sous terre, mais s'il arrivait quelque chose à Juan, Max serait en position de lui porter secours.

— Tu es prêt ? demanda Max lorsque Juan eut fini de boucler sa ceinture porte-outils.

Juan lui fit le signe OK, car les plongeurs ne lèvent le pouce que lorsqu'ils sont près de faire surface.

— Surveille l'ordinateur pour les capteurs de mouvements. Si l'un d'eux se déclenche, remonte-moi le plus vite possible.

Max avait calé son pistolet au creux de ses reins et mis celui de Juan sur le siège à côté de lui.

— Je ne pense pas qu'ils viendront, mais on est prêts.

Juan clipa le crochet du treuil dans sa ceinture et se glissa doucement dans l'ouverture du puits. Il faisait si noir à l'intérieur qu'il était impossible d'en évaluer la profondeur. Il n'avait pas encore coiffé son casque qu'une odeur de mer et de bois pourri lui montait aux narines.

— Prêt ? demanda Max.

— Vas-y, fais-moi descendre, dit Juan en ajustant son casque.

L'air des bouteilles qu'il portait sur le dos était frais et agréable.

Le treuil laissait filer le câble à la vitesse régulière de dix-huit mètres à la minute, ce qui lui laissait le temps d'observer les parois rocheuses et les gros étais en bois disposés autrefois par des inconnus. Alors que les frères Ronish avaient utilisé de l'étoupe pour bloquer les voies d'eau, l'expédition de 1978 avait eu recours à de l'enduit hydrophobe à prise rapide pour boucher trous et crevasses. Apparemment, le travail avait tenu puisque les parois étaient parfaitement sèches.

— Comment ça va ? demanda Max, dont la voix lui parvint par le câble en fibre optique.

— Oh, toujours en descente. A quelle profondeur est-ce que je me trouve ?

— A une trentaine de mètres. Tu vois quelque chose ?

— Du noir. Rien que du noir.

A quarante-deux mètres de profondeur, Juan aperçut le reflet de sa lampe sur la surface immobile de l'eau. Pourtant, le puits était toujours relié à la mer. La roche était humide et des grappes de moules attendaient le retour de la marée haute. Il constata aussi que cette infiltration était limitée car la marque de la marée ne se trouvait qu'à quelques dizaines de centimètres de haut.

— Attends un peu, lança Juan.

— Apparemment, tu arrives au but, dit Max en observant la scène sur l'écran de l'ordinateur.

— Bon, fais-moi descendre doucement, fit Juan qui ne tenait pas à être empalé sur quelque pieu. Attends encore.

Lorsqu'il atteignit l'eau, il tâta autour de lui du bout du pied. Rien.

— C'est bon, descends-moi encore de trente centimètres.

Ils répétèrent l'opération jusqu'à ce que Juan fût complète-ment immergé et à même de constater que le puits n'était pas encombré. Il lâcha alors un peu d'air de son compensateur de flottabilité de façon à s'enfoncer de toute la longueur du câble.

— Visibilité d'environ six mètres.

Même à travers sa combinaison, il sentait le froid du Paci-fique. Il se trouvait trop loin de la surface pour que la lumière du soleil parvienne jusqu'à lui, et sans la lampe de plongée, il se serait retrouvé dans l'obscurité la plus totale.

— Donne-moi du mou.

Juan s'enfonça plus profondément. Lorsqu'il approcha du fond, il comprit que Dewayne Sullivan avait trompé son monde.

Il avait pris prétexte des deux accidents pour mettre un terme aux recherches alors qu'en fait, il avait atteint le fond et s'était rendu compte que le puits était vide. Ils avaient ôté tous les débris et n'avaient rien trouvé. Il passa la main sur la fine couche de vase recouvrant le fond rocheux, qui n'était épaisse que d'une phalange. En dessous, le terrain était plat. Seul détail intéressant : une niche de la taille d'un homme, juste au-dessus du fond du puits.

— Je crois qu'on a fait chou blanc, dit-il à Max. Il n'y a rien, ici.

— Je vois ça.

Max ajusta les contrôles de l'image à cause du nuage de vase que Juan avait soulevé avec ses pieds. Un écureuil s'immobilisa soudain devant lui puis repartit brusquement dans un balayage de queue.

Soudain, un bruit attira l'attention de Max. Ce n'était pas le détecteur de mouvements, mais bien pire. Un hélicoptère s'approchait, et volait très bas. Il était arrivé au ras des flots en sorte que le bruit des rotors ne s'entende pas depuis l'île.

— Juan ! Un hélico !

— Remonte-moi !

— D'accord, mais il sera au-dessus de moi avant que tu arrives en haut.

Ils avaient envisagé cette possibilité mais avaient conclu qu'il n'existait guère de parade. Max ne disposait que de quelques secondes pour réagir.

Apparemment, l'hélicoptère se dirigeait vers la plage où ils avaient débarqué, seul endroit logique pour atterrir. Max enfonça la touche pour remonter Juan à la surface, saisit le pistolet posé sur le siège et bondit hors du SUV. Puis il se mit à courir à toutes jambes en tirant son propre pistolet de son étui.

Il était peu probable que les Argentins aient amené leur propre pilote : ils avaient sûrement engagé un Américain pour les conduire jusqu'à Pine Island. S'il courait assez vite, il pourrait peut-être les empêcher de débarquer.

Après quelques centaines de mètres il eut l'impression que son cœur allait éclater dans sa poitrine : ses soixante ans passés se faisaient cruellement sentir, sans compter un certain surpoids. Mais il poursuivit sa course, tête baissée, fouettant l'air du mouvement de ses bras.

Le régime du moteur changea et il comprit que le pilote s'apprêtait à atterrir. Il poussa un rugissement et accéléra l'allure. Sa soixantaine oubliée, il volait littéralement au-dessus du sol.

Il jaillit de la forêt. Devant lui, en vol stationnaire au-dessus de la plage, un hélicoptère civil Jet Ranger dont les rotors fouettaient l'eau transportait deux hommes assis à l'arrière.

Même s'il avait peu de chances de les atteindre vu leur portée, il leva les deux Glock, visa le cockpit et appuya sur les détentes, tirant de droite à gauche de façon à ce que les deux armes balayent continuellement leur cible. En quelques secondes, il épuisa trente cartouches.

Certaines balles avaient incontestablement fait mouche, même s'il ne savait pas combien. La porte arrière s'ouvrit brutalement et l'un des Argentins s'apprêta à sauter à terre, trois mètres sous les patins, quand le pilote remit les gaz, commençant à s'éloigner.

Max jeta le pistolet qu'il tenait dans la main gauche et rechargea l'autre. L'homme se pencha en avant pour tenter de contrebalancer la poussée de l'appareil. Plus vite encore qu'il ne l'avait fait au Viêtnam, Max glissa un chargeur dans le Glock avant que l'Argentin ait pu sauter.

Il tira aussi rapidement que la première fois. L'homme qui se tenait dans l'encadrement de la porte ouverte se crispa et tomba en avant sans chercher à amortir sa chute dans l'eau.

Max imaginait la scène à bord du Jet Ranger. Le major argentin devait hurler au pilote de retourner vers l'île et probablement le menacer de son arme, tandis que le pilote, lui, n'avait qu'une idée : s'éloigner le plus vite possible du cinglé qui leur tirait dessus.

Max mit un nouveau chargeur dans son Glock et attendit. Au bout de quelques secondes, il devint évident que l'hélicoptère ne reviendrait pas. Il filait vers l'ouest et ne fut bientôt plus qu'un petit point dans le ciel gris.

Mais les Argentins laisseraient-ils la vie sauve au pilote ? Jusque-là, ils s'étaient montrés impitoyables, et Max n'aurait pas parié cher sur les chances de survie de ce témoin oculaire.

Son cœur battait encore la chamade lorsqu'il se remit en route vers la plage. L'Argentin tombé de l'hélicoptère flottait sur le ventre à quelques mètres du rivage. Le pistolet braqué sur lui, Max s'avança dans l'eau, le saisit par les cheveux et lui retourna la tête. Ses yeux étaient ouverts et fixes. Il retourna alors le corps tout entier et s'aperçut qu'il l'avait atteint en plein cœur. S'il l'avait réellement visé à cet endroit, c'eût été un tir remarquable, mais dans le cas présent ce n'était qu'un coup de chance.

Dans ses poches il ne trouva aucune pièce d'identité, seulement quelques billets, un paquet de cigarettes et un briquet jetable. Max le soulagea de son argent et tira le corps vers la plage. Après avoir bourré ses vêtements de pierres, il l'abandonna aux vagues. Ainsi lesté, le flux et le reflux de la marée ferait disparaître le cadavre à jamais. Max ramassa ensuite le pistolet qu'il avait jeté et prit le chemin du retour.

Il aurait bien aimé courir, mais il n'en pouvait plus. Il dut se contenter d'un petit trot que ses genoux n'appréciaient guère. Il lui avait fallu moins de sept minutes pour atteindre le rivage, mais il mit plus d'un quart d'heure pour revenir.

Il fut surpris de ne pas voir Juan, mais son étonnement redoubla quand il s'aperçut que le treuil n'avait pas remonté le câble. Il jeta un coup d'œil au tableau de commande et prit conscience qu'il avait appuyé par erreur sur le bouton de descente. Il alla vérifier le pare-chocs avant et obtint confirmation : plus aucune longueur de câble sur le tambour.

Il s'installa à l'arrière du SUV et disposa le micro devant ses lèvres mais l'inquiétude s'empara de lui lorsqu'il vit qu'au lieu d'une image, la caméra de Juan ne transmettait plus que de la neige électronique.

— Juan, tu m'entends ? A toi.

Max aurait dû entendre le président respirer dans son casque de plongée, mais seul le silence lui répondait.

— Hanley à Cabrillo ? Tu m'entends ? A toi.

Il essaya à trois reprises, toujours plus inquiet.

Il descendit alors du Ford et vérifia le câble optique : il n'était plus relié à rien. Le mince filament s'enroulait librement à ses pieds.

Lorsque l'extrémité apparut enfin, il examina le bout. Il n'avait pas été sectionné franchement. Le contour plastifié du câble était déchiqueté, comme abrasé entre deux surfaces rugueuses. Or, d'après les images vidéo qu'il avait lui-même vues, rien dans le Puits au trésor n'aurait pu causer un tel dommage. Il enclencha alors le treuil et observa le câble en acier remonter lentement des profondeurs. Comme le câble de fibre optique, celui-ci avait été sectionné.

Max se pencha par l'ouverture et se mit à hurler, mais seul lui revint l'écho paniqué de sa propre voix.

14

L E VENT ET LES VAGUES avaient sculpté les énormes icebergs en des silhouettes fantasques, le ciel prenait une teinte rouge sang d'est en ouest, mais en dépit du paysage virginal de l'Antarctique, l'*Oregon* faisait toujours figure d'épave à la dérive.

Linda Ross avait mené le navire de main de maître. Heureusement, le temps s'était montré clément et ils n'avaient rencontré que peu d'icebergs au large de la péninsule Antarctique. A leur arrivée, Gomez Adams effectua un vol de reconnaissance à bord de leur hélicoptère MD-520. La forte tempête qui avait balayé la plus grande partie du continent était finalement retombée, mais à son retour il parla de ce vol comme du plus effrayant qu'il eût jamais accompli de toute sa vie. Et cela de la part d'un homme qui pendant des années avait amené des membres des forces spéciales derrière les lignes ennemies !

Linda contempla son reflet dans le miroir ancien de sa cabine et se dit qu'elle ferait la parfaite épouse du Bonhomme Michelin. Elle savait que sous son amoncellement de vêtements polaires, il y avait une femme de tout juste cinquante-trois kilos, mais le miroir n'en disait rien. Et une fois dans le garage du navire, il lui faudrait encore enfiler un manteau de plus.

Elle jeta alors un coup d'œil à son ordinateur, relié au système de capteurs du navire. La température extérieure était de – 38°, mais avec le vent glacial qui soufflait, on pouvait compter 20° de moins. L'océan était sur le point de geler. La pression atmosphérique demeurait stable, mais la situation pouvait changer d'un moment à l'autre.

Et dire qu'elle avait quitté le nord du Minnesota pour ça !

Issue d'une famille de militaires, Linda avait toujours su qu'à son tour elle embrasserait la carrière. Après le ROTC à Auburn, elle avait servi cinq ans dans la Navy. Elle avait adoré son boulot, surtout le temps passé en mer, mais savait que sa carrière serait limitée. Plus que les autres armées, la Navy récompensait le mérite, mais avec sa silhouette gracile et sa voix flûtée, jamais on ne la laisserait commander un navire, ce qu'elle désirait par-dessus tout.

Après dix-huit mois passés à l'état-major interarmes, on lui avait proposé une promotion et un nouveau travail de bureau, pourtant malgré tous ses appuis, elle savait que jamais on ne lui proposerait de commandement. Elle prit cela comme un mauvais présage et décida de tout plaquer. Moins d'un mois plus tard, elle était premier officier à bord d'un pétrolier dans le golfe du Mexique, persuadée que d'ici un an elle en serait capitaine.

Mais sa vie allait connaître l'un de ces brusques tournants que l'on anticipe rarement. Un amiral qu'elle n'avait jamais rencontré auparavant l'appela pour lui parler d'un job ultraconfidentiel. Lorsqu'elle lui demanda pourquoi faire appel à elle, l'amiral lui répondit que la Navy avait commis une erreur en ne lui confiant pas les responsabilités qu'elle méritait et que cette proposition pourrait être une façon de la réparer.

Ce que Linda ne saurait jamais, c'est que Langston Overholt avait ses antennes à la CIA, chargées de repérer tous ceux qui auraient pu être utiles à la Corporation. C'était ainsi que Juan Cabrillo avait recruté la plupart de ses équipiers.

Déjà pétrifiée à l'idée du froid qui l'attendait dehors, elle ferma son ordinateur et quitta sa cabine. Avec ses grosses bottes de neige, elle avait l'impression de marcher comme un monstre de Frankenstein.

Le garage à bateaux était situé au milieu du navire, à tribord. Linda prit son temps. Pour survivre aux pôles, l'une des règles fondamentales était de ne pas transpirer. Même toutes fermetures éclair ouvertes, elle sentait sa température s'élever. A son passage, quelques membres de l'équipage la taquinèrent sur l'allure bonhomme de neige que lui donnaient ses vêtements blancs.

La porte du garage avait beau être isolée, elle n'en sentit pas moins le froid glacial la transpercer tout entière, à commencer par les doigts. Avant de tourner la poignée, elle remonta ses fermetures éclair.

La porte extérieure était ouverte, la rampe de lancement recouverte de Teflon était sortie. Prenant de plein fouet le froid glacial de l'Antarctique, elle étouffa un cri et des larmes lui montèrent aux yeux. Au-dehors, la mer était noire et agitée par le vent. De petits icebergs, surnommés « bourguignons », dérivaient autour du navire. Deux équipiers l'attendaient. Franklin Lincoln, le plus costaud, semblait véritablement énorme et on ne voyait de lui que son visage noir souriant au milieu d'une masse de vêtements blancs. Mark Murphy, lui, semblait perdu dans son accoutrement, comme un petit garçon qui aurait endossé l'uniforme de son père pour quelque fête de famille.

Un homme d'équipage tendit à Linda un manteau d'extérieur et un casque intégral, équipé d'un système de communication intégré. Il vérifia qu'aucune couture ne laissait passer l'air, utilisa du sparadrap blanc pour fixer ses moufles, l'aida à enfiler son sac à dos et lui tendit une arme. Ils emportaient des L85A2, réplique du fusil d'assaut britannique modifié par Heckler&Koch. Ces armes-ci avaient été à leur tour modifiées par l'armurier du bord. Avec son magasin derrière la détente, il était facile de retirer la sécurité pour tirer sans ôter ses moufles. Sous le canon, on avait fixé de puissants éclairages halogènes.

— Leia, je suis ton père, dit Lincoln en imitant à la perfection la voix de Dark Vador.

Il faut dire qu'avec son masque, la ressemblance était frappante.

— Autant embrasser un wookiee, lui lança-t-elle en reprenant une réplique de *La Guerre des étoiles*. Test de communication. Tu viens avec nous, Mark ?

— Euh… oui, mais qu'est-ce que c'est qu'un wookiee ? Et qui est Leia ?

— Bien essayé, monsieur le geek, rétorqua Linc. Mais ça ne surprendrait personne que tu prennes Skywalker comme deuxième prénom.

— Je t'en prie, ça serait plutôt Han Solo.

— Eric, lança Linda, tu es sur le réseau ?

Comme à son habitude, Eric Stone était assis dans son fauteuil, au poste de navigation du centre d'opérations. Il avait été de service lors des passages les plus difficiles de leur traversée pour la bonne et simple raison qu'en l'absence du président, c'était lui le meilleur navigateur.

— Je te reçois 5 sur 5, Linda.

— Bon, dès qu'on sera partis, je veux que tu repartes, jusqu'à disparaître à l'horizon. Si on a besoin d'une évacuation rapide, Gomez pourra nous récupérer avec l'hélico. Mais avant de savoir à quoi on a affaire, je ne veux pas qu'on puisse s'en prendre à l'*Oregon* depuis le rivage.

Un sourire fugace passa sur les lèvres de Linda : oui, elle était seul maître à bord.

— Compris, fit Eric. On ne sera qu'un autre morceau de glace flottant sur la mer.

— Allez, les gars, en selle ! lança Linda en grimpant à bord du RHIB.

Si nécessaire, un bélier hydraulique pouvait propulser le canot hors de l'*Oregon* comme un dragster, mais ils avaient choisi une descente en douceur dans les eaux glacées. Dès que le canot fut à flot, Linda lança les gros moteurs hors bord déjà chauffés dans le navire, et l'avant se souleva. Ils n'étaient qu'à huit kilomètres du rivage, mais la baie dans laquelle se trouvait la station Wilson/George était encombrée d'icebergs à la dérive, forçant Linda à effectuer un habile slalom. La plupart de ces icebergs n'étaient pas plus grands que le RHIB lui-même, mais certains étaient de véritables monstres qui se dressaient dans le ciel sombre.

Linda fut impressionnée par l'austère beauté de ce continent, le plus isolé de la planète.

Soudain, un remous à côté du bateau : ce n'était que le museau canin d'un phoque, qui les observa pendant un moment avant de disparaître.

Il leur fallut vingt minutes pour atteindre la côte, mais plutôt que de débarquer sur la plage, Linda les conduisit jusqu'à une falaise basse ; le RHIB y serait à l'abri des regards et en outre ils pourraient descendre sans patauger dans l'eau. Lincoln amarra le canot à un rocher et de ses bras puissants aida les deux autres à descendre.

Recouverte d'une fine couche de neige, souvenir de la tempête, la plage offrait un aspect désolé. Une brusque saute de vent plaqua Linda contre le torse inamovible de Franklin Lincoln.

— Va falloir s'enrober un peu, toi, lui dit-il.

— Ou bien quitter l'Antarctique. La station est à environ un kilomètre et demi à l'intérieur des terres.

Ils en avaient déjà discuté *ad nauseam* et décidé de s'en approcher comme si des forces hostiles s'en étaient déjà emparées. Cette marche prudente dura une heure, et à l'abri d'un petit escarpement, ils examinèrent la station aux jumelles.

La structure futuriste, avec ses dômes et ses tubes reliés entre eux, semblait abandonnée. Ils auraient dû entendre le bruit d'un générateur, mais rien ne venait troubler le silence, que le sifflement du vent et le grincement d'une porte de garage sur ses gonds. Toutes les fenêtres étaient obscures.

Un frisson parcourut Linda qui n'avait rien à voir avec le froid de l'Antarctique. A travers les optiques vertes de ses jumelles de vision nocturne, la station Wilson/George offrait un spectacle tout à la fois irréel et inquiétant. Les volutes de neige balayées par le vent semblaient autant d'esprits venus hanter ces lieux désolés.

— Qu'en pensez-vous ? demanda Linda, comme pour s'arracher à cette lugubre vision.

— Il y a deux jours, je me croyais sur le tournage d'*Apocalypse Now*, dit Mark, mais maintenant j'ai l'impression d'être sur le plateau de *The Thing*.

— Remarque intéressante, mais ça n'aide pas vraiment.

— Je dirais qu'il n'y a personne, fit Linc.

— Moi aussi j'ai cette impression, répondit Linda en remettant les jumelles dans son sac. Allons-y, prudemment.

Ses vêtements polaires la protégeaient du froid mais n'étaient d'aucune utilité pour apaiser l'angoisse qui lui tordait l'estomac. Il s'était passé quelque chose de grave dans cette station, quelque chose de terrible.

Aucune trace autour du bâtiment, ce qui voulait dire que personne n'avait circulé par là depuis la tempête. Le fusil braqué devant lui, Linc escalada l'escalier menant à l'entrée ; Mark se plaça derrière lui et Linda posa prudemment la main sur la poignée de la porte. Elle l'ouvrit, révélant un vestibule plongé dans l'obscurité. La porte d'entrée principale était entrouverte, ce qui voulait dire que la chaleur conservée par l'épaisse couche d'isolant était depuis longtemps dissipée. Aucun scientifique n'aurait pu survivre à une telle température.

Linda fit signe à Linc d'aller voir. L'ancien SEAL acquiesça, guigna à travers l'ouverture puis se tourna vers ses compagnons.

Du bout des lèvres, il leur fit comprendre que ça se présentait mal.

Linda s'avança à ses côtés et jeta à son tour un coup d'œil. Des vêtements répandus sur le sol. Des tiroirs retournés et vidés. Un banc, sur lequel les travailleurs enfilaient leurs bottes, était retourné sur quelque chose qu'elle ne reconnut pas tout de suite. C'était le corps d'une femme, bleu par le froid. Elle arborait le masque glacé de la mort et de petits glaçons sur ses paupières rendaient ses yeux opaques. Mais le pire, c'était peut-être la flaque de sang gelé sous son corps. Sa poitrine en était couverte, les murs maculés de taches et de traînées.

— Des coups de feu ? demanda Linc après avoir ôté son masque.

— Des coups de couteau, grogna Linc.

— Qui ?

— Sais pas.

Il balaya lentement la salle avec le canon de son fusil avant d'y pénétrer, suivi de Mark et de Linda.

Il leur fallut dix minutes pour conclure que tout le monde était mort. Treize corps en tout. Et tous d'une mort violente. La plupart avaient été poignardés et gisaient dans une mare de sang durci. Deux portaient des traces de coups, comme si on les avait frappés avec une batte de base-ball. L'un des cadavres avait des marques sur les bras, comme s'il s'était défendu. Les os étaient brisés. Un autre semblait avoir été abattu à coups de fusil, bien qu'on eût dit à Linda qu'il n'y avait pas d'armes à feu sur la base. D'ailleurs, il n'y en avait aucune sur tout le continent.

— Il manque quelqu'un, annonça Linda. L'équipe d'hiver comptait quatorze personnes.

— Ça doit être notre tueur, dit Mark.

— Je vais aller inspecter l'abri des véhicules, dit Linc. Combien de scooters des neiges devrait-il y avoir ?

— Deux. Et deux autoneiges.

Quelques minutes plus tard, alors que Linda fouillait un tiroir, Mark l'appela depuis un autre module. Le ton de sa voix la fit sursauter. Dire que les macabres habitants de la station lui flanquaient la frousse était un aimable euphémisme. Mark se trouvait dans l'une des petites salles du personnel et braquait le faisceau de sa lampe sur le mur taché de sang. Il fallut à Linda quelques secondes pour comprendre qu'il s'agissait de lettres.

— Qu'est-ce que ça veut dire ?

Mark lut à haute voix :

— Je vaistika Nicole.

— Ça veut dire que ce sont des nazis qui ont fait ça ?

— Non, je ne crois pas, dit Mark d'un air pensif.

— Ça n'a aucun sens. Personne ici ne s'appelait Nicole. J'ai consulté leur tableau de service.

Murphy ne répondit pas. Les yeux rivés sur l'inscription, il remuait les lèvres silencieusement.

— A quoi tu penses ? demanda Linda au bout d'une minute.

— A qui était cette chambre ?

— Je ne sais pas.

Sur la première page d'un livre jeté par terre, ils lurent alors les mots, « ce livre appartient à Andrew Gangle ».

— Qui était-ce ?

— Un technicien. Un doctorant, je crois.

— C'est aussi notre tueur, et il a avoué avant de commettre les meurtres. C'est également un malade mental.

— Ah vraiment, tu crois ? Treize cadavres charcutés. Ça c'est sûr, il était malade.

— Il souffrait d'aphasie.

— C'est quoi, ça ?

— Un trouble du langage. Causé d'ordinaire par un AVC ou une blessure au cerveau, mais ça peut aussi venir d'une tumeur, de la maladie de Parkinson ou d'Alzheimer.

— Et comment as-tu compris ça ?

— Au MIT, je jouais à un jeu avec des doctorants en neurosciences. On formait des phrases comme si on était aphasiques et il fallait que les autres les déchiffrent.

— T'avais pas beaucoup de copines, toi, hein ?

Mark ignora la plaisanterie.

— D'habitude, il fallait donner un indice, comme un thème à la phrase, sinon ç'aurait été impossible. L'indice, ici, c'est le meurtre, les tueries, tu es d'accord ?

— Bien sûr, mais quel rapport entre les meurtres et « je vaistika Nicole ? »

— A quoi ça te fait penser, la svastika ? Au nazisme, donc aux meurtres, dit Mark d'un air triomphant, désireux de prouver son intelligence alors qu'il avait toujours les intuitions les plus fulgurantes. Dans l'esprit de Gangle, svastika et meurtres étaient synonymes.

— Donc on cherche des nazis ?

— Non, l'aphasie ne fonctionne pas comme ça. Les connexions cérébrales sont en vrac. Il peut s'agir de mots qui ont la même consonance, de mots qui désignent un même groupe d'objets ou bien qui rappellent à Gangle des choses de son passé.

— Donc, « je vaistika » pourrait s'entendre comme un verbe conjugué au futur ?

— Exactement. Je vais tuer. Par association d'idées.

— Très bien, monsieur le petit génie. Et Nicole, là-dedans ?

— Ça, c'était le plus facile, fit Mark en souriant. Nicole Kidman a joué dans un film d'horreur intitulé *Les Autres*.

— Je vais tuer les autres, conclut alors Linda. Mais dis-moi, est-ce que l'aphasie rend fou ?

— D'habitude, non. Je crois que la maladie mentale qui a entraîné son aphasie l'a également poussé à s'en prendre à ses collègues.

— Quelle maladie ?

— Ça, il faudra le demander au Dr Huxley. Je ne connais l'aphasie que par le jeu auquel je jouais.

Un bruit très fort les fit sursauter.

— Linda, Murph, on a de la compagnie, fit la voix grave de Linc qui résonnait dans tout le bâtiment.

Ils se ruèrent sur leurs fusils d'assaut, déposés sur le lit, et retrouvèrent Linc dans le hall.

— Qu'est-ce que tu as trouvé ?

— Des trucs bizarres, mais on en parlera plus tard. Il y a une autoneige qui arrive du sud. C'est là que se trouve la base de recherches argentine la plus proche, non ?

— Oui, à environ cinquante kilomètres d'ici, sur la côte.

— Je l'ai vue en revenant. Il nous reste moins d'une minute.

— Tout le monde dehors !

— Non, Linda, on n'a aucun endroit où se cacher. Ils nous verraient.

— C'est bon, trouvez une planque et restez tranquilles. Espérons seulement qu'ils sont venus faire une petite reconnaissance et qu'ils ne comptent pas s'installer. Si vous êtes découverts, feu à volonté.

— Et si ce ne sont que des chercheurs venus aux nouvelles ? demanda Mark.

La question n'était pas dépourvue de logique.

— Dans ce cas, ils seraient venus il y a une semaine, quand on le leur a demandé. Et maintenant, allez-y !

Le trio se sépara et Linda retourna dans la chambre d'Andy Gangle. Le plafond était constitué de dalles faites dans une matière cartonnée et fixées sur des rails métalliques. Agile comme un singe, elle grimpa sur une armoire et retira l'une des dalles avec le canon de son fusil. Entre le plafond et l'isolation du toit, elle trouva un espace étroit. Elle y introduisit d'abord son arme puis se glissa à l'intérieur. Ses épaisses couches de vêtements rendaient l'opération apparemment impossible, mais elle parvint à s'y faufiler jusqu'au bassin.

Soudain, on entendit la porte d'entrée s'ouvrir brutalement et quelqu'un parler en espagnol. Vu le volume sonore, c'étaient plutôt des ordres que des questions, lui sembla-t-il.

Elle parvint enfin à glisser ses jambes dans l'ouverture et replaça délicatement la dalle. Elle avisa alors un tube souple relié à une grille qui permettait d'insuffler de l'air chaud dans la chambre. Elle ôta le tube de la grille et regarda en bas. La vue était parfaite.

La montée d'adrénaline qu'avait provoqué l'avertissement de Linc s'était dissipée et elle éprouvait à nouveau la morsure du froid. Là où elle se trouvait, le vent ne soufflait pas, mais il faisait – 35°. Elle avait le visage engourdi et en dépit de ses moufles commençait à ne plus sentir ses doigts. Pourtant, il fallait rester immobile.

Elle entendit à nouveau des exclamations en espagnol. Elle imaginait les soldats découvrant comme eux le massacre. Qu'allaient-ils faire ? S'en soucieraient-ils seulement ?

Un homme vêtu d'un uniforme polaire blanc, armé d'un gros pistolet, pénétra dans la chambre. Comme Linda elle-même, il portait un masque et elle ne put voir son visage. Et comme Mark, il observa l'inscription en lettres de sang sur le mur.

Soudain, avant qu'elle n'ait le temps de réagir, une goutte claire tomba du nez de Linda sur l'épaule de l'homme. Il la balaya d'un revers de main sans bouger la tête et sortit continuer sa perquisition.

Dès qu'il eut franchi le seuil, Linda se mit en mouvement sur les rails auxquels les dalles étaient accrochées. Mais elles n'étaient pas conçues pour supporter le poids d'un être humain et menaçaient de céder.

Soudain, des coups de feu éclatèrent et la dalle sur laquelle elle se tenait quelques secondes auparavant explosa en une fine poussière qui retomba sur le sol. Deux autres dalles explosèrent et la pâle lueur du soleil filtra par les trous que les balles avaient creusés dans le toit.

Linda profita du vacarme des coups de feu et de la surdité momentanée du tireur pour se glisser dans un large conduit du système de ventilation. Une fois à l'abri, elle débloqua le cran de sûreté de son arme.

Son cœur battait la chamade, il fallait respirer... oui, mais pas trop fort, doucement... Soudain, le rayon d'une lampe torche éclaira d'une lumière crue le toit au-dessus d'elle.

L'Argentin s'était rendu compte que du liquide avait coulé sur son épaule, mais avec le froid qui régnait dans la base, ce liquide aurait dû être gelé, solide. Méfiance.

Linda vit s'écouler les dix secondes les plus tendues de sa vie, au cours desquelles l'Argentin aurait pu se hasarder à tirer sur le conduit de ventilation et lui loger une balle en pleine tête.

Des bruits de pas retentirent dans le couloir, puis on beugla une question. Un autre homme venait d'entrer dans la chambre. Une conversation sèche s'engagea et la lumière s'éteignit brusquement. Les deux hommes avaient quitté la pièce.

Elle se détendit et s'autorisa même à renifler.

Tuée à cause d'un nez qui coulait : ç'aurait été le bouquet ! Cette histoire, mieux valait la garder pour elle. Elle enfouit son visage dans le capuchon bordé de fourrure de sa parka et patienta jusqu'à ce que la bande d'Argentins ait quitté les lieux.

15

J UAN ATTENDIT QUE LE CÂBLE le remonte, mais rien ne se produisit. Puis il se rendit compte qu'à l'inverse, le câble descendait jusqu'à former une large boucle dans l'eau. Max s'était trompé de bouton. Il l'appela au micro mais n'obtint aucune réponse. Max était parti s'occuper des Argentins, et dans sa hâte il avait laissé Juan prisonnier dans le Puits au trésor.

Le plus prudent aurait été de remonter à la surface, c'est du moins ce que recommandaient les manuels de plongée qu'il connaissait par cœur, mais Juan n'était pas du genre à gâcher ainsi une opportunité, et il replongea au fond. Autant être sûr qu'il ne laissait rien d'important derrière lui.

Il examina d'abord la niche, jusqu'à s'enfoncer dedans pour voir s'il ne déclenchait pas quelque mécanisme. Rien ne se passa. Il plongea alors plus profond, car la vase qu'il avait soulevée avec ses pieds était retombée au fond. Il nettoya un endroit où le mur rejoignait le sol, et c'est là que quelque chose attira son attention. Il tira son poignard de son étui de cheville et fit glisser la pointe le long de la rainure. Elle s'enfonça dans un minuscule espace. Il essaya plus loin et obtint le même résultat.

Au bout de trois essais, il conclut que le sol du Puits au trésor faisait office de bouchon. Quelque chose était enfoui en dessous.

Il réfléchit un moment. Il devait bien y avoir un moyen d'y accéder. Les Ronish, eux, l'avaient trouvé. A la nage, Juan fit le tour du puits en éclairant le joint avec sa lampe. Là, dans le coin... une pierre était enfoncée entre le sol et une petite irrégularité sortie du mur.

Il n'y toucha pas, mais rassembla ses genoux sur sa poitrine et projeta ses pieds sur le sol. L'impact lui envoya une onde douloureuse dans tout le corps, mais le sol bougea légèrement. Il jeta un coup d'œil en haut, vers la niche.

Intelligent, se dit-il. Très, très intelligent.

Il retourna vers la pierre enfoncée et se prépara. Il ne devait pas disposer de beaucoup de temps. Il tira sur la pierre, la libéra, puis remonta vers la niche aussi vite qu'il le put. Alors qu'une seconde auparavant il n'entendait que le bruit de sa propre respiration, un raclement de pierre contre la pierre résonnait à présent à ses oreilles.

Le fond du puits était en fait un énorme flotteur maintenu en place par la pierre enfoncée. Juan se jeta dans la niche au moment même où le sol couvert de vase l'atteignait. Il s'y enfonça le plus possible, mais ceux qui avaient creusé cet abri n'avaient pas de grosses bouteilles de plongée. Sidéré, il vit le sol s'élever vers lui, dépasser ses genoux, sa taille, puis continuer sa lente ascension.

Il réalisa soudain que son câble de fibre optique était coincé entre le flotteur et le mur et pria pour qu'il ne soit pas coupé. Au moment même où cette pensée traversait son esprit, le bout du câble passait devant lui, le plastique arraché. Une seconde plus tard, ce fut au tour de sa corde de sécurité.

Ce flotteur doit bien s'arrêter quelque part, se dit-il, sinon, soixante-dix ans auparavant, les frères Ronish auraient trouvé la mort au fond de ce puits.

Le mystère fut résolu lorsqu'il jeta un coup d'œil sur le côté de l'énorme flotteur. La couche supérieure n'était constituée que d'une fine pellicule d'ardoise, mais le reste était en métal. Lorsqu'il tapa dessus, il rendit un son creux. Le métal avait résisté à des siècles d'immersion dans l'eau salée parce que le concepteur de l'objet l'avait recouvert d'une fine couche d'or, qui ne se corrode jamais.

La surface présentait des traces, comme de fines rayures tracées à la pointe d'un couteau. Probablement l'un des frères Ronish qui croyait que le tambour était entièrement en or, alors qu'il s'agissait seulement d'une couverture de moins d'un millimètre d'épaisseur. A l'endroit des rayures, le bronze apparaissait sous la couche d'or. Ce métal a beau mieux résister à la corrosion que l'acier, Juan se disait que d'ici une vingtaine d'années, la mer aurait fini par l'attaquer. Le flotteur creux se remplirait d'eau et le système ne fonctionnerait plus jamais.

L'extrémité du flotteur, qui devait faire trois mètres de large, passa enfin au-dessus de sa tête et s'immobilisa au sommet de la niche. Il avait dû rencontrer une autre pierre en saillie du mur, que Juan avait manquée lors de sa descente. Décidément, la conception de tout ce dispositif était des plus ingénieuses.

Il quitta la niche et regarda vers le haut, avisant une poignée en dessous du flotteur, qu'il tira vers lui. La flottabilité avait été si bien étudiée qu'il put descendre un peu l'énorme masse métallique. Il pourrait sortir du puits en attachant sa ceinture de poids au flotteur qui redescendrait ainsi jusqu'au fond. C'était probablement ainsi qu'avaient opéré les frères Ronish. Il descendit à la nage au fond du puits.

En bas, en plein centre, il découvrit un tas de pierres venues de la plage : le contrepoids des frères Ronish, mais le sac qui les contenait avait depuis longtemps disparu. Juan fit alors une découverte autrement plus importante. Un tunnel horizontal partait du fond du puits.

Juan s'y engagea, ses bouteilles raclant contre le plafond bas. Le tunnel tournait plusieurs fois à angle droit, l'obligeant à s'immobiliser pour que son organisme dissolve l'excès de nitrogène. Il vérifia la quantité d'air qui lui restait : s'il ne s'attardait pas en chemin, il ne devrait pas y avoir de problème.

Sa lampe éclaira soudain un reflet au-dessus de lui. Il approchait de la surface, bien qu'il se trouvât encore à plusieurs dizaines de mètres sous terre. Il calcula également qu'à marée basse, on pouvait rejoindre la surface en apnée depuis la niche.

Juan se mit à remonter lentement, les bras tendus au-dessus de la tête pour éviter un éventuel obstacle. Il finit par émerger dans une grotte naturelle de la taille d'une chambre à coucher, dont le plafond était à environ deux mètres de haut.

Le faisceau de sa lampe sinua sur la pierre humide avant de s'arrêter sur un objet pendu à la paroi.

— Qu'est-ce que c'est que ça ? lança Juan à voix haute.

Juste au-dessus de la limite de l'eau se trouvait une plaque en métal, probablement en bronze, ornée de caractères qui lui semblèrent être du chinois, et assortie du dessin d'une côte avec une large baie. Depuis la venue des Argentins chez James Ronish, il était persuadé qu'aucun trésor de pirate du XVIIIe siècle ne se trouvait au fond du puits et il ne s'attendait pas à une telle trouvaille. Que faisaient ces caractères chinois dans un pareil endroit ?

Mais surtout, pourquoi d'autres que lui s'y intéressaient-ils tant ?

Juan s'était toujours fié à son intuition. Il s'en était bien trouvé lorsqu'il travaillait pour la CIA et, mieux encore, lorsqu'il avait créé la Corporation. Pour une raison inconnue, quelqu'un avait déployé des trésors de patience et d'ingéniosité pour cacher cette plaque mais aussi pour faire en sorte qu'elle pût être découverte. Quant à la signification de tout ceci, il faudrait attendre de pouvoir déchiffrer les caractères et le dessin. En cet instant, Juan sentait qu'il était tombé sur quelque chose d'important, qui allait bien au-delà des histoires de satellites abattus.

Comme le câble de fibre optique était sectionné, il ne pouvait utiliser la vidéo pour prendre des images de la plaque de bronze. Il utilisa pour cela un petit appareil photo numérique qu'il tira d'un sac attaché à sa cheville. Il prit des dizaines de photos en dépit du flash qui attaquait ses yeux après tant de temps passé dans l'obscurité.

Puis il replongea et revint vers le puits principal.

Lorsqu'il eut atteint le flotteur, il attacha sa ceinture de poids à la poignée. Il se dit alors que le mystère du Puits au trésor remontait à plus d'un siècle. Quand donc des Chinois étaient-ils restés suffisamment longtemps dans l'Etat de Washington pour entreprendre de tels travaux souterrains ?

Il se força à revenir à sa tâche présente.

Avec la ceinture de poids, le flotteur se mit à descendre lentement. Juan se blottit dans la niche et attendit qu'il repasse devant lui. Bientôt, il put entreprendre sa remontée vers la surface, mais sans sa ceinture de poids, l'impression était étrange et il dut combattre sa flottabilité positive, notamment lors des paliers de décompression. Lorsque sa tête émergea enfin de l'eau, ses bouteilles d'air étaient vides.

Il ôta son casque et avala avidement une goulée d'air. Le soleil avait bougé dans le ciel et la faible lueur parvenant de l'ouverture du puits était bienvenue. Il promena sa torche électrique sur les parois dans le vain espoir de trouver le câble de sécurité. Et s'il était arrivé quelque chose à Max ? Il préféra ne pas y penser. Impossible de grimper soixante mètres sans équipement ! Le pire, cela dit, serait de perdre son meilleur ami.

Juan se mit à hurler, doutant que sa voix porte jusqu'en haut du puits. Il se débarrassa ensuite de ses bouteilles d'air et sa combinaison, qui n'était plus maintenue, se mit à flotter dans son dos. Il s'époumona, puis pensa que si Max avait échoué, c'était les Argentins qu'il prévenait ainsi. Mais de toute façon, ils se seraient rendu compte tôt ou tard de sa présence dans le puits. Le fait qu'on ne lui eût pas encore tiré dessus à coups de fusil militait pourtant en faveur du succès de Max.

Une voix faible, lointaine retentit alors.

— Salut !

— Max ?

— Non. Je suis le major argentin.

C'était bien Max !

— Sors-moi de là !

— Un instant.

Il lui fallut quelques minutes pour envoyer le câble en bas et quelques autres pour remonter le président en haut du puits. Max l'aida à s'en extraire puis arrêta rapidement le treuil pour que Juan ne soit pas précipité sur les rochers.

— L'après-midi a été vraiment passionnante, dit Max avec nonchalance.

— Que s'est-il passé ?

— Ils ont essayé d'atterrir près de la plage, mais le pilote a eu la trouille quand je lui ai tiré quelques balles. J'en ai descendu un, aussi. Et toi, tu veux bien me dire où tu étais passé ?

— Si je te le racontais, tu ne me croirais pas.

— Essaye quand même.

Tandis qu'ils revenaient en voiture vers la plage après avoir rassemblé tout le matériel, Juan fit le récit de sa découverte. Lorsqu'ils furent arrivés, ils gonflèrent le canot pneumatique équipé d'un moteur hors-bord qu'ils avaient disposé dans le coffre. Puis, tandis que Max mettait la dernière main à leurs préparatifs, Juan creva à coups de poignard le réservoir d'essence du SUV. Le véhicule avait été loué avec de faux papiers d'identité, mais il restait des éléments de preuve à l'intérieur qu'il convenait de faire disparaître.

Ils attendirent sur la plage qu'il ne restât plus de l'Explorer qu'une carcasse carbonisée, puis embarquèrent dans le canot et rejoignirent rapidement le continent. Ils terminèrent le voyage en stop à bord d'un semi-remorque chargé de troncs d'arbres, ce qui rappela à Juan leur récente aventure dans la jungle argentine.

*
* *

Le rugissement d'un moteur diesel signala le départ de l'auto-neige des Argentins. Un quart d'heure s'était écoulé depuis leur arrivée et Linda, désormais assurée de leur absence, ouvrit une chaufferette chimique et l'appliqua sur son visage. Elle avait réussi à éviter des engelures aux doigts et aux orteils en les remuant dans ses gants et dans ses bottes, mais ses joues et son nez n'étaient pas loin de geler. Lorsque la sensibilité revint, elle ressentit une douleur intense, mais fut rassurée de n'avoir subi aucun dommage irréversible.

Comme elle n'avait entendu aucune autre fusillade, elle en déduisit que les autres avaient réussi à demeurer cachés.

Elle s'extirpa de son abri et gagna à pas de loup la porte de la station pour s'assurer que l'autoneige était bien partie. Linc et Mark firent leur apparition au moment où elle retournait dans le salon.

— J'ai entendu des coups de feu, annonça Linc. Tu vas bien ?

Elle acquiesça.

— Ça n'est pas passé loin, mais ça va. Où étiez-vous cachés ?

— Moi, dit Mark, je me suis allongé à côté d'un des corps. Le type qui a examiné la pièce ne m'a même pas remarqué.

— Moi j'étais au fond d'un placard, sous une pile de vêtements, fit Linc. Je crois que ce qu'ils ont découvert leur a fait peur. La fouille a été superficielle.

— Je les comprends, dit Linda en s'efforçant de ne pas penser à ce qui l'entourait. Linc, tu as dit que tu avais trouvé quelque chose dans le garage ?

— Oui, mais il faut que vous voyiez ça vous-mêmes.

Ils remirent leurs masques et gagnèrent le hangar de la station. Seul signe de vie, la porte battait encore de façon métronomique contre son montant. L'électricité était coupée et le garage plongé dans le noir, si bien qu'on ne distinguait même pas le mur du fond. Leurs lampes torches découpèrent l'obscurité comme des rayons laser et révélèrent deux autoneiges hybrides, entre char d'assaut et camionnette. Le toit de ces véhicules à chenilles arrivait à hauteur de cuisse et ils étaient peints en orange fluorescent, ce qui permettait de les repérer facilement dans la neige.

— Par là, dit Linc en les conduisant vers un établi.

A côté, au milieu des objets habituels, outils, bidons d'huile et chiffons gelés, se trouvait une grande malle d'environ un mètre de long. Linc souleva le couvercle.

Il y avait un corps à l'intérieur, mais celui-ci était exposé aux éléments depuis bien plus longtemps. Il s'agissait plus d'une momie que d'un cadavre et une grande partie du visage avait été dévorée par des charognards avant que le corps ne gèle complètement. Il ne portait pas l'habituel uniforme polaire mais une veste rembourrée en laine marron et un pantalon trop fin pour la température ambiante. Le curieux chapeau perché sur ses cheveux noirs possédait deux pointes et un bord étroit.

— Je dirais que ce type est là depuis cent ans ou plus, dit Mark en l'examinant.

— Un chasseur de baleines qui serait passé par-dessus bord ? suggéra Linda.

— Peut-être. Tu as fouillé ses poches ? dit Mark à l'attention de Linc.

— Certainement pas ! J'ai jeté un œil et refermé le couvercle. Mais le type qu'on n'a pas retrouvé l'a certainement fait.

Linda avait oublié qu'ils n'avaient pas retrouvé la totalité des quatorze membres de l'équipe.

— Tu as retrouvé Andy Gangle ?

— C'est comme ça qu'il s'appelle ? Il est au fond du garage. Et dans un sale état.

En proie à la même folie qui l'avait amené à tuer ses compagnons, Andy Gangle avait fini par se suicider. Assis contre un râtelier porte-outils, il était mort soit de froid soit d'hémorragie. Le poing enfoncé dans la bouche comme s'il essayait d'arracher ce qui lui envahissait le cerveau, il s'était brisé la mâchoire.

Quelque chose brillait dans son autre main. Mark parvint à le retirer d'entre les doigts gelés. C'était un morceau d'or, déformé à présent, mais qui avait dû servir d'ornement. Un marteau était posé sur le sol à côté de lui. Lorsque Mark l'éclaira avec sa lampe, on aperçut des fragments d'or sur la tête de l'outil.

— Il l'a martelé ?

— Pourquoi ?

— Pourquoi tout ça ? Parce qu'il était fou.

— Qu'est-ce que c'était ?

— Difficile à dire. Une sorte de figurine.

— C'est de l'or pur ?

— Ça doit peser environ neuf cents grammes. Disons que ça vaut trente mille dollars.

Un sac à dos était également à portée de main de Gangle. Lorsque Mark le souleva, on entendit comme un bruit de verre brisé. Il regarda à l'intérieur et jeta le contenu sur le sol.

Il était impossible de dire ce qu'il y avait à l'origine dans ce sac, car il n'en tomba qu'un sable opaque, verdâtre, et de petits bouts de roche de même couleur. Comme pour la statuette en or, Andy Gangle avait martelé quelque chose jusqu'à ce qu'il n'en reste que de la poussière et des fragments de la taille d'un ongle.

Il y avait également un curieux tube qui semblait fait en bronze. Une extrémité était close et l'autre représentait une gueule ouverte de dragon. Le corps du tube était festonné de façon à imiter les écailles de la bête. Mark l'examina avec attention.

— C'est un pistolet.

— Quoi ?

— Regardez, ici, au bout, il y a un petit trou pour une mèche ou une aiguille. C'est un pistolet à un coup qu'on charge par la gueule.

— Le dragon, ça fait un peu chinois.

— Et ancien, ajouta Linda. J'imagine que tout ça est lié à notre mystérieux ami dans la malle.

— C'est ce que je pense, fit Linc.

— Bizarre, dit Mark.

— Et maintenant ? demanda Linc.

— Avertir l'*Oregon* de nos trouvailles de façon à ce que la CIA soit mise au courant. A mon avis, Overholt va nous demander d'aller faire une petite visite à la base argentine pour voir ce qu'il s'y passe. Selon les rapports que j'ai lus, personne n'y avait mis les pieds depuis deux ans. Je propose même qu'on anticipe ses ordres et qu'on y aille directement.

— Pas question que je fasse cinquante bornes à pied à travers l'Antarctique, lança Mark.

— Moi non plus, dit Linda en tapotant le capot d'une des autoneiges.

Ils appelèrent le navire par radio, accédèrent aux requêtes du Dr Huxley qui réclamait des échantillons de tissus humains ainsi que du sang d'Andy Gangle et de la momie, puis mirent près d'une heure à faire démarrer l'un des deux véhicules. Avec le froid, le carburant s'était figé et il fallut à deux reprises le mettre sur le réchaud de camping pour le fluidifier. Sous ses airs d'intello coincé, Mark Murphy était un remarquable mécanicien.

La chaleur dispensée par les ventilateurs de l'autoneige était des plus agréable, et à quelques kilomètres de Wilson/George, ils purent ouvrir leurs parkas et ôter les lourdes mitaines sur leurs gants en Gore-Tex. Linc conduisait et Linda avait laissé la place de devant à Mark.

Elle décida d'approcher la base argentine par l'est et d'arriver par-derrière, à travers les vastes étendues neigeuses. Aussi près du pôle Sud, ils ne pouvaient utiliser de boussole, mais l'auto-neige était équipée d'un GPS. Cela aussi était un peu aléatoire, parce que la nuée de satellites utilisés pour la triangulation était souvent cachée par l'horizon. Le système n'avait pas été conçu pour la navigation polaire. Il y avait bien des bases terrestres pour aider à la localisation, mais la plupart étaient situées de l'autre côté du continent.

Le paysage déroulait sa blancheur à perte de vue. Même les lointaines montagnes étaient encore recouvertes par la glace de l'hiver. Avec le printemps, elle fondrait en partie pour révéler des pentes de granit gris.

A la différence d'autres régions de l'Antarctique où la glace était épaisse de plusieurs kilomètres, il y avait ici peu de risques de tomber dans une crevasse dissimulée, aussi Linc conduisait-il l'autoneige à pleine vitesse, défiant la force des vents.

Mark tenta de dissiper l'ennui qui les gagnait.

— On dit que ces montagnes, sur notre gauche, sont une conti-nuation des Andes.

Personne ne lui répondit et il n'insista pas.

Après trois heures de trajet monotone, ils se retrouvèrent à un peu plus de trois kilomètres derrière la station de recherche argentine. Etant donné la nature militaire du régime de Buenos Aires, ils y avait forcément un périmètre de sécurité et notamment des patrouilles en autoneige. Linda estima donc raisonnable de s'arrêter là et de poursuivre à pied.

Linda et Linc fermèrent soigneusement leurs vêtements polaires. Mark, lui, devait rester à bord de l'autoneige et démarrer de temps en temps le moteur pour qu'il reste chaud : ainsi, ils pourraient partir rapidement si la situation s'envenimait. Ils prirent leurs armes et sautèrent sur la glace. Il faisait sombre mais les nuages s'étaient dissipés et la neige brillait sous la clarté de la lune.

La nuit était calme et effrayante. On n'entendait que le bruit de leur respiration et le crissement de leurs bottes sur la neige, au point qu'ils avaient l'impression de marcher sur une autre planète, inhospitalière. Ce n'était pas tout à fait faux, puisque sans leurs vêtements polaires, ils n'auraient pas tenu cinq minutes.

Dans l'autoneige, Linda avait pris une poignée d'écrous et de rondelles et en jetait sur le sol tous les quinze mètres environ. Les petites pièces métalliques semblaient noires sur la glace blanche et se voyaient facilement. Elle avait emporté un GPS, mais son système de Petit Poucet moderne, bien que rudimentaire, lui offrait une sécurité supplémentaire.

Ils avaient parcouru environ un kilomètre et demi lorsque Linc se jeta soudain sur le ventre. Linda l'imita et se mit à scruter l'horizon.

— Je ne vois rien, chuchota-t-elle.

Linc s'avança un peu sur ses coudes, rejoint par Linda qui comprit alors les raisons de son geste. Sur la glace, on distinguait des traces d'autoneige. Ils avaient eu raison de se montrer prudents. Les Argentins effectuaient bien des patrouilles autour de leur base.

— On se demande ce qu'ils peuvent bien protéger, dit Linc.

— Allons voir.

Ils se relevèrent et poursuivirent leur route. Ancien SEAL, Franklin Lincoln était toujours sur ses gardes, mais ce jour-là, il se déplaçait avec encore plus de prudence que d'habitude. Il scrutait le paysage de droite à gauche et, toutes les minutes, abaissait sa capuche pour guetter un éventuel bourdonnement de moteur.

L'arrière de la base argentine était protégé par une série de collines basses et irrégulières. Là, neige et glace avaient été balayées par endroits, révélant des rochers escarpés noirs comme la nuit. Ce n'était pas un obstacle particulièrement difficile à escalader, mais ils progressaient à dessein avec lenteur. Leurs bottes épaisses n'étaient pas prévues pour ce genre de randonnée et ils guettaient en outre l'arrivée d'une patrouille.

Arrivés au sommet, ils sortirent leurs jumelles de vision nocturne et regardèrent par-dessus la crête.

Linda n'avait pas d'idée précise sur ce qui l'attendait. Elle se disait que les Argentins devaient disposer d'une base un peu semblable à Wilson/George, mais elle fut sidérée par le spectacle qui s'offrait à elle. On était loin de la petite station de recherche annoncée par les Argentins, car ils se trouvaient face à une véritable ville, mais si habilement camouflée qu'il était impossible d'en estimer la taille. Il y avait là des dizaines de bâtiments érigés sur ce qui ressemblait à une bande de glace mais qui était en fait une construction artificielle. Comme la nature déteste les lignes droites, toutes les structures présentaient des formes courbes impossibles à repérer par satellite.

D'immenses tentes blanches, probablement en kevlar, dissimulaient une partie encore plus vaste de la base. On distinguait également un grand port muni de plusieurs quais qui lui aussi imitait la glace.

La baie naturelle à laquelle la base était adossée n'était pas gelée, bien qu'elle fût encombrée d'une dizaine de gros icebergs. Linda braqua ses jumelles sur l'un d'entre eux, qui lui paraissait étrange. Il avait l'air véritable, mais il était trop haut pour sa base.

Comme les autres, il aurait dû basculer lors de la dernière tempête. Elle s'aperçut alors qu'eux aussi étaient artificiels.

Des plates-formes de forage.

Elle comprenait à présent la nature de ce que les Argentins avaient bâti là : les curieuses collines près du port étaient en fait d'énormes réservoirs enterrés sous des monticules. Il ne s'agissait pas seulement de puits d'exploration car ils s'apprêtaient à passer à la production à grande échelle. Le port n'était peut-être pas assez grand pour les supertankers de dernière génération, mais il pouvait sûrement accueillir des navires de cent mille tonneaux.

Elle contemplait là la violation d'un des traités en vigueur les plus importants. Depuis le début des années 60, le Traité de l'Antarctique stipulait en effet que le continent était préservé et mis à disposition de la science et qu'aucun pays ne pouvait prétendre y exercer sa souveraineté. Il y était aussi stipulé que les signataires ne pouvaient procéder à des extractions minières ni à des forages pétroliers, que ce soit à terre ou en mer.

Linc lui tapota l'épaule et lui indiqua quelque chose, vers le sud. Il s'agissait d'un bâtiment éloigné des autres, mais elle ne comprit pas ce qui avait éveillé son attention et lui jeta un regard interrogateur.

— Je crois que c'est une batterie de missiles, expliqua-t-il.

S'il ne se trompait pas, cela constituait une nouvelle violation du traité. Elle prit une dizaine de photos à travers ses jumelles de vision nocturne. Les clichés seraient certainement de qualité médiocre, mais ils constitueraient au moins une preuve.

Linc et Linda reculèrent ensuite derrière la crête.

— Qu'en penses-tu ? demanda Linc.

— Je dirais que les Argentins ont bien bossé. Tu as vu les icebergs dans la baie ?

— Oui. Des derricks.

Elle acquiesça.

— Il faut rapporter ce qu'on a constaté.

Le vent commençait à se lever. Il n'était pas suffisamment fort pour les aveugler complètement mais la visibilité diminuait dangereusement et Linda commençait à souffrir du froid. Heureusement, on distinguait encore sa piste d'écrous et de rondelles.

Linc continuait de scruter les alentours, et c'est ainsi qu'il aperçut le premier l'autoneige. Il poussa brutalement Linda sur le sol et pendant quelques secondes, ils ne surent pas s'ils avaient été repérés. Un phare unique trouait la nuit noire.

Le temps s'étirait. Apparemment le conducteur ne les avait pas vus bouger, ou alors il avait cru à une illusion créée par le vent. Le moteur émettait un bruit perçant mais l'autoneige s'éloignait d'eux. Soudain, le véhicule fit un brusque demi-tour et se dirigea droit sur eux.

Linc poussa un juron et cala son fusil contre son épaule.

A cause de la luminosité du phare, il ne pouvait voir ce que faisait le conducteur, mais le fracas d'une détonation couvrit le bruit du moteur. Le coup manquait de précision parce que l'autoneige cahotait sur un terrain inégal. Elle fut bientôt sur eux. Linc se débattait avec ses mitaines trop grandes pour relever le cran de sûreté, mais quand il comprit qu'il n'en aurait pas le temps, il bondit sur ses pieds et abattit son fusil comme une batte de base-ball.

Violemment frappé au cou, l'homme fut projeté hors de son véhicule et glissa sur la glace.

Le moteur de l'autoneige s'arrêta brusquement car la clé de sûreté fichée dans le tableau de bord était également reliée au poignet de l'homme. Le véhicule parcourut encore quelques centimètres avant de s'immobiliser, tandis que des flocons de neige dansaient dans la lueur de son phare.

Linda se rua sur l'Argentin allongé, immobile, et lui ôta son casque. A la façon dont sa tête bascula, elle comprit qu'il avait eu la nuque brisée. Elle se releva.

— Mort ?

— Oui.

— C'était lui ou nous, dit Linc avec le fatalisme du militaire de carrière.

Il prit le corps et le déposa à côté de l'autoneige qu'il souleva ensuite comme un fétu de paille malgré ses deux cent vingt-cinq kilos. Il disposa ensuite le corps de façon à ce que l'on pût croire à un tragique accident.

— J'aurais aimé le prendre pour regagner notre autoneige à nous, dit Linda qui savait pourtant bien que c'était impossible.

— La marche te fera du bien, dit Linc en souriant.

— D'abord tu me dis que je ferais bien de me remplumer et maintenant tu me dis que j'ai besoin d'exercice. Qu'est-ce que je dois croire ?

Linc savait qu'en répondant il tombait dans un piège, même si elle le taquinait, alors il prit la sage décision de ne rien dire et poursuivit son chemin pour rejoindre Mark.

16

A BREMERTON, DANS L'ETAT DE WASHINGTON, Juan et Max ne demandaient qu'une chose à leur chambre d'hôtel : qu'elle possédât une connexion Internet, parce que Juan voulait transmettre à Eddie Seng, à bord de l'*Oregon*, les photos qu'il avait prises dans le puits et en obtenir une interprétation le plus vite possible.

Lorsqu'ils eurent fini de s'empiffrer d'huîtres de Willapa Bay et de crabe de Dungeness dans un restaurant voisin, Eddie avait déjà quelque chose pour eux.

Eddie Seng, lui aussi ancien agent de la CIA, travaillait pour la Corporation presque depuis sa création. Pourtant, bien que Juan et lui aient été employés par l'agence à la même époque, jamais ils ne s'étaient croisés dans les couloirs de Langley. Originaire du quartier de Chinatown à New York, Eddie parlait couramment le cantonais et le mandarin.

Dans les yeux noirs bordés de lourdes paupières, Juan devina qu'Eddie avait découvert quelque chose d'intéressant. Derrière le chef des opérations terrestres de la Corporation, on apercevait l'arrière du centre d'opérations et Juan en conclut que sa propre image était projetée sur l'écran principal au-dessus des postes de pilotage et d'armement.

— Tu avais raison, c'est du mandarin, mais ancien. Ça m'a rappelé le lycée, quand je devais lire du Shakespeare.

— Alors, qu'est-ce que ça raconte ?

— As-tu entendu parler de l'amiral Zheng He ?

— Je crois que c'est un explorateur chinois du XVe siècle. Il a navigué jusqu'à l'Afrique et l'Australie.

— En fait, jusqu'en Nouvelle-Zélande. Entre 1405 et 1433, il a effectué sept voyages sur les plus gros navires jamais construits avant le XVIIIe siècle. Nommée la Flotte des Trésors, elle comptait deux cents navires, soit environ 28 000 hommes à bord.

— Es-tu en train de me dire que les Chinois ont découvert l'Amérique soixante-dix ans avant Christophe Colomb ?

— Non. Ce n'est pas Zheng He qui a placé ces inscriptions dans le puits. Mais l'amiral qui l'a fait a été inspiré par Zheng He et a effectué un voyage tout à fait remarquable : trois navires ont quitté la Chine en 1495 en direction de l'est, avec pour commandant un certain Tsaï Song. L'empereur avait chargé l'amiral Tsaï de faire du commerce le plus loin possible. Et comme Zheng He avait découvert un continent à l'ouest, l'Afrique, il était convaincu que la Terre présentait une certaine symétrie et qu'il y en aurait un autre à l'est.

— Alors ils ont atteint l'Amérique du Nord, mais c'était quelques années après Christophe Colomb, fit Max, soulagé de n'avoir pas à modifier ses connaissances historiques.

— En fait, d'après ce que je sais, ils auraient d'abord abordé en Amérique du Sud. Mais il y a eu un problème. Comme l'écrit Tsaï, un de ses navires a été maudit alors qu'ils se trouvaient dans « une anse effroyablement froide », qui à mon avis doit être la Terre de Feu.

— Que s'est-il passé ?

— Tsaï écrit que « le mal s'est emparé de l'équipage ». Un mal si puissant qu'il a dû donner l'ordre de détruire le navire et d'abandonner l'équipage à la mort. Ils l'ont coulé en plaçant des explosifs contre la coque.

— De quelle taille étaient ces navires ? demanda Max.

— Plus de quatre-vingt-dix mètres, avec un équipage de quatre cents hommes.

Impressionné par l'architecture navale chinoise à l'époque de la Renaissance occidentale, Max émit un long sifflement.

— Evoque-t-il la nature de ce mal ?

— Non. Mais ce que tu as découvert dans le puits visait à donner un indice sur la localisation du navire. Il écrit qu'il ne faudrait jamais approcher le mal qui l'entoure, mais c'était aussi un pragmatique. Il y avait des richesses à son bord, un trésor qu'ils se proposaient de troquer avec les indigènes qu'ils auraient rencontrés.

« Tsaï a laissé deux indices, l'un honorant les dieux du monde d'en bas – celui du puits –, l'autre les dieux du ciel.

— Un monde souterrain et un monde céleste… dit Juan d'un air pensif. Quel est le deuxième indice ?

— Tsaï a seulement écrit qu'on peut le voir depuis le ciel. Et qu'ils l'ont laissé à deux cents jours du Puits au Trésor.

— Deux cents jours ? grommela Max. Qu'est-ce que c'est que ce truc ?

— J'imagine, fit calmement Eddie, que ça veut dire deux cents jours de navigation à la voile depuis le sud de Pine Island. Visiblement, les frères Ronish en ont conclu que ça se trouvait du côté du 25e parallèle.

— Attends un instant, dit Juan. S'ils cherchaient un indice laissé par un amiral chinois, que faisaient-ils, si loin à l'intérieur des terres ? Cet indice était forcément près de la côte.

— Je ne sais pas.

— Il faut qu'on travaille sur ces papiers que tu as trouvés là où le dirigeable s'est écrasé, dit Max. La réponse est peut-être dedans.

— On doit en savoir plus sur cet amiral Tsaï, déclara alors Eric Stone qui avait rejoint Eddie dans le centre d'opérations. Ça pourrait être une découverte archéologique d'importance.

— En fait, rétorqua Max, on peut se demander si ça vaut le coup de continuer. Qu'est-ce qu'on a à tirer de tout ça ?

— La réponse me semble évidente, dit Eric. C'est quelque chose qui intéresse le gouvernement argentin, un régime opposé aux Etats-Unis. Quel que soit leur but, ça ne peut pas être une bonne chose.

— Je suis d'accord, dit le président. Les généraux argentins s'intéressent à cette affaire et tant qu'on ne sait pas pourquoi, il faut continuer. Et le dessin représentant cette anse ou cette crique ?

— C'est l'endroit où leur bateau a coulé, et, avant que tu ne me le demandes, sache que j'ai demandé à Eric, ici présent, de comparer ce dessin par ordinateur à la côte de l'Amérique du Sud, et notamment avec les centaines d'îles qui composent la Terre de Feu. Ça va prendre un certain temps.

— C'est bon. Quelles nouvelles de Linda et de son équipe ?

— Ils sont toujours à bord de leur autoneige. Ils ont découvert quelque chose d'incroyable. Ce qu'on croyait être une petite station de recherche argentine était en fait un champ pétrolifère.

— Un quoi ?

— Tu m'as bien entendu. Ils font de l'extraction pétrolière dans la péninsule Antarctique.

— Mais c'est illégal ! s'écria Juan, estomaqué.

— Eh oui. Ça n'a pourtant pas l'air de les déranger.

— Tu as signalé ça à Overholt ?

— Pas encore. Linda m'a dit qu'elle a pris des photos. Elle veut les joindre au rapport.

— Ça devient de plus en plus bizarre, dit Max. Ils prennent de gros risques à faire un truc comme ça.

— Pas vraiment, rétorqua Eric. Ils sont déjà mis au ban de la communauté internationale, alors ça ne sera jamais qu'un mauvais investissement de plus.

— Mauvais investissement, mon cul. Les Etats-Unis vont envoyer une armada. Pour eux, ça va être la guerre des Malouines deuxième épisode.

— T'en es sûr ? demanda Eric, sceptique.

Hanley voulut répondre mais se ravisa : au fond, il n'était sûr de rien. Les troupes américaines étaient disséminées dans le monde entier et l'occupant actuel de la Maison Blanche semblait avant tout préoccupé de politique intérieure. Tout cela pouvait se terminer par quelques vagues protestations américaines et les habituelles sanctions votées par l'Onu.

— Maintenant, reprit Eric, ce qu'il faut surtout déterminer c'est le rapport qu'il peut y avoir entre un navire chinois d'il y a six cents ans et les événements actuels.

— Si les apparences ne sont pas trompeuses, répondit Juan, il y a bel et bien un rapport.

— Que veux-tu qu'on fasse après le retour de Linda ? demanda Eddie. On reste là ou on remonte vers le nord ?

Juan réfléchit un instant.

— Eloignez le bateau de cet endroit. On ne sait pas ce que les Argentins mijotent en Antarctique, mais si les événements se précipitent et qu'une guerre éclate, je ne veux pas que l'*Oregon* y soit mêlé. Il faut également être prêts pour la visite de l'émir du Koweit en Afrique du Sud. Il nous a engagés pour renforcer les mesures de sécurité, et c'est un contrat très lucratif.

— Entendu, fit Eddie. Ils devraient être revenus d'ici deux heures et on repartira aussitôt vers le nord.

— Appelle-moi quand ils seront de retour. Je veux que Linda me fasse elle-même son rapport.

Juan coupa la communication et parcourut la liste de ses contacts. Il y avait plus de mille noms, depuis la ligne directe de certains chefs d'Etat jusqu'aux personnages les plus ténébreux de la planète. Détail amusant, le nom de Langston Overholt se trouvait juste à côté de celui d'un maquereau français qui trafiquait également des informations.

Il était trois heures plus tôt sur la côte Est et il n'eut pas à se soucier des différences de fuseaux horaires. Une voix grave répondit à la deuxième sonnerie.

— Allô ?

— M. Perlmutter ? Bonjour, Juan Cabrillo à l'appareil.

— L'infâme président ! Comment allez-vous ?

Bien qu'ils ne se fussent jamais rencontrés et ne se soient entretenus qu'au téléphone, chacun connaissait l'autre de réputation. Saint Julian Perlmutter était une encyclopédie vivante pour tout ce qui touchait à la mer et à la navigation. Il possédait la plus vaste bibliothèque privée au monde sur ces sujets. Sa maison de Georgetown était littéralement pleine d'ouvrages jusqu'au grenier.

Quelques mois auparavant, c'était à la suite de recherches menées par Perlmutter que l'*Oregon* avait été envoyé en Libye, ce qui avait permis le sauvetage de la secrétaire d'Etat, Fiona Katamora.

— Très bien, et vous-même ?

— Un peu les crocs. Le dîner est encore au four et les odeurs de cuisine deviennent insupportablement tentantes, lança Perlmutter dont la gastronomie était la deuxième passion, ce que l'on devinait aisément à sa seule silhouette. J'espère que vous êtes aux Etats-Unis, que je puisse enfin aller faire un tour sur votre navire.

— Max Hanley et moi sommes bien ici, mais l'*Oregon* est en mer, mentit Juan qui n'avait aucune envie de révéler l'endroit où se trouvait le bateau, au cas où la ligne de Perlmutter serait sur écoute. Je voulais savoir si je pourrais faire appel à votre érudition.

— Mon Dieu, vous commencez à ressembler à Dirk. Quand il m'appelle, c'est toujours pour obtenir une information. Au moins ses enfants ont la décence de m'apporter un petit quelque chose quand ils viennent soutirer des renseignements à leur vieil oncle Saint Julian.

— Max et moi sommes en ce moment dans l'Etat de Washington, on vous enverra de belles pommes de la région.

— Disons plutôt du crabe de Dungeness et c'est marché conclu. Que voulez-vous savoir ?

— La Flotte des Trésors chinoise.

— Ah, l'amiral Zheng. Oui, quoi exactement ?

— En fait, je pensais à l'amiral Tsaï Song.

— J'ai peur que ce soit un mythe. (Il demeura un instant silencieux.) Auriez-vous trouvé une preuve qu'il a réellement existé ?

— Connaissez-vous l'histoire du Puits au Trésor de Pine Island ?

— Oui, bien sûr, dit Perlmutter, visiblement excité. Mon Dieu, c'était Tsaï ?

— Il y a une chambre secrète, à l'écart du puits principal. Il y a laissé une plaque donnant quelques indications sur l'endroit où ils ont abandonné un de leurs navires.

— Donc ce n'était pas un trésor de pirate. Je n'y ai jamais cru, mais là, c'est fantastique. On pensait que ce voyage de Tsaï Song n'était qu'une légende, vraisemblablement inventée au XVIIIᵉ siècle pour soutenir la fierté nationale d'une Chine en proie au chaos à la suite de l'intervention britannique.

— Du genre, « autrefois, nous avions un empire plus grand que le vôtre ».

— Exactement. Ecoutez, capitaine Cabrillo…

— Je vous en prie, appelez-moi Juan.

— Eh bien, Juan, ce n'est pas vraiment à moi qu'il faut vous adresser. Tout ce que je sais c'est qu'au XVᵉ siècle, Tsaï aurait gagné l'Amérique puis serait reparti en Chine. Je vais vous mettre en relation avec Tamara Wright. C'est une spécialiste de la Chine qui a écrit un livre passionnant sur le voyage de l'amiral Zheng en Inde et en Afrique, et qui a rassemblé les éléments de la légende de l'amiral Tsaï. Je peux vous rappeler d'ici dix minutes ?

— Bien sûr.

Juan lui donna son numéro de portable puis se tourna vers Max.

— Tu viens d'être témoin d'un événement historique, mon ami. Dirk Pitt m'a dit un jour que depuis toutes ces années où il connaît Perlmutter, il n'a jamais réussi à lui poser une colle.

Max, qui ne connaissait pas Saint Julian, ne semblait pas particulièrement impressionné.

— J'en parlerai la prochaine fois que j'irai à la NUMA.

Quelques minutes plus tard, la sonnerie du téléphone de Juan retentit.

— Mauvaise nouvelle. Tamara est en vacances et ne reviendra à son bureau de Dartmouth que lundi prochain.

— Pour des raisons que je ne peux pas révéler, dit Juan, le temps est crucial dans cette affaire. Nous ne lui demandons que quelques minutes.

— Le problème, c'est qu'elle est injoignable. La doctorante qui prend les communications à son bureau m'a dit qu'elle n'avait pas pris son téléphone portable.

— Savez-vous où elle passe ses vacances ? Il y a peut-être un moyen de la joindre sur place.

— C'est vraiment aussi important que ça ? Mais oui, bien sûr, sans ça vous ne me l'auriez pas demandé. Bon, elle fait une croisière de jazz sur le Mississippi à bord du *Natchez Belle*. Je ne sais pas du tout où le bateau peut se trouver à l'heure actuelle, mais vous pourrez probablement le savoir par la compagnie de navigation.

— Je suis déjà sur leur site web, dit Juan. Merci, monsieur Perlmutter.

— Oubliez donc mon crabe, envoyez-moi plutôt une traduction de cette plaque et on sera quittes.

— C'est comme si c'était fait.

— Alors ? demanda Max.

Juan tourna son ordinateur portable de façon à ce qu'il pût le voir. L'écran affichait un magnifique bateau à aubes blanc, avec trois minces cheminées crachant de la fumée et des gens qui saluaient depuis les trois ponts. En arrière-plan, on apercevait la célèbre arche Saint Louis.

— Ça te dirait un petit poker sur un bateau à aubes ?

— J'ai laissé mon Derringer à l'appartement, dit Max en tirant sur ses poignets de chemise, mais je devrais trouver quelques cartes à glisser dans mes manches. Où est-elle, maintenant ?

— On pourrait la rejoindre à Vicksburg et débarquer ensuite à Natchez, dans le Mississippi, dit-il, procédant directement sur Internet aux réservations d'avion. Après ça, on rejoindra l'*Oregon* à Rio et soit on ira honorer notre contrat en Afrique du Sud, soit on verra ce que le Destin aura prévu pour nous.

— Ça t'amuse, hein ? demanda Max, visiblement ravi.

— A part le fait de m'être fait tirer dessus et d'avoir été abandonné au fond d'un puits de soixante mètres, oui, je m'amuse bien.

— Mais ça aussi tu as aimé, fit Max en riant.

Juan se contenta de sourire.

17

L'AÉROPORT DE JACKSON, dans le Mississippi, était à quatre-vingts kilomètres à l'est de Vicksburg. Lorsqu'il sortit du terminal, Juan eut l'impression d'être de retour en Amazonie tant l'air était chargé d'humidité. La chaleur faisait vibrer l'horizon. Des gouttes de sueur ruisselaient sur la calvitie de Max et il dut s'essuyer les sourcils avec un foulard.

— Mon Dieu, s'écria-t-il, on est où, là ? A quinze bornes du soleil ?

— Une vingtaine, rétorqua Juan. J'ai lu ça dans le magazine de la compagnie aérienne.

Le pire, c'était qu'après avoir récupéré leurs pistolets dans leurs bagages, ils avaient dû tous deux enfiler une veste.

Plutôt que de perdre à nouveau du temps à louer une voiture, ils choisirent de prendre un taxi. Une fois d'accord sur le prix de la course et les bagages chargés dans le coffre, les deux hommes s'installèrent dans le confort arctique de la voiture climatisée.

En raison de la circulation, il leur fallut un peu plus d'une heure pour atteindre leur destination, mais le *Natchez Belle* ne devait pas partir pour son port d'attache avant quarante minutes.

Le navire était amarré derrière un bâtiment imitant un bateau à aubes abritant l'un des nombreux casinos de la ville, à l'ombre des Vicksburg Bridges, deux ponts métalliques jetés en travers des eaux boueuses du Mississippi. La passerelle d'embarquement donnait directement sur le parking. On avait dressé à proximité une tente blanche où jouait un orchestre de jazz et où des dizaines de gens déambulaient, un verre ou une assiette de hors-d'œuvre à la main. Quelques marins assuraient le service, en costume d'époque.

— Et si on allait jouer un peu, proposa Max qui oubliait peu à peu la chaleur.

— Laisse tomber, tu as suffisamment perdu d'argent à Las Vegas. Ça ne me plaît pas, tout ça. Vicksburg est l'une des plus célèbres batailles de la guerre de Sécession et ça me choque qu'on y ait installé des casinos. C'est comme si on avait installé Euro Disney sur les plages du Débarquement.

— Je suis sûr que des tas de gens du coin sont d'accord avec toi, mais il y en a d'autres, beaucoup plus nombreux, qui doivent être ravis des emplois et de l'argent que ça rapporte.

Juan acquiesça.

— Au fait, je viens de réaliser un truc : on ne sait pas à quoi ressemble Tamara Wright.

Il s'apprêtait à téléphoner à Perlmutter quand la sonnerie de son téléphone retentit.

— Président ? Saint Julian à l'appareil.

— Vos oreilles ont dû siffler, je m'apprêtais justement à vous appeler. On ne sait pas à quoi ressemble le professeur Wright.

— Elle est grande, plus d'un mètre quatre-vingts, et c'est une Afro-Américaine à la peau claire. La dernière fois que je l'ai vue, elle avait les cheveux raides, mais c'était il y a des années. La meilleure façon de la reconnaître c'est qu'elle porte toujours un Tijitu en or en pendentif.

— Un quoi ?

— C'est le symbole taoïste du yin et du yang. Une moitié blanche et l'autre noire. Bon, ça n'est pas important. Son étudiante vient de me rappeler : elle a reçu un autre appel hier soir, un homme qui demandait Tamara. Elle a seulement pensé à m'en parler maintenant.

Juan sentit son estomac se serrer.

— Qu'a-t-elle dit à cet homme ?

— Tout. Elle ne pensait pas révéler d'informations confidentielles.

— L'homme s'est présenté ?

— Oui, il a dit qu'il était universitaire, argentin, et qu'il aurait aimé rencontrer Tamara.

Inquiet, Juan parcourut du regard le parking, s'attendant à voir surgir le major argentin.

— C'est pas bon, hein ? reprit Perlmutter.

— Non. Pas du tout. Ça veut dire que le professeur Wright est en danger de mort.

A ces mots, Max se mit lui aussi à scruter les visages dans la foule.

— Merci de nous avoir prévenus, Saint Julian, dit Juan avant de replier son portable.

— Ils ont de la suite dans les idées, on dirait, fit Max.

— Depuis le début, ils sont sur nos talons.

— A ton avis, comment ont-ils su pour le professeur Wright ?

— Comme nous l'aurions fait si je n'avais pas connu Perlmutter. Hier soir, après que tu es allé te coucher, j'ai fait des recherches sur Internet. C'est la spécialiste mondiale de la navigation et du commerce dans la Chine ancienne. Quand on recherche des renseignements sur l'amiral Tsaï, c'est à elle qu'il faut s'adresser en premier.

— Ça veut dire que cette gravure que tu as jetée dans le feu dans la maison de Ronish n'a pas complètement brûlé.

— Que veux-tu que je te dise ! J'ai fait ce que j'ai pu. Allez, viens, on va prendre des billets et on se mettra à la recherche du Dr Wright. En restant ici, j'ai l'impression d'avoir une cible accrochée dans le dos.

En dépit de son apparence de vapeur à l'ancienne, le *Natchez Belle* était un navire moderne, conçu pour accueillir soixante-dix passagers dans les meilleures conditions de confort entre Saint Louis et La Nouvelle-Orléans. Ses deux hautes cheminées n'étaient là que pour le décor, tout comme l'énorme roue de couleur rouge qui brassait l'eau du fleuve. En réalité, la propulsion était assurée par des hélices disposées sous la poupe.

La décoration intérieure, toute de boiseries et de cuivres étincelants, s'accordait à l'allure extérieure. Au comptoir de réception, le tapis sous leurs pas était aussi épais que celui de l'*Oregon*.

Quand les deux hommes achetèrent leur place à bord, Juan dut utiliser sa dernière fausse identité, puisque la précédente avait servi à louer le véhicule qu'ils avaient brûlé sur Pine Island. Il demanda où trouver le Dr Tamara Wright, mais la réceptionniste, en corset et jupe à crinoline, lui répondit qu'ils ne donnaient aucune information sur les autres passagers. Il faudrait procéder eux-mêmes à la recherche.

Leur cabine était minuscule mais disposait d'un balcon donnant sur la rive louisianaise du fleuve. Max fit remarquer que la salle de bains n'était guère plus large qu'une cabine téléphonique, à quoi Juan répondit qu'ils n'étaient pas là pour le plaisir de la croisière. Ils ne prirent pas le temps de défaire leurs bagages.

Avant d'embarquer, ils s'étaient rendus au cocktail donné sur le quai, mais ne trouvant pas le Dr Wright, ils en avaient conclu qu'elle devait déjà se trouver à bord, soit dans sa cabine soit sur le pont. Après l'avoir trouvée, il leur faudrait la convaincre que sa vie était en danger et l'éloigner du navire avant l'arrivée des Argentins. Sinon, ils en seraient quittes pour veiller sur elle jusqu'à la prochaine escale.

Dans la partie arrière du pont supérieur, un bar surplombait la roue à aubes, recouvert d'une large tente blanche pour filtrer les derniers rayons du soleil couchant. Quelques passagers étaient assis au comptoir, d'autres dans des canapés, mais aucun ne correspondait à la description de Tamara Wright. Plus loin, à l'ombre des fausses cheminées, un jacuzzi pouvait accueillir une dizaine de personnes, mais là non plus, aucun signe du Dr Wright.

— Qu'en penses-tu ? demanda Max.

— Je pense qu'on est partis pour aller jusqu'à Natchez.

— On ferait bien d'aller s'habiller pour le dîner.

Comme ils n'avaient pas emporté de complets, ils se contentè-rent de changer de chemise et de remettre la veste qu'ils portaient. Lorsqu'ils sortirent de leur cabine, on remontait la passerelle le long du navire. Une sirène à l'ancienne – probable-ment une imitation électronique – signala que le bateau à aubes s'apprêtait à appareiller.

Alors que de nombreux passagers, accoudés au bastingage ou au balcon de leur cabine, adressaient à Vicksburg de grands gestes d'adieu, Juan et Max parcouraient le *Natchez Belle* à la recherche de Tamara ou des tueurs argentins. En vain.

Les deux hommes se sentirent soulagés. Les Argentins feraient à n'en pas douter leur apparition, mais ce ne serait pas avant la prochaine escale. A ce moment-là, Tamara Wright, mise au courant des dangers qu'elle courait, pourrait s'esquiver discrète-ment du navire. Juan avait déjà imaginé un plan.

Ils gagnèrent à nouveau le bar du pont principal où la plupart des passagers prenaient un verre au son de l'orchestre de jazz. Un concert du légendaire pianiste Lionel Couture était prévu après le dîner.

Soudain, Max administra une petite claque sur la poitrine de Juan en lui désignant quelqu'un.

— Je crois que je suis amoureux.

La plupart des gens présents étaient des couples âgés occupés à dilapider l'héritage de leurs enfants et Juan ne comprit d'abord pas ce que Max voulait dire. Parlait-il du barman moustachu en complet blanc ? Ledit barman se déplaça alors un peu et Juan découvrit une femme assise de l'autre côté.

— C'est elle, n'est-ce pas ? demanda Max.

— Regarde le collier. Exactement celui qu'a décrit Perlmutter.

Plus jeune, Tamara Wright avait dû être belle à ravir, mais même à près de cinquante-cinq ans, elle attirait encore tous les regards. Elle avait la peau café au lait et des cheveux d'un noir profond qui lui tombaient jusqu'aux épaules. Souriant à un propos du barman, elle découvrait des dents d'une blancheur éblouissante. Enfin, elle était vêtue d'une robe à minces bretelles qui mettait en valeur la peau mordorée de ses bras.

Lorsque Saint Julian lui en avait parlé, Juan s'était imaginé une universitaire revêche et il était à présent enchanté de s'être à ce point trompé.

Il dut également allonger le pas pour suivre la charge furieuse de Max.

— Docteur Wright ? dit Max avec une galanterie non feinte. Je me présente, Max Hanley.

Elle lui adressa un sourire sans dissimuler pour autant sa surprise.

— Nous nous connaissons ?

Avant que Max ait pu poursuivre sur le mode de la séduction, Juan intervint.

— Non, madame, nous ne nous connaissons pas, mais c'est Saint Julian Perlmutter qui nous a dit où vous trouver.

— Vous connaissez Saint Julian ?

— Oui, et bien que cet aveu lui ait coûté, il nous a dit que vous connaîtriez certainement mieux que lui un amiral chinois.

Pour le coup, elle se montra intriguée.

— Mais qui êtes-vous ?

— Je m'appelle Juan Cabrillo et il y a quelques jours, mon associé et moi avons découvert au fond du Puits au Trésor de Pine Island un écrit qui avait été déposé là en 1498 par l'amiral Tsaï Song.

Elle demeura un instant bouche bée, puis avala une gorgée de vin blanc. Hanley et Cabrillo ne ressemblaient pas à de vulgaires plaisantins.

— C'est vrai ? murmura-t-elle.

— Oui, répondit Max en souriant.

— Attendez un peu, Pine Island... n'est-ce pas là qu'un pirate aurait enfoui son trésor ?

— La réalité est encore plus stupéfiante que la légende, dit Juan qui avait déjà décidé, pour qu'elle ne se braque pas, de lui demander le maximum d'informations avant de lui révéler la menace que faisaient peser sur elle les Argentins. Dites-moi, pourriez-vous nous en dire plus sur l'amiral Tsaï ?

— Si l'on sait aussi peu de choses à son sujet, c'est qu'à son retour en Chine, le nouvel empereur monté sur le trône ne voulait pas que ses sujets quittent l'empire du Milieu. Il a fait mettre à mort Tsaï et son équipage pour qu'ils n'aillent pas infester le peuple d'idées saugrenues sur l'existence d'autres mondes. Pourtant, l'un des marins a réussi à échapper à l'exécution et c'est par lui que nous sommes au courant de cette expédition.

Elle évoquait le sujet avec une véritable passion, mais, bien que la question lui eût été posée par Juan, c'était plutôt à Max qu'elle s'adressait.

— Parlez-nous du navire qu'ils ont dû abandonner, dit Juan. Tsaï a écrit que le mal s'était emparé de ses hommes mais sans dire ce qui s'était réellement passé.

— Ce navire se nommait *La Mer silencieuse*. Tsaï a été forcé de le couler et de tuer son équipage parce qu'ils étaient tous devenus fous.

— Où cela s'est-il produit ? demanda Max.

— Le survivant était un simple matelot, pas un navigateur. Il a seulement dit que ça s'était produit dans un pays de glace.

— Curieux, dit Juan. Comment...

— ... une femme noire est-elle devenue spécialiste de l'histoire maritime de la Chine ?

— Non, je m'apprêtais à vous demander comment cette histoire avait pu se transmettre depuis si longtemps, mais puisque vous avez abordé le sujet...

— Mon père, ingénieur électronicien, a effectué la plus grande partie de sa carrière à Taïwan. Moi, j'ai passé mon enfance à Taipei. C'est là que j'ai fait mes premières années d'études supérieures et nous ne sommes revenus aux Etats-Unis qu'ensuite. Quant à la façon dont l'histoire s'est transmise, c'est parce que le survivant, Zedong Cho, était déjà âgé quand il l'a écrite. Il vivait à Taïwan, alors une simple province chinoise. Le manuscrit est demeuré dans la famille, mais au bout de quelques générations, on a fini par le considérer comme une simple œuvre de fiction, le récit fantaisiste d'un ancêtre doué d'imagination. J'en ai eu connaissance parce que pendant mes quatre ans d'université là-bas, ma compagne de chambre, Susan Zedong, était la lointaine descendante de Cho.

« Bien sûr, il n'y avait aucun moyen de prouver que l'amiral Tsaï avait vraiment vécu, parce que l'empereur avait fait disparaître toute trace de lui et de ses hommes, alors tout cela est demeuré à l'état de légende.

— Jusqu'à maintenant, corrigea Max.

— Oui, jusqu'à maintenant, répondit-elle en souriant.

Juan avait remarqué l'attirance mutuelle entre elle et Max et il les aurait volontiers laissés seuls si le temps n'avait pas été compté.

— Sait-on ce qui a causé leur folie ? demanda-t-il en songeant au rapport de Linda Ross, car de son point de vue il ne saurait y avoir de coïncidences dans cette affaire.

— Sur la route de l'Afrique du Sud, *La Mer silencieuse* a été séparée pendant un mois des autres navires. Ils se sont arrêtés sur une île lointaine – j'ignore laquelle – et ont fait du troc avec les indigènes pour obtenir des aliments frais. C'est ce qui les différencie de ce qu'ont vécu les autres équipages, c'est pourquoi j'ai toujours pensé que c'était cette nourriture qui devait être contaminée.

— Voulez-vous m'excuser un instant ? dit Juan avant de s'éloigner.

Max n'aurait pu être plus heureux.

Une fois seul, Juan appela l'*Oregon* et demanda à parler au Dr Huxley.

— Salut, Julia, c'est Juan.

— Hé ! Vous êtes où, les gars ?

— Crois-moi ou pas, mais on est à bord d'un bateau à aubes, sur le Mississippi.

— Il fait chaud, le soleil brille, c'est ça ?

On sentait l'envie dans la voix du médecin de l'*Oregon*.

— Le soleil est couché, mais il fait encore 27°.

— Et tu appelles pour te vanter ! C'est moche de votre part, monsieur le président. Même de votre part.

— Dis-moi, est-ce que tu as eu le temps d'examiner les échantillons que tu as demandé à Murphy de ramener de Wilson/George ?

— Pas encore.

— Fais une recherche de prions.

— Des prions, vraiment ? Tu crois qu'Andrew Gangle avait la maladie de la vache folle ?

— Une forme, oui, et je crois qu'il l'a attrapée par l'intermédiaire du cadavre. Les prions ne meurent pas, c'est bien ça ?

— Ce sont des protéines, donc ils ne sont pas vraiment vivants. Mais enfin, d'une certaine façon, non, ils ne meurent pas.

— Alors quelqu'un pourrait être infecté si des prions étaient introduits accidentellement dans le sang, par exemple en se piquant avec l'os d'un cadavre qui en est plein ?

Julia n'hésita pas.

— Théoriquement, oui. D'où te viennent ces brillantes hypothèses ?

— D'un bateau chinois qui n'est pas là où il devrait se trouver. S'il te plaît, demande à Mark et à Eric d'arrêter d'étudier la carte. J'ai trouvé la baie.

Il coupa la communication et rejoignit Max et Tamara qui riait à une plaisanterie de son interlocuteur.

— Alors, de quoi t'es-tu occupé ? demanda Max.

— J'ai suivi mon intuition à propos de ce qui aurait pu contaminer la nourriture à bord de *La Mer silencieuse*.

Le cannibalisme était courant dans certaines îles du Pacifique, et s'il ne se trompait pas, il avait deviné quel genre de viande avaient consommée les marins chinois.

— Que transportait ce navire ? reprit-il.

— Il y avait de tout, depuis l'or et les épices jusqu'aux soieries et au jade, toutes choses que les Chinois tenaient en haute estime. Pour leurs opérations de troc, ils voulaient obtenir le maximum de la part des indigènes rencontrés, alors ils ont emporté le meilleur de leur production. Qu'a écrit d'autre l'amiral Tsaï ?

— J'ai une traduction dans ma cabine. Je serais ravi de vous en donner une copie.

Ce fut seulement parce que l'orchestre avait cessé de jouer que Juan entendit le bruit caractéristique de puissants moteurs. Il bondit sur ses pieds. Max, aussitôt, fut sur ses gardes.

Juan gagna en courant le bord du navire et regarda en bas. La luminosité était encore suffisante pour qu'il aperçoive un mince canot à moteur rangé le long du *Natchez Belle*. A l'intérieur se trouvaient quatre hommes vêtus de noir, le visage recouvert d'un masque de ski. Les idées se bousculaient dans sa tête, mais l'heure n'était pas à la réflexion.

Déjà, l'un des hommes avait sauté sur le pont le plus bas du navire.

Ils étaient quatre en tout, mais l'un d'eux devrait rester à bord du canot. Il y en aurait donc trois sur le *Natchez*. Juan et Max avaient déjà affronté des adversaires plus nombreux, mais il fallait tenir compte de la sécurité des autres passagers. D'après ce qu'il avait vu, les Argentins n'auraient aucun scrupule à s'attaquer à des civils.

— Max, reste avec elle et saute par-dessus bord s'il le faut.

Max ne dégaina pas son pistolet mais il était prêt à le faire en une fraction de seconde.

— Que se passe-t-il ? demanda Tamara devant la tension de ses nouveaux compagnons.

— Vous êtes en danger. Il faut nous faire confiance.

— Mais je ne...

— Il n'y a pas le temps. Je vous en prie, faites-moi confiance.

Juan avait gagné l'escalier principal menant aux ponts infé-
rieurs lorsqu'il entendit des hurlements venus d'en bas. Les
Argentins devaient être à bord et brandir leurs armes. Une foule
paniquée envahit l'escalier. Impossible pour lui de descendre.

Il tourna les talons et se rua en avant. A côté du jacuzzi se trouvait une lucarne pointue constituée de dizaines de cabochons en
verre taillé, enchâssés dans une structure en fer forgé. Il donna
des coups de pied dans quelques carreaux, projetant des éclats de
verre sur les tables en dessous. Les dîneurs qui n'avaient pas
encore entendu les hurlements des autres passagers se mirent eux
aussi à pousser des cris.

Juan sauta alors par le trou qu'il venait de pratiquer et atterrit
sur une table qui s'effondra sous son poids dans une avalanche de
plats, d'assiettes et de couverts. Il entraîna dans sa chute une
grosse dame qui tomba à la renverse sur sa chaise et se mit à
pédaler dans le vide.

Juan, lui, se releva aussitôt, empestant le vin et le chou vert. Sa
cheville lui faisait mal, mais il ne s'agissait pas vraiment d'une
foulure. Les convives le contemplaient, sidérés, tandis que le
mari de la femme renversée se mit à l'injurier et voulut le frapper
à l'épaule. Juan esquiva l'attaque comme un matador et le poussa
dans le dos.

Tout cela se déroula si vite que l'homme fit deux pas avant de
se rendre compte qu'il avait raté sa cible. Il se retourna, furieux,
mais se figea sur place à la vue du pistolet de Juan. Celui-ci ne
le braquait pas sur lui mais le mettait bien en évidence pour que
l'homme ne s'entête plus à défendre l'honneur de son épouse.

Soudain, les portes vitrées de la salle à manger s'ouvrirent à la
volée et deux hommes armés firent irruption à l'intérieur. Juan
reconnut aussitôt leurs armes : des Ruger Mini-14, certainement
l'une des meilleures carabines civiles sur le marché. Les gens qui
se bousculaient l'empêchaient de tirer, tandis que d'autres plon-
geaient sous les tables ou demeuraient pétrifiés.

Les hommes balayèrent la salle du regard, à la recherche de
Tamara Wright. Ils avaient dû récupérer une photo sur Internet,

ce que Juan avait négligé de faire. Il s'accroupit lentement de façon à ce que son visage ne fût plus visible.

— Tout le monde contre le mur du fond !

Juan reconnut la voix du major argentin.

Un serveur qui se tenait près de la porte de la cuisine tenta alors de s'esquiver, mais le deuxième l'aperçut et ouvrit le feu sans la moindre hésitation. La balle traversa la poitrine du serveur et alla ricocher sur du matériel dans la cuisine.

Les passagers se mirent à hurler et Juan profita de la panique pour agir. Il savait que lorsque les assaillants auraient la complète maîtrise de la salle, c'en serait fini de lui, alors il se rua vers la grande baie vitrée donnant sur le fleuve. Il avait fait quatre pas lorsqu'une volée de balles crépita autour de lui, projetant mille éclats de verre et de porcelaine. Un homme en smoking fut touché au bras et Juan fut aspergé de son sang.

D'autres balles traversèrent la baie vitrée, qui, fragilisée, s'effondra au moment où Juan se jetait à travers. Il plongea le plus profondément qu'il le put dans les eaux noires du Mississippi.

Par instinct, il longea la coque du *Natchez Belle* qui poursuivait sa route vers le sud. Il sentait les vibrations des hélices et les remous provoqués par la roue à aubes.

Il fit ensuite surface dans une zone à l'abri des regards. Le navire se déplaçait à une vitesse de quatre nœuds et Juan était entraîné par cet élan. Pour garder les mains libres, il glissa son pistolet dans son étui.

Comme sur tous les bateaux à aubes traditionnels, un bras oscillant sortait sur le flanc, à la façon de pistons actionnant les grosses roues d'une locomotive. Sur le *Natchez Belle*, il n'était pas fonctionnel et servait seulement de décoration.

Juan saisit l'un des bras mais ne parvint qu'à hisser sa poitrine hors de l'eau. La coque lisse du navire se dressait au-dessus de lui. Le bras oscillant le plongeait périodiquement dans l'eau comme un sachet de thé et la nausée commençait à le gagner. De l'intérieur du navire lui parvenait le bruit de coups de feu. Le temps pressait.

Petit à petit, il se hissa vers l'arrière jusqu'à ce que l'énorme roue se retrouve au-dessus de son épaule et agite l'eau à hauteur de ceinture. A la différence des roues à aubes traditionnelles, faites en bois sur une structure en métal, celle du *Natchez Belle* était entièrement métallique.

Dans la lumière venue de la poupe, il évalua la vitesse de rotation de la roue.

Puis il saisit l'une des pales à deux mains, fut entraîné sous l'eau au risque de se faire arracher les bras et émergea quelques instants plus tard. Lorsque la roue eut atteint le sommet de sa rotation, il se retrouva face aux vitres de la suite présidentielle, juste en dessous du grand salon.

Il se lança en avant, faisant exploser le verre, rebondit sur un grand lit à deux places pour se retrouver immédiatement sur ses pieds. Une femme enveloppée d'une serviette sortait au même instant de la salle de bains. En voyant cet homme qui secouait les éclats de verre de ses vêtements trempés, elle poussa un hurlement.

Dans de telles circonstances, Juan savait en général trouver la réplique inoubliable, mais il était à ce point choqué par la violence de l'impact et par son tour de force sur la roue à aubes qu'il se contenta d'un sourire charmeur et quitta en hâte la cabine.

Dix minutes s'étaient écoulées depuis son plongeon dans le fleuve. Dix minutes pendant lesquelles Max s'était retrouvé seul contre trois. Juan tira son pistolet de son étui, tira la glissière et souffla à l'intérieur pour la sécher. Il ne pouvait guère faire mieux, mais jamais son Glock ne lui avait fait défaut.

Le couloir était désert. Des ampoules orange en forme de flammes de bougie jetaient des ombres bizarres sur les parois, et, l'espace d'un instant, il eut l'impression de se trouver dans une maison hantée. Ses chaussures produisaient un bruit de succion à chaque pas et il laissait derrière lui une trace mouillée empestant l'eau du fleuve. Soudain, une porte s'entrouvrit et quelqu'un risqua un coup d'œil au-dehors.

— Fermez la porte et restez à l'intérieur, dit Juan.

Le ton était si impératif que la personne ne se le fit pas dire deux fois.

Les hurlements avaient cessé, ce qui voulait dire que les assaillants maîtrisaient complètement la situation et que les gens obéissaient docilement : ce n'était pas bon signe.

Il risqua un coup d'œil dans une cage d'escalier et, la voyant vide, s'y engagea. Il ne s'immobilisa qu'en apercevant le sol du pont supérieur. De là où il se trouvait il ne voyait personne, il monta donc un peu plus. En dépit de la chaleur, il tremblait dans ses vêtements mouillés.

Des gens, debout ou à genoux, entouraient une silhouette allongée. Juan eut l'impression que son cœur avait cessé de battre. Il n'y avait aucun Argentin, seulement des passagers, et il savait qui gisait sur le sol.

Il se mit à courir. Une femme cria en le voyant se précipiter vers eux le pistolet à la main. D'autres se tournèrent vers lui, mais Juan les ignora et fendit le cercle des passagers.

Max était étendu sur le dos et le sang qui avait coulé de son visage formait une flaque noire sur le bois poli du pont. Il pressa les doigts sur le cou de son ami à la recherche du pouls. Sidéré, il constata que le sang pulsait, et fort.

— Max. Max, tu m'entends ? demanda-t-il en levant les yeux sur la foule. Que s'est-il passé ?

— On lui a tiré dessus. Les tireurs se sont ensuite emparés d'une femme et l'ont emmenée en bas.

Avec le pan de sa veste, Juan essuya le visage de Max et vit une trace sanglante sur sa tempe. La balle n'avait fait que l'érafler. Il devait avoir une contusion et aurait sûrement besoin de points de suture, mais il s'en tirerait.

Il se releva.

— S'il vous plaît, occupez-vous de lui.

Il redescendit l'escalier, fou de rage. Les Argentins ayant abordé le *Natchez Belle* par bâbord, il se dirigea de ce côté après avoir descendu un autre escalier jusqu'au pont principal.

Devant lui se trouvait la porte par laquelle Max et lui étaient montés à bord du bateau. Elle était ouverte et dans son encadrement on distinguait la silhouette d'un homme. Quand Juan cria, celui-ci se retourna brutalement : il avait le visage recouvert d'une cagoule de ski. Juan lui tira aussitôt deux balles dans la poitrine. L'homme vacilla, sa tête heurta le montant métallique dans un bruit sourd et il tomba dans l'eau.

Un instant plus tard, on entendit le rugissement de moteurs de marine et le canot s'éloigna, laissant derrière lui un sillage blanc. Juan, les bras tendus, serra son pistolet à deux mains, mais finalement ne tira pas. Il faisait trop sombre et il ne distinguait que de vagues silhouettes : il aurait pu toucher Tamara.

Il se plia en deux, haletant, et attendit un instant pour maîtriser son émotion.

Il avait échoué. Impossible de le nier. Et maintenant, Tamara Wright allait payer cet échec. Il se retourna et vit son image dans un grand miroir accroché à la paroi. Mû par un irrésistible sentiment de fureur, il éclata son reflet en mille morceaux d'un coup de poing qui ensanglanta sa main.

Il prit plusieurs inspirations pour se calmer et se mit à réfléchir plus posément. Il allait devoir donner d'innombrables coups de téléphone pour qu'on les sorte de ce pétrin.

Mais pour l'heure, il fallait d'abord songer à Max. Il se rua dans l'escalier sans prêter attention à son téléphone portable qui vibrait à sa ceinture. Même s'il était étonnant que cet appareil ait survécu à son plongeon, l'idée ne l'effleura pas. Le marin en lui remarqua, par contre, que le bateau avait viré de bord et s'en retournait vers Vicksburg, où tous les flics de la ville devaient l'attendre avec impatience.

Il pourrait justifier les échanges de coups de feu, mais il y avait sa fausse identité, les armes non enregistrées et le fait que Max et lui aient menti à la douane pour pénétrer dans le pays. Voilà pourquoi Juan préférait travailler dans le tiers-monde : là, il suffisait d'un pot-de-vin bien placé pour se retrouver en liberté. Ici, cela se traduisait par deux années supplémentaires d'incarcération.

Sur le pont supérieur, les gens faisaient toujours cercle autour de Max, mais son ami était à présent assis. On avait nettoyé le sang sur son visage et un homme lui appuyait une serviette sur le côté du crâne.

— Excuse-moi, dit-il lorsque Juan s'accroupit à ses côtés. J'ai placé Tamara derrière moi et le type a ouvert le feu. La première balle m'a manqué, mais la deuxième… gémit-il en montrant sa tête. Je me suis effondré comme un sac de patates. Ils l'ont emmenée ?

— J'en ai descendu un, mais oui, ils l'ont emmenée.

— Merde.

— Comme tu dis.

Le téléphone de Juan vibra de nouveau et il consulta l'écran pour voir qui l'appelait.

— Ah, Langston, vous ne téléphonez pas au bon moment, dit-il au vieil agent de la CIA.

— Vous savez ce qui s'est passé, il y a deux heures ? C'est incroyable !

Juan avait compris dès le moment où les types avaient abordé le bateau.

— L'Argentine vient d'annoncer qu'elle annexait la péninsule Antarctique et la Chine a déjà reconnu leur souveraineté.

— Mais comment avez-vous… ? demanda Overholt, sidéré.

— Et je peux vous assurer que lorsque la question viendra devant l'Onu, demain, la Chine utilisera son droit de veto, en tant que membre permanent du Conseil de sécurité, pour torpiller toute résolution condamnant l'annexion.

— Ils l'ont déjà annoncé. Comment le saviez-vous ?

— Ça va prendre un peu de temps pour vous l'expliquer, mais d'abord, j'ai un service à vous demander. Connaissez-vous quelqu'un à la police de Vicksburg ?

Au même instant, le commissaire du bord fit son apparition en compagnie de deux costauds de la salle des machines, armés de clés à écrous de la taille de battes de base-ball.

Une seconde plus tard, il se retrouvait face contre le plancher, avec un costaud sur le dos et l'autre qui lui tenait les jambes. Le commissaire, lui, tenait le Glock de Juan dans une main comme s'il s'était agi d'une tarentule, et dans l'autre son téléphone portable. Juan avait préféré ne pas résister. Il aurait pu se débarrasser des trois hommes en même temps, mais il fallait penser à Max.

Il ne pouvait plus compter que sur Overholt, sinon la nuit risquait d'être longue.

18

F INALEMENT, ILS PERDIRENT DIX-HUIT HEURES précieuses. Max en passa la plus grande partie au River Region Medical Center, sous bonne garde, où on lui fit des points de suture puis passer un scanner. Juan, lui, était l'hôte du shérif du comté de Warren. On le garda toute la nuit dans une salle sans fenêtre où il fut interrogé sans relâche par des inspecteurs et des policiers en uniforme.

Il leur fallut deux heures pour découvrir qu'il utilisait un faux nom. Si Juan avait craint une telle enquête, il se serait muni de papiers à toute épreuve. Lorsqu'ils comprirent qu'ils n'avaient pas affaire à William Duffy d'Englewood, en Californie (identité de sa deuxième série de papiers), l'interrogatoire prit un tour plus dur.

Alors même que de nombreux témoins avaient confirmé l'enlèvement d'une femme à bord du *Natchez Belle*, les policiers semblaient plus intéressés par les raisons qui avaient poussé les deux hommes à anticiper cette attaque.

Impossible de les convaincre qu'il ne faisait pas partie de la bande. Et lorsque l'expertise balistique révéla que l'homme à la cagoule de ski avait bel et bien été tué par le pistolet saisi sur lui, on menaça de l'inculper de meurtre. A cette occasion, les policiers lui confirmèrent d'un air ravi que la peine de mort était en vigueur dans l'Etat du Mississippi.

Le FBI fit son apparition le lendemain matin à neuf heures, et tandis que l'on débattait du ressort juridique, Juan demeura seul. Pour s'amuser, il feignit de s'évanouir. Quatre flics, qui le surveillaient derrière le miroir sans tain, se précipitèrent : il n'allait quand même tenter de soustraire à la justice en mourant comme ça, brusquement !

D'après ses estimations, il devait être 14 h 30 (on lui avait confisqué sa montre) lorsque deux hommes vêtus d'un identique complet gris pénétrèrent dans la pièce. Les flics et les agents du FBI, déployés face à Juan comme une bande de chiens devant un os, semblaient nerveux. Les hommes en gris leur annoncèrent que cette affaire relevait du ministère de la Sécurité intérieure.

Ils cessèrent de saliver, frustrés. De plus gros chiens qu'eux s'emparaient de leur os.

On ôta à Juan ses menottes, qui furent aussitôt remplacées par d'autres, amenées par les agents de la Sécurité intérieure. On lui rendit ensuite ses affaires, dont la valise qu'il avait amenée sur le *Natchez Belle*, et il sortit avec sa nouvelle escorte. Après tant d'heures passées dans la lueur glauque des néons, la lumière du soleil lui fut une vraie bénédiction. Sans un mot, on le conduisit jusqu'à une Victoria Crown noire qui sentait la voiture de flic à cent lieues à la ronde. L'un d'eux ouvrit la portière arrière : Max était assis à l'intérieur, la moitié du crâne disparaissant sous des bandages.

— Comment va la caboche ?

— Ça fait un mal de chien, mais c'est pas grave.

— Heureusement qu'ils t'ont tiré dans la tête : sans ça ils auraient pu toucher quelque chose d'important.

— T'es vraiment sympa.

Dès que Juan eut pris place à côté de Max, la voiture démarra. L'agent qui se tenait à l'avant se retourna et brandit une clé. Tout d'abord, Juan ne comprit pas ce qu'il lui voulait puis il tendit ses poignets et l'homme le libéra.

— Merci. On ne vous embêtera plus. Où nous conduisez-vous ?

— A l'aéroport.

— Et ensuite ?

— Ça vous regarde, les gars. J'ai quand même reçu l'ordre de vous recommander de quitter le pays.

Max et Juan échangèrent une mimique complice. Langston Overholt avait réussi. Dieu seul savait comment, mais il était parvenu à les tirer du pétrin. Juan avait envie de l'appeler sur-le-champ, mais son téléphone portable avait fini par rendre l'âme après son bain forcé dans le fleuve, et Max n'avait pas récupéré le sien.

Les agents les déposèrent en face du terminal de Jackson-Evers, mais dès qu'ils eurent disparu, Juan héla un taxi.

— J'imagine qu'on ne va pas suivre leur conseil, fit Max.

— Si, mais il n'est pas question de prendre un vol commercial. Il y a un service de charters, ici.

— Ça, c'est parlé.

Vingt minutes plus tard, ils se retrouvaient dans un autre terminal et attendaient que leur avion eût terminé son plein de carburant. Juan utilisa alors son ordinateur portable pour appeler Overholt.

— J'en déduis que vous êtes sorti, dit le vieil agent de la CIA.

— En ce moment même on fait le plein de notre charter. Max et moi on vous doit une fière chandelle. Comment avez-vous fait ?

— Suffisait de demander, voilà tout. A part ça, comment étiez-vous au courant pour l'Argentine et la Chine ?

Juan avait envie de lui parler de l'enlèvement de Tamara Wright, mais pour l'instant, même quelqu'un d'aussi puissant qu'Overholt ne pouvait faire plus que ce qu'avaient fait la police locale et le FBI.

Il expliqua alors ce qu'avaient découvert Linda Ross et son équipe en allant observer la station de recherche argentine. Il lui fit part également des macabres découvertes à Wilson/George.

— Bon, je comprends que d'après vous, les Argentins vont tout faire pour obtenir la péninsule. De toute façon, ça fait des années qu'ils font retentir des bruits de bottes pour cette affaire, c'était le cas même avant la prise du pouvoir par la junte. Mais la Chine ?

C'est surtout elle qui a pris la CIA, le Département d'Etat et la Maison Blanche par surprise.

— Il y a une explication. Quand je vous ai parlé, hier soir, Max et moi étions en compagnie d'une femme nommée Tamara Wright...

— Celle qui a été enlevée ?

— Vous avez lu le rapport de police ?

— Rapidement. Ils prennent l'affaire au sérieux, mais ils n'ont aucune piste. Le canot a été retrouvé à Natchez, où une camionnette a été volée chez un plombier. Un avis a été lancé à toutes les patrouilles, mais jusqu'ici, ça n'a rien donné.

— Je me doutais d'un truc comme ça. Ils sont malins. Je parie qu'on retrouvera la camionnette à l'endroit où ils ont volé le canot. Ils auront récupéré leur propre véhicule et ils peuvent être n'importe où, maintenant.

— Je suis d'accord avec vous. En Chine ?

— Le Dr Wright nous a parlé d'une expédition chinoise à la fin du XVe siècle, au cours de laquelle trois bateaux auraient rejoint l'Amérique du Sud.

Juan ménagea une pause, pensant qu'Overholt allait contester une telle affirmation, mais le vieux renard savait aussi écouter sans rien dire. Sur l'un de ces bateaux, l'équipage a attrapé une maladie qui les a tous rendus fous. Ça ne vous dit rien ?

— Le type à Wilson/George !

— Ils ont dû manger de la nourriture contaminée fournie par les habitants de l'île. A mon avis, c'était de la viande humaine, probablement de la cervelle, et ils ont ingurgité des prions. Le navire a été coulé avec son équipage, tandis que les deux navires restants poursuivaient leur voyage vers le nord avant de rentrer en Chine.

« Cinq cents ans plus tard, apparition du dénommé Andrew Gangle, qui découvre une momie non loin de la station de recherche. Sur cette momie, il y a de l'or et du jade. Au contact du corps, il s'infecte, probablement en se blessant avec un bout d'os. Il attrape donc un prion qui lui ronge l'esprit jusqu'à ce qu'il pète un câble.

— Ce bateau aurait été coulé au large de l'Antarctique ? Mon Dieu ! s'écria Overholt. S'ils peuvent prouver que des explorateurs chinois ont découvert l'Antarctique deux cents ans avant le premier Européen, alors...

— Exactement, dit Juan. Ils vont revendiquer leur souveraineté sur le continent ou au moins sur la péninsule. Mais comme l'Argentine est déjà fortement installée dans cette région, le plus intelligent pour eux est de coopérer et de partager ensuite les bénéfices. Je crois que cette histoire est en route depuis longtemps, bien avant qu'on s'en mêle. Les Argentins ont dû courtiser les Chinois parce qu'ils ont besoin de la protection d'une grande puissance et d'appuis à l'Onu. C'est la découverte fortuite du petit dirigeable et les événements qui ont suivi, comme le fait qu'ils aient mis la main sur la preuve que les Chinois se sont rendus en Amérique du Sud, qui ont cimenté leur accord.

— Est-ce que les Argentins ou les Chinois savent où se trouve ce troisième navire ?

— Pas encore, mais en faisant les recherches nécessaires, ils vont y arriver. Le dessin de l'amiral Tsaï était très précis. Il suffit d'un bon logiciel et de Google Earth pour l'interpréter. Mais de toute façon, même s'ils ne retrouvent pas le navire, ils peuvent arguer du fait qu'il s'est rendu en Antarctique. Qui va les en empêcher ?

— Nous.

— Quelle est la position officielle de la Maison Blanche ?

— Les événements vont trop vite. En dehors de la condamnation de circonstance, ils n'ont pas dit grand-chose.

— Et vous, qu'est-ce que vous en pensez ?

— Franchement, je n'en sais rien. La Chine détient la part du lion de notre dette nationale, alors de ce côté-là, ils nous ont à leur merci. Et d'un autre côté, sommes-nous vraiment décidés à partir en guerre pour une partie du monde dont seule une poignée de gens se soucie ?

— Il s'agit de principes, fit valoir Juan. Allons-nous défendre nos idéaux au risque de faire tuer des gens pour une poignée de pingouins et un traité vieux de quarante ans, ou allons-nous les laisser faire ?

— Bien résumé. Je ne sais pas du tout ce que le président va décider. Moi-même je ne sais pas trop quoi en penser. D'un côté je me dis qu'il faudrait les virer à coups de pompes dans le cul et les renvoyer à Pékin et à Buenos Aires, mais finalement, quelle utilité ? Il n'y a qu'à leur laisser le pétrole et les pingouins. Inutile de risquer pour ça la vie de nos soldats.

— C'est vrai que c'est risqué, dit Juan.

Mais dans son esprit, il n'y avait pas de place pour le doute. En envahissant un territoire voisin du sien mais qui ne lui appartenait pas, l'Argentine avait violé un traité international. Ils méritaient amplement que se déchaîne contre eux la colère des Etats-Unis et des autres pays signataires du traité de l'Antarctique. Soudain, il se rappela quelque chose.

— Est-ce que la NASA a eu le temps d'analyser le bloc d'alimentation de son satellite ?

— Oui, et il est possible qu'il ait été abattu, comme votre gars l'a suggéré, mais ils ont refusé de se montrer catégoriques et ont préféré écrire que la cause de l'accident était indéterminée.

— Pourquoi auraient-ils pris le risque ? grommela Juan. Pourquoi abattre intentionnellement l'un de nos appareils ?

— Histoire d'ajouter à votre perplexité, il faut savoir que ce n'était pas un satellite espion et qu'il n'était pas non plus destiné à en devenir un. Il devait surveiller les émissions de dioxyde de carbone et s'assurer que les pays atteignaient bien leurs objectifs au cas où un nouveau traité remplacerait le Protocole de Kyoto.

Juan demeura un moment songeur.

— Bien sûr ! lança-t-il soudain. Ils peuvent dissimuler la signature thermique de leurs activités en Antarctique en utilisant de l'eau de mer, mais la prospection de pétrole et de gaz produirait un épais nuage de dioxyde de carbone dans un endroit où il ne devrait pas y en avoir. Une fois le satellite en activité, nous aurions su exactement ce qu'ils manigançaient.

— Mais s'ils s'apprêtaient à annexer la péninsule une semaine seulement après avoir abattu le satellite, pourquoi l'avoir fait ? demanda Overholt.

— Vous n'êtes pas assez attentifs, Lang. L'accord avec la Chine a été conclu il y a seulement deux jours. Sans cette alliance, l'Argentine aurait dû garder ses activités secrètes pendant des mois, peut-être un an. La Chine les a peut-être aidés à abattre ce satellite en gage de bonne foi ou pour s'assurer qu'ils obtiendraient leur part du brut extrait des nouveaux puits. Dans les deux cas, ça prouve qu'ils couchent ensemble depuis déjà un bout de temps.

— J'aurais dû y penser.

— Pendant que je passais les dix-huit dernières heures en garde à vue à être interrogé, oui, vous auriez pu y penser.

Juan se montrait taquin, ce qui en de telles circonstances prouvait à quel point il était épuisé.

— Que comptez-vous faire, maintenant ?

— Avant de prendre une décision, il faut d'abord que je prenne contact avec l'*Oregon*, mais je vous tiendrai au courant. Et j'aimerais que vous fassiez de même.

— Entendu. A bientôt.

Max avait écouté la fin de la conversation.

— Tu ne sais pas où on va ?

Juan retira l'écouteur de son oreille.

— Tu crois vraiment que je vais faire confiance à la police locale pour retrouver Tamara Wright ? C'est nous qui l'avons collée dans ce pétrin, donc c'est à nous de l'en sortir. J'ai loué l'avion qui a le plus grand rayon d'action, alors on va la retrouver, où qu'elle soit.

— C'est ça que j'adore chez toi. Pour me trouver un rencard, tu ne regardes pas à la dépense.

Juan sourit, replaça le casque Bluetooth sur sa tête pour appeler l'*Oregon* et demanda à Hali Kasim, leur spécialiste des transmissions, de lui passer Eric Stone.

— Pourquoi nous as-tu demandé de renoncer à nos recherches ? demanda aussitôt Eric.

— Parce que vous avez déjà découvert la baie mystère.

— Ah bon ?

— On peut l'atteindre en autoneige de Wilson/George. C'est peut-être même tout près.

— Comment le sais-tu ?

— Parce que je suis le président, lâcha-t-il, épuisé. S'il te plaît, je voudrais que tu vérifies les données de l'aéroport Jackson-Evers et que tu voies si un avion privé a décollé de là entre disons… minuit et midi aujourd'hui.

Avant le 11 septembre 2001, il aurait pu obtenir cette information en faisant du charme à la jolie réceptionniste du comptoir d'accueil de l'aéroport, mais à présent il ne fallait plus y compter.

— Donne-moi une seconde, lui demanda Eric, dont les doigts couraient sur le clavier. Un dernier pare-feu, dit Eric d'un air absent avant de s'écrier, triomphant : Voilà ! Bon, il y en a eu deux. Un charter d'Atlantic Aviation à destination de New York, qui a décollé à neuf heures du matin, et un jet privé qui a déposé un plan de vol pour Mexico et qui a décollé à une heure et demie ce matin.

— Que peux-tu me dire sur cet avion ?

— Attends un peu. Il y a une autre base de données. L'avion appartient à une société enregistrée dans les îles Caïmans.

— Une société écran ?

— Sans aucun doute. Il va falloir un peu de temps pour… attends une seconde. Je consulte ses voyages précédents. Il est arrivé aux Etats-Unis il y a trois jours, à l'aéroport international de Seattle-Tacoma en provenance de Mexico.

— Et il est arrivé ici hier, compléta Juan. C'était leur avion, et s'ils se rendaient à Mexico, c'était uniquement pour faire le plein de carburant. Merci, Eric.

Il se tourna vers Max.

— Ils l'emmènent en Argentine.

19

L ES MUSCLES DU GRAND ÉTALON ARABE étaient si tendus que ses veines apparaissaient en relief sous sa peau luisante. La robe couverte de sueur, il soufflait fort mais galopait volontiers, dévorant l'espace au rythme infernal de ses sabots. Sa cavalière bougeait à peine sur sa selle, son chapeau à larges bords retenu sous le menton par un cordon.

Maxine Espinoza était une admirable cavalière et gagnait la rivière, à huit kilomètres de chez elle, comme si elle concourait pour la Triple Crown. Elle portait une culotte de cheval brune et sa chemise d'homme blanche, entrouverte, laissait le vent caresser sa peau. Quant à l'usure de ses bottes, elle disait assez les innombrables heures passées à cheval et celles, presque aussi nombreuses, passées à les cirer.

C'était la fin de l'après-midi, en cette heure délicieuse où les rayons du soleil mouchetaient le sol sous les rares arbres de la plaine et où l'herbe se teintait d'or brun.

Un mouvement sur sa gauche attira son attention et elle aperçut un faucon s'envoler, une proie entre ses serres acérées comme des rasoirs.

— Allez, Concorde !

Le cheval semblait aimer ces courses autant que sa cavalière et il força l'allure. Leur communion était telle qu'on eût pu presque voir passer un centaure et non deux êtres distincts.

Ils ne ralentirent qu'à l'approche de la forêt qui bordait la rivière et c'est au pas que le grand étalon y pénétra, les naseaux dilatés par son souffle puissant.

L'eau cascadait sur les pierres et les oiseaux pépiaient dans les ramures. Maxine se baissa pour éviter une branche et encouragea sa monture à s'enfoncer dans la forêt. Sur ce domaine immense, ces bois étaient son sanctuaire. Les eaux claires de la rivière étanchaient la soif de son cheval et l'herbe de la berge accueillait ses longues siestes.

Elle descendit lestement et laissa boire Concorde, sachant que l'étalon ne boirait jamais plus qu'à sa soif et ne s'éloignerait pas. Des fontes de sa selle, elle tira une couverture en coton d'Egypte et l'étendait sur le sol lorsqu'une silhouette émergea derrière elle.

— Excusez-moi, *señora*.

Elle se retourna, irritée par cette intrusion, et reconnut Raul Jimenez, le second de son beau-fils.

— Comment osez-vous venir jusqu'ici ? Vous devriez être à la base, avec les autres soldats.

— Je préfère la compagnie des femmes.

Elle s'avança de deux pas et le gifla.

— Je devrais parler au général de votre impudence.

— Et que lui diriez-vous de ceci ?

Il l'attira doucement contre lui et l'embrassa. Pendant quelques secondes, elle fit mine de résister, puis s'abandonna à lui et posa la main sur sa nuque.

Jimenez finit par s'écarter.

— Mon Dieu, qu'est-ce que tu m'as manqué !

Pour toute réponse, Maxine l'embrassa de nouveau, plus passionnément encore. Seuls au milieu des bois, ils s'abandonnèrent à leur désir.

Bien plus tard, ils étaient allongés côte à côte sur la couverture en coton. Du bout des doigts, elle toucha sur son visage les brûlures encore rouges et qui semblaient douloureuses.

— Tu n'es plus aussi beau qu'avant. Je crois que je vais me trouver un autre amant.

— Je ne pense pas qu'un autre homme du régiment ose faire ce que nous venons de faire.

— Tu veux dire que je ne mérite pas la cour martiale ?

— Je suis prêt à mourir pour toi, mais n'oublie pas que je suis l'homme le plus courageux de toute l'armée.

Il sourit, mais une ombre étrange voila son regard.

— Qu'y a-t-il, mon chéri ?

— J'ai dit « le plus courageux », fit-il avec amertume. Abattre des villageois ou enlever une Américaine, ce n'est pas vraiment ce qu'on appelle du courage.

— Enlever des Américains ? Je ne comprends pas.

— Ton mari nous a envoyés aux Etats-Unis pour enlever une femme, spécialiste des navires chinois ou un truc dans ce genre-là. Ne me demande pas pourquoi.

— Je connais mon mari. Tout ce qu'il fait est réfléchi, depuis son petit déjeuner jusqu'à la façon dont il commande ton régiment. Il a ses raisons. C'est peut-être pour ça qu'il est parti à Buenos Aires juste après votre arrivée, à Jorge et à toi.

— Nous l'avons retrouvé là-bas, dans votre appartement. Il y avait des hommes avec lui... des Chinois, je crois.

— Ce sont des gens de l'ambassade. Philippe les rencontre parfois depuis quelque temps.

— Désolé, mais tout ça ne me plaît pas. Ne t'y trompe pas : j'aime l'armée et j'aime Jorge, mais ces derniers mois...

— Tu auras peut-être du mal à me croire, dit-elle un peu sèchement, mais j'aime beaucoup mon mari et j'aime l'Argentine. Philippe a peut-être de nombreux défauts, mais ce n'est pas un écervelé. Tout ce qu'il fait, il le fait pour le bien de l'Argentine et de son peuple.

— Tu ne dirais pas ça si tu avais vu un certain nombre de choses qu'il nous a ordonné de faire.

— Je ne veux pas en entendre parler, dit-elle d'un air buté.

Le cocon amoureux qu'ils avaient tissé ensemble semblait à présent se dissoudre.

Il posa la main sur l'épaule nue de Maxine.

— Excuse-moi, je ne voulais pas te fâcher.

— Je ne suis pas fâchée, dit-elle en s'essuyant pourtant les yeux. Philippe me raconte très peu de choses mais je lui ai toujours fait confiance. Tu devrais faire de même.

— D'accord, dit Jimenez en la prenant dans ses bras.

Elle se dégagea de son étreinte.

— Il faut que je rentre, maintenant. Philippe a beau être à Buenos Aires, les domestiques bavardent. Tu comprends ?

— Bien sûr. Mes domestiques aussi bavardent sans arrêt.

Ils éclatèrent de rire : Jimenez venait d'une famille pauvre.

Maxine se rhabilla et monta sur Concorde qui ne s'était pas éloigné.

— On se voit demain ? demanda-t-il en fourrant la couverture dans la sacoche de selle.

— Si tu promets de ne pas médire de mon mari ni de ce qu'il fait.

— En bon soldat que je suis, j'obéirai à tes ordres.

*
* *

Le pilote de l'hélicoptère était soulagé que ses passagers aient payé en liquide, car étant donné leur destination, un chèque aurait nécessairement été sans provision. L'espace d'un instant, il hésita tout de même : ne valait-il pas mieux appeler son associé pour s'assurer que les billets n'étaient pas faux ?

Il avait embarqué les deux hommes à l'aéroport international de Rio Galeao pour les amener sur un cargo à cent soixante kilomètres de la côte. De loin, le navire ressemblait à tous ces cargos qui touchaient les ports brésiliens chaque semaine, mais en s'approchant, le pilote n'avait pu que constater l'état de délabrement du rafiot rouillé, qui semblait rafistolé avec du ruban adhésif et du fil de fer. Sa cheminée crachait une fumée si noire que les moteurs devaient consommer autant d'huile que de gazole. Quant à ses grues, elles avaient tellement de peine à tenir droites qu'on les imaginait incapables de soulever la moindre charge. Par-dessus son épaule, le pilote jeta un coup d'œil au plus jeune de ses deux passagers comme pour demander : « Vous êtes sûr ? »

L'homme à l'air accablé semblait ne pas avoir dormi depuis plusieurs jours et pourtant, lorsqu'il se rendit compte que le pilote le regardait, il lui adressa un clin d'œil presque joyeux.

— Il n'a pas très fière allure, dit le passager, mais il tient bien la mer.

— Je crois que je ne pourrai pas me poser sur le pont, dit l'homme avec un fort accent brésilien.

— Pas de problème. Tenez-vous au-dessus du pont arrière et on sautera.

Le deuxième passager, qui avait entre cinquante et soixante ans et un pansement sur la tête, laissa échapper un grognement à l'idée d'avoir à sauter de l'hélicoptère.

Le pilote retourna à son affaire tandis que les deux hommes rassemblaient le peu de bagages qu'ils avaient : un ordinateur portable et un vieux sac de marin. Tout le reste avait été jeté dans le Mississippi.

Juan Cabrillo ne se lassait jamais de contempler l'*Oregon*. Pour lui, ce navire était une œuvre d'art, au même titre que les tableaux accrochés dans ses couloirs secrets. Pourtant, il aurait préféré y revenir avec le sentiment du devoir accompli, alors que pour l'heure, Tamara Wright était aux mains d'un escadron de la mort. Il avait l'estomac noué et le clin d'œil lancé au pilote n'était qu'une parade.

Ce Brésilien se révéla extrêmement habile et il parvint à maintenir son appareil à trente centimètres au-dessus du pont, permettant à Max puis à Juan de sauter facilement. Les deux hommes durent ensuite se courber très bas avant que le Jet Ranger ne finisse par s'éloigner dans le ciel. Lorsqu'il ne fut plus qu'un petit point à l'horizon, l'homme de barre – probablement Eric Stone – coupa le générateur de fumée qui faisait croire à des moteurs diesels, mal entretenus de surcroît.

Comme à son habitude, Juan adressa un doigt d'honneur au drapeau iranien qui flottait à la poupe et suivit Max jusqu'à la superstructure.

Le Dr Huxley et Linda Ross les accueillirent devant une porte étanche. Huxley escorta Max à l'infirmerie en rouspétant contre le « travail de cochon » qu'ils avaient réalisé à l'hôpital.

— Bienvenue à bord, dit Linda à Juan. Apparemment, contrairement à ce que vous espériez, ces quelques jours n'ont pas été de tout repos.

— Tu sais ce qu'on dit : une bonne action ne profite jamais. Vous avez fait du bon boulot en Antarctique.

— Merci, dit-elle, mais on sentait une pointe d'amertume dans sa voix. On a transmis l'information à Overholt moins de vingt-quatre heures avant que les Argentins agissent, alors ça n'a pas servi à grand-chose.

— Quelles sont les dernières nouvelles ?

— On n'a plus aucun contact avec les autres stations de recherche de la péninsule. On pense que les Argentins se sont emparés des scientifiques étrangers et qu'ils vont les utiliser comme boucliers humains sur le terminal pétrolier.

Juan fronça les sourcils.

— Ils nous la rejouent Saddam Hussein ! J'ai demandé à Overholt s'ils avaient des contacts en Argentine qui pourraient découvrir où ils ont emmené Tamara Wright. Il t'a rappelée ?

— Pas encore. Désolée.

— Ça ne serait jamais arrivé si…

Il ne servait à rien de s'épancher et il s'interrompit, puis fit signe à Linda de le précéder à l'intérieur du navire. L'*Oregon* prenait de la vitesse et le vent commençait à balayer le pont.

— On sera au large des côtes argentines dans une trentaine d'heures. Avec un peu de chance, Overholt aura quelque chose pour nous.

— J'espère, fit Juan en se passant la main dans les cheveux. Il faut que j'évacue toute cette tension. Si on a besoin de moi, je suis à la piscine.

L'un des deux énormes ballasts qu'on utilisait pour élever ou abaisser la ligne de flottaison était en marbre de Carrare et éclairé de façon à imiter la lumière du soleil. Il avait été endommagé lors du combat naval qui avait opposé l'*Oregon* à une frégate libyenne, mais les artisans chargés des réparations avaient accompli un travail admirable.

Juan ôta son peignoir et attacha des poids de deux kilos à ses poignets. La profondeur du bassin était moindre parce que le navire filait à toute allure vers l'Argentine, et il savait d'expérience qu'il pourrait poursuivre l'exercice pendant des heures.

L'eau avait toujours été son refuge et c'était dans cet élément qu'il pouvait se détendre et se libérer son esprit. La répétition du geste et la lente brûlure qui forgeait ses muscles étaient pour lui comme une séance de méditation.

Le lendemain matin, après un somptueux petit déjeuner, Juan relaya Eddie Seng au tour de veille du centre d'opérations. Eddie lui transmit les informations sur la présence d'autres navires dans les parages de l'*Oregon*, sur les conditions météorologiques qui s'annonçaient mauvaises, et lui céda bien volontiers sa place. Sur le vaste écran de deux mètres cinquante de large, on voyait la mer comme si l'on se trouvait sur la passerelle. Le ciel était gris, pavé de lourds nuages, et la mer d'un noir de charbon, sauf lorsque le vent arrachait au sommet des vagues des panaches d'écume blanche.

Des paquets de mer jaillissaient régulièrement au-dessus de la proue et couraient jusqu'aux dalots. Sur le poste d'équipage, un matelot refermait une écoutille. Face aux éléments déchaînés, il semblait petit comme un enfant et bien démuni. Lorsqu'il retourna à l'intérieur du navire, Juan laissa échapper un soupir de soulagement.

Hali Kasim, le spécialiste des communications, se tenait à son poste de travail, à droite de Juan, à côté du système de sonar. Mais dans ces mers et à cette vitesse, il était impossible d'écouter le moindre signal et le sonar était éteint.

— Un appel pour vous, président, dit Hali, qui utilisait un casque à l'ancienne ayant pour particularité de lui dresser les cheveux sur la tête. C'est Overholt, de la CIA.

— Ah, quand même, grommela Juan en coiffant un casque Bluetooth. Alors, Langston, qu'est-ce que vous avez pour moi ?

— Bonjour, fit Overholt d'un ton sec qui fit comprendre à Juan que les nouvelles étaient mauvaises. La réunion du Conseil national de sécurité autour du président vient de se terminer. Le directeur de la CIA m'a prévenu il y a à peine cinq minutes.

— Que se passe-t-il ?

— D'après l'état-major interarmes, un sous-marin d'attaque rapide chinois a été repéré au large des côtes du Chili. D'après sa vitesse et sa trajectoire, il devrait atteindre la péninsule Antarctique d'ici un jour ou deux.

— Ils jouent gros, là, fit remarquer Juan, qui n'était pas pour autant surpris.

— Ça, c'est sûr. Les Argentins ont confirmé détenir les scientifiques américains de la station Palmer ainsi qu'une dizaine d'autres, des Russes, des Norvégiens, des Chiliens et des Australiens. Heureusement, il n'y en a pas plus parce que c'est l'hiver et que les équipes sont réduites.

— Quelle est notre réaction officielle ? Que va faire le président ?

— La Chine a annoncé que toute tentative de condamner l'Argentine à l'Onu se heurtera immédiatement à son veto. Il n'y aura ni résolution ni sanctions.

— Eh bien, fit Juan d'un ton sarcastique, c'est effrayant. Comment les arrêter si l'Onu ne les condamne pas vigoureusement ?

Overholt se mit à rire. Comme Juan, il tenait l'organisation internationale en piètre estime.

— La vraie mauvaise nouvelle, c'est que le président n'autorisera pas l'usage de la force. L'Angleterre et la Russie jouent les gros bras, mais ni au Parlement britannique ni à la Douma il n'y a de volonté politique d'aller plus loin. De même, aux Etats-Unis, les leaders du Sénat et de la Chambre des représentants ont clairement fait savoir qu'ils n'entendaient pas sacrifier la vie de soldats américains pour défendre le traité de l'Antarctique.

— On en est donc là, fit Juan avec dégoût. On prétend être une nation morale, mais lorsqu'il faut se battre pour défendre un idéal, les politiciens se cachent la tête dans le sable.

— Je dirais plutôt qu'ils se fourrent la tête dans un endroit nettement moins hospitalier, mais à part ça vous avez raison.

— Nous fuyons nos obligations morales et légales. Désolé, Lang, mais cette décision est mauvaise.

— Vous prêchez un convaincu, mon garçon. Cela dit, je suis au service du président et je ne peux pas faire grand-chose. Sachez quand même que mon patron, lui, pense qu'il faudrait virer les Argentins de l'Antarctique à coups de pied dans le cul, et c'est aussi l'avis du chef d'état-major interarmes. Ils soulignent que tout cela crée un dangereux précédent.

— Et maintenant ?

— Eh bien, pas grand-chose. On va pondre une résolution à l'Onu que les Chinois vont flinguer... et puis c'est tout, j'en ai bien peur.

Maintenant qu'il avait mis la main sur l'Antarctique, le général Ernesto Corazón pourrait s'en prendre à l'Uruguay et au Paraguay, songea Juan. Et seules les Andes, difficiles à franchir pour une armée, protégeraient le Chili. Au Venezuela, Chavez avait bâti son armée en échangeant aux Russes du pétrole contre des armes et il n'attendait qu'un prétexte pour la lancer contre la Colombie. Quant à la démocratie balbutiante en Irak, elle s'effondrerait comme un château de cartes si l'Iran, enhardi, décidait de s'en prendre à elle.

Juan avait envie de dire tout cela à Overholt, mais c'était peine perdue, il le savait. Les conseillers du président avaient déjà dû lui décrire ces mêmes scénarios sans parvenir à l'infléchir.

— Donnez-moi quand même de bonnes nouvelles, dit alors Juan.

— Oui, j'en ai aussi. D'après un contact en Argentine, votre professeur serait détenue à Buenos Aires.

— Ça n'est jamais qu'une ville de douze millions d'habitants.

— Si tu me laissais finir ? Elle est au quatrième et dernier étage d'un immeuble, à côté de l'avenue Las Heras, dans le quartier de la Recoleta.

— Si je ne me trompe pas, la Recoleta est un quartier ultrachic de Buenos Aires.

— L'appartement appartient au général Philippe Espinoza, le chef de la 9ᵉ Brigade.

— Ah, la 9ᵉ Brigade.

Pour le coup, la nouvelle était mauvaise.

— Oui, malheureusement. Le général procède lui-même aux interrogatoires. Avec l'aide, à mon avis, de quelques barbouzes chinoises.

L'image de Tamara Wright attachée à une chaise traversa l'esprit de Juan, lui arrachant une grimace.

— Trouvez-moi toutes les informations dont vous disposez sur cet immeuble. On devrait être en vue de la côte au coucher du soleil.

— Comment comptez-vous la sortir de là ?

— Dès que j'aurai un plan, vous serez le premier à le connaître.

Juan coupa la communication et s'enfonça dans son siège en se caressant le menton d'un air pensif. Il ne plaisantait pas : il n'avait aucune idée de la façon dont il sauverait Tamara Wright.

20

L E MAUVAIS TEMPS SUIVAIT À LA TRACE l'*Oregon* qui faisait
route vers le sud, mais l'équipage supportait stoïquement
tangage et roulis comme s'il se fût agi d'une punition
pour la capture de Tamara Wright. En tout cas, c'était ainsi que le
vivait Juan. Certaines vagues atteignaient la passerelle et lorsque
la proue se soulevait, l'eau jaillissait des pompes parfois jusqu'à
trente mètres de haut.

Juan avait rassemblé l'équipe dirigeante de la Corporation
dans la salle du conseil. Cette pièce avait été ravagée par un
missile lors de la bataille navale qui les avait opposés à une
frégate libyenne, et pour sa reconstruction Juan avait opté pour
une décoration moderne toute de verre et d'acier. Dans la table
était incrusté un réseau de câbles microscopiques dont la charge
électrostatique maintenait les papiers en place quel que fût l'état
de la mer. Des vents de force 7 soufflaient à l'extérieur mais ni
les papiers ni les photos étalés sur la table ne bougeaient d'un
centimètre. Des deux côtés de la salle, sur de larges écrans plats,
apparaissaient les photos de l'immeuble cible et de ses environs.

Le bâtiment, magnifique, semblait avoir été démonté pierre par
pierre à Paris et remonté sur une large avenue en Amérique du
Sud. La plupart des immeubles les plus anciens de Buenos Aires
sont d'ailleurs de style haussmannien, avec toits mansardés,
colonnes et façades sculptées. Dans ce quartier huppé, on

comptait de nombreux parcs et d'innombrables statues de personnages célèbres. Les rues les plus larges étaient conçues pour
permettre le passage d'attelages de huit chevaux, mode de transport le plus fréquent à l'époque.

Reconnaissant lui-même qu'il manquait de sens tactique, Max
Hanley ne participait pas à la réunion et tenait son quart dans le
centre d'opérations. Autour de Juan étaient rassemblés Mark
Murphy, Eric Stone, Linda Ross, Eddie Seng et Franklin Lincoln,
leur meneur de jeu. Tandis qu'à bord il était plutôt d'usage de
revêtir des vêtements civils, Eddie, Linda et Linc portaient un
uniforme de combat noir. Mark, lui, avait passé une chemise
grunge en flanelle sur son tee-shirt St. Pauli Girl Beer.

Juan avala une gorgée de café et reposa sa tasse sur un récep-
tacle en creux.

— Je récapitule : nous n'amènerons pas le navire jusque dans
les eaux argentines et utiliserons un sous-marin. C'est bien vu ?
demanda-t-il à toute l'équipe qui acquiesça. Je pense qu'il vaut
mieux utiliser le plus gros de nos engins, capable de transporter
dix personnes, c'est-à-dire le Noma 1 000. On n'aura peut-être
pas besoin de toute cette place, mais ça vaut mieux que d'en
manquer.

— Qui va rester à bord en arrière-garde ? demanda Linc.

— Tant qu'on n'a pas mis au point tous les détails du plan, je
ne le sais pas encore. Il faut partir du principe que dans un bâtiment comme celui-ci, il doit y avoir un concierge. Ce sera peut-
être grâce à lui qu'on pourra y pénétrer.

Juan leur avait dit qu'on pouvait l'interrompre à n'importe
quel moment, mais Eddie ne put s'empêcher de lever la main
pour demander la parole.

— Si elle est retenue au dernier étage, est-ce que ça ne serait
pas plus logique de passer par le toit ?

— D'abord, il est recouvert d'ardoises, répondit Eric. Et crois-
moi, la structure en dessous, c'est du solide. La poutraison doit
être massive.

— Sûrement du bois exotique, plus dur que l'acier, renchérit Mark Murphy. L'immeuble a été construit avant qu'on commence à utiliser les poutrelles métalliques donc il y a des failles dans la conception et la construction. Avec des explosifs, on risquerait de faire s'écrouler un mur extérieur.

— Je pense qu'il faut y aller en douceur et ne pas utiliser de marteau-pilon, dit Juan. N'oublions pas que l'Argentine est un Etat policier, et qu'il y aura donc des flics à tous les coins de rue. N'importe quel passant peut être un mouchard. Pas question de se faire remarquer.

— Il y a toujours les égouts, suggéra Linda. Si on opte pour cette solution, je me porte volontaire pour rester à bord du mini sous-marin.

— Quel sacrifice, ironisa Eddie.

— Oui, dit Linda, le visage impassible, je suis comme ça : je ferais n'importe quoi pour me rendre utile.

Pendant les deux heures suivantes, ils analysèrent et disséquèrent les différentes propositions. Tous les cinq avaient déjà préparé ensemble d'innombrables missions, mais se rallièrent à la suggestion initiale de Mark Murphy, celle que Juan avait comparée à un marteau-pilon. Les variables étaient trop nombreuses, comme par exemple le nombre d'hommes affectés à la garde de Tamara Wright, pour envisager des actions plus subtiles.

*
* *

Lorsque Juan y pénétra par l'écoutille, l'espace consacré au lancement bruissait d'activité. Les massives portes étanches étaient encore fermées et la moon pool vide, mais l'odeur de l'océan était déjà perceptible.

Les techniciens s'affairaient autour du mini Nomad 1 000. Le petit submersible ressemblait à la version miniaturisée d'un sous-marin nucléaire, sauf que sa proue était constituée d'un dôme en acrylique transparent capable de supporter la pression à plusieurs centaines de mètres de profondeur et que les bras articulés sous la coque le faisaient ressembler à quelque énorme monstre marin. La tourelle ne mesurait que soixante centimètres de haut et l'on y avait amarré un gros canot pneumatique noir. Le sous-marin ne devait pas plonger très profondément et le Zodiac était déjà gonflé. Quant aux équipements, ils seraient transférés dans le canot au moment de gagner le rivage.

L'équipe d'exfiltration se composait de Juan, Linc, Linda et Mark Murphy. Juan aurait bien emmené un cinquième tireur, mais il tenait à ce que cette équipe demeurât la plus réduite possible. Mike Trono piloterait le sous-marin et resterait à bord en attendant leur retour.

Kevin Nixon lui adressa un signe. Ancien prodige des effets spéciaux à Hollywood, il dirigeait à présent la « Boutique magique » de l'*Oregon*. Il était notamment chargé de tous les déguisements dont les groupes d'action pouvaient avoir besoin, ainsi que de leur procurer de faux papiers. Lui-même n'était pas un faussaire de génie, mais il en possédait deux dans son équipe.

— Ceux-là devraient passer sans problème, dit-il à Juan en lui tendant un dossier.

Juan feuilleta les papiers. Il y avait là des pièces d'identité argentines pour les quatre, ainsi que des permis de travail et des passeports. Tous ces documents semblaient authentiques et suffisamment usagés. Les billets de banque en liasses, eux, étaient véritables.

— Du travail d'orfèvre, comme d'habitude, dit Juan. Espérons qu'on n'aura pas à s'en servir.

— Les batteries sont chargées à bloc, les appareils de navigation et le sonar ont été vérifiés et les lignes de communication mises en place, annonça Mike lorsque Juan l'eut rejoint. Je regrette seulement de ne pas aller à terre avec vous.

— On ne sait pas dans quel état sera le Dr Wright, alors j'ai besoin de Linc au cas où il faudrait la transporter jusqu'au Zodiac.

— Je sais, mais enfin... bon... tu vois ce que je veux dire.

Juan lui posa la main sur l'épaule.

— Je comprends.

Max Hanley fit alors son apparition.

— La mer ne va pas se calmer, alors autant partir tout de suite.

— Tu es venu nous dire au revoir ? fit Juan, surpris.

— Non. Seulement m'assurer que tu vas bien la ramener. Je ne plaisantais pas à propos de mon rencard. Cette femme, c'est de la dynamite.

— L'avenir de ta vie amoureuse est entre de bonnes mains. Et pour la météo, tu ne plaisantais pas non plus ?

— Malheureusement non. Il va pleuvoir des cordes jusqu'à demain soir. Tu veux repousser ?

Lancer et récupérer un sous-marin constituaient déjà une opération délicate par temps calme, aussi Juan était tenté d'accepter. Pourtant, ils ne pouvaient se permettre le moindre retard.

— Non. Cette fois il faut y aller.

— Bonne chance, dit Max avant de tourner les talons pour rejoindre le centre d'opérations.

Juan n'était ni superstitieux ni fataliste, mais la remarque de Max le mit un peu mal à l'aise. Souhaiter bonne chance à quelqu'un qui va prendre des risques c'est lui porter la poisse. Il se ressaisit aussitôt.

— Allez, tous en selle !

Il fut le dernier à embarquer dans le Nomad, referma l'écoutille et la serra jusqu'à ce qu'un voyant vert dans la tourelle se mette à clignoter. Une seconde plus tard, un technicien sur sa console mit en route la lourde machinerie chargée de soulever le submersible de son bossoir, tandis que la *moon pool* se remplissait d'eau.

A l'intérieur du sous-marin, les lumières virèrent au rouge pour permettre à l'équipage de s'habituer à l'obscurité. Lorsque le bassin fut plein, des béliers hydrauliques ouvrirent les écoutilles.

On descendit lentement le sous-marin dans l'eau, et quand un technicien eut détaché les câbles qui le maintenaient en place, Mike mit immédiatement en route la propulsion et le petit engin s'éloigna du navire.

L'eau était d'un noir d'encre et à cette faible profondeur, ils éprouvaient durement la puissante houle de l'Atlantique Sud. Ce fut seulement lorsqu'ils eurent atteint les quinze mètres de profondeur que le Nomad cessa son ballet propre à donner la nausée.

— Tout le monde va bien, derrière ? lança Mike par-dessus son épaule après avoir pris la direction de l'ouest.

— Ils auraient dû mettre un écriteau pour dire que j'étais pas aux normes pour ce manège, dit Linda en se massant le coude qui avait heurté la paroi métallique.

Juan alla s'installer dans le siège du copilote, à côté de Mike.

— A quelle heure devrait-on arriver ?

— Attends une seconde, dit-il avant de pianoter sur l'ordinateur de bord qui lui renvoya la réponse instantanément. Si on ne tombe pas sur un garde-côte ou un navire de guerre, on devrait passer cinq heures dans cette boîte à sardines.

— Ils ne nous trouveront jamais dans cette purée, affirma Juan, puis, s'adressant aux autres : Cinq heures. On ferait mieux de piquer un petit roupillon.

— Mark, tu peux partager mon banc, dit Linc. Comme ça, on pourra flirter.

— Et puis quoi encore, colosse ? Tu prends toute la place.

La traversée se déroula sans encombre. Aucun navire ne pénétra ni ne sortit du port de Buenos Aires et ils ne croisèrent aucune patrouille maritime. Ils firent surface à un peu moins de deux kilomètres du rivage. La pluie tombait toujours à verse, mais la proximité de la côte avait calmé les vagues. A travers les trombes d'eau, on apercevait les lumières spectrales de Buenos Aires. Cette ville, qu'on surnommait le Paris de l'Amérique latine, avait des allures menaçantes au milieu de la tempête. Là-bas régnait la peur, là-bas l'Etat maîtrisait tous les aspects de la vie de ses citoyens. S'ils étaient capturés, ils seraient immanquablement mis à mort.

Ils placèrent le matériel dans des sacs étanches qu'ils déposèrent dans le Zodiac. De toute évidence, ils s'étaient trop chargés, mais il y a toujours des impondérables et ils devaient pouvoir face à toutes les situations.

Juan mit un casque sur ses oreilles.

— Vérification, une deux, une deux. Tu m'entends ?

— Cinq sur cinq, répondit Mike depuis le cockpit du sous-marin.

— Garde bien la boutique en notre absence.

— Entendu, président.

Juan attendit que les trois autres se soient installés dans le canot pneumatique pour larguer les amarres. Il jeta alors un coup d'œil à un gros paquet de matériel qu'ils avaient chargé en espérant ne pas avoir à s'en servir.

Le ronronnement du moteur électrique disparaissait dans les rugissements du vent et comme le Zodiac flottait assez bas, ils étaient pratiquement invisibles. Juan dut ensuite dévier leur trajectoire de quelques degrés en raison du courant du Rio de la Plata, le fleuve qui avait incité les colons espagnols à ériger la ville de Buenos Aires.

Quelques rares cargos occupaient le port industriel car peu de pays, désormais, entretenaient encore des relations commerciales avec l'Etat voyou. Les navires amarrés à quai battaient pavillon cubain, libyen, chinois ou vénézuélien. Juan n'en fut pas surpris.

En raison du mauvais temps, il n'y avait presque aucune activité sur le port. Les grosses grues étaient immobiles et les lumières des phares éteintes. Juan conduisit le canot jusqu'à un quai abandonné dont les piliers en béton, recouverts d'algues, dégageaient une puissante et déplaisante odeur d'iode. Pourtant, grâce au fleuve, l'eau du port était exempte de déchets.

Linc amarra l'embarcation tandis que Juan coupait le moteur.

— Salut, chéri, je suis rentré ! lança Mark.

Ils avaient tous revêtu un ensemble imperméable, mais Mark avait quand même l'air d'un chat mouillé.

Le visage fermé, Juan ne releva pas la plaisanterie.

— Bon, on connaît tous le plan. On s'y tient. On s'appellera quand on aura repéré les lieux.

— On sera prêts, répondit Linc.

Juan et Linda ôtèrent leurs uniformes. Sous son ensemble, Juan portait un complet à mille dollars qu'il recouvrit prestement d'un imperméable Burberry. Ses chaussures richelieu semblaient de la dernière élégance, mais c'étaient en réalité des chaussures de combat à semelles de gomme antidérapantes. Linda, elle, avait revêtu une courte robe de cocktail rouge très fendue, un imperméable noir et des bottes qui montaient presque jusqu'aux cuisses. Comme les chaussures de Juan, elles étaient conçues pour faciliter le mouvement et l'adhérence. Seule une autre femme aurait pu remarquer qu'elles n'étaient pas vraiment à la dernière mode : elles n'avaient pas de talons.

Juan escalada le premier l'échelle métallique, suivi de Linda qui lança aux deux hommes un regard qui signifiait : si vous regardez sous ma robe vous le regretterez. Arrivée en haut, elle tira de la poche de son imperméable un petit parapluie qu'elle ouvrit, mais Juan, beaucoup plus grand qu'elle, ne put en profiter et dut même plusieurs fois s'écarter pour ne pas prendre une baleine dans l'œil.

Il leur fallut un quart d'heure pour traverser le vaste port industriel et gagner le portail principal. Une lumière tremblante à l'intérieur du poste de contrôle indiquait que les gardiens regardaient la télévision. Juan et Linda franchirent la grille avec nonchalance et quelques minutes plus tard, ils hélèrent un taxi qui maraudait dans les rues désertes. Juan donna une adresse proche de l'immeuble du général Espinoza, car selon l'une des nouvelles lois édictées par la junte, les chauffeurs de taxi devaient prendre note des noms et adresses de leurs clients.

Avant de descendre de la voiture, Juan prit un journal abandonné par un client et s'en servit pour s'abriter de la pluie.

Dès que le taxi eut disparu au coin de la rue, ils parcoururent à pied les quelques dizaines de mètres les séparant de l'immeuble. Des boutiques de luxe occupaient le rez-de-chaussée de la plupart des bâtiments, hormis quelques restaurants qui fermaient leurs portes à cette heure tardive. Le long du trottoir désert, on ne remarquait que de grosses berlines allemandes.

La pluie tombait, oblique et argentée dans la lumière des appartements qui les surplombaient.

L'immeuble d'Espinoza, au coin de la rue, possédait des portes à tambour, toutes en vitres et en cuivre, que Juan et Linda poussèrent en riant comme un couple heureux de rentrer chez lui.

Juan s'immobilisa presque immédiatement et gloussa.

— Oups ! On s'est trompés d'immeuble !

Il sourit comme un type éméché et entraîna Linda au-dehors. Le portier eut à peine le temps de quitter son comptoir que le couple bien mis avait déjà disparu. En tout, ils avaient passé sept secondes et un dixième dans le hall de l'immeuble.

Plus que suffisant.

— Allez, raconte, dit Juan dès qu'ils furent sortis.

— Le portier porte un pistolet sous son aisselle, dit Linda. Une caméra couvre la porte d'entrée.

Juan s'immobilisa malgré la pluie.

— C'est tout ce que tu as vu ? demanda-t-il, à la fois moqueur et déçu.

— Quoi ? Qu'est-ce que tu as vu, toi ?

— Premièrement, le pistolet sous son aisselle est trop voyant. Son complet était coupé pour le mettre en évidence. Ce qu'on ne devait pas voir, et que tu n'as pas vu, c'est le pistolet à sa cheville. Les pattes d'éléphant de son pantalon n'y pouvaient rien : ça se voyait. Et un type qui a deux flingues sur lui a probablement un pistolet-mitrailleur sous son comptoir. De toute évidence, c'est un membre de la 9e Brigade et pas un simple portier. Bon, parle-moi des caméras.

— Des caméras ? s'écria Linda. On n'est restés à l'intérieur que deux secondes. Je te l'ai dit : je n'en ai vu qu'une et elle couvrait la porte d'entrée.

Juan n'avait aucune envie de lui faire la leçon, mais il fallait bien lui faire part de ce qu'il avait appris.

— D'abord on est restés dans le hall un tout petit peu plus de sept secondes. Ensuite, il faut que tu sois précise. Tu as vu un gardien et une caméra, c'est ça ?

— Oui, murmura-t-elle.

— Il y avait une deuxième caméra à l'intérieur, juste au-dessus de la porte à tambour. Celle-ci couvre l'ascenseur et le comptoir où le type est assis. Apparemment, elle vient à peine d'être installée. Les fils électriques sont visibles. Ma main à couper qu'elle date de l'arrivée du professeur Wright dans cet immeuble et qu'elle est commandée depuis le dernier étage.

— Comment as-tu fait pour la voir ?

— Grâce au miroir qui est à côté de l'ascenseur.

— Quand j'ai regardé le miroir, je n'ai vu que nous. Ou plutôt que moi.

— C'est très humain, répondit Juan. La première chose qu'on regarde dans un miroir ou sur une photo, c'est soi-même. Simple vanité.

— Alors qu'est-ce qu'on fait, maintenant ? On va voir la porte de service, derrière ?

— Non, il y aura aussi des caméras. On peut jouer une fois le couple qui s'est trompé d'immeuble, mais pas deux. S'ils nous revoient, ils appellent la police, ou bien ils nous arrêtent eux-mêmes.

— On suit donc l'idée de Mark ?

— Le marteau-pilon ? Oui.

Un peu plus loin, ils s'abritèrent de la pluie dans l'encoignure d'une porte. La rue était à ce point déserte qu'ils aperçurent la voiture de police avant d'avoir pu être eux-mêmes remarqués. Juan appela Linc par radio.

— On est sur place. Et vous, où en êtes-vous ?

— Mark est dans la rue et il a déjà piqué une voiture. Moi, j'ai trouvé ce dont on a besoin et j'attends ton feu vert.

— Vas-y. A ton avis, combien de temps pour arriver ici ?

— Si les flics du port ne m'emmerdent pas et qu'on n'est pas ralentis, on devrait être là d'ici une heure.

— A tout à l'heure, conclut-il en changeant de fréquence. Mike, tu m'entends ?

— Je me gèle au milieu des poissons.

— Rends-toi au point bêta.

— C'est parti !

Mike avait la voix un peu étranglée : il sentait que le président était tendu.

— Pourquoi changer la position du sous-marin ? demanda Linda.

— Je me dis qu'avec ce mauvais temps, il y aura beaucoup de policiers désœuvrés. Quand l'alarme sera donnée, on aura au train tous les flics de Buenos Aires.

Ce fut au tour de Linda de se raidir.

Ils se remirent en marche pour faire le tour du pâté d'immeubles, prenant soin de bouger seulement lorsqu'il n'y avait personne. Une fois, ils durent se dissimuler derrière des poubelles en voyant arriver une patrouille de police, mais trop occupé à tenter d'y voir malgré la pluie, le conducteur ne surveillait pas les trottoirs. Dans la rue, il n'y avait plus qu'un passant solitaire qui promenait son chien et ne fit même pas attention à eux.

Juan porta la main au Bluetooth à son oreille.

— Vas-y, Linc.

— Faut que tu saches que ça se passe en douceur. Je suis passé devant les gardiens à l'esbroufe, sans problème, même si mon espagnol est rouillé et que j'ai l'air aussi argentin qu'un rhinocéros. Suffit de dire aux gens que tu empruntes un truc pour le compte de la 9e Brigade et ils ne posent pas de questions.

— C'est ça qui est bien avec les Etats policiers. Personne ne cherche à en savoir trop.

— Mark est juste devant moi et on approche.

— On vous verra arriver.

Un quart d'heure plus tard, un étrange convoi fit son apparition au coin de la rue. Mark Murphy était en tête, au volant d'une improbable berline. Des gyrophares orange clignotaient sur le toit, comme pour annoncer le véhicule qui le suivait : une grue montée sur un véhicule portant le logo des autorités portuaires de Buenos Aires et conduit par Linc. Il n'y avait pas vraiment de cabine, mais une tourelle comme celle d'un char d'assaut montée sur un châssis. Quant aux roues, elles étaient deux fois plus grandes que celles d'une voiture. Le bras pliant, lui, était réduit au maximum, mais sortait tout de même de la grue comme un bélier.

Il fallait agir vite car un camion-grue dans un quartier résidentiel ne passe pas inaperçu. Juan ôta son manteau, son veston et jeta sa belle chemise blanche. La cravate à clip suivit le même chemin. Après tout, ce n'était qu'un déguisement. En dessous, il portait un tee-shirt noir à manches longues et deux étuis de pistolet vides. Il enfila une paire de gants noirs.

Avant même que Mark se soit arrêté, Linda se retrouvait à hauteur de la portière, côté conducteur. Elle éteignit les deux gyrophares à batteries et les retira du toit. Les ventouses qui les maintenaient émirent un obscène bruit de succion. Alors, Mark se rua vers la grue en même temps que le président, mais tandis qu'il gagnait la cabine, Juan bondit sur le gros crochet et grimpa en haut du bras articulé.

Linc lui tendit un pistolet-mitrailleur MP-5 ainsi que deux automatiques Five-seveN, que Juan avait choisis en raison du faible calibre de la munition, des balles de 5,7 mm capables de percer la plupart des gilets pare-balles à courte distance. En outre, le long silencieux adapté au bout du canon du MP-5 le rendait peu maniable.

Les mouvements de l'équipe semblaient chorégraphiés. Juan enfila les pistolets dans leurs étuis au moment où Mark s'installait dans la cabine et où Linda se glissait au volant de la berline.

Linc, maintenant assis à califourchon sur le bras articulé, serra les cuisses une seconde avant que Murphy n'actionne la pompe hydraulique pour le projeter vers le haut.

Tout se déroulait très vite.

Tel était le plan.

Le bras articulé se déploya vers le quatrième étage. Mark réduisit le bruit du moteur au minimum, sacrifiant la rapidité à la sécurité, mais Juan, lui, avait l'impression d'entendre le feulement d'un animal prêt à l'attaque. Soudain, une lumière s'alluma dans l'un des appartements : un habitant venait d'être réveillé par le bruit. Heureusement, les fenêtres d'Espinoza restaient sombres.

Mark projeta le crochet à travers la vitre, puis Linc et Juan se jetèrent à l'intérieur. Ils atterrirent, agiles comme des chats, et tous deux avaient leur arme à la main quand un homme en tenue de camouflage ouvrit la porte pour voir ce qui se passait. Les deux pistolets crachèrent en même temps et l'homme s'écroula.

Linc lui attacha les poignets avec des menottes serreflex. Ils avaient utilisé des balles en caoutchouc non létales mais capables de neutraliser un homme. L'effet était le même qu'un bon coup de batte de base-ball. Ils avaient songé à utiliser des cartouches tranquillisantes, mais même les drogues les plus puissantes mettent quelques précieuses secondes à agir.

Juan poussa du pied le pistolet de l'homme sous le lit à baldaquins. Ils devaient se trouver dans la chambre à coucher du maître de maison, pensa-t-il, quant à l'homme, il devait être chargé de surveiller l'écran relié à la caméra du hall. Le général était absent ce soir-là, et les Chinois qui procédaient aux interrogatoires ne devaient pas se trouver là non plus. Juan se dit qu'il ne devait pas y avoir plus de trois autres gardes.

Ils quittèrent la chambre et se retrouvèrent dans un couloir au plafond très haut et mouluré, dont le parquet d'acajou était recouvert d'un tapis d'orient. A quelques pas de là, une porte ouverte laissait échapper une lumière bleuâtre : certainement la pièce où les gardes surveillaient leurs écrans.

Une autre porte s'ouvrit. L'homme n'était vêtu que d'un caleçon et frottait ses yeux ensommeillés. Juan le frappa deux fois au front, ce qui le tiendrait assommé pendant des heures. Couvert pas Linc, il examina la pièce. Il y avait deux lits, mais un seul était défait. Il songea que la maîtresse de maison ne devait guère apprécier l'idée que des soldats dorment dans ses beaux draps de lin.

Il entrouvrit la porte suivante et découvrit une salle de bains avec une vaste baignoire aux allures de piscine. Il poussa le battant pour laisser entrer la lumière du couloir et compta trois rasoirs et trois brosses à dents dans un verre en cristal taillé.

N'en restait donc plus qu'un. La porte suivante s'ouvrit sur un placard de draps et de serviettes et celle d'après sur le bureau du général. Derrière l'énorme table, sur une étagère, on apercevait un jaguar empaillé. D'après sa taille, ce devait être une femelle qui n'avait pas encore atteint l'âge adulte. Juan se mit à détester plus encore le général Espinoza.

Une détonation éclata derrière lui dont l'écho retentit sous le haut plafond. Un deuxième coup de feu fit jaillir des éclats de moulure. Linc pivota derrière l'encadrement de la porte, Juan fit glisser le MP-5 dans son dos et tira l'un de ses automatiques. A la différence du pistolet-mitrailleur, celui-ci était chargé à balles réelles. Ses chaussures mouillées produisirent un bruit de succion, mais l'homme devait être provisoirement assourdi par les détonations.

Il s'accroupit et passa la tête dans l'entrebâillement de la porte, attirant un coup de feu qui se perdit loin au-dessus de sa tête mais qui révéla la position du tireur. Il se cachait derrière la porte au bout du couloir. Grâce à la lumière de la chambre, Juan distingua le pied de l'homme dans l'entrebâillement. Il posa son automatique sur le tapis et tira deux fois coup sur coup. Les douilles lui frôlèrent le visage.

Le hurlement retentit presque aussi fort que les détonations. Les balles avaient broyé les os délicats du pied. L'homme se mit à sauter à cloche-pied et Juan en profita pour tirer une nouvelle fois. La balle traversa le montant de la porte avant de venir s'enfoncer dans la chair. L'Argentin s'effondra sur le sol en gémissant. Linc s'avança rapidement, son arme braquée en direction de l'homme qu'on ne voyait toujours pas.

Il bondit dans la pièce et éloigna d'un coup de pied l'arme tombée sur le sol.

— On vous sort de là dans une seconde, madame, dit-il à Tamara Wright, ligotée et bâillonnée sur un lit.

Elle portait la même robe qu'à bord du *Natchez Belle*.

Juan arriva sur ces entrefaites et la panique qu'on lisait dans les yeux de Tamara Wright disparut. Il ôta son bâillon et le tendit à Linc qui s'en servit pour étouffer les cris de souffrance du soldat.

— Comment... qui êtes... ? bredouilla Tamara.

— Plus tard, lança Juan.

Linc avait apporté dans son sac à dos une paire de coupe-boulons qu'il brandit comme le ferait un samouraï avec son katana. Une légère pression lui suffit pour couper la chaîne reliant Tamara au montant du lit. Quant aux menottes elles-mêmes, ils les retireraient sur l'*Oregon*.

— Ils vous ont frappée ? demanda Juan.

— Euh, non. Pas vraiment. Ils m'ont seulement posé des questions sur...

— Plus tard, répéta-t-il.

Parvenir jusqu'à elle s'était révélé relativement simple, mais repartir tous et en bon ordre risquait d'être plus compliqué.

— Vous savez nager ?

Sidérée, elle le regarda sans répondre.

— Alors ? insista-t-il.

— Oui, pourquoi ? Ah, c'est vrai : plus tard.

Juan admira son sens de la repartie et comprit l'attirance que Max éprouvait pour elle. Tamara Wright était habitée d'une force intérieure que ces derniers jours de terreur n'avaient même pas pu entamer.

Il tapota son micro.

— Rapport de situation.

La voix de Linda résonna dans son oreillette.

— Dès qu'il a entendu les coups de feu, le portier a passé un appel téléphonique. On doit avoir une minute avant l'arrivée des flics.

Probablement moins, pensa Juan.

— On arrive.

— Mark est prêt.

Les trois Américains prirent la fuite par le même chemin. Linc passa Tamara au-dessus du verre brisé de la fenêtre et la déposa sur une plate-forme métallique entourant le câble de la grue. Même si cela leur servait de perchoir, c'était autrefois un obstacle qui empêchait les rats de grimper à bord des navires : éternelle bataille entre les rongeurs et les marins.

Lincoln grimpa directement à sa suite et la maintint serrée contre lui, à la fois pour la protéger et pour maintenir leur stabilité.

— Ne vous inquiétez pas. Oncle Franklin veille sur vous.

— Vous voulez sans doute dire le neveu Franklin.

Dès que Juan eut serré le câble de sa main gantée, Mark les fit descendre jusqu'au trottoir avec la douceur d'un ascenseur. Linda, elle, était garée à côté, toutes portières ouvertes. Les essuie-glaces balayaient furieusement le pare-brise.

Mark descendit d'un bond de la cabine, puis Linc et lui s'installèrent à l'arrière de chaque côté de Tamara Wright. Le plancher de la voiture était tellement encombré de matériel qu'ils avaient les genoux au menton. Linda, elle, s'était glissée sur le siège passager, laissant le volant à Juan. Au loin, des sirènes retentirent, mais Juan démarra en douceur comme s'il ne s'était rien passé.

Le plus dur est peut-être passé, pensait-il sans oser le dire à voix haute.

Le destin, cependant, l'entendit.

Une grosse voiture noire se rua au carrefour et pila à quelques centimètres de leur pare-chocs, forçant Juan à écraser la pédale de frein. Un homme chauve, de haute taille et vêtu d'un uniforme de cérémonie, jaillit de l'arrière de la Cadillac. Il tenait un pistolet à la main et ouvrit le feu immédiatement.

Les occupants de la berline n'eurent que le temps de se baisser avant que les balles ne traversent le pare-brise. Juan enclencha la marche arrière, ajusta le rétroviseur, mais au même instant une balle effleura si près son poignet qu'il sentit la chaleur sur sa peau.

Ils reculèrent d'une quinzaine de mètres, puis Juan tira le frein à main, tourna le volant et dérapa avec la maestria d'un cascadeur hollywoodien.

Il passa en première et enfonça l'accélérateur. Une nouvelle balle fit exploser l'un des rétroviseurs extérieurs.

— Tout le monde va bien ? lança-t-il sans quitter la route des yeux tant la pluie tombait à verse.

— Oui, ça va, répondit Mark. Qui était-ce ?

— Le général Philippe Espinoza, dont nous venons d'attaquer la maison. Il devait revenir de sa réception quand le gardien a appelé.

— C'était l'homme qui m'interrogeait, leur dit Tamara. Lui et un terrifiant Chinois du nom de Sun. A son accent, j'ai compris qu'il était de Pékin et je suis sûre qu'il faisait partie des services de sécurité.

— Ici, en Argentine, il doit certainement avoir un passeport diplomatique.

Comme les sirènes se rapprochaient, Juan ralentit. La seule façon de s'en sortir était de ne pas attirer l'attention, avec l'espoir de semer Espinoza qui devait déjà s'être lancé à leur poursuite.

— Mark, ton sac à malices est prêt ?

— Tu n'as qu'un mot à dire.

Juan songea alors à la chaîne de commandement. Espinoza connaissait forcément quelqu'un dans la police, un capitaine ou un commissaire. D'ici un quart d'heure, le général appellerait son ami qui à son tour appellerait un subordonné, et ainsi de suite jusqu'à ce que la description de leur voiture soit communiquée aux véhicules de patrouille. S'ils pouvaient échapper à Espinoza et réussir à ne pas attirer l'attention sur eux, ils auraient traversé la moitié de la ville avant que l'avis de recherche soit lancé.

Dans le rétroviseur, il aperçut alors la voiture apparaître au coin d'une rue. Juan conduisait une Mitsubishi surchargée et il savait bien que jamais il ne parviendrait à distancer une grosse américaine à huit cylindres, même blindée, ce qui était probablement le cas.

Il tourna deux fois et ralentit en croisant une voiture de police au gyrophare tournoyant, suivie d'une voiture banalisée.

Sa confiance disparut tout à fait lorsqu'il vit les deux véhicules freiner brutalement. Les deux voitures manœuvrèrent un demi-tour, bloquant celle d'Espinoza. Visiblement, le général avait un contact moins haut placé dans la chaîne alimentaire. Il aurait dû se douter qu'un type comme Espinoza connaissait le commissaire de son quartier.

D'ici quelques secondes, les trois voitures se lanceraient à leur poursuite et tous les véhicules de patrouille de Buenos Airies auraient la description de leur petite Mitsubishi. Sur un point au moins, Juan ne s'était pas trompé : faire sortir Tamara de l'appartement représentait la partie la plus facile du travail.

Ils s'engagèrent dans une rue étroite et Juan lança à Mark :

— Vas-y !

Par la vitre qu'il avait déjà baissée, Mark s'empressa de jeter un chapelet de grenades fumigènes. Conçues par la Corporation, ces grenades hyper-réactives produisaient une fumée plus épaisse que celles utilisées par l'armée américaine. Après la troisième explosion, Juan ne voyait plus dans son rétroviseur qu'un épais nuage masquant la lumière des lampadaires ainsi que celle provenant des premier et deuxième étages des immeubles.

— Ça suffit, lança Juan avant d'exécuter une série de virages au hasard.

— Simple curiosité, dit alors Linc, est-ce que quelqu'un sait où on est ?

— Linda ? fit Juan.

Elle étudiait avec attention l'écran de son GPS.

— Oui, je vois très bien où on est. On se dirige vers le port, mais devant nous, les rues forment un véritable labyrinthe. Il faudra prendre à gauche pour trouver une grande avenue.

La Cadillac émergea d'une rue transversale et dérapa avec une telle brutalité qu'un enjoliveur partit tournoyer sur le trottoir comme un frisbee. Le chauffeur connaissait son quartier mieux encore que la police et il avait anticipé les manœuvres de Juan.

Un homme penché à la vitre ouvrit le feu avec un gros pistolet. Linc riposta aussitôt par une rafale de pistolet-mitrailleur. Les balles en caoutchouc ne pouvaient rien contre la Cadillac, mais elles produisirent un indéniable effet psychologique : le chauffeur freina brutalement et braqua le volant. Ils éraflèrent une rangée de voitures en stationnement, déclenchant une réaction en chaîne de sirènes d'alarme et de feux de détresse.

Linc laissa tomber son H&K et tira son Beretta de son étui. Si leur voiture était blindée, ses balles n'auraient guère plus d'effet que les projectiles enrobés de caoutchouc, mais c'était mieux que rien.

— Encore de la fumée ? suggéra Mark.

Mais l'avenue était trop large pour utiliser les grenades fumigènes, et, sans répondre, Juan jeta un coup d'œil au rétroviseur. La Cadillac les avait repris en chasse, suivie par la voiture de patrouille. Des dizaines d'autres devaient être en train de foncer vers eux dans les rues élégantes du quartier de la Recoleta. Il fallait se débarrasser de cette voiture et en trouver une autre.

Il avisa alors un chantier sur leur gauche. La rue avait été creusée par de grosses excavatrices jaunes et un échafaudage partait à l'assaut d'un immeuble à colonnade. Puis, en y regardant de plus près, Juan s'aperçut qu'il s'agissait d'un large portail, donnant sans doute accès à un parking. Il enfonça l'accélérateur.

— Accrochez-vous !

Ils traversèrent l'échafaudage, rebondirent sur une marche basse et heurtèrent le portail. Juan s'attendait à un impact terrible, mais le portail était en réparation et n'avait pas encore été fixé par les ouvriers. La chaîne reliant les deux battants métalliques résista mais ces derniers s'abattirent sur le sol, ouvrant la voie à la Mitsubishi. La collision n'avait même pas déclenché la sortie des airbags.

Juan comprit aussitôt son erreur. Ils ne se trouvaient pas sur un parking. Autour d'eux s'élevaient des milliers de magnifiques bâtiments lilliputiens, à l'échelle d'environ un cinquième. Ces bâtiments ornés de colonnes de marbre, de statues en bronze, d'œuvres religieuses et coiffés de toits pentus ressemblaient aux immeubles qu'ils avaient vus au cours de la soirée.

Ce n'était pas un parking mais un cimetière et il ne s'agissait pas de bâtiments miniatures mais de mausolées.

Après le cimetière national d'Arlington à Washington et le Père-Lachaise à Paris, le cimetière de la Recoleta était peut-être l'un des plus célèbres du monde. Les citoyens argentins les plus riches et les plus célèbres, dont Eva Peron, reposaient dans de somptueux tombeaux et dès son ouverture, il avait d'ailleurs accueilli de nombreux touristes.

Juan les avait menés dans une impasse.

21

IL NE LEUR RESTAIT PLUS qu'à tenter de tirer parti de son erreur.
— Mark, balance la fumée ! Tout ce que tu as !
Tandis que Mark jetait des grenades dans leur sillage, Juan s'engagea sur l'une des allées les plus larges du cimetière. Le chemin pavé se révéla redoutable pour les suspensions déjà fortement sollicitées, et il était en outre tellement étroit qu'un minuscule écart de trajectoire leur coûta le dernier rétroviseur extérieur.

Ils n'avaient franchi qu'une quinzaine de mètres lorsque l'allée se rétrécit plus encore en raison de la présence d'un énorme mausolée en marbre. Impossible de faire demi-tour. Juan jeta un coup d'œil par-dessus son épaule. Une autre allée débouchait sur celle-ci, en diagonale. Il la rejoignit en marche arrière, non sans érafler les portières sur la statue d'un quelconque homme politique. Seul signe encourageant, la pluie avait un peu diminué d'intensité, bien que pour le moment la visibilité restait limitée, notamment à cause de la fumée qui dérivait de façon inquiétante entre les tombes. En outre, ni la Cadillac ni la voiture de police ne pouvaient les suivre parmi ces allées étroites.

Juan se dit alors qu'ils mettraient forcément pied à terre pour leur donner la chasse. Seul le sang pouvait apaiser la rage qu'il avait lue sur le visage d'Espinoza.

La voiture arracha alors un buste en marbre sur une tombe et la tête roula sur le pavé comme une boule de bowling. Il fallut toute l'habileté de Juan pour qu'ils ne terminent pas leur course dans le tombeau de l'autre côté.

A l'embranchement suivant, il opta pour une allée qui lui semblait plus large mais qui se rétrécit presque aussitôt en raison d'un mausolée qui ressemblait à une véritable église. Il recula pour prendre un autre chemin. Avec une visibilité aussi réduite, il était presque impossible de conserver une trajectoire rectiligne et, une fois encore, ils éraflèrent un monument. Juan s'excusa silencieusement auprès du défunt et poursuivit sa route.

Il avisa alors une large allée sur sa gauche, mais pour y accéder il dut s'y prendre à plusieurs fois, non sans y laisser quelques morceaux de marbre et de métal. S'ils s'en sortaient, Juan se promit que la Corporation ferait un don anonyme aux administrateurs du cimetière.

Un chat bondit tout à coup dans la lueur de l'unique phare de la voiture (l'endroit était connu pour en abriter une multitude). Juan écrasa la pédale de frein et le félin lui lança un regard méprisant avant de disparaître.

Soudain, tout s'illumina de blanc autour d'eux et il fallut à Juan une seconde pour s'y accommoder. Un hélicoptère braquait sur eux le faisceau d'un puissant projecteur. Une voix retentit dans un haut-parleur.

Juan n'eut pas besoin de traduire pour les autres. Un ordre lancé par un hélicoptère de la police possède une valeur quasiment universelle.

— Linc, occupe-toi de lui, tu veux ?

Franklin baissa sa vitre et braqua son pistolet-mitrailleur vers le ciel. Il n'avait pas la place de se pencher au-dehors et il se contenta de tirer sans pouvoir viser.

La vue des langues de flammes jaillissant de la voiture suffit à faire comprendre au pilote de l'hélicoptère qu'il valait mieux prendre de l'altitude. Le faisceau du projecteur disparut pendant un moment avant de réapparaître.

L'allée serpentait entre les tombes mais en dépit de multiples accrochages, Juan parvint à rouler sans s'arrêter.

Le pilote de l'hélicoptère devait à coup sûr indiquer leur position à la voiture de patrouille. Scrutant l'obscurité, Juan conduisait toutefois à vive allure et si un tireur surgissait sur le côté, il n'aurait même pas le temps de les viser.

Puis, à leur grand soulagement, ils se retrouvèrent sur une allée plus large qui longeait le mur extérieur du cimetière. Après avoir négocié tant de virages serrés au milieu des tombes, Juan avait l'impression de rouler sur une autoroute.

Dans le cadre des travaux de rénovation, une partie du mur avait été abattue et l'ouverture, bouchée par une barrière en contreplaqué montée sur des pieux en bois. L'angle ne permettait pas de l'enfoncer à grande vitesse, mais Juan accéléra quand même.

— Tenez-vous ! lança-t-il pour la deuxième fois en cinq minutes.

La voiture heurta la barrière avec son pare-chocs mais ne parvint pas à l'enfoncer. Les roues patinèrent furieusement sur les pavés jusqu'à ce que la petite Mitsubishi franchisse enfin l'obstacle et se retrouve sur un trottoir désert, avant même que Juan ait pu enclencher la transmission intégrale.

Ils avaient réussi à quitter le cimetière, mais pas à échapper à l'hélicoptère.

— Linda, amène-nous au port.

Ses doigts couraient sur l'écran du GPS.

— C'est bon, tourne à gauche au prochain carrefour, puis à droite. Attention, le virage sera sec.

Juan obtempéra, mais en dépit de leurs changements de trajectoire, ils roulaient toujours dans le halo blanc projeté par l'hélicoptère. Soudain, il aperçut deux voitures de police dans son rétroviseur. Elles filaient à toute allure et les gyrophares tournoyaient dans un chant de sirènes particulièrement effrayant. Impossible de les distancer.

Linc fit voler en éclats la vitre arrière avec la crosse de son H&K et lâcha une rafale de balles en caoutchouc. Les flics ne ralentirent même pas. Soit ils avaient compris, suite aux précédentes fusillades, que les projectiles étaient inoffensifs, soit ils s'en moquaient.

La première voiture se rapprocha et tenta de dévier leur trajectoire en heurtant leur pare-chocs. Juan déjoua la manœuvre, tandis que Linc abandonnait son H&K au profit de son pistolet et tirait deux balles dans la vitre du côté passager. Mais la voiture n'était occupée que par le conducteur, qui, pris de peur, ralentit pour se tenir à une distance plus respectueuse.

Juan commençait à reconnaître les lieux. Ils se rapprochaient des quais.

— Mark, montre à Tamara comment utiliser la bouteille de plongée.

— C'est ce que je suis en train de faire.

Juan tapota sa radio.

— Mike, tu es en position ?

— Le maître d'hôtel vous attend !

— Ça va être chaud !

Le ton du président lui ôta l'envie de plaisanter.

— Je suis prêt.

Des coups de feu éclatèrent derrière eux. Penché par la vitre, le passager de la deuxième voiture vidait sur eux le contenu de son chargeur. Une balle traversa le coffre puis le siège arrière dans un nuage de mousse. Tamara se mit à trembler. Linc et Mark échangèrent un regard et Linc se retourna pour riposter.

— La prochaine à droite, hurla Linda pour couvrir le vent qui rugissait par les vitres cassées. On arrive au quai.

Juan tourna si vite qu'il heurta la guérite des gardiens dont la vitre vola en éclats. Croyant être attaqués, les hommes à l'intérieur se jetèrent au sol.

— Baissez toutes les vitres, ordonna Juan en slalomant entre les conteneurs.

La dernière balle avait endommagé un organe vital de la voiture, qui montait et descendait sur ses suspensions comme un chameau en pleine course. Endommagé par la collision et la conduite frénétique de Juan, l'essieu arrière cassa brutalement.

Les deux morceaux projetés sur la chaussée crachaient des gerbes d'étincelles chaque fois qu'ils rebondissaient sur le béton ou sur les rails destinés aux grosses grues de déchargement. Pourtant, la traction avant permit à la voiture de poursuivre sa route.

Juan tapota affectueusement le tableau de bord.

— Je ne dénigrerai plus jamais les voitures japonaises.

Sur le quai de presque trois cents mètres de longueur, un toit de tôle ondulée posé sur une structure métallique ouverte couvrait la moitié. Juan s'y engagea et ne jeta même pas un regard à Linda lorsque celle-ci lui tendit un embout relié par un tuyau à une sorte de petite bonbonne. Il serra l'embout entre ses dents.

Le pied au plancher, il menait la voiture vers l'extrémité du quai. Inutile de lancer un avertissement : tout le monde voyait ce qui les attendait.

Entraînée par le poids du moteur, la voiture piqua du nez et atteignit l'eau dans une gerbe d'écume. Comme toutes les vitres étaient baissées ou brisées, elle se remplit rapidement d'eau glacée.

— Attendez, lança Juan.

Il ne sortit par la vitre que lorsque le toit de la voiture eut disparu sous l'eau, pour ouvrir la portière côté passager et aider Tamara à sortir à son tour. Il faisait trop sombre pour y voir quelque chose mais il lui prit la main et elle répondit à son étreinte. Des bulles montaient le long du visage de Tamara et sa respiration était un peu précipitée, tout comme celle de Juan qui ne put s'empêcher d'admirer la jeune femme.

La petite bouteille ne contenait que quelques minutes d'oxygène et Juan se dépêcha de conduire la petite troupe en dessous du quai, là où brillait un petit point lumineux. C'était une lampe-stylo attachée à une paire de bouteilles, elles-mêmes reliées à de multiples régulateurs et fixées au sous-marin Nomad 1 000. Si les choses s'étaient passées en douceur, ils auraient rejoint le minisubmersible, à quelques miles marins de là, grâce au Zodiac. Mais Juan, prévoyant, avait ordonné à Mike de rallier le point Bêta, sous le quai où ils avaient amarré le canot gonflable.

Dès que le groupe de nageurs eut rejoint le sous-marin, Juan plaça l'un des régulateurs dans la main de Tamara et lui fit signe d'abandonner la petite bouteille. Vu son aisance dans l'eau, il se dit qu'elle possédait déjà une expérience de la plongée. Ensuite, il fit signe à Linda de pénétrer dans le Nomad avec elle.

En attendant son tour, Juan apercevait des faisceaux de lampes torches jouant à la surface de l'eau, là où des bulles d'air signalaient l'immersion de la Mitsubishi. Combien de temps avant qu'ils envoient des plongeurs ? se demanda-t-il. Mais de toute façon, à ce moment-là ils seraient déjà loin.

Dix minutes plus tard, Juan pénétra à son tour dans le petit submersible qui commençait de dériver déjà dans le courant. Tamara, Linda, Mike et Linc étaient alignés sur des bancs, enveloppés de couvertures. Tamara et Linda avaient en outre enroulé leurs cheveux dans une serviette.

— Désolé, dit Juan à Tamara. Nous aurions préféré que ça se passe plus tranquillement. Manque de chance, le général est arrivé au mauvais moment.

— Monsieur Cabrillo…

— Appelez-moi Juan, je vous en prie.

— Très bien, Juan. De toute façon, du moment que vous me tiriez des griffes de ces…, hésita-t-elle, avant de proférer un trop gros mot, …monstres, j'aurais accepté de courir sur des charbons ardents.

— Ils vous ont brutalisée ?

— J'étais en train de dire à Linda que je ne leur en ai pas donné l'occasion. J'ai répondu à toutes leurs questions. Quel intérêt y aurait-il à dissimuler des informations sur un bateau vieux de cinq cents ans ?

Juan s'assombrit.

— Vous ne le saviez peut-être pas, mais l'Argentine a annexé la péninsule Antarctique, et bénéficie de l'appui de la Chine. S'ils arrivent à découvrir cette épave, cela apportera plus de force à leurs revendications territoriales. Ils tentent aussi de s'emparer du pétrole et j'imagine que s'ils prennent autant de risques, c'est que les réserves doivent être importantes. Quand la production aura commencé, ils pourront utiliser ces revenus pour acheter des votes à l'Onu. Ça prendra un peu de temps, mais je parie que d'ici quelques années leur mainmise sur la péninsule sera avalisée.

— Je ne leur ai pas dit où le bateau avait coulé parce que je ne le sais pas. Et ils m'ont crue.

— Il y a d'autres façons de le découvrir. Je vous assure qu'en ce moment même, ils poursuivent leurs recherches.

— Et maintenant, qu'est-ce qu'on fait ?

La question avait été posée presque machinalement, comme lorsque l'on se trouve dans une impasse. Mais pour Juan, elle était chargée de sens. Effectivement : qu'allaient-ils faire ? La question le taraudait depuis qu'Overholt lui avait dit que la Maison Blanche refusait de s'impliquer. Ce n'était pas leur combat. Comme l'aurait dit Max : « Ça leur faisait une belle jambe. »

Mais Juan possédait un sens aigu du bien et du mal. Nul désir d'aider à tout prix : il était plutôt mû par son sens moral, une volonté de ne jamais céder à la compromission, et ce code d'éthique lui disait qu'il fallait s'engager, amener l'*Oregon* dans ces eaux glaciales et récupérer ce qui avait été volé.

Comme Tamara Wright, le reste de l'équipage avait les yeux rivés sur lui, dans l'expectative, comme pour demander : « Et alors ? »

— Je crois que nous allons faire en sorte qu'ils ne retrouvent pas ce bateau.

22

BIENVENUE AU CRYSTAL PALACE, major. Je me présente : je suis Luis Laretta, le directeur.

Jorge Espinoza descendit de la rampe arrière du gros Hercules C-130 et saisit la main gantée. Laretta était si bien emmitouflé qu'on ne pouvait distinguer ni sa stature ni les traits de son visage.

Espinoza avait commis l'erreur de ne pas chausser ses lunettes avant de sortir dans l'air glacial et il avait l'impression que ses globes oculaires allaient se solidifier. La douleur lui rappelait ses pires migraines, aussi baissa-t-il aussitôt les lunettes sur son visage. Derrière lui, ses hommes se tenaient au garde-à-vous, en tenues de combat prévues pour le grand froid.

Le vol depuis l'Argentine avait été monotone, comme la plupart des vols opérationnels, et à part l'atterrissage à skis sur une piste de glace, il n'y eut guère de différence avec les précédents.

Ils constituaient un détachement spécial dépêché sur place après l'annonce de l'annexion. Si les Etats-Unis ou une autre puissance cherchaient à expulser les Argentins de l'Antarctique, ils ne tarderaient pas à parachuter leurs commandos. Pour surveiller le passage entre la péninsule et la pointe extrême du continent sud-américain, les Argentins utilisaient un sous-marin chinois de type Kilo, acheté récemment à la Russie, même si seule une attaque aérienne était envisageable.

Pour y faire face, l'Argentine avait donc envoyé, à bord de deux avions de transport, une centaine d'hommes de la 9e Brigade sous les ordres du major Espinoza.

Le raisonnement était simple. Lorsque les Argentins avaient envahi les Malouines, que les Britanniques appelaient Falklands, ces derniers avaient annoncé leur intention de récupérer le territoire grâce à une flotte qui devait mettre des semaines à arriver sur place. Cette fois-ci, d'après le haut commandement argentin, il n'y aurait pas d'avertissement. La reconquête serait l'œuvre de forces spéciales agissant de façon éclair. Mais si cette attaque échouait face à des commandos tout aussi entraînés, cette première tentative serait vraisemblablement la dernière.

— Il faut vraiment aimer l'armée, dit le lieutenant Jimenez qui marchait à grands pas aux côtés d'Espinoza. Il y a quelques jours, on suait à grosses gouttes dans la jungle et aujourd'hui, on se gèle comme des pingouins.

— Je ne sais rien faire d'autre, répondit Espinoza pour reprendre un vieux slogan de l'armée américaine sur le ton de la plaisanterie.

Jimenez ordonna à un sergent de veiller à l'installation des hommes tandis que le major Espinoza et lui visitaient les lieux en compagnie de Laretta.

Ils avaient profité d'un bref rayon de soleil à l'horizon pour atterrir. Il ne s'agissait que d'une vague lueur crépusculaire, mais cela valait mieux que l'obscurité totale. Les ombres qu'ils jetaient sur la glace et sur la neige semblaient moins des silhouettes que de vagues contours indistincts.

— Combien d'hommes y a-t-il ici ? demanda Espinoza.

Ils se dirigeaient vers une auto-neige dont le moteur tournait déjà, garé en bordure de piste. Leurs bagages, eux, seraient transportés en traîneaux.

— Pour l'instant, seulement quatre cents. Quand on débutera vraiment la production, il y en aura plus d'un millier.

— Impressionnant. Et dire que personne ne s'est rendu compte de rien !

— La construction se poursuit depuis deux ans, dans les pires conditions, et rien n'a filtré de ce que nous étions en train de réaliser.

On sentait la fierté dans la voix de Laretta, qui dirigeait l'opération depuis le début.

— Et pendant tout ce temps, nous n'avons perdu que deux hommes, tous deux suite à d'inévitables accidents sur ce genre de chantier. Mais à cause du froid, jamais.

Dès qu'ils furent installés dans le gros engin à chenilles, Laretta baissa ses lunettes et rejeta en arrière la capuche de sa parka, révélant une épaisse chevelure argentée et une grosse barbe qui lui descendait sur la poitrine. Après tant de mois passés dans un univers sans soleil, il avait la peau très blanche, et de profondes rides autour de ses yeux sombres lui donnaient un air rude.

— Bien sûr, le problème ici c'est l'énergie, et comme nous avons creusé dès le début un puits pour le gaz naturel, nous avons bénéficié d'un approvisionnement régulier. Très tôt, l'Autorité de l'Antarctique nous a demandé à quoi servait notre navire. Nous leur avons dit que c'était pour prélever des carottes de glace et ils ne nous ont plus ennuyés ensuite, dit-il avec un petit rire. Ils n'ont même pas songé à demander pourquoi il n'avait pas bougé en deux ans.

Il ne leur fallut que quelques minutes pour atteindre la base et presque autant pour que les deux hommes prennent la mesure de ce que leurs compatriotes avaient accompli. Tout cela était camouflé avec tant d'habileté que l'observateur le plus sourcilleux n'aurait rien décelé à moins de se trouver juste devant. Seul le bateau de guerre argentin gris, ancré au milieu de la baie, détonnait dans le paysage. Une vague lueur brillait sur la passerelle, mais le reste était plongé dans l'obscurité.

— Sous les trois collines, en bordure de la baie, il y a des réservoirs de pétrole qui peuvent contenir suffisamment de carburant pour alimenter toutes les voitures d'Argentine pendant une semaine.

— Comment se fait-il que la baie ne soit pas prise dans les glaces alors que nous sommes au début de l'été ? demanda Espinoza.

— Ah, mon cher major, c'est là ma joie et ma fierté. En fait, une partie de la baie ne gèle jamais. Comme elle est peu profonde nous y injectons, grâce à une série de tuyaux posés au fond, de l'air brûlant qui s'échappe ensuite par des millions de trous minuscules. Les bulles non seulement réchauffent l'eau mais, en crevant à la surface, elles empêchent la formation d'une couche de glace. Vous ne pouvez pas le voir parce qu'il fait trop sombre. Pourtant l'entrée de la baie est tellement étroite qu'elle nous permet de souffler un rideau continu d'air chaud pour empêcher son eau de se mélanger à celle de la mer de Bellinghausen.

— Incroyable ! fit Espinoza.

— Comme je l'ai dit, avec un approvisionnement illimité en énergie, ici tout est possible. Vous avez vu où les bâtiments sont installés. On dirait de la glace, n'est-ce pas ? Eh bien ça n'en est pas. Tout le complexe repose sur une dalle en composite poly- mère qui possède le même spectre de réfraction que la glace, de sorte que vue de satellite, la plage semble gelée. Il s'agit d'un produit pétrochimique que nous fabriquons ici. Après avoir construit puis fait démarrer l'usine de gaz naturel, cela a été notre priorité. Tous les bâtiments sont fabriqués avec le même maté- riau, sauf la grande tente de forme géométrique qui abrite nos véhicules. Elle est en Kevlar tissé, ce qui lui permet de résister aux vents.

— J'ai l'impression d'être face à une sorte de base lunaire, dit Jimenez.

Laretta acquiesça.

— C'est tout à fait ça. Nous avons créé un environnement de travail dans l'endroit le plus inhospitalier de la planète.

— Parlez-moi des défenses, demanda Espinoza.

— J'ai une équipe de huit hommes. Enfin, sept. L'un a été tué dans un accident de moto-neige. Tous sont d'anciens policiers. Ils patrouillent autour du camp, calment les bagarres qui éclatent parfois chez les ouvriers... ce genre de choses. Et puis il y a l'*Almirante Guillermo Brown*, ancré dans la baie. Il est équipé de missiles mer-mer et mer-air ainsi que de deux canons de 20 mm. Nous avons aussi quatre batteries de missiles antiaériens installées à demeure sur le rivage, dont le capitaine du *Brown* est également responsable. Et maintenant il y a vous. Pour le reste je ne sais pas au juste si...

— Nous prenons nos ordres directement à Buenos Aires. Le capitaine le sait.

— Excusez-moi, fit Laretta, je ne connais pas grand-chose à la chaîne de commandement militaire. Quand j'étais enfant et que les autres garçons jouaient aux soldats, moi je restais dans ma chambre à lire des histoires sur les exploits techniques des Romains.

Mais Espinoza ne l'écoutait pas. Il songeait à la cible parfaite que constituait le gros croiseur au milieu de la baie. S'il dirigeait les forces adverses, la première chose qu'il ferait une fois que ses forces spéciales auraient engagé le combat, ce serait de faire tirer un missile de croisière depuis un sous-marin. Ensuite il détruirait les batteries antiaériennes du rivage grâce à des missiles tirés depuis un avion et guidés par les ondes radar. Pas un appareil venu d'un porte-avions, ce qui reviendrait à téléphoner leurs intentions. Non, il ferait décoller l'avion de la base de McMurdo, avec ravitaillement en vol. Ensuite, au besoin, les commandos pourraient recevoir le renfort de troupes amenées par des gros porteurs C-130, comme celui à bord duquel lui-même était arrivé.

Il fallait discuter de tout cela avec son père et ensuite avec le capitaine du *Brown*. Dès le début des combats, il faudrait éloigner le navire et ne brancher les radars des batteries que de façon intermittente.

Mais tout cela seulement dans le cas d'une réaction militaire des puissances occidentales à l'annexion, ce qui n'était qu'une éventualité. C'était d'ailleurs là, de son point de vue, toute l'habileté de leur manœuvre. Comme ils bénéficiaient du soutien de la Chine, il y avait peu de risques qu'un pays ou une coalition envoient une force militaire pour les déloger. En fin de compte, l'Argentine se serait emparée d'une des plus grosses réserves de pétrole de la planète comme on dérobe un bonbon à un enfant. La double menace d'un sous-marin de la classe Kilo et d'un désastre écologique en cas d'attaque constituait une garantie sérieuse pour leur entreprise.

Espinoza se sentait partagé. D'un côté, il avait envie de voir surgir l'ennemi, il voulait que ses hommes et lui se mesurent à la meilleure armée du monde. D'un autre côté, il souhaitait que l'audacieuse stratégie adoptée par son pays réussisse à intimider l'Occident. Tandis que le dénommé Laretta discourait sans fin sur ses installations, il se disait tout de même qu'une telle hésitation n'était pas de mise. En tant que guerrier, il ne pouvait que souhaiter l'envoi contre lui des meilleures troupes américaines. Il ne voulait pas seulement les repousser, mais les humilier. Rougir la glace de leur sang.

— Dites-moi, Luis, dit-il en interrompant le flot de paroles du directeur, est-ce que nos hôtes sont arrivés ?

— Vous voulez parler des scientifiques étrangers des autres bases ? Oui, ils sont sous la garde de ma petite équipe de sécurité, dans un atelier de maintenance.

— Non. Je voulais dire nos amis chinois.

— Ah, eux. Oui, ils sont arrivés hier, avec tout leur équipement. Je leur ai confié un navire de travail et ils l'ont déjà préparé. Est-il vrai qu'un vieux vaisseau chinois a coulé dans les parages ?

— Si cela se confirme, répondit Espinoza, alors nous pourrons écarter tout risque de représailles. L'Histoire elle-même légitimera nos revendications sur la péninsule. J'aimerais bien les rencontrer.

— Certainement.

Lorsqu'ils eurent rejoint la base à bord de leur véhicule, Espinoza se montra impressionné par l'activité qui régnait dans les lieux. Des gens vêtus de tenues polaires travaillaient à des bâtiments de formes improbables au milieu d'un ballet de motoneiges dont certaines transportaient du matériel de forage. Aux endroits où la neige avait été balayée, on apercevait les tapis de glace synthétique assemblés comme les pistes d'atterrissage qu'il avait vues dans la jungle.

Plusieurs bateaux de travail à coque métallique étaient amarrés le long d'un quai suffisamment grand pour accueillir l'*Almirante Brown*. Ils mesuraient tous environ douze mètres, et présentaient un large espace ouvert à la poupe et un poste de pilotage massif à la proue. Ils étaient peints en blanc, mais certaines parties dévolues au transport laissaient voir leur structure de bois. Des bateaux semblables, on en voyait sur tous les sites de forage, dans le monde entier.

Laretta se gara le long d'un de ces bateaux. Des hommes emmitouflés pour lutter contre le froid travaillaient sur une sorte de torpille installée dans un bossoir en forme de A. Lorsqu'Espinoza et ses deux compagnons s'approchèrent, aucun ne leva la tête de son ouvrage. Finalement, l'un d'eux remarqua que le bateau avait bougé sous leur poids. Il quitta le groupe pour venir à leur rencontre.

— *Señor* Laretta, que nous vaut le plaisir de votre visite ?

L'homme était recouvert de plusieurs couches de vêtements et, d'une voix assourdie par les écharpes enroulées autour de son visage, il parlait anglais avec un accent.

— Fong, je vous présente le major Espinoza. Il dirige les renforts qui nous ont été envoyés. Major, je vous présente monsieur Lee Fong. Il dirige l'équipe de techniciens chargée de retrouver *La Mer silencieuse*.

Les deux hommes échangèrent une poignée de main gantée d'une telle épaisseur qu'ils eurent l'impression de serrer une serviette roulée en boule.

— Est-ce un sonar ? demanda Espinoza.

— Oui, un sonar latéral. Jeté à l'arrière du bateau, il nous donnera un profil d'une centaine de mètres au fond de l'océan.

— Vous avez au moins une vague idée de l'endroit où se trouve l'épave, non ?

— D'après ce que j'ai compris, c'est vous qu'il faut remercier.

Espinoza n'appréciait guère que les Chinois fussent au courant de ses exploits, mais c'était sans doute son père qui s'était vanté auprès de leurs nouveaux alliés. La méfiance fit place à la fierté.

— On a eu de la chance, dit-il.

— Espérons qu'elle ne nous abandonnera pas. C'est une chose curieuse que les épaves. Même avec des coordonnées GPS, des signaux Loran et des témoins oculaires, je n'en retrouve pas trace. Pourtant, il m'est arrivé d'en repérer du premier coup alors que je n'avais qu'une vague idée de l'endroit où le bateau avait pu couler.

— Est-ce que le froid risque d'affecter votre appareil ?

— Ça n'est pas impossible. Je n'ai jamais procédé à des recherches dans de telles eaux. On ne connaîtra les réactions du sonar qu'après l'avoir testé ici, dans la baie. On espère être prêts aujourd'hui, mais comme la lumière décline déjà, ce sera probablement pour demain.

— D'après ce que je sais de la situation, nous avons un peu de temps, dit Espinoza. Les Américains sont encore sous le choc de notre proclamation et ils ont peur des représailles de la Chine s'ils lancent une contre-attaque.

— La fortune sourit aux audacieux, dit Fong.

— C'est une phrase attribuée à Virgile, déclara alors Laretta. L'expression latine c'est, *Audentes fortuna juvat*. Il y a une autre phrase, de Jules César cette fois, qui pourrait également convenir à la situation : *Jacta alea est*. Il a prononcé ces mots en marchant sur Rome, lorsqu'il a franchi le Rubicon.

Curieusement, ce fut Raul Jimenez qui en offrit la traduction :

— Les dés sont jetés.

23

AUCUN RELIEF TERRESTRE ne venait entraver le tourbillon infernal des vents de l'Antarctique qui balayaient le sol à basse altitude. En dessous du 40ᵉ parallèle, on les appelle les quarantièmes rugissants. Puis viennent les cinquantièmes hurlants et les soixantièmes mugissants. Les vents atteignent souvent 120 km/h avec des pointes quotidiennes à 150 km/h, soulevant des vagues gigantesques de quinze mètres de hauteur. Même les gros icebergs qui se détachent des glaciers du continent ne peuvent lutter contre de tels déchaînements. Seuls demeurent épargnés les icebergs géants grands comme des villes, voire de petits pays.

C'était dans cet enfer que Juan Cabrillo conduisait son navire et son équipage. On avait attaché tout ce qui pouvait l'être et interrompu toutes les activités non essentielles à la conduite de l'*Oregon*. Les conditions météorologiques étaient bien pires que celles qu'ils avaient dû affronter une semaine auparavant.

Tout autre navire aurait rebroussé chemin par crainte d'être taillé en pièces par les vagues, mais Juan avait conçu son cher *Oregon* de façon à ce qu'ils ne courent aucun danger. La coque pouvait subir les pires contraintes et la superstructure ne donnait guère de prise au vent. Les bossoirs où reposaient les deux canots de sauvetage n'auraient pas même cédé face à un cyclone de force 5. Pour l'heure, cependant, il n'y en avait plus qu'un seul.

L'autre avait été largué en mer, équipé d'une balise permettant de le récupérer plus tard.

Le vrai danger ne venait pas de la mer mais du sous-marin d'attaque chinois qui rôdait quelque part entre la pointe de l'Amérique du Sud et la péninsule Antarctique. Ce passage constituait une nasse très semblable au GIUK gap que l'Otan avait mis en place pour piéger les sous-marins soviétiques au plus fort de la guerre froide. Ils avaient disposé des submersibles en éventail entre le Groenland, l'Islande et le Royaume-Uni, et attendu que leurs proies se jettent dans leurs filets.

Jusque-là, Juan avait longé la côte sud-américaine comme si l'*Oregon* se dirigeait vers le passage Drake, après le cap Horn, et comptait ensuite poursuivre sa route au sud dans la mer de Bellinghausen, une zone que Chinois et Argentins avaient décrété interdite à la navigation.

Il lui fallait désormais se mettre à la place du commandant du sous-marin chinois. Le submersible devait patrouiller dans une zone de trois cent soixante-dix kilomètres de large et il lui fallait deviner où il avait choisi de croiser. La réponse évidente était le milieu du détroit entre l'Amérique du Sud et l'Antarctique. Il couvrirait ainsi le champ le plus large. Mais un navire décidé à braver l'interdiction ferait la même déduction et éviterait donc le milieu comme la peste. Que faire, dès lors ? Demeurer au plus près de la péninsule ou la contourner par l'ouest ? Le sous-marin ne pouvait être aux deux endroits à la fois. Mais une appréciation erronée les jetterait directement à portée du Kilo.

Juan se rappela alors un vieux dicton : il faut connaître son ennemi, au risque d'une mauvaise surprise.

Assis au milieu de la salle des opérations, son corps épousait les mouvements du bateau. Tous les membres de l'équipage en service étaient arrimés à leurs sièges. Il passa une main sur son menton râpeux, n'ayant pu se raser ce matin-là, l'eau débordant du lavabo. A l'est ou à l'ouest ? A l'est ou à l'ouest ?

— Contact radar, annonça Linda Ross.

— Qu'est-ce qu'on a ?

— Un avion qui vole vers le sud à sept mille six cents mètres d'altitude. Vitesse 620 km/h. Distance trente-trois kilomètres.

— Il est tombé des nuages, celui-là.

Ce devait être un gros Hercules chargé de fournitures pour les Argentins.

— Timonier, montre-moi les images de la caméra du pont arrière.

Eric Stone tapota sur le clavier de son ordinateur et l'image prise par la caméra de poupe apparut sur l'écran. En dépit de la grosseur des vagues, l'*Oregon* laissait derrière lui un sillage blanc rectiligne à la surface des eaux grises. Ils n'auraient pas été plus visibles s'ils avaient annoncé leur position sur toutes les fréquences radio.

Est ou ouest, la décision à prendre devenait dérisoire. L'avion signalerait leur position par radio aux Argentins qui la transmettraient au sous-marin chinois. Le Kilo se jetterait aussitôt sur eux.

— Peut-on brouiller ses transmissions radio ? demanda Juan.

— Tant qu'il est à portée de nos émetteurs, oui, répondit Hali Kasim, leur spécialiste des transmissions. Mais dès qu'il se sera éloigné, il pourra signaler notre position.

— On peut l'abattre, suggéra Mark Murphy depuis la station d'armements qui jouxtait la timonerie. Je peux verrouiller un SAM dans quinze secondes et l'envoyer par le fond dix secondes plus tard.

— Négatif.

L'option était tentante, mais Juan s'y refusait, préférant, comme toujours, laisser l'adversaire porter le premier coup. Il saisit le micro relié à la sonorisation du bâtiment.

— Ici le président. Nous avons très probablement été repérés, ce qui signifie que le sous-marin connaît notre position. Tout le monde est déjà aux postes de combat mais je veux que vous soyez prêts à réagir à la seconde.

— Qu'est-ce que ça veut dire, Juan ? demanda Tamara Wright.

Il l'avait oubliée. Il pivota sur son siège.

— Ça veut dire que j'aurais dû suivre mon intuition et vous forcer à quitter le navire quand il était encore temps.

Elle fronça les sourcils.

— Pour cela, il aurait fallu m'assommer.

— Je sais. Et j'aurais dû le faire.

— Et me laisser dans ce canot de sauvetage, avec le temps qu'il fait ? Certainement pas ! En outre, vous ignorez beaucoup de choses sur mon compte, notamment que je ne me dérobe jamais quand il y a un combat à mener.

— Ça risque de ne pas être un combat mais un tir à la cible. Ce sous-marin l'emporte largement sur nous.

— Dans ce cas, si mon destin est de mourir avec vous tous, je l'accepte.

— Voilà un fatalisme bien asiatique.

— N'oubliez pas que j'ai passé mon enfance à Taïwan, dit-elle en tirant de la blouse prêtée par la Boutique magique un pendentif représentant le yin et le yang. Je suis taoïste. Je ne crois pas au fatalisme, seulement au destin.

— Vous êtes aussi entêtée que Max. Je comprends qu'il en pince pour vous.

Derrière lui, Max émit un grognement et se frappa le front du plat de la main. Juan se retourna.

— Désolé, Max, c'était un secret ?

— Monsieur Hanley, dit Tamara en souriant avec ingénuité, je ne m'en étais pas rendu compte. Maintenant que j'y pense, ma croisière sur le Mississippi a été interrompue à cause de vous. Il me semble donc juste qu'une fois cette affaire terminée, vous trouviez une façon de vous faire pardonner.

Trois fois divorcé, Max avait toujours été à l'aise avec les femmes, surtout celles qu'il trouvait attirantes, mais pour la première fois, il demeura sans voix.

— Timonier, demanda alors Juan pour ramener l'attention à la question du moment, quelle est notre vitesse ?

— Vingt et un nœuds. Vu les conditions météo, on ne peut pas faire mieux.

— Je te promets une ration supplémentaire de grog si tu nous fais gagner quelques nœuds. Infléchis également le cap à cent cinq pendant dix minutes, puis reviens à quatre-vingt-cinq. Le coup du zigzag a marché pour les convois alliés pendant la Deuxième Guerre mondiale, espérons qu'il en ira de même pour nous.

On garnit les deux tubes lance-torpilles de l'*Oregon* tout en maintenant fermées leurs écoutilles. Linda Ross surveillait leur capteur intégré et ils mettaient tout en œuvre pour leurrer le sous-marin chinois. Il n'y avait plus qu'à attendre et espérer qu'ils passeraient à travers les mailles du filet.

Soudain, le flegmatique majordome du bord fit son apparition avec un grand thermos de café et des gobelets en plastique munis de couvercles.

— Eh bien alors, Maurice, pas de Royal Doulton ?

Il savait pourtant que rien ne pouvait dérider le septuagénaire anglais.

— Je me suis dit qu'un choix moins raffiné serait de circonstance. Mais si vous le désirez, je peux aller chercher un service en porcelaine.

— Ça ira très bien. Merci. J'ai bien envie d'une tasse de café.

Maurice réussit l'exploit de servir tout le monde sans renverser la moindre goutte sur son tablier immaculé. Quant à la façon dont il parvenait à garder son équilibre avec ses brogues impeccablement cirées, c'était encore un autre mystère.

— Faut-il déduire de votre annonce, capitaine, que le premier quart va durer un certain temps ?

Retraité de la Royal Navy, Maurice n'appelait Juan Cabrillo que capitaine. Comme tous les autres, il détenait des parts dans la Corporation, mais à bord d'un navire, le chef était le capitaine, ce qui pour lui ne souffrait aucune discussion.

— Oui, on dirait bien.

— Je ferai en sorte de vous apporter votre dîner à 18 heures. Là encore, vu le temps, je crois que le mieux est de vous servir un repas qui ne nécessite pas de couverts. Des burritos, peut-être ? dit-il sans dissimuler sa réprobation.

— Je vous laisse seul juge, répondit Juan en souriant.

— Très bien, capitaine.

Et il s'éloigna, silencieux comme un chat.

Les heures s'écoulèrent. La conversation languissait, interrompue parfois par un ordre bref et de longues plages de silence. On entendait surtout le bruit de l'air brassé par les ventilateurs et celui de la bataille que se livraient le navire et la mer. Les vagues cognaient, la coque craquait. Et pendant ce temps, les propulseurs permettaient au navire de filer à vingt-cinq nœuds.

Juan repoussa tant qu'il le put le moment d'aller aux toilettes. Elles se trouvaient pourtant tout près, derrière la porte du fond du centre d'opérations, mais il ne voulait même pas être absent une minute.

Pourtant, n'y tenant plus, il finit par déboucler son harnais d'épaule et s'apprêtait à ouvrir sa ceinture de taille lorsque Linda s'écria :

— Contact sonar ! A 271°. Distance, quatre mille cinq cents mètres.

Comment pouvait-elle entendre un sous-marin à une telle distance ? Mais Linda Ross connaissait bien son travail.

Juan en oublia sa vessie.

— Tu as une profondeur et une direction ?

Linda avait une main pressée sur ses écouteurs tandis que l'autre courait sur le clavier.

— J'y travaille. Mais le bruit est bien celui d'un moteur. C'est bon. J'ai ce que tu demandes. Profondeur trente-six mètres. Direction, toujours à 271°.

Cela voulait dire que le sous-marin se dirigeait droit sur l'*Oregon*.

— Timonier, arrêt d'urgence. Ensuite, fais-nous tourner avec les propulseurs jusqu'à ce qu'on soit à 91°.

La manœuvre les éloignerait du sous-marin et réduirait le temps où son flanc serait exposé. Les Chinois ne sauraient comment réagir face à un bâtiment capable d'un tel mouvement. Juan se demanda aussi si l'avion argentin avait pris le temps de bien les observer pour comprendre que leur cible était un navire marchand, et non un bateau de guerre.

Eric Stone donna toute la puissance des propulseurs magnéto-hydrodynamiques et inversa la poussée dans les tubes. La vitesse diminua et les vagues se ruèrent à l'assaut de l'*Oregon*, comme rendues furieuses de ce défi à leur pouvoir. Le navire donna de la gîte à près de 40° lorsqu'il présenta son flanc aux énormes vagues qui déferlèrent sur le pont.

Utilisant les propulseurs de proue et de poupe, l'*Oregon* pivota comme une capsule de bouteille, et, dès qu'ils furent en position, Eric inversa de nouveau la poussée.

— Distance ? demanda Juan.

— Trois mille sept cent cinquante mètres.

Une acclamation retentit. Ils avaient réussi à s'éloigner du sous-marin. Juan tapota avec satisfaction l'accoudoir de son fauteuil.

— Contact sonar, s'écria soudain Linda. Nouveau client, vitesse à soixante-dix nœuds. Ils ont tiré ! Contact sonar. Deuxième torpille mise à l'eau.

— On lance les contre-mesures, ordonna Juan.

Les doigts de Mark Murphy se mirent à courir sur le clavier et un générateur de bruit fut éjecté de sous la quille tout en restant relié au bateau par un long câble. L'appareil émettait des sons semblables à ceux de l'*Oregon* et visait à détourner les torpilles de leur cible.

— La première torpille arrive à toute allure. La deuxième a ralenti. Elle se met en attente.

Le capitaine chinois gardait une de ses torpilles en réserve au cas où la première manquerait son but, ce qui était de bonne pratique militaire.

— Distance, mille huit cent vingt-huit mètres, ajouta Linda.

Au combat, le temps possède une élasticité qui défie les lois de la physique. La moindre fraction de seconde paraît s'éterniser tandis qu'un moment beaucoup plus long ne dure qu'un instant. La torpille mit un peu plus de deux minutes pour couvrir la moitié de la distance qui la séparait de l'*Oregon*, mais pour les hommes et les femmes du centre d'opérations, cela sembla durer des heures.

— Si elle fonce sur le leurre, ça devrait arriver dans environ soixante secondes, annonça Linda.

Juan fut surpris de constater qu'il avait tous les muscles crispés. Il se força à se détendre.

— C'est bon, Eric, coupe les moteurs et laisse filer.

Le bruit des machines s'estompa et le bateau se mit à ralentir. Il lui faudrait au moins un mille marin pour s'immobiliser, mais ce n'était pas le but recherché. Il fallait surtout que la torpille mette le cap sur le leurre.

— Trente secondes.

— Vas-y, mords à l'hameçon, ma grande, mords à l'hameçon, dit Murphy entre ses dents.

Juan se pencha en avant. Sur l'écran principal, la mer derrière l'*Oregon* semblait noire et menaçante. Puis une colonne d'eau jaillit de la surface comme un geyser, culminant à quinze mètres avant de retomber.

— Et un leurre bousillé, un, croassa Mark.

— Eric, dit calmement Juan, fais-nous pivoter avec dix pour cent de puissance sur les propulseurs. Les capteurs acoustiques vont être brouillés pendant un petit moment, mais il faut rester silencieux. Mark, ouvre les portes extérieures.

Mark ouvrit les portes des deux tubes lance-torpilles tandis que le navire présentait sa proue au sous-marin qui s'approchait.

— Dis-moi, Linda, qu'est-ce qu'il fait ? demanda Juan.

— Il a ralenti de façon à mieux écouter, mais il a maintenu sa profondeur de plongée. Et il y a toujours la deuxième torpille en attente quelque part.

— Il veut nous entendre couler au lieu de faire surface, dit Juan. Mark, oblige-le à remonter.

— Compris.

Il actionna les commandes sur son clavier et un bruit électronique retentit dans les haut-parleurs fixés à la coque, qui imitait celui d'un navire en train de sombrer.

— On aurait dû fixer les haut-parleurs à un câble de façon à les faire descendre dans l'eau, cela aurait été plus réaliste. T'aurais dû y penser, Max, dit Juan.

— Et toi ?

— C'est ce que je viens de faire.

— Un peu trop tard pour que ça nous serve à quelque chose.

— Tu sais ce qu'on dit…

— Oui, mieux vaut tard que jamais.

— Non, Mark, fais partir les deux tubes.

Mark, pas dupe de l'échange entre les deux hommes, s'était déjà préparé et exécuta l'ordre aussitôt.

Des jets d'air comprimé éjectèrent les torpilles de deux tonnes propulsées par des moteurs électriques. En quelques secondes, elles se ruèrent vers leur cible à plus de soixante nœuds à l'heure. Juan utilisa alors le clavier enchâssé dans l'accoudoir de son fauteuil pour passer sur la caméra de proue. Les torpilles laissaient deux sillages de bulles blanches qui s'éloignaient du navire.

— La deuxième torpille va nous prendre en chasse d'ici trois secondes, dit-il. Ouvre l'écoutille du Gatling et mets-le en batterie.

Une porte soigneusement dissimulée à l'avant du navire s'ouvrit, laissant émerger les tubes multiples du canon Gatling qui se mirent à tournoyer. Capable de tirer quatre mille obus de 20 mm au tungstène à la minute, cette arme permettait de traverser l'eau pour atteindre les torpilles. Ce canon avait arrêté une attaque similaire d'un sous-marin iranien dans le golfe Persique.

— Contact sonar. La torpille s'est réveillée. Oh, non !

— Quoi ?

— Elle est à quatre-vingt-onze mètres de profondeur.

Juan comprit immédiatement le danger. Leur précédente confrontation avec un sous-marin de classe Kilo s'était déroulée dans des eaux peu profondes, alors qu'ici, le capitaine chinois avait la possibilité de faire descendre très bas sa torpille avant de la faire remonter pour frapper l'endroit le plus vulnérable d'un navire : sa quille. Un navire moderne peut survivre à une explosion sur les flancs (le *USS Cole*, par exemple) mais si elle se produit sous la coque, elle peut le briser en deux et le faire couler en quelques minutes.

— Qui va gagner la course ? demanda Juan.

— Leur torpille l'emporte de cent trente-sept mètres et de quatre nœuds à l'heure. Elle nous touchera une bonne minute avant que la nôtre n'atteigne sa cible.

Juan réfléchit très vite, rejetant une à une les options qui s'offraient à lui. Ils n'avaient plus le temps de s'éloigner et de toute façon, la mer était trop forte pour qu'ils puissent bénéficier de leur avantage en matière de rapidité.

— Faites donner l'alarme de collision. Eric, je transfère la timonerie sur mon poste.

Par-dessus l'alarme électronique, on entendit un autre bruit, mécanique celui-là.

Max, qui connaissait le navire mieux que quiconque, fut le premier à comprendre que Juan avait ouvert les portes de la grande moon pool.

— Tu es complètement fou ?

— Tu as une meilleure idée ? Si cette torpille utilise un détonateur de contact plutôt qu'un signal de proximité, on pourra la retirer.

— Et si elle explose juste en dessous de la quille ?

— A ce moment-là, que la porte soit ouverte ou fermée ne changera pas grand-chose, dit Juan en se tournant vers Linda. Tu seras mes yeux. Guide-moi pour que je me mette en position.

— Que veux-tu que je fasse ? demanda Linda qui peinait à comprendre.

— Enfiler cette torpille dans la moon pool comme une aiguille. Avec un peu, non... beaucoup de chance, son câble de guidage se sectionnera quand elle jaillira à l'intérieur. Après, ce ne sera plus qu'un gros joujou.

— Tu es cinglé ! lâcha-t-elle en regardant Max. Il est cinglé.

— Oui, mais toujours est-il que ça peut marcher.

Elle retourna à son écran.

— Profondeur, toujours quatre-vingt-onze mètres. Distance neuf cent quatorze mètres.

La torpille poursuivait imperturbablement sa route en direction de l'*Oregon*. Le câble reliant cette torpille à leur sous-marin empêchait les Chinois de manœuvrer pour éviter les deux munitions qui filaient vers eux. Juan ne pouvait qu'admirer le capitaine chinois. A sa place, il aurait filé dès qu'il aurait compris qu'on l'attaquait.

— Distance trois cent soixante-cinq mètres. Profondeur inchangée. Impact dans quarante secondes environ.

Le capitaine chinois n'infléchirait la trajectoire de la torpille que lorsqu'elle se trouverait directement sous le navire, et il la lancerait alors à la verticale.

— Distance quatre-vingt-onze mètres. Profondeur inchangée. Elle se trouve à six mètres à tribord de notre quille.

Juan poussa à fond les propulseurs pour déplacer l'*Oregon* latéralement. Avec la force des vagues, ils auraient besoin de beaucoup de chance pour que la manœuvre réussisse. Comment faire passer une torpille par le chas d'une aiguille...

— C'est bon. Elle remonte. Profondeur, soixante-seize mètres. Distance dix-huit mètres trente.

Le dôme du sonar, sous la coque, se trouvait à neuf mètres en arrière de la proue. Il fallait s'en souvenir. La torpille se trouvait à dix-huit mètres du sonar mais à neuf du navire. Quant à la moon pool, elle se situait juste au milieu du cargo long de cent soixante-dix mètres.

— Profondeur, cinquante-quatre mètres quatre-vingt-six. Distance horizontale de la proue, quatre mètres cinquante-sept.

Mentalement, Juan mit en relation l'angle de la torpille, la position et la vitesse du navire ainsi que la façon dont la force des vagues affectait ces données. Il n'avait pas droit à l'erreur, sinon c'était leur mort à tous. Il mit pleine puissance pendant moins de deux secondes puis inversa les propulseurs. Le navire bondit en avant, roula contre une grosse vague et ralentit à nouveau.

— Profondeur quinze mètres vingt-quatre. Distance, zéro.

Eric passa sur la caméra couvrant la moon pool. De l'eau jaillit en bouillonnements noirs avant de retomber sur le sol grillagé et s'écouler par les côtés.

— Profondeur zéro, dit Linda, impassible.

Telle un Léviathan surgi des abysses, le nez arrondi de la torpille chinoise jaillit de la moon pool. Ne rencontrant plus de résistance, son moteur la propulsa hors de l'eau et cette brusque accélération suffit à sectionner le câble qui la reliait au sous-marin. Elle retomba dans l'eau avec un bruit de cloche en heurtant les bords du bassin puis disparut tout à fait. En l'absence de commandes venues du sous-marin, son ordinateur embarqué l'avait neutralisée.

Un rugissement de triomphe retentit dans le centre d'opérations, auquel firent écho les cris des membres de l'équipage qui suivaient la scène sur leurs écrans. Max administra une claque sur le dos de Juan, mais avec une telle force que sa main resta imprimée en rouge sur la peau. Tamara serra brièvement Juan dans ses bras, et Max beaucoup plus longtemps.

Juan s'apprêtait ensuite à quitter la salle lorsque Linda l'interpella :

— Président ! Et le sous-marin ? Nos torpilles vont l'atteindre dans quarante-cinq secondes.

— Si on a besoin de moi, je serai aux toilettes.

Il s'y trouvait lorsqu'un nouveau cri de triomphe retentit dans le centre d'opérations. Les torpilles avaient accompli leur mission et la route de l'Antarctique leur était désormais ouverte.

24

J ORGE Espinoza fut réveillé par un tapotement sur l'épaule. Comme tout bon soldat, il fut aussitôt en alerte, les yeux grands ouverts. Son aide de camp, le caporal deRosas, se tenait à côté du lit, une tasse à la main.

Pourvu que ce soit du café, se dit Espinoza.

— Désolé de vous réveiller, major, mais un gros bateau vient de surgir à l'entrée de la baie.

— Un bateau de guerre ?

— Non, un cargo. Il s'est échoué.

Espinoza rejeta ses épaisses couvertures et le regretta aussitôt. Avec ses manières de contremaître, le dénommé Luis Laretta s'était vanté de n'avoir aucun problème de combustible sur le site, alors qu'il y régnait un froid glacial. Espinoza enfila deux caleçons longs avant de passer un pantalon de treillis. Après quoi, il superposa trois paires de chaussettes.

— Quelqu'un à bord a-t-il cherché à prendre contact ?

L'aide de camp ouvrit les rideaux métalliques pour laisser entrer un peu de lumière. La chambre était minuscule et ne pouvait accueillir que le lit et une commode. Les murs étaient faits de contreplaqué peint et l'unique fenêtre donnait sur l'arrière d'un autre bâtiment, à un mètre cinquante de là.

— Non, major. Le navire a l'air abandonné. Il manque un canot de sauvetage sur les bossoirs, et, vu son aspect délabré, on a l'impression qu'il a été déserté depuis déjà un certain temps. Le sergent Lugones l'a scanné avec un sondeur thermique. Rien. Ce navire est froid comme de la pierre.

Espinoza avala une gorgée de café qui lui laissa un mauvais goût dans la bouche. Il fit la grimace.

— Quelle heure est-il ?

— Neuf heures.

Trois heures de sommeil. Il avait tenu avec moins que ça. Avec Jimenez et deux sergents, ils avaient passé la plus grande partie de la nuit à explorer les collines environnantes à la recherche de lieux propices aux embuscades. Le terrain accidenté constituait un réseau de fortifications naturelles avec des centaines d'endroits où disposer des tireurs. Restait à les tenir au chaud. Aujourd'hui, ils consacreraient la journée à des tests d'endurance pour voir combien de temps les hommes pourraient tenir leurs positions tout en demeurant efficaces au combat. Les sergents estimaient la durée maximum à quatre heures, mais lui penchait plutôt pour trois.

Il finit de s'habiller et termina sa tasse de café. En dépit de ses crampes d'estomac, il décida d'aller voir de plus près ce mystérieux navire avant le petit déjeuner.

— Allez réveiller le lieutenant Jimenez.

Il leur fallut un quart d'heure pour traverser la baie à bord d'un des bateaux de transport. L'effet du chauffage d'air à bulles était sidérant. Non seulement la baie n'était pas prise dans les glaces, mais l'air ambiant était à dix degrés au-dessus de zéro alors que sur la base, il faisait − 10. Au-delà de la baie, en haute mer, les vagues faisaient danser d'énormes icebergs, mais un brise-glace perpétuellement en mouvement ménageait un chenal vital pour les Argentins.

Leur bateau passa à proximité d'une plate-forme pétrolière, et ils constatèrent que le camouflage était fait de plaques de métal rivetées qui imitaient à la perfection un iceberg. A cinquante mètres, seuls les énormes piliers d'acier visibles sous le tablier blanc le trahissaient.

A l'entrée de la baie, la mer était agitée en raison de l'air chaud soufflé à travers les tuyaux. Pendant les quelques secondes que dura le passage, et pour la première fois depuis son arrivée en Antarctique, Espinoza eut chaud.

Il examina alors le navire. Il était visiblement très vieux et même s'il ne l'avait pas su abandonné, il lui aurait trouvé une allure de bateau fantôme. La peinture de la coque semblait avoir été appliquée par des enfants. La majeure partie de la superstructure était peinte en blanc et l'unique cheminée, en un rouge passé. Il y avait cinq grues, trois à l'avant et deux à l'arrière. Depuis la conteneurisation du commerce maritime, de tels navires, considérés comme dépassés, avaient été pour la plupart envoyés à la ferraille.

— Quel tas de rouille, fit le lieutenant Jimenez. Je parie que même les rats ont dû quitter le bord.

En s'approchant, ils s'aperçurent que ce n'était pourtant pas un si petit cargo et d'après Espinoza, il devait mesurer plus de cent cinquante mètres. Les lettres étaient à moitié effacées et en partie recouvertes par la rouille, mais on devinait le nom, *Norego*. La proue était échouée de six mètres sur la plage. Un bateau de la base était amarré contre son flanc et un groupe d'hommes l'observait. L'un d'eux était occupé à dresser contre la coque une échelle d'aluminium qui arrivait à peine au bastingage.

Le bateau d'Espinoza se rangea à proximité et l'un des marins lança un filin à un soldat. Un autre abaissa une planche qui devait servir de passerelle.

Dès que le major eut posé un pied sur la plage, le sergent Lugones se mit au garde-à-vous. Pour une fois, le ciel était clair et la température relativement clémente puisqu'elle n'était pas descendue en dessous de − 23°.

— Sacré spectacle, hein, sergent ?

— Oui, major. J'ai jamais vu un truc pareil. On l'a découvert dès le lever du soleil. Je vous demande pardon, major, mais je me suis dit qu'il valait mieux vous laisser dormir pour que vous ayez une meilleure tête au réveil.

De la part de n'importe qui d'autre, cela aurait constitué un manquement grave à la discipline, mais le sergent avait largement gagné le droit de plaisanter de temps à autre son supérieur.

— Et vous, il vous faudrait trente ans de coma pour arranger la vôtre.

Les hommes ricanèrent.

— Tout est prêt, sergent, annonça le soldat qui avait placé l'échelle.

Espinoza fut le premier à grimper, tandis que deux soldats maintenaient l'échelle à la base pour parer à tout coup de vent éventuel. Il avait modifié ses gants de façon à libérer l'index : il pouvait ainsi appuyer sur la détente de son pistolet en cas de besoin. Il jeta un coup d'œil par-dessus le bastingage. Le pont était encombré d'objets hétéroclites, depuis les bidons d'huile jusqu'aux pièces de machines et engins de levage. Ne décelant aucune activité, il enjamba le plat-bord et fit signe à l'homme derrière lui de le suivre.

Le vent gémissait dans les haubans des grues, et il frissonna à l'écoute de cette mélopée funèbre. Il dirigea alors le regard vers les vitres de la passerelle mais ne vit que le reflet du ciel.

Un instant plus tard, il fut rejoint par Raul puis par Lugones. Le sergent était armé d'un pistolet-mitrailleur équipé d'une puissante lampe torche. Ils traversèrent le pont avec prudence, chacun couvrant son voisin. Il n'y avait pas d'écoutille dans la cloison, sous la passerelle, aussi gagnèrent-ils le bastingage tribord avant de se diriger vers l'arrière où ils trouvèrent une porte. Au-dessus d'eux se dressaient les bras vides d'un bossoir d'où pendaient des câbles d'acier.

Jimenez souleva le loquet, puis, après un coup d'œil à Espinoza, ouvrit la porte. Le sergent Lugones braquait son arme, prêt à faire feu.

Le couloir était plongé dans l'obscurité et il alluma sa lampe torche. La peinture intérieure valait celle de l'extérieur, le linoléum était déchiré par endroits et semblait n'avoir jamais connu la serpillière.

Leur haleine formait des halos autour d'eux.

— Apparemment il n'y a personne.

— Judicieuse observation, lieutenant. Allons voir sur la passerelle. S'il y a une explication à ce mystère, c'est là que nous la trouverons.

Les hommes montèrent sur les différents ponts en vérifiant les salles au passage. Chaque fois, les meubles épars ou renversés indiquaient que le bateau errant avait dû affronter des tempêtes. Nulle trace de membres de l'équipage, ni vivants ni morts.

Le sel s'était tellement accumulé sur les vitres que la passerelle était sombre. Toujours personne, mais sur la table des cartes, derrière la barre, une feuille de papier dans une chemise en plastique, maintenue par du ruban adhésif.

Avec son poignard, Lugones dégagea la feuille et la tendit à son supérieur.

Espinoza lut à voix haute :

— « Que ceux qui trouveront cette lettre sachent que nous avons été contraints d'abandonner le *Norego* lorsque les pompes ont cessé de fonctionner : une mauvaise vague avait en effet ouvert une voie d'eau dans la coque. Le chef mécanicien Scott a tout essayé, mais en vain : les pompes n'ont pas pu repartir. La décision n'a pas été facile à prendre, car ces eaux sont traîtresses et nous sommes loin de tout rivage. Mais mieux vaut un canot qui flotte qu'un navire qui sombre. Je prie pour mes hommes. Si nous n'en sortons pas vivants, je voudrais que l'on dise à ma femme que je l'aime énormément, ainsi que mes garçons. Il va sans dire que cette formule vaut pour tous les hommes de l'équipage. »

C'est signé : « Capitaine John Darling de la Proxy Freight Line. » Et puis regardez, ça date de janvier de l'année dernière. Ce vieux rafiot dérive depuis un an.

— Vous croyez que l'équipage a été sauvé ? demanda Lugones.

Espinoza hocha la tête.

— Pas la moindre idée. Mais je me demande pourquoi le bateau n'a pas coulé. Pour qu'un capitaine abandonne son navire, il doit être sûr de son coup. Je veux aller vérifier la salle des machines.

Il leur fallut plusieurs minutes et quelques erreurs de parcours avant de trouver l'escalier menant aux entrailles du navire. Dès que Jimenez ouvrit la porte, un flot d'eau glacée se déversa. Lugones, de l'eau jusqu'aux bottes, braqua alors le faisceau de sa lampe dans l'escalier : il baignait entièrement dans une eau huileuse qui renvoyait des lueurs d'arc en ciel.

— Voilà la réponse, dit le sergent. La cale est bien inondée.

— Je me demande ce qu'il transportait, fit Jimenez d'un air songeur. Si je me rappelle bien ce que dit la loi sur le sauvetage, celui qui trouve un navire à la dérive, non seulement le récupère mais récupère aussi la cargaison.

— Et où avez-vous appris le droit maritime ? demanda Espinoza d'un ton sarcastique.

— Bon, ça va. J'ai vu une émission là-dessus à la télé.

— Remettez dans vos poches vos mains de brigand. Nous sommes des soldats, pas des pilleurs d'épaves. De toute façon, il y a de fortes chances que ce tas de ferraille reparte en haute mer à la prochaine marée ou à la prochaine tempête.

— Vous ne pensez pas qu'on pourrait forer d'autres trous dans la coque, comme ça il coulerait pour de bon ?

Espinoza réfléchit un instant à la proposition de Lugones.

— Vous savez quoi ? Non. Laissons ce bateau errer sur la mer. S'il a survécu aussi longtemps, ça mérite le respect.

*
* *

Un pont en dessous des trois hommes, Juan Cabrillo s'enfonça dans son siège. Jamais il n'aurait cru que la personnalité de ce major argentin, dont le visage commençait à envahir ses rêves, révélerait ainsi un côté romantique. Au départ, il avait craint que ces militaires n'utilisent l'*Oregon* comme cible pour des tirs d'entraînement. Ces soldats avaient un jour été des enfants qui s'amusaient à faire sauter des objets. La seule différence, c'est qu'à présent ils disposaient de plastic et plus seulement de pétards. L'équipage avait neutralisé l'imagerie thermique en coupant le chauffage dans la partie « publique » du navire, baissant la température ailleurs, de surcroît à l'abri de toute détection par le remplissage des ballasts. Quant à l'inondation de l'escalier, elle avait été réalisée en fermant simplement l'écoutille de fond et en pompant un peu d'eau de cale.

Juan se tourna vers Max Hanley qui hochait la tête.

— Quoi ? Je t'avais bien dit que je pouvais dissimuler le navire juste sous leur nez.

— Ça ne compte pas, grommela Max.

— Plus c'est gros, mieux ça passe. Ils avaient pourtant toutes les raisons d'être soupçonneux, mais regarde-les : ils ont interrompu les recherches au bout de dix minutes et notre brave major est presque ému jusqu'aux larmes.

— Je vais te dire une chose, Juan, tu es un véritable enfoiré ! Bon, tu nous as amenés ici. Et maintenant ? Quel est ton plan ?

— Pour être franc, je n'ai pas beaucoup réfléchi à cet aspect de la question. Est-ce que tu as remarqué le chargement sous la bâche du deuxième bateau ?

Les caméras extérieures surveillaient en effet les militaires depuis l'arrivée du premier groupe au lever du soleil.

— Vu la taille et la forme, ça ressemble fort à un sonar latéral.

— Ça veut dire qu'ils vont rechercher l'épave du bateau chinois.

— J'imagine qu'on va la trouver avant eux ?

— C'est ça, le plan, fit Juan avec le sourire d'un enfant ravi d'avoir joué un bon tour à ses parents.

D'un mouvement de menton, Max désigna les soldats qui s'affairaient près de la proue.

— Faudra que cette bande d'abrutis ait quitté le bord pour pouvoir vider les ballasts et ouvrir les portes de la moon pool.

Juan acquiesça.

— Je suis persuadé qu'ils vont lancer les recherches aujourd'hui, alors on va commencer les préparatifs dès qu'ils seront remontés dans leur bateau. Quand Tamara sera réveillée, demande-lui si elle veut nous accompagner. Le moins qu'on puisse faire, c'est quand même de lui montrer ce fabuleux navire avant de le détruire.

C'était la première fois que le président évoquait une telle destruction, et il le regarda un moment, étonné, avant de comprendre la logique du propos.

— Ce sera vraiment dommage, mais tu as raison. On ne peut pas faire autrement.

— Eh oui. On ne peut pas laisser aux Chinois la moindre chance de justifier leurs revendications sur ce territoire.

Une heure plus tard, Juan ouvrit les attaches retenant le Discovery 1 000 de neuf mètres soixante-quinze. Ce petit submersible capable de transporter trois personnes ne disposait pas d'un sas comme son grand frère, mais nul ne manifestait le désir d'aller nager dans des eaux dont la température avoisinait le degré de congélation.

Juan prit place dans le siège inclinable du pilote, avec Tamara à sa droite. Linda s'assit derrière eux. Leur haleine formait des halos dans l'étroit cockpit.

— On ne pourrait pas monter un peu la température ? demanda-t-elle en soufflant sur ses doigts glacés.

— Désolé, mais la baie que nous avons repérée sur les images satellites se trouve au maximum de notre rayon d'action. Le confort passe après la consommation d'énergie.

— Vous ne pensez pas que les Chinois seront déjà sur place ? demanda Tamara, emmitouflée dans une parka polaire, une autre posée sur ses longues jambes.

— Non. Ils sont partis ailleurs. Il y a deux baies de forme semblable dans les parages. Une au nord et l'autre au sud. Grâce au corps que Linda et son équipe ont découvert dans la station Wilson/George, nous savons où se trouve l'épave. Les autres vont passer une semaine à ratisser les fonds à quatre-vingt-dix kilomètres de là.

Pendant les trois heures suivantes, ils naviguèrent à six mètres sous la surface, mais le soleil de l'Antarctique était si pâle que même à une si faible profondeur, les eaux étaient presque noires. Pour se diriger, Juan dut s'en remettre entièrement au sonar et au système de navigation du sous-marin. Au moins la mer était-elle calme. S'il avait fait gros temps, ils auraient eu l'impression, aussi près de la surface, de naviguer dans un séchoir à linge.

Linda et Juan racontèrent à Tamara certaines des affaires les plus sensationnelles menées par la Corporation, non sans mettre chaque fois en relief le rôle éminent de Max. Si elle s'aperçut de la publicité que ces deux-là faisaient à leur ami, elle n'en laissa en tout cas rien paraître. Ils burent du thé sucré et mangèrent de délicieux sandwichs préparés dans la cuisine de l'*Oregon*.

— D'après l'ordinateur de bord, nous approchons de la baie, annonça Juan. Elle fait mille cinq cents mètres de profondeur, mais le fond se creuse vite.

Juan s'était dit que les Chinois avaient dû couler le navire au plus près de la côte, et grâce aux images satellites, il avait repéré l'endroit le plus propice, là où montagnes et glaciers étaient le moins haut.

Il engagea le sous-marin dans l'entrée de la baie et programma la trajectoire jusqu'au lieu choisi sans quitter des yeux le sonar latéral. Comme prévu, le fond remontait très rapidement, à un angle de 60°, et se présentait sous une forme rocheuse, sans la moindre arête.

— C'est incroyable, dit alors Tamara pour la troisième ou quatrième fois. Il y a quelques jours encore, j'étais à peu près persuadée que l'amiral Tsaï et sa *Mer silencieuse* n'étaient que des légendes, et voilà que je vais voir ce bateau de mes yeux.

— Si on a de la chance, rétorqua Juan, prudent. En cinq cents ans, il a pu se passer bien des choses. Par exemple, les glaces ont pu le réduire en miettes.

— Je n'avais pas pensé à ça. Vous croyez que c'est ce qui s'est passé ?

— En fait, pas vraiment. Eric et Mark, ceux que vous avez rencontrés sur la passerelle...

— Ceux qui ont l'air d'adolescents, à peine en âge de se raser ?

— C'est ça. Ce sont des chercheurs de premier ordre. Ils ont consulté les archives de l'Année internationale de géophysique, en 1957-1958, la dernière fois que des mesures ont été prises dans cette zone. Les montagnes entourant cette baie n'ont jamais été nommées, mais une équipe de recherche a examiné les glaciers et déterminé que leur déplacement était le plus lent de tout le continent. Si le bateau a coulé dans des eaux suffisamment profondes, il n'a pas dû souffrir, même quand la surface était gelée.

Juan frotta ses mains l'une contre l'autre pour rétablir un peu la circulation du sang. Il contrôla le niveau de batterie : la charge était encore très suffisante, mais il choisit de ne pas enclencher le chauffage, préférant arpenter les fonds marins le temps nécessaire plutôt que d'avoir à revenir le lendemain.

Le premier signe de vie qu'ils aperçurent fut un léopard des mers qui pirouetta devant leur submersible dans un nuage de bulles avant de disparaître.

— Gentil petit bonhomme, fit Linda.

— Pas si tu es un pingouin.

Juan jeta un coup d'œil au profileur de fond. La pente le long de laquelle ils progressaient s'élevait à l'approche de la côte qui elle-même se trouvait encore à cinq kilomètres et demi.

— Ouah ! s'écria soudain Linda.

— Qu'y a-t-il ?

— J'ai un gros écho du magnétomètre à tribord.

Juan manipula les commandes du sous-marin, semblables à celles d'un avion, et l'appareil répondit bien mieux que leur gros Nomad.

— Vérifie le sonar, dit-il.

Juste devant eux s'élevait ce que l'appareil électronique montrait comme un mur de quatre-vingt-treize mètres de long et de douze mètres de haut. La lumière était faible et lorsqu'il ne fut plus qu'à quinze mètres d'eux, Juan alluma le projecteur monté sur la coque.

Tamara porta les mains à ses lèvres pour étouffer un cri de surprise, puis des larmes se mirent à couler sur ses joues.

Bien qu'il n'eût pas consacré sa vie à étudier le sujet, Juan ne put s'empêcher d'être ému en contemplant, comme à travers les siècles, la massive jonque chinoise posée sur le fond de la mer de Bellinghausen.

Les mâts avaient depuis longtemps disparu, probablement arrachés par un iceberg à la dérive, et il y avait un gros trou dans la coque, juste en dessous de l'endroit où elle était recouverte de cuivre. A part cela, la jonque semblait en parfait état. La faible salinité de l'eau et les températures glaciales ne favorisaient guère la vie d'organismes susceptibles d'attaquer le bois. Elle n'aurait pas été mieux conservée dans un désert dépourvu de vent.

Juste au-dessus de la ligne de flottaison, on apercevait des dizaines de trous. Se doutant bien qu'il ne s'agissait pas de hublots, Juan s'enquit de leur nature auprès de Tamara.

— Ce sont des ouvertures pour les rames, répondit-elle. Un navire de cette taille devait en avoir vingt de chaque côté, manœuvrée chacune par deux rameurs, peut-être même trois. Il y avait probablement six ou sept mâts équipés de voiles carrées, comme sur toutes les jonques.

En s'approchant, ils virent que la superstructure qui courait sur presque toute la longueur du navire était peinte en jaune avec un filet rouge et arborait des détails architecturaux semblables à ceux des pagodes.

— L'empereur avait dû exiger que ses navires soient aussi ornés que possible, reprit Tamara, pour témoigner de la richesse et de la perfection technique de son empire. Seuls les meilleurs artistes et artisans ont dû y travailler.

— Et vous dites qu'il transportait des trésors ? demanda Linda.

— Vous m'avez montré ce morceau d'or, et ces tessons de jade.

— Le marin qui a survécu au sabordage et qui est mort près de Wilson/George a dû les prendre dans les cales, dit Juan, et les jeter par-dessus bord. Il est possible qu'à ce moment-là les prions n'aient pas encore déployé tous leurs effets, et qu'il ait eu encore de l'énergie à revendre. Le Dr Huxley a confirmé que la momie chinoise et Andy Gangle en étaient porteurs.

Sur la proue, on apercevait deux gros canons en forme de dragons, qui affectaient la même forme que le pistolet trouvé près du corps de Gangle. Il y avait si peu de dépôt sur ces canons qu'on pouvait voir les dents disposées autour de la gueule et les ailes gravées sur leurs flancs.

Au milieu du pont arrière, situé trois étages plus haut que le pont principal, s'élevait une maison carrée avec un toit en pente des plus élégants.

— Ce devait être pour le capitaine, dit Tamara en la montrant du doigt.

— Sa cabine ?

— Plutôt un bureau.

Juan fit plonger le sous-marin et dirigea le nez vers l'endroit où l'amiral Tsaï avait disposé la charge explosive qui avait coulé le navire et tué son malheureux équipage. Les projecteurs au xénon jetèrent une lumière crue sur une petite partie des entrailles. Les ponts étaient en bois, comme les cloisons. La salle qu'ils contemplaient, véritable forêt de piliers, était trop large pour qu'ils puissent la voir entièrement. Ce fut Tamara qui reconnut ce qu'ils contemplaient.

— C'est l'un des dortoirs de l'équipage. Ils accrochaient leurs hamacs à ces piliers.

— On procédait encore comme ça au XXe siècle, au moins sur les bateaux de guerre.

— C'est incroyable, dit Tamara, admirative.

— Et maintenant la mauvaise nouvelle, dit Juan, sur qui Tamara lança un regard dur. Il va falloir le détruire. Je vous ai amenée ici pour que vous puissiez voir ce bateau de vos yeux, mais nous ne pouvons laisser les Chinois le découvrir.

— Mais...

— Il n'y a pas de mais, je le regrette. Quand nous aurons convaincu les Argentins qu'il est de leur intérêt de renoncer à leurs projets ici, nous ne pouvons courir le risque que Pékin remplisse le vide qu'ils auront laissé. Ils s'engouffrent dans le sillage des Argentins parce qu'ils n'ont pas de revendication territoriale à faire valoir, mais la découverte de ce bateau leur fournirait un excellent prétexte : ils ont découvert l'Antarctique trois cent quatre-vingts ans avant que le premier Européen y mette le pied.

— Je... je hais la politique. C'est une découverte majeure de l'archéologie et il faut la détruire pour que des dirigeants avides de pouvoir ne puissent pas mettre la main sur des gisements de pétrole.

— C'est un bon résumé de la situation, dit Juan avec autant de douceur qu'il le put. Les enjeux sont trop importants. Notre gouvernement ne veut plus jouer les gendarmes du monde, mais il faut quand même montrer qu'on ne peut violer impunément la loi internationale. Une façon de le faire est de détruire cette épave.

Elle ne répondit pas et évita même de croiser son regard, mais elle acquiesça.

Juan lui posa la main sur l'épaule puis retourna aux commandes de l'appareil. Il chassa un peu d'eau des ballasts et le sous-marin remonta lentement vers la lumière.

Lorsqu'ils eurent fait surface, Juan ouvrit l'écoutille.

— Je reviens dans une seconde.

Il se tint de côté pour éviter le déluge d'eau glacée qui dévalait sur le pont puis grimpa à l'échelle aux barreaux d'acier et sortit la tête de l'écoutille. L'air polaire figea instantanément son haleine. Des aiguilles semblaient lui percer les sinus et il avait l'impression qu'on lui brûlait les yeux au fer rouge. Il lutta contre la douleur et se força à regarder autour de lui. Une langue de glace se dressait entre deux montagnes noires qui culminaient au moins à six cents mètres d'altitude. La base était en partie érodée par les vagues et les marées, mais le reste semblait massif et solide.

— Tu feras l'affaire, dit-il à haute voix.

Mais ses mots furent emportés par le vent et il retourna dans la très relative tiédeur du submersible.

Lorsqu'il fut à nouveau installé dans son siège, il poussa le chauffage au maximum : au diable les économies d'énergie !

25

AVANT MÊME LE RETOUR DE JUAN et des autres sur l'*Oregon*, une équipe dirigée par Mike Trono se dirigeait vers la baie où *La Mer silencieuse* avait coulé. Par radio, Juan leur avait en effet enjoint de prendre le Nomad et de faire disparaître l'épave. Mike avait emmené cinq personnes avec lui et près d'une tonne de matériel.

Leur nuit promettait d'être rude et glaciale.

Après la douche la plus longue et la plus chaude de toute son existence, et après avoir appris que le bateau de recherche argentin n'avait pas passé plus d'une heure dans la mauvaise direction et était retourné à la base, Juan réunit ses chefs de service pour décider de la suite des opérations. La réunion fut brève. Lors du trajet de retour depuis la baie, Juan avait mis au point un plan dont il restait encore à peaufiner les détails. Deux heures à peine après son retour, il se retrouvait à nouveau dans la moon pool.

Plutôt que de prendre le temps de recharger les batteries du Discovery, les techniciens en installèrent de nouvelles et en profitèrent pour changer les nettoyeurs de dioxyde de carbone et remplir les réservoirs d'air. Pour cette mission, Juan choisit de se faire accompagner par Franklin Lincoln. Il ne s'attendait pas à une fusillade, mais en dépit de sa taille, l'ancien SEAL se déplaçait comme un spectre et avait, plus que les autres membres de l'équipage, l'expérience des infiltrations clandestines.

Lorsqu'ils furent prêts, Kevin Nixon fit son apparition, les bras chargés de vêtements polaires que son équipe avait modifiés à l'image des uniformes argentins. Une fois emmitouflés dans leurs pantalons, vestes et écharpes, leurs lunettes sur le visage, rien ne les distinguerait des hommes d'Espinoza.

Il leur fallut dix minutes pour atteindre l'entrée de la baie. Même sous l'eau, les lumières du rivage étaient visibles et, à cause du bruit des plates-formes pétrolières, la mer résonnait comme une grosse usine. Ce fracas ininterrompu masquait le ronronnement de leur moteur et ils n'avaient pas besoin de se glisser furtivement dans la baie.

— Qu'est-ce que c'est que ce bruit ? demanda soudain Linc, alors qu'ils naviguaient à neuf mètres de profondeur.

— Les plates-formes pétrolières ?

— Non. Comme un bouillonnement en basse fréquence. Il était très fort quand on a pénétré dans la baie, et maintenant, même s'il a diminué, je l'entends encore.

Juan se concentra et perçut lui aussi l'étrange gargouillement. Il prit alors le risque d'allumer le plus faible des projecteurs en se disant que de la surface cela passerait pour un reflet de la lune sur les vagues. Il aperçut alors des rideaux de bulles minuscules qui s'élevaient du fond de la mer, et, en scrutant plus attentivement, Linc et lui distinguèrent le réseau de tuyaux.

Juan coupa le projecteur et les deux hommes échangèrent un regard.

— Tu as une idée ? demanda finalement Linc.

— C'est comme ça qu'ils empêchent la baie de geler, dit-il consultant l'écran d'un des ordinateurs. Voilà, c'est ça. La température de l'eau avoisine les 15°. Ils doivent utiliser le gaz des torchères pour chauffer de l'air dans des tuyaux. Il faut reconnaître que c'est très ingénieux.

Quelques instants plus tard, ils passèrent à moins d'une centaine de mètres du gros croiseur ancré dans la baie.

— T'as une idée de ce qu'on va faire avec celui-là ?

Dans l'eau couleur d'encre, Juan sentait presque sa présence massive, comme celle d'un énorme requin. Si l'*Oregon* et le croiseur devaient s'affronter en un combat naval, tous deux finiraient probablement au fond.

— L'inspiration me viendra ce soir, j'en suis sûr.

A une vingtaine de mètres du quai, Juan sortit le périscope de vision nocturne. Pas plus grand qu'un paquet de cigarettes, ses images en haute définition étaient transmises en même temps au sous-marin et à l'*Oregon*. Une dizaine de paires d'yeux étudièrent le quai pendant que Juan effectuait des panoramiques. En dehors des bateaux de travail amarrés au quai, on ne voyait que des pylônes en béton. Aucun soldat de garde dehors : il faisait trop froid.

Juan se disait aussi que pour l'heure, les Argentins savouraient leur réussite et ne songeaient pas encore au danger. Plus tard, peut-être auraient-ils à faire face à une riposte armée, mais dans les prochains jours le monde serait encore frappé de stupeur par leur action audacieuse.

Il engagea le sous-marin sous l'appontement et fit surface. La coque ne dépassait que de vingt centimètres et l'écoutille de trente. En outre, la peinture bleu foncé du submersible le rendait pratiquement invisible. Enfin, un observateur aurait dû s'agenouiller et regarder sous le quai pour apercevoir quelque chose.

Il leur fallut se livrer à de véritables contorsions pour enfiler leur parka, mais quelques instants plus tard, Linc souleva l'écoutille et grimpa sur le quai. Il avait peu de place et dut se courber en deux pour amarrer le sous-marin. Puis Juan monta sur le pont d'un des bateaux, bientôt rejoint par Linc et, avec une apparente insouciance, les deux hommes se dirigèrent vers la base argentine.

Pour la première fois, Juan disposait d'une vue panoramique sur le complexe et il fut surpris par sa taille. Grâce aux images de Linda, il savait en outre que l'étendue de la baie permettait de tripler sa superficie. Si on les laissait faire, il ne tarderait pas à y avoir une véritable ville à cet endroit.

Leur première tâche consistait à trouver l'endroit où les Argentins retenaient prisonniers les scientifiques, qu'ils comptaient utiliser comme boucliers humains. Il était 20 heures, et, comme ils s'en doutaient, il n'y avait presque personne dehors. De temps en temps, ils apercevaient une silhouette qui se déplaçait entre deux bâtiments, mais la plupart des gens avaient sagement choisi de rester à l'intérieur. Un coup d'œil occasionnel à travers une fenêtre éclairée révélait des hommes installés sur des canapés qui jouaient aux cartes ou regardaient des DVD, tandis que dans les chambres individuelles, on les voyait occupés à lire ou à écrire une lettre à leur famille. La première zone qu'ils explorèrent semblait dédiée au logement des travailleurs du pétrole et donc peu susceptible d'abriter les otages.

Ils visitèrent plusieurs entrepôts dans l'espoir que les scientifiques puissent être enfermés dans quelque arrière-salle, mais ne trouvèrent que du matériel de prospection et des centaines de fûts d'un lubrifiant de forage baptisé boue de démarrage.

Alors qu'ils sortaient d'un de ces bâtiments, ils tombèrent sur une silhouette sombre.

— Qu'est-ce que vous faisiez là-dedans ?

La voix était étouffée par une écharpe, mais le ton nettement accusateur.

— On essaye de se repérer dans les lieux, répondit Juan en espagnol, poussant son avantage face à l'homme en civi. Si on veut vous défendre, il faut qu'on connaisse le moindre centimètre carré de cet endroit. Alors si ça ne vous dérange pas, nous allons poursuivre notre exploration.

— Ah oui ? dit-il d'un ton méfiant. Et pourquoi faire votre reconnaissance de nuit ?

Juan adressa un geste à Linc comme pour lui dire, « il est incroyable, ce type ».

— Parce que je doute fort que les Américains aient le culot d'attaquer en plein jour, et ce qui peut sembler un abri pendant la journée pourrait fort bien se révéler tout autre la nuit.

Sur ces mots, Juan bouscula légèrement l'homme de l'épaule et poursuivit sa route avec Linc sans même un regard en arrière. Lorsqu'ils furent hors de vue, Juan vérifia tout de même qu'ils n'étaient pas suivis, mais l'homme avait disparu.

Linc se mit à rire.

— Mon espagnol est plutôt mauvais, mais je dois dire que je n'ai jamais entendu d'aussi grosse connerie.

— Je le disais à Max : plus c'est gros mieux ça passe.

Destiné à tromper les satellites de renseignements, le camouflage du complexe se traduisait par une absence de logique dans la disposition des bâtiments. Ce ne fut qu'arrivés à l'extrémité sud de la base, près de l'endroit où Linc avait repéré la batterie de SAM, qu'ils distinguèrent un édifice isolé sur pilotis semblable à un igloo en forme de losange. En dehors de la fenêtre de façade, éclairée, il était plongé dans l'obscurité.

Ils grimpèrent les marches, Juan ouvrit la porte et les deux hommes se retrouvèrent dans un vestibule équipé de portemanteaux pour les parkas et de râteliers pour les couvre-bottes. Ils ouvrirent ensuite la porte donnant sur l'intérieur. Deux soldats se tenaient derrière, le pistolet à la main : ils avaient entendu la première porte s'ouvrir. A la vue des uniformes argentins, ils se détendirent. La pièce avait tout le charme d'une caravane décatie.

— Qu'est-ce que vous faites ici, les gars ? On est de garde jusqu'à la fin du monde.

— Désolés, on n'est pas venus vous relever, dit Juan. On cherche le major. Il ne serait pas passé ici, des fois ?

— Espinoza est venu jeter un œil aux prisonniers il y a environ deux heures, mais on ne l'a pas revu depuis.

Juan avait désormais un nom à mettre sur un visage.

— C'est bon, merci.

Linc et lui pivotèrent sur leurs talons.

— Attendez un peu. C'est qui, là, sous la capuche ? Ramón ?

— Non, Juan Cabrillo, répondit-il hardiment.

— Qui ça ?

— Juan Rodriguez Cabrillo. La Sécurité militaire vient de me verser dans la 9ᵉ Brigade.

Ce qui, en clair, pouvait se traduire par : je suis probablement un officier alors arrêtez avec vos questions.

Le soldat déglutit avec difficulté.

— A vos ordres. Si je vois le major Espinoza, je lui dirai que vous le cherchez.

En dépit des couches de vêtements qui étouffaient sa voix, Juan parvint à prendre un ton menaçant.

— Le mieux pour vous, soldat, c'est que cette discussion n'a jamais eu lieu. Compris ?

— A vos ordres.

Linc et Juan retrouvèrent la nuit polaire où la lueur des étoiles faisait scintiller la glace.

— Gagné ! fit Linc.

— Oui, gagné. Il ne nous reste plus qu'à libérer les otages, fermer cet endroit et neutraliser un croiseur de dix-huit mille tonnes sans que les Argentins se rendent compte de notre présence.

Pendant trois heures, ils poursuivirent leur inspection de la base sans être inquiétés, car en dehors de la prison improvisée, aucun bâtiment ne semblait gardé. Juan s'intéressa particulièrement aux usines de transformation de gaz et de pétrole. Elles étaient situées dans de vastes bâtiments en forme de hangars recouverts de plusieurs couches de matériau isolant, puis de neige et de glace. A l'intérieur couraient de véritables labyrinthes de tuyaux et de canalisations dont seul un ingénieur pouvait deviner la fonction. L'une de ces usines était installée très en retrait de la plage, mais l'autre s'élevait en partie au-dessus de la mer sur des pilotis. Dans celle-ci, non seulement on transformait le gaz naturel, mais elle abritait aussi une énorme chaudière destinée à fournir l'air brûlant injecté dans le réseau de tuyaux qui courait sous les eaux de la baie. L'ensemble du système semblait automatisé, mais l'importance du dispositif était telle qu'un surveillant était assis dans un petit bureau, à quelque distance des machines. En apercevant Linc et Juan, qu'il prit pour des soldats, il les salua d'un signe de tête. Ils lui rendirent son salut et l'homme retourna à son magazine d'anatomie.

Lorsqu'ils revinrent au quai, il était plus de 23 heures. Les deux hommes étaient épuisés et glacés jusqu'aux os. Ils sautèrent sur le bateau de travail argentin et Juan se courbait sous l'appontement pour gagner le submersible lorsqu'un ordre retentit :

— Ne bougez plus ! Que faites-vous ici après le couvre-feu ?

Juan se raidit.

— J'ai oublié mon iPod cet après-midi, quand je suis sorti avec les Chinois.

— Je me moque de ce que vous avez oublié. Personne n'a le droit de sortir après le couvre-feu. Sortez de là. Vous allez m'accompagner.

Il braqua son pistolet-mitrailleur sur Juan.

C'était bien leur chance : ils étaient tombés sur le soldat le plus zélé de toute l'armée argentine.

— Du calme, mon vieux. On veut pas d'ennuis.

— Dans ce cas, il fallait rester dans ton dortoir. Allez, avance !

Linc fut le premier à s'avancer sur le quai. En voyant se dresser devant lui la haute silhouette, le soldat recula instinctivement d'un pas. Linc faisait une bonne tête de plus lui et avait l'air d'un ours polaire avec ses épais vêtements.

Juan fit alors son apparition juste derrière Linc, et, avant que le soldat ait pu lui lancer un nouvel ordre, il écarta son pistolet-mitrailleur MP5 et lui balança une violente droite au visage. Les lunettes, en s'écrasant sur son nez, firent jaillir autant de larmes que de sang.

Linc fut rapide comme l'éclair. Il jeta l'arme au loin et écrasa la rotule du soldat d'un coup de pied. L'homme s'effondra tandis que Juan se jetait sur lui pour étouffer ses cris. Mais le risque était trop grand et Juan n'hésita pas : il comprima la bouche et le nez de l'homme qui se débattit pendant une longue minute avant de succomber.

— Je ne voulais pas en arriver là, dit Juan qui se releva en haletant, les mains pleines de sang.

— Qu'est-ce qu'on va faire de lui ? Si on emmène le corps, ça va paraître suspect. C'est pas le genre d'endroit qu'on déserte.

Juan tira alors la capuche de l'homme et lui ôta sa cagoule en laine. Ensuite il étala du sang sur un bollard tout proche et disposa le corps comme s'il avait buté dessus avant de s'écrouler, assommé, perdant son capuchon. Il suffit de dix minutes dans une telle situation pour mourir de froid.

— Problème résolu. On rentre.

*
* *

Le lendemain matin, Juan fut réveillé par la sonnerie d'un téléphone. L'amoncellement de couvertures sur sa couchette pesait une tonne et il avait transpiré. Malgré cela, il avait froid. Cela lui rappela l'époque où il travaillait pour la CIA et ces matinées glaciales au Kazakhstan lorsqu'il s'était infiltré à l'intérieur du cosmodrome de Baïkonour. Il prit les écouteurs sur sa table de nuit.

— Allô ?

Il était huit heures et quart. Il avait dormi trop tard.

— Où êtes-vous ?

C'était Overholt qui l'appelait depuis Langley.

— Au lit.

— Etes-vous du côté de l'Antarctique ?

Le ton était sec, accusateur. Visiblement, Langston était soumis à une grosse pression, et il faisait en sorte que Juan n'en ignore rien.

— Nous sommes à mi-chemin du Cap, pour la visite de l'émir du Koweit, dit Juan sans grande conviction.

— Vous êtes sûr ?

— Ecoutez, Lang, j'ai pour deux millions de dollars de matériel de navigation à bord de l'*Oregon*. Je crois que je sais où nous nous trouvons. Ça vous dérangerait de me dire ce qui vous turlupine à ce point-là ?

— Vous connaissez l'existence de ce sous-marin que les Chinois ont envoyé pour assurer la protection des Argentins ?

— Oui, vous m'en aviez parlé.

— La marine de l'Armée populaire de libération a perdu le contact avec ce bâtiment après lui avoir donné l'ordre de contrôler un navire qui s'était aventuré dans leur zone d'exclusion. C'était il y a trente-six heures.

— Je vous promets qu'à ce moment-là, nous étions à l'est des Malouines, à mi-chemin de l'île de Sainte-Hélène.

— Dieu merci.

Juan n'avait jamais entendu son ami aussi découragé.

— Que se passe-t-il ?

— Depuis qu'ils ont perdu ce sous-marin, les Chinois sont sur les dents. Ils affirment que c'est nous qui l'avons coulé, mais ils n'en ont pas la preuve. Ils ont déclaré que tout acte ouvert d'hostilité envers les Argentins, d'où qu'il vienne, sera considéré comme une attaque venant des Etats-Unis. S'il se passe quelque chose là-bas, ils exigeront le remboursement de la dette américaine. C'est-à-dire 750 milliards de dollars. Nous serons complètement ruinés, parce que tous ceux qui détiennent des bons du Trésor vont également en exiger le remboursement. Ça ressemblera à la ruée sur les banques au moment de la crise de 29.

« Par différents canaux diplomatiques, nous leur avons fait savoir que s'ils exigeaient le remboursement de leur dette, nous frapperions leurs exportations chez nous de tels droits de douane que plus personne n'achèterait leurs marchandises. Ils nous ont mis au défi. Ils se fichent que leur peuple se retrouve sans travail et meure de faim. En matière économique, ils nous tiennent à leur merci. Nous nous sommes nous-mêmes condamnés et maintenant nous allons en payer le prix.

— Ils ont dit « tout acte ouvert d'hostilité » ?

— Ouvert ou à couvert. Peu importe. Ils nous tiennent à leur merci, un point c'est tout. Le président a donné l'ordre à tous les bâtiments de guerre américains de l'Atlantique de rester au-dessus de l'équateur et il a fait rappeler tous nos sous-marins d'attaque pour montrer aux Chinois que nous ne nous opposerons pas à ce qu'ils ont fait avec les Argentins. On peut dire que maintenant, les Etats-Unis ont cédé à la Chine leur statut de superpuissance.

Venant de la part d'un homme qui avait contribué à mettre un terme aux prétentions hégémoniques de l'Union soviétique, ces derniers mots étaient pénibles à entendre. Juan ne savait que répondre, ni, à vrai dire, que faire.

La meilleure solution était de s'en tenir à son plan et de laisser les choses se dérouler comme prévu. Pourtant, il fallait aussi songer à ce qu'allaient vivre les gens aux Etats-Unis. A côté de ce que décrivait Overholt, la crise de 1929 ressemblait à une simple mauvaise passe : 60 à 70 % de chômage, la faim et les émeutes qui l'accompagnaient inévitablement, le désordre et la violence. En résumé, ce serait la fin des Etats-Unis.

Il finit par retrouver sa voix.

— Ne vous inquiétez pas pour nous. Comme je vous l'ai dit, nous sommes en route pour l'Afrique du Sud.

— Je suis heureux de vous l'entendre dire, dit Langston. Vous savez, Juan, il est possible qu'on ne s'en tire quand même pas si facilement.

— Que voulez-vous dire ?

— On peut calmer les Chinois, mais la Corée du Nord exige que nous réduisions nos troupes au sud au risque d'une confrontation militaire. Et la nuit dernière, une petite bombe a éclaté près du palais présidentiel, à Caracas. Les Vénézuéliens dénoncent une tentative d'assassinat perpétrée par les forces spéciales colombiennes. Ils vont exercer des représailles et les images satellites montrent qu'ils acheminent des troupes le long de la frontière. Mais ce qui est intéressant à savoir, c'est qu'ils ont commencé il y a déjà deux jours.

— Ce qui veut dire qu'ils ont probablement placé cette bombe eux-mêmes pour avoir un prétexte.

— C'est aussi ce que je pense, mais peu importe. La Chine a énormément investi au Venezuela, alors vous pouvez imaginer notre réaction s'ils envahissent la Colombie.

— On se tourne les pouces ?

— Ça pourrait être considéré comme une provocation, dit Overholt avec un humour grinçant. On restera plutôt assis sur notre cul sans rien faire. Ecoutez, j'ai tout un tas de réunions, ce matin. Je vous tiendrai au courant s'il y a du nouveau. Si on ne se parle pas avant votre arrivée là-bas, saluez bien de ma part l'émir du Koweit.

— Je n'y manquerai pas.

Il reposa le casque sur la table de nuit et repoussa ses couvertures. Le sol était froid comme une patinoire de hockey, et, avec ses chaussettes en laine, tout aussi glissant. Il songea à l'entretien qui venait de se terminer. Qui avait été le meilleur ? Lui pour avoir menti ou Overholt pour avoir tenté de le manipuler ? Le vieux renard de la CIA pensait que l'*Oregon* se dirigeait bien vers Le Cap, mais il lui avait parlé de la Corée du Nord et du Venezuela pour lui faire faire demi-tour.

« Fais ce qui te semble juste, disait souvent son père à Juan. Quoi que tu puisses en penser, les conséquences seront toujours moins lourdes à gérer. »

Il s'habilla en vitesse, gagna le centre d'opérations et prit une tasse de café sur un plateau en argent. A présent que le navire était fermement ancré, Maurice avait ressorti la porcelaine Royal Doulton. C'était la façon subtile du maître d'hôtel pour se faire pardonner sa plaisanterie. Juan estimait d'ailleurs la tasse qu'il tenait à la main à 75 dollars.

— Comment se sont débrouillés Mike et son équipe ? demanda-t-il.

Mark Murphy et Eric Stone se tenaient à leur place habituelle, près de l'entrée de la pièce.

— Ils sont rentrés vers quatre heures du matin, répondit Eric. Mike a fait dire que ça s'était bien passé, mais il leur faut au moins encore une nuit. Par contre, il y a un problème.

— Il y en a toujours.

— Ce matin, le bateau au sonar a pris la direction du sud.

Juan laissa échapper un juron. Si lui-même avait pu localiser rapidement l'épave à bord de son sous-marin, nul doute que les Chinois y parviendraient également.

— J'imagine que l'autre baie est gelée, alors ils ont décidé d'explorer celle-ci, la bonne.

— Que veux-tu qu'on fasse ? demanda Mark.

— J'sais pas encore. On ne peut les arrêter avec aucun de nos deux sous-marins, et si on envoie un RHIB, ils vont avertir la base par radio qu'un bateau inconnu se dirige vers eux.

Hali Kasim se tenait à son poste de travail habituel. Il se tourna vers Juan.

— Ils vont la trouver aujourd'hui ? Et alors ? Tout ce qu'ils pourront faire, c'est prendre des photos sous-marines de mauvaise qualité. Ça ne prouve rien, et demain cette épave sera détruite.

— Je vais me faire l'avocat du diable, fit Eric. S'ils trouvent l'épave, qui nous dit qu'ils ne resteront pas sur place toute la nuit ? Ça bousillerait notre plan.

Juan commençait à avoir mal à la tête et il se massa les tempes. Bien sûr, il y avait l'autre problème auquel il n'avait pas non plus trouvé de solution. Il avait déjà soumis une idée à Kevin Nixon, mais leur spécialiste des effets spéciaux avait rétorqué que toute contrefaçon serait détectée dans la seconde. Pourtant, c'était tout ou rien. Pour que son plan réussisse et que les Argentins ne se doutent de rien, il lui fallait trouver dix-huit squelettes humains.

Le mal de tête se muait en migraine.

26

Q— UI AIMEZ-VOUS PLUS QUE MOI ? demanda Linda Ross à la cantonade en pénétrant dans le centre d'opérations.

Elle arborait un large sourire et tenait à la main un dossier en papier kraft.

— Megan Fox, dit aussitôt Mark.

— Beyoncé, lança le technicien de permanence chargé des dommages.

— Katie Holmes, fit Hali.

— Moi, j'ai toujours eu un faible pour Julia Roberts, ajouta Eric.

— Et toi, président, tu as aussi un côté porc sexiste ?

— La seule femme que j'aime plus que toi c'est ma maman.

Les hommes le raillèrent gentiment.

Linda sourit.

— Touché.

— Rappelle-moi pourquoi je dois tellement t'aimer ?

— Parce que j'ai découvert qu'à moins de cent quatre vingt-cinq kilomètres d'ici, au sud, il y a une station baleinière norvégienne abandonnée depuis les années 30.

— On n'a pas besoin d'os de baleine.

— Elle a été classée au patrimoine mondial de l'Unesco parce que, tiens-toi bien, elle abrite une chapelle et un cimetière où reposent vingt-sept marins baleiniers qui ont trouvé la mort dans ces eaux. Tu m'as dit de te trouver des squelettes, je te trouve des squelettes.

Juan bondit sur ses pieds, se retrouva à ses côtés en un instant et dut se pencher pour déposer un baiser sur sa joue soyeuse. Sa migraine venait de disparaître comme par enchantement. Sans squelettes, il aurait été contraint d'abandonner les otages à leur sort. Lorsque les événements se précipiteraient, les Argentins ne se soucieraient guère d'eux, et les laisser derrière signifiait leur mort.

— Président, s'écria soudain Hali, j'ai une transmission depuis le bateau chinois !

— Brouille-la !

Hali tapota une seconde sur son clavier.

— J'ai isolé leur fréquence. Ils sont morts. L'ordinateur va les suivre automatiquement quand ils vont chercher un signal de bas en haut du spectre.

— C'est bon. S'ils ont des nouvelles à rapporter, il va falloir qu'ils regagnent la base. Voilà deux problèmes résolus en moins d'une minute. Bravo, tout le monde.

Max et Tamara firent leur apparition dans le centre d'opérations, si proches l'un de l'autre qu'un instant auparavant ils devaient se tenir par la main. L'image de la princesse et du crapaud s'imposa fugitivement à l'esprit de Juan, mais il était heureux pour tous les deux.

— Tu arrives au bon moment, mon ami.

Hanley le considéra avec méfiance, comme s'il cherchait à lui refiler une voiture d'occasion douteuse.

— Mauvais présage.

Juan lui adressa un large sourire.

— Tu as raison. J'ai besoin que tu joues Igor le fossoyeur.

— Que voulez-vous qu'il joue ? demanda Tamara, effarée.

— Tu sais, dit Max en hochant la tête, je dois reconnaître une chose : j'espérais un peu que cette partie de l'opération foire.

— Allez, fit Juan d'un ton taquin. Le grand air, les Norvégiens décomposés... Ça sera super !

— Mais de quoi parlez-vous, tous les deux ? s'écria Tamara. Qu'est-ce qui est décomposé ?

Max se tourna vers elle.

— Pour sauver les otages sans que les Argentins s'en aperçoivent, il faut qu'on laisse quelque chose derrière pour les induire en erreur.

— Et alors ?

— Quand on les aura sortis du bâtiment, dit Juan, on l'incendiera. Et ils trouveront dix-huit squelettes carbonisés. Seul un médecin légiste pourrait se rendre compte qu'il ne s'agit pas des bons cadavres. Heureusement pour nous, les équipes scientifiques sont réduites en hiver, sans ça on aurait dû trouver une autre solution.

— Laquelle ? demanda Tamara, visiblement inquiète.

— Une petite bombe nucléaire, par exemple.

D'après ce qu'elle avait vu de la Corporation, elle aurait été incapable de dire s'il plaisantait ou non, mais elle penchait plutôt pour la deuxième solution.

Juan lui adressa alors un sourire carnassier qui ne lui apprit rien sinon qu'elle se retrouvait au milieu d'une bande d'adolescents vantards. Elle se tourna vers Max dans l'espoir d'une réponse, mais il se contenta de hausser les épaules.

— J'imagine qu'une petite bombe aurait mieux valu qu'une grosse, dit-elle finalement.

Linda s'approcha d'elle, comme pour la rassurer au milieu de ce vent de folie.

— Ne vous inquiétez pas. Nous savons ce que nous faisons.

— Tant mieux pour vous, parce que moi je ne le sais toujours pas.

Vingt minutes plus tard, Max et quatre hommes d'équipage quittaient l'*Oregon* à bord d'un RHIB qui traînait à sa suite un canot gonflable. Ils parcoururent d'abord une dizaine de kilomètres en ligne droite vers le sud, de façon à ne pouvoir être repérés depuis le rivage. Max emportait une pompe à essence à haute pression qu'il comptait utiliser pour déterrer les squelettes. L'aiguille d'eau chaude projetée par cette pompe pouvait être propulsée à quatre mille kg/cm^3, une puissance suffisante pour faire fondre le permafrost. Comme il l'avait dit au moment de son départ : « Ni pelles ni pioches pour le fils préféré de Mme Hanley. »

Mais c'était à Juan qu'incombait la tâche la plus rude. Comme les Chinois surveillaient la baie où se trouvait l'épave, Mike Trono et son équipe ne pouvaient pas reprendre leur travail. Restait le Nomad avec son sas. Le crépuscule perpétuel était suffisamment sombre pour les dissimuler, tandis que le vacarme des plates-formes pétrolières et le bouillonnement de l'eau dû au système de chauffage couvriraient le bruit de son travail.

Dans la salle des opérations sous-marines, Juan revêtit ses vêtements de plongée. Sous sa combinaison Viking, il portait un vêtement en filet constitué de plus de trente mètres de tubes. De l'eau chaude y circulait grâce à un tuyau d'alimentation relié au sous-marin. Les Argentins chauffaient l'eau de la baie, mais il ne pouvait courir le risque de rencontrer de l'eau glacée au cours de son travail. Le tuyau d'alimentation comportait également son système de communication mais aussi son air, en sorte qu'il n'avait pas besoin d'emporter d'encombrantes bouteilles.

Le casque intégral était équipé de puissants projecteurs dont il diminua l'intensité en recouvrant de peinture la moitié des lentilles. Cela rendrait son travail non seulement plus difficile, mais aussi presque impossible à détecter depuis la surface. Il faudrait se rappeler de ne jamais regarder en haut, au risque d'envoyer un rayon lumineux à la surface.

Linda piloterait le mini sous-marin tandis qu'Eddie Seng serait son maître de plongée.

Dès que l'engin fut mis à l'eau, Linda se dirigea vers la poupe de l'*Oregon*. Juste sous le mât vide prévu pour le drapeau, on avait ouvert une trappe révélant une énorme bobine de câble en fibre de carbone, beaucoup plus léger et résistant que l'acier, et de flottabilité neutre. Linda en saisit le bout avec le puissant bras mécanique du Nomad et l'introduisit dans un logement d'où il ne pouvait plus sortir.

Puis ils se mirent en route en direction de la base argentine. Au début, le tractage du câble ne posait pas de problème, mais ils savaient que bientôt, le sous-marin serait à la peine, malgré la programmation du lancement du Nomad pour pénétrer dans la baie avec la marée.

Il leur fallut plus d'une heure pour atteindre les pylônes soutenant l'usine à gaz que Juan et Linc avaient passé tant de temps à examiner, la nuit précédente. L'eau de la baie étant chauffée artificiellement, la vie marine proliférait sur les énormes piliers en ferrociment. Des crabes bruns grouillaient dans le fond et des poissons filaient entre les colonnes recouvertes de bernaches et d'autres coquillages.

Le Nomad faisait presque vingt mètres de long, mais avec les nombreux propulseurs disposés le long de sa coque, il était aisément manœuvrable. La lèvre inférieure pincée entre ses dents très blanches, Linda se glissa sous le complexe industriel puis descendit jusqu'au fond.

Là, elle déploya de nouveau le bras mécanique. Le câble en fibre de carbone avait beau être solide, il demeurait quand même sensible à l'abrasion et le frottement contre la surface rugueuse de la colonne risquait de l'endommager. C'est donc avec le bras mécanique qu'elle entreprit de gratter les moules accumulées qui refermèrent leur coquille avant de se disperser dans l'obscurité.

Ensuite, toujours avec le bras mécanique, elle tira de son logement une longueur de tuyau en plastique, un de ces tuyaux utilisés en plomberie et que l'on aurait pu trouver n'importe où à l'intérieur de la base. Il n'éveillerait aucun soupçon : ce ne serait qu'un déchet parmi tant d'autres tombés à la mer. Les tuyaux avaient été collés ensemble pour former un demi-cercle qui s'adaptait à l'arrière du quai. C'est sur ce plastique tendre et non sur le ciment que frotterait le câble en fibre de carbone.

— Beau travail, dit Juan lorsque le sous-marin recula lentement.

Linda fit pivoter le Nomad et ils traversèrent à nouveau la baie. Le poids du câble et la puissance de la marée faisaient peiner le moteur. Les batteries se vidaient deux fois plus vite que d'habitude et le sous-marin se traînait avec une lenteur catastrophique, mais ils progressaient.

Vingt minutes plus tard, ils se retrouvèrent sous l'*Almirante Guillermo Brown* dont l'ancre, au bout de sa chaîne, reposait sur les rochers. La quille du navire, quant à elle, se trouvait à moins de six mètres du fond.

— Drôle de nom, *Brown*, pour un navire argentin, dit Eddie en tendant son casque à Juan.

— Le capitaine s'appelait vraiment William Brown : il était né en Irlande et avait émigré ensuite en Argentine. On raconte qu'au début du XIXᵉ siècle, c'est lui qui créa la marine de guerre argentine pour combattre les Espagnols.

— Comment est-ce que tu sais tout ça ? demanda Linda.

— Quand on vu ce croiseur pour la première fois, j'ai fait une recherche sur Google. Moi aussi je trouvais que c'était un nom bizarre pour un navire argentin.

Juan gagna le minuscule sas, équipé d'une ceinture à outils. Sur son dos, semblables à un réservoir de lance-flammes de la Deuxième Guerre mondiale, deux cylindres. Lorsque la porte se fut refermée sur lui, il ficha l'extrémité de son câble dans le logement prévu à cet effet, vérifia ses connections et s'assura que l'eau chaude circulait bien dans son vêtement. Lorsque Eddie fut pleinement satisfait, Juan ouvrit la valve et le petit espace se remplit d'eau.

La pression serra le vêtement caoutchouté contre ses jambes. La température était agréable, mais il s'attendait à rencontrer des poches d'eau glacée lorsqu'il serait dehors. Eddie le regardait à travers la vitre du sas et Juan lui adressa le signal traditionnel des plongeurs pour signifier que tout allait bien. Eddie fit de même.

Lorsque l'eau eut presque gagné le plafond, Juan ouvrit la trappe, laissant échapper un nuage de bulles. Il sortit alors du sous-marin en prenant soin de garder la tête baissée pour ne pas envoyer de lumière vers la surface. Etant donné la température, les Argentins n'avaient pas dû poster de sentinelles sur le pont, mais la nuit précédente, Linc et lui ne pensaient pas non plus tomber sur un soldat en faction.

La lente vibration que l'on percevait dans l'eau provenait de la centrale secondaire du croiseur, celle qui alimentait les systèmes électriques et le chauffage. Les moteurs principaux étaient coupés. Il l'avait compris en constatant que seul un mince panache de fumée s'échappait de l'unique cheminée du navire.

Il s'éloigna d'un bond du sous-marin et atterrit en douceur sur le fond où ses bottes soulevèrent un petit nuage éphémère. L'un des conduits à bulles de quinze centimètres se trouvait sur sa gauche et laissait échapper de minces filets d'argent.

Juan observa alors l'ancre de l'*Almirante Guillermo Brown*. Elle devait peser dans les quatre tonnes, ce qui était amplement suffisant pour permettre au navire de résister aux marées. Une longueur supplémentaire de chaîne rouillée reposait à côté de l'ancre.

— Comment ça va, là-bas ?

— Jusque-là, pas de problème. Je suis en train d'examiner l'ancre.

— Alors ?

— Je devrais pouvoir la détacher de la chaîne. La charnière est maintenue par des boulons.

Juan tira alors une clé ajustable de sa ceinture, l'adapta au boulon et tourna. De petits fragments de peinture jaillirent du métal au huitième de tour, mais impossible de tourner plus. Juan finit par appuyer les jambes sur l'ancre et se mit à tirer jusqu'à ce qu'il eût l'impression de s'évanouir. Le boulon effectua un nouveau huitième de tour. Il lui fallut dix minutes d'efforts inouïs pour ôter le premier boulon. Il transpirait abondamment.

— Coupe le chauffage, Eddie, je meurs de chaud là-dedans.

— Il est coupé.

Le deuxième boulon fut un jeu d'enfant et il put finir de le dévisser à la main. Le troisième et le quatrième ne cédèrent pas aussi facilement sans pour autant se montrer aussi rebelles que le premier. Il remit la clé dans sa ceinture et prit un maillet en caoutchouc. Ce matériau avait été évidemment choisi pour éviter le bruit.

Il abattit le maillet sur la charnière qui se déplaça de deux centimètres et demi. Trois coups plus tard, elle était presque sortie de l'ancre. Celle-ci maintiendrait encore le navire face aux marées régulières, mais en cas de poussée plus forte, la charnière sauterait et l'*Almirante Guillermo Brown* serait livré aux caprices de la mer.

— Ça y est. Houla !

— Qu'y a-t-il ?

— Je viens d'être frappé par un paquet d'eau glacée. C'est brutal !

— Tu veux qu'on remette le chauffage ?

— Non, ça ira.

Juan s'en retourna vers le sous-marin en récupérant des longueurs de câble au passage.

Puis il dégagea l'extrémité du câble en fibre de carbone de son logement et le ramena vers l'ancre. Il ajouta un peu d'air à son compensateur de flottabilité pour faciliter son ascension et entreprit de grimper le long de la chaîne. Pour l'instant, le câble reposait sur le fond.

En atteignant le flanc du croiseur, il fit une courte pause. Le bas de la coque était recouvert d'une peinture rouge antirouille et remarquablement dépourvu de coquillages. La tâche suivante consistait à souder huit manilles métalliques sur la proue. C'était à cela que devaient servir les deux réservoirs qu'il portait sur le dos, des batteries de forte puissance pour la soudure à l'arc. D'ordinaire, ce matériel servait aux réparations d'urgence sur l'*Oregon*.

Il ajusta de nouveau sa flottabilité et glissa une protection oculaire devant son masque de façon à pouvoir supporter la luminosité de l'arc électrique, plus forte que celle du soleil. La courbure de la coque le dissimulait aux regards, et, vingt minutes plus tard, il avait soudé les huit manilles. Il avait décidé d'en fixer un aussi grand nombre au cas où une ou plusieurs viendraient à céder. Puis il fit passer le câble à travers ces œillets métalliques et à l'extrémité y fixa une boîte en acier de la taille d'un livre de poche. La boîte servait de point d'amarrage et renfermait en outre une charge explosive. Au signal envoyé par l'*Oregon*, elle se désintègrerait et libérerait le câble. Seul élément de preuve demeuré sur place : les huit manilles, mais il y avait peu de risques qu'elles survivent à ce qu'avait prévu Juan.

Dès qu'il fut de retour au Nomad, ils se remirent en route.

— L'opération Lanière de fouet est lancée, annonça-t-il tandis qu'Eddie l'aidait à retirer son casque.

— Des problèmes ?

— Aucun. Ça a marché comme sur des roulettes.

— Autre bonne nouvelle, fit Linda, Eric a repéré une tempête qui se dirige vers nous. Elle devrait arriver demain, à l'aube, ou du moins ce qui en tient lieu dans ces régions.

— Rappelle Eric et dis-lui de reculer un peu le bateau de la plage. Dis-lui aussi de vider les ballasts tribord mais de laisser le côté bâbord immergé. Ça devrait donner à notre vieux rafiot une gîte convaincante. (Un éclair passa dans les yeux de Juan.) J'espère que les Argentins ont bien profité de leur brève domination sur cette partie du monde, parce qu'elle va bientôt prendre fin.

Vers 17 heures, ce même jour, le bateau de surveillance chinois croisa à proximité de l'*Oregon* qui s'était un peu éloigné de la plage. Ils allaient sans nul doute rapporter que le *Norego* s'était déséchoué et s'apprêtait à reprendre son errance fantomatique sur les flots. Une heure plus tard, Max Hanley et son équipe, épuisés et frigorifiés, revenaient avec leur macabre cargaison.

— C'était l'horreur, s'écria Hanley lorsque le RHIB fut amarré le long de l'*Oregon*. Non seulement il fait un froid à geler les pingouins, mais en plus ce cimetière foutrait les chocottes à Stephen King lui-même. Les pierres tombales sont sculptées dans des os de baleine et entourées d'une barrière de côtes aussi hautes que moi. Quant au portail voûté, il est fait de têtes de la taille d'une Volkswagen.

— Des problèmes pour récupérer les restes ?

— Tu veux dire à part la damnation éternelle pour avoir violé des sépultures ?

— Non.

— Dans ce cas, il n'y en a pas eu. Les tombes n'étaient qu'à une trentaine de centimètres de profondeur et les hommes enveloppés dans des sacs en toile à voile. J'ai été surpris de découvrir que les corps étaient décomposés.

— Le sol devait être trop gelé pour les enterrer en hiver, et au printemps l'air est suffisamment doux pour que les bactéries accomplissent leur travail.

— Et maintenant ?

— Va te réchauffer. Mike Trono et son équipe viennent de repartir pour l'épave. Quand ils seront revenus et qu'on aura préparé à nouveau le Nomad, ce sera l'heure du spectacle.

— Et le temps ?

— D'après Eric, l'aube s'annonce terrible.

— C'est déjà pas vraiment la joie.

— Comme on dit, t'as encore rien vu !

27

L E MAJOR ESPINOZA REPOSA LE RAPPORT MÉTÉO sur le bureau de Luis Laretta. Une épaisse fumée de cigare flottait dans le petit bureau où l'on pouvait voir, accroché sur un mur, l'inévitable portrait du généralissime Ernesto Corazón, et sur l'autre mur, l'image d'une fille légèrement vêtue.

— Cette tempête serait une formidable occasion pour les forces spéciales américaines. Ils doivent s'attendre à ce qu'on reste terrés sur nos couchettes et que pendant ce temps-là, ils auront tout le loisir de truffer la base d'explosifs, rumina le major. Je vais élargir le périmètre des patrouilles de trois ou quatre kilomètres. S'ils sont déjà là, ils ont dû être parachutés loin de la côte.

— Vous ne croyez quand même pas qu'ils vont attaquer, dit Laretta en agitant son Cohiba.

Espinoza lui opposa un visage de marbre.

— On me paie pour être prêt au cas où ils le feraient. Je ne peux pas m'offrir le luxe d'avoir une opinion.

— Chacun son travail, répondit le directeur, soulagé à l'idée que ce seraient les soldats et non ses hommes qui allaient se geler à l'extérieur.

On frappa à la porte.

— Entrez, beugla Laretta.

Entra Lee Fong, le chef de l'équipe de recherche chinoise, le sourire jusqu'aux oreilles.

— Fong, comment allez-vous ? demanda Luis.

— Très, très bien. Nous avons trouvé *La Mer silencieuse*.

Le directeur s'éjecta presque de son siège.

— Si tôt ? C'est magnifique. Tenez, prenez donc un cigare.

Il se rassit et sortit d'un tiroir une bouteille de cognac et des gobelets en carton.

— D'habitude, je ne fume pas, dit le discret ingénieur, mais vu les circonstances...

— Vous êtes sûr de votre découverte ?

Lee sortit sa tablette et fit apparaître une image, puis tendit l'appareil à Espinoza.

— Après avoir reçu un fort écho sonar, j'ai envoyé un appareil de photo au fond. La résolution est mauvaise, c'est vrai, mais là, vous voyez la poupe de l'une des plus grosses jonques qui aient jamais été construites.

Espinoza, lui, ne voyait que des contours indistincts.

— Va falloir que je vous croie sur parole.

— Faites-moi confiance : c'est bien *La Mer silencieuse*. Demain, nous plongerons jusqu'à l'épave et nous ramènerons des preuves irréfutables. J'ai essayé de vous prévenir de façon à ce que vous puissiez envoyer tout de suite un bateau avec des plongeurs, mais les transmissions ne fonctionnaient pas.

Il accepta le gobelet que lui tendait Laretta.

Espinoza, lui, déclina l'offre.

— Je suis en service.

— Tant pis pour vous.

Le directeur inclina la tête en direction du major puis leva son verre à l'intention de Lee Fong.

— Félicitations. A partir de maintenant, on ne pourra plus contester nos droits sur cette terre et sur les richesses au large de ses côtes. Je dois être honnête avec vous, messieurs : dès que nous avons entrepris la construction de ce complexe, j'ai craint qu'on ne découvre cette opération et qu'on nous chasse. Eh bien maintenant, je ne redoute plus rien. Nous allons rester !

— Avez-vous prévenu vos supérieurs ? demanda Espinoza à Lee.

— Oui, je viens de le faire. Ils sont enchantés. (Il se rengorgea.) Mon patron m'a dit qu'on m'octroierait une médaille et que notre société bénéficierait pendant une vie entière de contrats avec l'Etat.

— Réclamez une forte augmentation, lui dit Laretta en remplissant à nouveau son gobelet. Et faites-leur savoir que vous la méritez.

— Oui, vous avez raison. Oh, j'allais oublier : le bateau sur la plage.

— Oui, qu'y a-t-il ? demanda sèchement Espinoza.

Décidément, et bien qu'il eût constaté par lui-même que ce n'était qu'une épave, ce bateau ne laissait pas de l'inquiéter.

— Il s'est éloigné de la plage et commence à dériver.

— Vous n'avez pas vu de fumée sortir par sa cheminée ?

— Oh, non. Et il donne dangereusement de la bande. Je crois qu'il va bientôt couler.

Espinoza regrettait sa réaction d'apitoiement. Il aurait dû laisser le sergent Lugones disposer des charges à bord et le faire couler pour de bon. Il pouvait encore demander au capitaine du *Guillermo Brown* de couler ce vieux tas de ferraille avec un missile, mais la marine refuserait probablement de gaspiller une munition aussi coûteuse pour apaiser sa paranoïa.

— Monsieur Laretta, demanda Lee, auriez-vous l'amabilité de me resservir un peu de votre excellent cognac ?

— Mais avec plaisir.

Le major se leva d'un bond. Un sombre pressentiment l'agitait. Les Américains allaient intervenir. Ce soir ou demain, lorsque la tempête se déchaînerait, et ils réduiraient en cendres toutes les réalisations dont ces deux hommes semblaient si fiers.

— Messieurs, je n'ai pas besoin de vous rappeler que le danger nous guettera tant que le monde n'aura pas reconnu que l'Argentine exerce légitimement sa souveraineté sur la péninsule Antarctique.

— Allons, mon cher major, dit Laretta qui visiblement tenait mal l'alcool. Il n'y a aucun mal à célébrer notre succès.

— Certes non, mais c'est peut-être un peu prématuré. Rappelez à vos travailleurs qu'aujourd'hui, le couvre-feu commence dans une heure, et qu'il n'y aura aucune exception. Mes hommes en patrouille auront reçu l'ordre d'ouvrir le feu sur toute personne qui se trouverait dehors. Est-ce bien compris ?

Le ton sec du militaire sembla dégriser Laretta. Il acquiesça.

— Compris, major. Couvre-feu dans une heure.

Espinoza tourna les talons et quitta le bureau. Il n'avait pas ménagé ses soldats depuis leur arrivée et ce soir il les pousserait plus rudement encore. Lorsque Raul et lui les auraient tous déployés, le moindre centimètre carré serait surveillé autour du terminal pétrolier. En outre, connaissant la propension des Américains à jouer les bons samaritains, il ferait doubler la garde des otages.

*
* *

Juan agita la lame de son rasoir droit dans le bassin en cuivre de son lavabo. La gîte importante de l'*Oregon* le contraignait à se tenir avec l'autre main. Il effectua un nouveau passage de lame, rinça le rasoir et le sécha soigneusement dans une serviette. Son grand-père, coiffeur, lui avait enseigné que pour garder un rasoir droit bien affûté, il ne fallait jamais le ranger encore mouillé.

Il vida le lavabo, s'aspergea le visage d'eau et s'examina dans le miroir. Indécis. Il était fier du choix qu'il avait fait mais ne pouvait s'empêcher de se dire aussi qu'il aurait dû filer vers l'Afrique du Sud, où il pouvait gagner cinq millions de dollars par semaine pendant trois semaines sans autre tâche que de veiller sur un chef d'Etat sans ennemis.

Il se sécha le visage et enfila un tee-shirt. On avait monté la température, mais il avait la chair de poule sur les bras et sur la poitrine.

Dans son placard, il choisit une jambe artificielle parmi les cinq qu'il possédait, alignées sur le plancher comme des bottes de cow-boy, mais seulement celles du pied gauche. Quelques minutes plus tard, habillé de pied en cap, il se dirigeait vers la moon pool. Il savait qu'il aurait dû manger quelque chose mais il avait l'estomac trop noué pour cela.

Le centre d'opérations sous-marines bruissait d'activité car des équipes de techniciens s'affairaient autour du Nomad 1 000 qui venait de revenir avec à son bord Mike Trono et son équipe. Ils avaient placé les charges, prêtes à exploser, creusé des trous dans la partie immergée du glacier surplombant la baie qu'ils avaient bourrés avec suffisamment d'explosifs pour désagréger cent mille tonnes de glace.

Juan vérifia les images transmises par certaines caméras extérieures. Des tourbillons de neige fouettaient le navire, poussés par des vents qui changeaient constamment de direction. Des vagues énormes s'abattaient sur le pont et lorsqu'elles atteignaient le rivage, elles avaient la force de faire rouler comme des galets des rochers de cinquante kilos. Le thermomètre indiquait – 24° mais les vents polaires devaient donner l'impression de sortir par – 35°.

Eddie Seng et Linc firent leur apparition quelques minutes plus tard. En raison du grand nombre de passagers qu'ils devraient ramener (si l'opération était couronnée de succès), le commando devait être réduit au minimum. Le Nomad était prévu pour accueillir dix personnes et il faudrait bien en entasser vingt et une à l'intérieur.

Comme auparavant, ils portaient des vêtements polaires semblables à ceux des soldats argentins et, pour les scientifiques, ils avaient mis des parkas dans un gros sac étanche accroché au sous-marin. Un sac identique contenait les ossements des marins norvégiens : Juan se demandait encore comment se faire pardonner la violation de leur sépulture.

Maurice surgit alors aux côtés de Juan, un plateau à la main. Il était trois heures du matin et il était pourtant en pleine forme et tiré à quatre épingles, comme à son habitude.

— Je sais que vous mangez rarement avant une mission, capitaine, mais il le faut. Avec ce froid, le corps brûle trop rapidement ses calories. Je ne sais pas si je vous l'avais déjà dit, mais je servais dans la Royal Navy la dernière fois que les Argentins ont joué les voyous dans l'Atlantique Sud. Les gars qui ont repris les Malouines sont revenus raides comme des menhirs.

Il ôta le couvercle du plat, révélant une omelette au jambon et aux champignons dont les arômes eurent le don de charmer Juan. Ils lui rappelèrent également quelque chose qu'il avait oublié et il renvoya Maurice en cuisine pour aller le chercher.

Le lancement se passa en douceur et ils ne tardèrent pas à s'approcher de l'*Almirante Guillermo Brown*. Juan s'aperçut aussitôt que les moteurs principaux tournaient, car le bruit et les vibrations se propageaient à l'intérieur de leur sous-marin. Cela ne changerait pas leur plan mais Juan prit cela comme un mauvais présage.

Alors que la fois précédente ils s'étaient rangés à côté des bateaux de travail, ils choisirent cette fois-ci de faire surface à l'extrémité du quai, plus près de l'endroit où les prisonniers étaient enfermés. Heureusement, le bruit de la tempête dissimula le raclement du Nomad sous le quai.

Un instant plus tard, Linc ouvrit la trappe et disparut tandis que Juan ajustait ses lunettes. Le grand SEAL revint quelques instants plus tard.

— On a un problème.

— Qu'y a-t-il ?

— J'ai inspecté le bâtiment avec les jumelles infrarouges et compté trois gardes.

— Par une nuit comme ça ! s'écria Eddie.

— Justement ! fit Juan. A la place d'Espinoza, je me serais dit que l'ennemi allait profiter de la tempête pour lancer une attaque, et j'aurais déployé mes forces en conséquence.

Allongé sur le quai, Juan inspecta à son tour le bâtiment aux jumelles infrarouges. Il vit les sentinelles déjà repérées par Linc mais aussi d'autres silhouettes qui se déplaçaient. En une minute, il ne compta pas moins de dix soldats en faction.

— Changement de plan.

Au départ, ils comptaient d'abord libérer les prisonniers et les conduire au sous-marin avant de s'en prendre au croiseur argentin. Mais avec un tel nombre de sentinelles en patrouille, ils risquaient d'être rapidement découverts. Ils utiliseraient donc le bateau de guerre comme diversion. Il expliqua aux hommes ce qu'il attendait d'eux et s'assura que sur l'*Oregon*, Max avait lui aussi suivi leur conversation.

— Ça ne me plaît pas, dit Max lorsque Juan eut terminé.

— Pas vraiment le choix. Sans ça, on n'approcherait pas des scientifiques.

— C'est bon. Préviens-moi seulement quand vous serez prêts.

— Approchez-vous le plus possible de leur prison, dit Juan aux deux hommes qui l'accompagnaient, et attendez mon signal.

Linc et Eddie prirent chacun un sac étanche et se mirent à ramper, centimètre par centimètre pour ne pas attirer l'attention. Il leur faudrait vingt minutes pour atteindre le bâtiment.

Juan, lui, s'éloigna dans la direction opposée. Chaque pas lui coûtait un terrible effort car le vent violent changeait sans cesse de direction et le faisait vaciller. Soudain, son écharpe retomba et il eut l'impression d'avoir la peau du visage lessivée.

Il lui fallait en outre calculer le moindre de ses mouvements pour profiter des moments où les Argentins ne regardaient pas dans sa direction. Heureusement, la plupart des soldats marchaient dos au vent, ce qui lui permit de couvrir plus de terrain.

La visibilité était quasi nulle et il faillit buter contre un soldat qui se tenait à l'abri d'un bulldozer. Il se figea à moins d'un mètre cinquante de la sentinelle. L'homme était de profil et l'on voyait la fourrure de son capuchon furieusement agitée par le vent. Juan recula d'un pas, puis d'un autre, et se figea de nouveau lorsqu'un deuxième soldat s'approcha.

— Jaguar, lança le premier en apercevant son camarade.

— Capybara, répondit l'autre.

Juan réprima un sourire, s'éloigna du duo et transmit les informations par radio à Eddie et à Linc au cas où ils auraient besoin de fournir ce mot de passe.

A partir de ce moment, Juan se déplaça plus rapidement et lorsqu'il tomba sur un soldat, ce dernier braqua immédiatement son arme dans sa direction.

— Jaguar.

— Capybara, répondit Juan, confiant.

L'homme abaissa son pistolet-mitrailleur.

— La seule chose qui me console, fit le soldat, c'est de savoir que le major est là, dehors avec nous, et pas au chaud à l'intérieur.

— Il n'est pas du genre à nous demander quelque chose qu'il ne ferait pas lui-même, dit Juan.

Il n'en avait bien sûr aucune idée, mais il lui avait suffi de voir Espinoza à l'œuvre pour penser qu'il n'était pas homme à commander depuis l'arrière.

— T'as raison. Allez, réchauffe-toi.

Et le soldat s'éloigna.

Juan reprit sa progression. Dix minutes et trois soldats frigorifiés plus tard, il atteignit l'usine de traitement du gaz.

— Je suis arrivé, dit-il par radio à ses hommes. Et vous, où êtes-vous ?

— Pas encore à la cible, dit Linc. On se croirait au carnaval de Rio, par ici, ça grouille de monde.

— Et toi, Max, tu es prêt ?

— Les ballasts sont vides et les moteurs ronronnent doucement.

— C'est bon. Reste où tu es.

Juan ouvrit la porte réservée au personnel, à côté de l'énorme portail, et pénétra dans le vestibule. Aussitôt, un soldat lui lança :

— Caïman.

Juan déglutit avec difficulté. Ils avaient un mot de passe différent pour ceux qui pénétraient dans les bâtiments. Il maudit intérieurement Jorge Espinoza et passa frénétiquement en revue les noms de tous les animaux d'Amérique du Sud qu'il connaissait. Lama. Boa. Anaconda. Paresseux. Et là, il sécha.

Une demi-seconde s'écoula et la sentinelle commençait à soupçonner quelque chose. Voyons… quel rapport entre le jaguar et le capybara ? Le prédateur et sa proie. Les caïmans mangent des poissons. Donc c'est un poisson. Lequel ? Il lança le premier nom qui lui vint à l'esprit :

— Piranha.

L'homme baissa le canon de son arme et il fallut à Juan toute sa maîtrise de soi pour ne pas pousser un soupir de soulagement.

— Tu sais que tu devrais pas être ici.

— Juste une seconde. J'ai besoin de me réchauffer un peu.

— Désolé. Tu connais les ordres du major.

— Allez, mec. De toute façon, il est pas dans le coin.

Le soldat hésita un court instant puis une mimique de compassion passa sur son visage.

— C'est bon, entre. Mais cinq minutes, pas plus. Et si Espinoza ou Jimenez se pointent, je dirai que tu t'étais caché là avant que j'arrive.

— Cinq minutes. Promis.

Après avoir pénétré dans l'usine surchauffée, Juan dut abaisser sa capuche et ouvrir la fermeture éclair de sa parka. De grosses canalisations acheminaient le gaz que traitaient des machines, tandis que de l'autre côté de l'immense espace, les fourneaux produisaient la chaleur qui empêchait la formation de la glace dans la baie. Une fois encore, Juan fut impressionné par la taille et la complexité de l'usine argentine.

— Max, je suis à l'intérieur. Vas-y.

Juan repéra alors l'un des principaux conduits d'acheminement du gaz. Il plaça dessus une petite quantité d'explosif et un capteur de mouvements. L'appareil n'était pas extrêmement sensible, mais pour ce qui allait se produire, c'était suffisant.

Il s'apprêtait à repartir lorsque quatre hommes firent leur apparition. Ils avaient ôté leurs vestes polaires et Juan reconnut aussitôt le major Espinoza. A ses côtés se tenaient le sergent monté à bord de l'*Oregon* et deux autres sous-officiers. Juan se dissimula derrière une machine avant d'avoir été repéré.

— On vous a vu entrer, hurla Espinoza pour couvrir le bruit des machines. N'aggravez pas votre cas. Sortez tout de suite et vous ne serez pas accusé de désertion.

Espinoza et le sergent Lugones s'avancèrent dans sa direction tandis que les deux autres gardaient la porte.

— Max, chuchota-t-il, je vais peut-être sauter avec le bâtiment, mais n'arrête pas. Tu as compris ? Je vais trouver un moyen de m'en sortir.

— Compris.

Mais Max savait pertinemment que la dernière phrase n'était qu'un pieux mensonge.

*
* *

Max regarda dans le vide pendant un instant puis se décida à agir.

— Monsieur Stone, redressez-nous de cinq pour cent et tendez un peu le câble, s'il vous plaît.

— A vos ordres.

Eric poussa les moteurs de l'*Oregon* et fit avancer le navire à un quart de nœud.

Un technicien présent à côté du treuil le prévint lorsque la tension commença de devenir forte.

Mais malgré le vent et les vagues qui martelaient la coque, Eric savait bien quand le navire tirait sur son câble.

— Le câble est sous tension, monsieur Hanley, dit-il à l'intention de Max, avec cette politesse un peu surannée qui était de mise lors des moments importants.

— C'est bon. Accélération régulière. Trente mètres à la minute. Et pas d'à-coups, mon garçon.

— Compris, à vos ordres.

A mille huit cents mètres derrière eux, le câble enroulé autour d'un pilier du quai avant d'être accroché à l'*Almirante Brown* se raidit comme une poutrelle d'acier lorsque les moteurs magnéto-hydrodynamiques de l'*Oregon* se heurtèrent au poids mort du croiseur argentin. Les forces en jeu étaient énormes. Le premier mouvement du gros croiseur fut si imperceptible qu'au début, l'équipage ne crut qu'à un petit balancement dû à une bourrasque de vent.

De dix centimètres en dix centimètres, le navire avança de trois mètres puis finit par tirer sur son ancre.

Eric augmenta la puissance et la proue de l'*Oregon* s'enfonça dans l'eau, mais la charnière que Juan avait si soigneusement sabotée refusait toujours de céder.

L'une des manilles sauta, augmentant la tension sur celles qui restaient. L'*Oregon* força sa traction et une nouvelle manille sauta. Il n'en restait plus que six. La charnière accomplissait toujours son travail.

Puis soudain elle sauta, et l'énergie accumulée dans la fibre de carbone se déchargea brutalement. L'*Almirante Gillermo Brown* passa d'un seul coup de la quasi-immobilité à une vitesse de six nœuds, ce qui précipita les marins sur le sol. Le capitaine, qui se trouvait sur la passerelle à cette heure pourtant matinale, leva les yeux du rapport qu'il étudiait. Alors que les officiers autour de lui semblaient en proie à la confusion, il comprit tout de suite ce qui venait de se passer.

— Bon Dieu, la chaîne de l'ancre a lâché ! Timonier, donnez les moteurs. Arrière un tiers.

— Arrière un tiers, à vos ordres.

Avec deux moteurs à turbine à gaz capables de développer vingt mille chevaux, il se sentait capable de combattre tous les vents de l'Antarctique. Mais lorsqu'il vérifia la jauge de leur vitesse par rapport au fond, il constata qu'ils accéléraient.

— Timonier, arrière, un demi. Vite !

Le port n'était qu'à neuf cents mètres et ils se dirigeaient droit sur l'une des usines. Quelques secondes plus tard, il se rendit compte que jamais il n'avait eu affaire à un vent aussi fort.

— En arrière toute !

Mais l'*Oregon* pouvait affronter sans le moindre souci les vingt mille chevaux du croiseur. Eric les surpassait de quatre-vingt pour cent et il nota avec satisfaction qu'ils tiraient à présent l'*Almirante Brown* à la vitesse de seize nœuds. Malgré la distance et le rugissement de la tempête, il entendit une sirène annoncer l'imminence d'une collision.

Le croiseur filait droit sur l'usine à gaz, aussi désemparé qu'un voilier démâté. Le capitaine, lui, ne savait comment expliquer une telle situation. Il avait ordonné de mettre la barre à bâbord toute pour leur éviter une collision frontale mais le navire répondit par une simple inclinaison face au vent. Le destin semblait pousser le croiseur là où il le voulait et la volonté humaine demeurait vaine. Un instant avant l'impact, le capitaine jeta de nouveau un coup d'œil à leur vitesse par rapport au fond et vit, effaré, qu'ils filaient à près de vingt nœuds. Comment le vent pouvait-il pousser un bateau de guerre à une telle vitesse ?

*
* *

Pour Juan, le moment n'était pas aux arguties. Tous les éléments de preuve laissés dans ce bâtiment seraient consumés lorsque l'*Almirante Brown* défoncerait le mur. Il ajusta un silencieux sur son FN Five-seveN et attendit qu'Espinoza et le sergent aient disparu de son champ de vision.

Caché par l'enchevêtrement des canalisations, il se rapprocha de la porte. Les deux soldats étaient aux aguets, mais l'immense espace de l'usine était mal éclairé et Juan savait se mouvoir de façon furtive. Constamment, il jetait des regards en arrière pour s'assurer que les autres ne le prenaient pas en tenaille. Il s'apprêtait à tirer lorsqu'une soupape thermique située juste derrière lui laissa échapper un jet de vapeur. Les deux soldats regardèrent dans sa direction et l'un d'eux au moins dut le repérer, parce qu'il leva son arme et tira au jugé une courte rafale de trois balles.

Par miracle, aucun projectile ne troua une canalisation vitale qui aurait pu tout faire sauter.

Juan se plia en deux sur-le-champ mais se redressa aussitôt et tira deux balles dans la poitrine de l'un d'eux. La sentinelle qui avait laissé entrer Juan jaillit alors à l'intérieur, le fusil appuyé contre l'épaule. Le deuxième homme, lui, avait plongé derrière un empilement de bidons.

Juan fit à nouveau feu deux fois et la sentinelle s'effondra. Les portes se refermèrent derrière lui.

Au loin, il entendit Espinoza aboyer des ordres.

Le soldat risqua un coup d'œil de derrière les bidons. Juan tira une balle à quelques centimètres de son œil pour le clouer sur place puis couvrit à toute allure les six mètres qui le séparaient de l'homme. Il atteignit les bidons sans que le soldat eût rien remarqué.

Mais en voyant du liquide s'échapper de l'un des bidons troué par une balle, Juan avait cru que tous étaient pleins. Erreur.

Lorsqu'il atteignit l'empilement, son pied heurta le couvercle d'un de ces bidons, en faisant dégringoler trois d'un seul coup. Il tomba au milieu de cet enchevêtrement de ferraille sans comprendre ce qui venait de lui arriver. Le soldat réagit un tout petit peu plus vite. Il se releva à genoux et pointa son arme sur Juan. Sa rafale de trois balles rebondit sur les poutrelles métalliques.

Juan saisit alors le bidon vide à bras-le-corps et se rua sur le garde. Il s'abattit sur lui et lui écrasa les côtes de tout son poids.

L'homme était à terre, mais pas hors de combat. Juan chercha frénétiquement son automatique et s'apprêtait à le récupérer entre deux barils lorsqu'une rafale de balles de 9 mm creusa une rangée de trous dans le mur derrière lui.

Espinoza le reconnut aussitôt et un air de satisfaction se peignit sur son visage.

— Je sais que vous êtes seul, dit-il, bientôt rejoint par le sergent Lugones. Sergent, s'il bouge ne serait-ce que le petit doigt, abattez-le.

Espinoza posa alors son pistolet-mitrailleur et son pistolet sur un transformateur électrique, s'approcha de Juan comme un petit dur qui vient de coincer son souffre-douleur. Il ne s'immobilisa même pas lorsque retentit une sirène de bateau.

— Je ne sais pas qui vous êtes ni d'où vous venez, mais je peux vous assurer que votre mort me sera particulièrement délectable.

Juan lui balança une droite magistrale sur le nez qui l'envoya un pas en arrière.

— Vous parlez trop.

L'Argentin fonça sur lui, ivre de rage. Juan le laissa approcher, l'esquiva, puis le poussa dans le dos. Espinoza alla s'écraser sur la paroi métallique.

— Et vous vous battez comme une fille.

— Lugones, tire-lui dans le pied.

Le sergent n'hésita pas. Le coup de feu retentit et Juan s'écroula sur le sol en hurlant de douleur.

— Et maintenant, on va voir comment vous vous battez, dit Espinoza d'un air mauvais. Debout, ou bien vous prendrez la prochaine dans le genou.

Deux fois, Juan tenta de se lever et deux fois il retomba sur le sol en béton.

— Il ne joue plus les durs, hein, sergent ?

— Non, major.

Espinoza s'approcha de Juan et le força à se remettre debout. Juan vacillait et se retenait de hurler. Espinoza le prit par le bras et lui lança deux violents coups de poing dans le ventre. Juan tituba et faillit entraîner l'Argentin dans sa chute.

— Pitoyable, fit Espinoza.

Il se baissa pour répéter son geste mais Juan s'assit maladroitement et attendit que la tête d'Espinoza ne fût plus qu'à quelques centimètres. D'un geste vif, il lui saisit alors le menton d'une main et plaça l'autre sur sa nuque. En dépit d'une position désavantageuse, il parvint à lui tordre la tête et à lui briser la colonne vertébrale.

Le corps s'abattit mollement sur lui et faillit l'empêcher de récupérer son Five-SeveN, mais il fit feu avant que le sergent Lugones ait compris ce qui venait de se passer. La première balle lui perfora l'estomac et ressortit par le dos, tandis que la deuxième l'atteignait en plein front.

La sirène retentit à nouveau, longuement, à moins de quinze mètres de là où il se trouvait. Juan parvint à se remettre sur ses pieds car la balle n'avait pas endommagé sa jambe artificielle et il se dirigeait vers la porte lorsqu'un craquement titanesque sembla arracher le bâtiment de ses fondations. La proue du *Guillermo Brown* jaillit comme une lame de couteau à l'intérieur de l'usine.

Six secondes plus tard, les ondes de choc produites par l'effondrement des structures d'acier et de béton suffirent à faire détonner la bombe.

Le bâtiment commença de s'embraser comme le *Hindenburg* au-dessus de Lakehurst.

28

L INC ET EDDIE ÉTAIENT EN POSITION sous la prison des otages lorsque la sirène du croiseur commença de retentir. Le vent hachait le son lugubre au point qu'il ressemblait à la plainte d'un animal mourant. Ils attendirent une seconde, et, comme ils s'y attendaient, un soldat passa la tête par l'entrebâillement de la porte pour savoir d'où venait le bruit. Comme on ne voyait pas à plus de trois mètres, il battit rapidement en retraite.

Linc utilisa alors une petite perceuse sans fil pour creuser un trou dans le sol au-dessus de lui. Grâce à leur reconnaissance des lieux, il savait approximativement où se situaient les meubles et il avait creusé sous un canapé de façon à ce que les gardiens ne s'aperçoivent de rien. Dans le trou de trois millimètres de diamètre, Eddie introduisit alors le bec d'une cartouche de gaz capable d'endormir une personne en cinq minutes, et cela pour environ une heure suivant le dosage. Auparavant, ils avaient pris soin de neutraliser le système de ventilation du bâtiment en débranchant tout simplement l'alimentation extérieure.

Rapidement, les voix étouffées des gardes déclinèrent et l'on entendit le choc des corps qui tombaient au sol. Puis ce fut le silence.

Les deux hommes sortirent en rampant de sous le bâtiment et pénétrèrent dans le vestibule. Eddie portait le sac contenant les parkas, qui avait été scellé sous vide pour en réduire le volume, tandis que Linc portait le sac d'ossements. Ils n'avaient pas amené les dix-huit squelettes au complet, mais juste assez pour convaincre les Argentins. Même ainsi allégé, le sac pesait quand même plus de quatre-vingt-dix kilos et pourtant il souffrait moins qu'Eddie avec ses vingt-sept kilos de manteaux.

Dès qu'ils eurent mis leurs masques à gaz, ils se ruèrent dans la pièce où se trouvaient les gardiens. Ils étaient quatre. Deux étaient effondrés sur le canapé, un sur le sol et le dernier était assis, la tête sur son bureau comme s'il faisait un somme. Eddie lâcha un petit peu plus de gaz sous les narines de chacun d'entre eux pour prolonger leur léthargie et, en compagnie de Linc, pénétra dans la salle du fond.

La partie arrière du bâtiment était divisée en six pièces séparées par un couloir central. Avant l'enlèvement des scientifiques, elle servait de logement aux travailleurs du pétrole. Linc resta de faction près de la porte, au cas où l'un des soldats se réveillerait.

Eddie ouvrit la première porte sur sa droite et alluma la lumière. Trois femmes allongées par terre levèrent les yeux vers lui, trop hébétées par leur captivité pour faire le moindre geste. Soulagé, il constata que les geôliers leur avaient laissé leurs chaussures. Eddie ôta son masque à gaz et lorsqu'elles découvrirent ses traits asiatiques, elles semblèrent plus intéressées.

— Je m'appelle Eddie Seng et je vais vous faire sortir d'ici, dit-il, mais aucune ne réagit. Quelqu'un parmi vous parle anglais ?

— Oui, dit une femme corpulente aux cheveux couleur de paille. Nous sommes toutes les trois Australiennes. Qui êtes-vous ?

— Nous sommes là pour vous délivrer.

Il tira un couteau de sa poche et coupa le lien qui maintenait les parkas aplaties. Le sac gonfla de trois fois son volume initial.

— Vous avez un accent américain. Vous êtes militaire ?

— Non, et pour l'instant, ça n'a aucune importance. Y en a-t-il parmi vous qui sont blessés ?

— Ils nous ont bien traités. Je crois que tout le monde va bien.

— Parfait. Aidez-moi à libérer les autres.

Quelques minutes plus tard, après l'ouverture des six cellules, les dix-huit scientifiques étaient libres. Bombardé de questions sur les raisons de leur enlèvement, Eddie répondit du mieux qu'il le put. Mais les interrogations s'évanouirent lorsqu'il ouvrit le deuxième sac et en tira un squelette.

— Il faut que les Argentins croient que vous avez tous brûlé dans l'incendie, expliqua Eddie avant même qu'on lui ait demandé quelque chose. S'ils soupçonnent que vous vous êtes évadés, il pourrait y avoir de graves complications diplomatiques.

La sirène de l'*Almirante Brown* reprit sa plainte. Eddie accéléra les opérations. Il déposa des squelettes dans chaque pièce tandis que Linc administrait aux gardiens une dernière dose de gaz. Après quoi, ils répandirent un carburant gélifié de couleur violette sur les murs et sur le sol. Ils n'en avaient pas apporté autant qu'ils l'auraient souhaité, mais Eddie était un incendiaire des plus habiles et opéra de façon à ce que le bâtiment brûle entièrement.

— Retenez votre respiration lorsque vous traverserez la pièce suivante. Et une fois dehors, restez groupés et suivez-moi.

Une terrible explosion retentit.

*
* *

Lorsque le bateau de guerre percuta l'usine et fit détonner la bombe, l'explosion détruisit la canalisation de gaz venant des plates-formes pétrolières. La pression chuta instantanément et les soupapes de sécurité se fermèrent aussitôt pour empêcher un dangereux retour de flamme. Mais ces dernières avaient été endommagées par l'impact de l'*Almirante Brown*, en sorte que le gaz se mit à filer. Un champignon de flammes jaillit au-dessus de l'usine.

La baie s'embrasa.

Des kilomètres de conduites de gaz prirent feu, produisant une explosion cataclysmique qui illumina le ciel jusqu'à l'horizon et souleva des trombes d'eau. Trois derricks camouflés furent arrachés de leurs socles.

Des explosions en série détruisirent les murs extérieurs de l'usine, projetant des débris enflammés de l'autre côté de la baie et au-dessus des autres bâtiments.

A bord du croiseur, l'épaisseur du blindage protégea la majorité de l'équipage, à l'exception des hommes présents sur la passerelle qui furent littéralement hachés menus par une tornade d'éclats de verre lorsque les vitres explosèrent.

Une petite déflagration passa inaperçue au milieu du maelström de feu, sous la proue du navire, pour permettre la libération du câble que Juan avait disposé là. L'*Oregon* ne remorquait plus l'*Almirante Guillermo Brown*.

*
* *

Dès que l'usine explosa, Mark Murphy fit détonner les charges que Mike Trono et son équipe avaient placées dans le glacier surplombant l'épave de *La Mer silencieuse*. Pour contenir l'explosion, ils avaient creusé profondément dans la glace et rebouché les trous avec de l'eau qui avait gelé. Programmées avec précision, les multiples détonations déclenchèrent une puissante résonance harmonique qui découpa la montagne de glace avec la netteté d'une lame de couteau. La nouvelle falaise avait la taille d'une tour de Manhattan et cinquante mille tonnes de glace s'effondrèrent dans la baie pour se fracturer en atteignant le fond. La vague que cette chute entraîna envahit le rivage sur tout le pourtour de la baie et tout ce qui se trouvait sur son passage fut balayé comme des feuilles mortes dans un caniveau. Le magnifique vaisseau aux trésors, si longtemps préservé dans son royaume gelé, ne fit pas exception. La vague l'emporta au fond des abysses et après son passage, il n'existait plus la moindre trace de son existence.

*
* *

Eric Stone sentit aussitôt que le navire était libre et il coupa l'alimentation des tubes propulseurs.

— C'est fait, dit-il en contemplant l'écran principal du centre d'opérations.

La caméra montée sur le nez d'un drone révélait un véritable enfer : des flammes s'élevaient à trente mètres au-dessus de l'usine et des poches de gaz brûlaient tout autour de la baie. On avait l'impression que la mer elle-même était en feu. Gomez Adams téléguidait l'appareil depuis l'*Oregon* au moyen d'une petite manette et il lui fallait toute son habileté de pilote pour maintenir cet engin plutôt instable au milieu de la tempête. De petites poches enflammées parsemaient le paysage, là où des débris incandescents de l'usine à gaz avaient été projetés. Le toit d'un bâtiment, pourtant éloigné du lieu de l'impact, était déjà embrasé.

— Je crois bien qu'Eddie et Linc sont en route, dit-il.

Quelques instants plus tard, la voix haletante d'Eddie retentit dans les haut-parleurs.

— Dix-huit présents. Ils sont tous là.

Mais Max Hanley n'en avait cure.

— Tu as entendu ou vu le président ?

— Non. Aux dernières nouvelles, il se trouvait dans l'usine. Il n'a pas pris contact avec vous ?

— Non ! Et merde. Tout ce qu'il a dit, c'est qu'il allait trouver un moyen de s'en sortir.

— Que veux-tu qu'on fasse ?

Max voulait bien sûr attendre le retour de Juan, mais il savait aussi qu'Eddie et son groupe de captifs libérés n'allaient pas tarder à attirer l'attention.

— Regagnez le sous-marin aussi vite que vous le pourrez. Juan doit être déjà en route. Sa radio a peut-être lâché.

— On y va.

Max tenta de joindre Juan sur toutes les fréquences disponibles. En vain. Au fond de lui, quelque chose lui disait que Juan n'avait pas eu le temps de s'échapper avant l'explosion de l'usine de gaz. Il s'était sacrifié pour assurer le succès de leur plan.

*
* *

Sur place, un véritable pandémonium s'était déchaîné. Le lieutenant Jimenez ne retrouvait pas le major et la discipline qu'ils avaient insufflée à leurs hommes semblait s'être évaporée. On n'était encore qu'au début de l'attaque américaine et la plupart de leurs soldats contemplaient l'incendie, hébétés. Il leur hurla de retourner à leurs postes et de se préparer au combat. Les sous-officiers prirent le relais, et, lentement, parvinrent à ramener les soldats à leur sens du devoir.

Ignorant le couvre-feu, les travailleurs, eux, avaient quitté leurs quartiers pour assister au désastre. Lorsque Jimenez leur cria de retourner dans leurs chambres, ils accueillirent ses aboiements avec dérision. Quelques minutes après l'explosion, plus d'une centaine d'hommes se trouvaient ainsi au-dehors.

Un caporal s'approcha de Jimenez et le salua.

— Mon lieutenant, ce ne sont pas les Américains.

— Quoi ? Comment ça ?

— Ce ne sont pas les Américains, mon lieutenant. L'ancre du *Guillermo* s'est rompue et le navire a heurté l'usine de traitement du gaz. C'est ça qui a causé l'explosion.

— Vous en êtes sûr ?

— Je l'ai vu de mes yeux. Un quart du navire s'est encastré dans le bâtiment.

Jimenez avait du mal à y croire. Tout cela serait dû à un accident ?

— Avez-vous vu le major Espinoza ?

— Non, mon lieutenant, je regrette.

— Si vous le voyez, dites-lui que je suis allé inspecter l'usine.

— A vos ordres.

Jimenez s'apprêtait à traverser le complexe industriel lorsqu'il entendit le crépitement inimitable d'une arme automatique. Tout ça n'avait rien d'un accident. Il se rua vers l'endroit d'où provenaient les coups de feu.

*
* *

Lorsque l'explosion déchira le ciel déjà agité par la tempête, Linc hâta la progression des prisonniers vers le vestibule tandis qu'Eddie mettait le feu au gel inflammable. L'incendie partit plus fort encore qu'il ne l'avait espéré. Les panneaux d'aggloméré, produit bon marché, étaient faits de sciure de bois et de colle et s'enflammaient comme des torches. En quelques secondes, le haut du bâtiment était déjà envahi d'une épaisse fumée.

Il vérifia qu'il était bien le dernier à sortir et traversa en courant la pièce où les gardes étaient toujours endormis. Ils laissèrent la porte ouverte : l'air frais les réveillerait sûrement, bien que la véritable raison fût d'aviver le feu et non de faire preuve d'humanité envers ces hommes.

Comme Juan l'avait prédit, les Argentins avaient momentanément perdu la maîtrise de la situation. Les soldats avaient quitté leurs secteurs et les civils se mêlaient aux militaires.

A huit cents mètres de là, l'usine en feu jetait des lueurs jaune et orange à travers le nuage de neige tourbillonnant. Eddie n'avait même pas besoin de regarder pour savoir que le bâtiment allait être détruit de fond en comble. Sans cette usine, ces hommes n'avaient aucun moyen d'alimenter leur base en énergie. En quelques instants, la Corporation avait fait en sorte que les Argentins passent de maîtres de la péninsule Antarctique à victimes nécessitant une assistance humanitaire sous peine de mourir de froid. Leurs espoirs d'annexion de cette région venaient de se volatiliser et la communauté internationale ne les autoriserait pas à rebâtir sur ces ruines.

Restait à se sortir sans dommages de ce guêpier.

Eddie trouvait leur groupe trop important. Ils risquaient d'attirer l'attention, et pourtant personne ne semblait les remarquer. La plupart des Argentins tentaient de s'approcher des lieux du sinistre pour voir ce qui se passait.

Il fit son rapport à l'*Oregon*, et, comme Max, se montra troublé par la disparition de Juan. Mais il connaissait le président et se persuada qu'en ce moment même, il montait à bord du mini sous-marin.

Ils poursuivirent leur route sans courir mais d'un pas vif. Les bâtiments étaient étroitement imbriqués et ils ne tardèrent pas à tomber sur une sentinelle.

L'homme était de dos, et un peu plus loin on apercevait l'endroit où le sol blanc cédait la place au noir de la mer. Le quai était à moins de cent mètres.

Le soldat sentit une présence derrière lui et pivota sur lui-même, le fusil d'assaut braqué sur les arrivants.

— Jaguar, lança-t-il.

— Capybara, répondit Eddie.

Le soldat posa une question, mais Eddie ne parlait pas espagnol, et, mettant la main contre sa capuche, fit mine de ne pas avoir entendu. Ignorant ce geste, la sentinelle s'approcha pour mieux voir à qui il avait affaire. Bien que les silhouettes fussent engoncées dans d'épaisses parkas, trois d'entre elles étaient nettement plus petites que les autres. Petites comme des femmes. Or, il n'y en avait pas dans cette base.

Il s'approcha directement de la blonde, une dénommée Sue, et repoussa sa capuche en arrière, découvrant un visage poupin. Aussitôt, il posa le canon de son H&K entre ses yeux. Personne ne sut jamais s'il avait l'intention de faire feu, car Linc l'abattit d'une rafale de trois balles.

Pris d'une soudaine inspiration, Eddie leva le canon de son propre pistolet-mitrailleur et vida en l'air un chargeur entier. Les soldats étaient nerveux, ne recevaient aucune information sur ce qui se passait, et, dès leur arrivée, on leur avait certainement dit que les commandos américains attaqueraient un jour ou l'autre. Même le vétéran le plus endurci devait être en proie à la panique en de tels instants, de sorte qu'un bref moment après la rafale d'Eddie, en apercevant une ombre devant lui, une jeune recrue argentine ouvrit le feu en croyant avoir affaire à un béret vert. Comme si l'on avait ouvert les vannes, les hommes se mirent alors à tirer dans toutes les directions et le claquement sec des armes automatiques se mêla aux rugissements de l'incendie et aux hurlements du vent.

Linc comprit immédiatement et repoussa du pied le cadavre.

— Ce pauvre garçon a été tué par ses propres camarades.

— C'est en tout cas ce qu'ils penseront. Je serais d'ailleurs surpris qu'ils n'en descendent pas quelques-uns eux-mêmes.

Quelques instants plus tard, ils atteignaient le quai. La fusillade battait son plein, ce qui était tout à leur avantage, jusqu'au moment où une balle perdue atteignit l'un des scientifiques à la jambe. Il s'effondra sur le sol en gémissant.

La blessure n'était pas mortelle, au moins pour l'instant. Linc le chargea sur ses épaules et poursuivit son chemin presque sans s'arrêter.

Le Nomad avait un peu dérivé sous le quai et Eddie dut le ramener à l'aide du filin. Il sauta à bord et ouvrit l'écoutille.

— Juan ? lança-t-il en pénétrant dans l'habitacle.

Mais le président n'était pas encore revenu.

— Eddie, lança Linc depuis le quai, aide-moi.

L'ancien SEAL fit passer le blessé par l'écoutille. Du sang coulait de sa blessure et sa jambe de pantalon était poisseuse. L'artère fémorale était touchée. Eddie déposa le scientifique sur l'un des bancs et s'apprêtait à inspecter la blessure lorsque l'un des prisonniers l'écarta d'un mouvement d'épaule.

— Je suis médecin.

Il n'en fallut pas plus à Eddie qui alla s'installer dans le siège du pilote.

— Max, tu m'entends ?

— Des nouvelles de Juan ? demanda Max.

— Non. Les gens sont en train de monter dans le Nomad. Il n'est pas ici.

Le silence dura quinze bonnes secondes. Vingt. Finalement, Max demanda :

— Combien de temps penses-tu pouvoir tenir sur place ?

— Même pas une seconde. L'un des scientifiques a été touché par une balle. Il risque de se vider de son sang. Il faudra l'opérer dès son arrivée à bord de l'*Oregon*.

Le Dr Huxley et son équipe se tenaient en effet prêts à pratiquer toutes les interventions nécessaires.

Eddie jeta un coup d'œil derrière lui. Tous les bancs étaient pleins et les gens commençaient à s'asseoir sur les genoux les uns des autres, car le blessé, allongé, occupait quatre places à lui tout seul. Ils semblaient détendus et adressaient un sourire à Eddie lorsqu'ils croisaient son regard.

— Docteur, lança Eddie, il va nous falloir une demi-heure pour gagner le navire, mais une fois là-bas, une équipe chirurgicale va pouvoir le prendre en charge. A-t-il une chance de s'en sortir ? La vie d'un autre homme dépend de votre réponse.

Le médecin, un Norvégien en congé sabbatique venu là par goût de l'aventure, prit le temps d'envisager toutes les possibilités avant de répondre.

— Si ce que vous dites est vrai, cet homme pourra vivre si nous partons dans les cinq minutes.

Eddie retourna à sa radio.

— Max, je peux donner dix minutes à Juan. Ensuite, il faudra qu'on parte.

Il repoussa le délai à dix minutes car le médecin s'était sans doute donné une certaine marge.

— Attends jusqu'à la dernière seconde, tu m'entends ? Jusqu'à la dernière seconde.

Douze minutes plus tard, le sous-marin s'enfonça dans les eaux noires de la baie.

Juan n'était pas venu.

29

I L FALLUT ATTENDRE TRENTE-SIX HEURES et la fin de la tempête pour que le nouveau Hercules C-130 envoyé par le gouvernement argentin puisse gagner la péninsule Antarctique. Pendant ce court laps de temps, les hommes relégués sur ces rivages inhospitaliers eurent le loisir de comprendre pourquoi les êtres humains ne peuvent y être que des habitants temporaires. Bien qu'à la différence de la célèbre équipe de football uruguayenne ils n'aient pas été contraints de recourir au cannibalisme, ils étaient totalement désemparés sans l'apport régulier de gaz naturel. Ils avaient été contraints d'utiliser des réchauds portables pour cuire leurs aliments et de se serrer les uns contre les autres pour lutter contre le froid. Malgré ses avaries, dont un trou à la proue, l'*Almirante Brown* accueillit plus de deux cents survivants, tandis que les autres s'étaient réfugiés dans deux bâtiments réservés aux logements en dépit de la température glaciale qui y régnait.

Lorsque le gros avion cargo se fût posé sur la piste de glace, derrière la base, le général Philippe Espinoza fut le premier à descendre l'échelle. Il fut accueilli par Raul Jimenez. En une semaine, le général semblait avoir vieilli de dix ans. Des poches s'étaient formées sous ses yeux et son teint habituellement fleuri avait laissé place à une inquiétante pâleur.

— Des nouvelles de mon fils ? demanda-t-il aussitôt.

— Malheureusement non, mon général, répondit-il tout en grimpant dans une autoneige. Il est de mon devoir de vous apprendre que l'on a vu un groupe de quatre hommes pénétrer dans l'usine de gaz quelques minutes seulement avant l'accident. On n'a trouvé aucune trace de leurs restes.

Espinoza encaissa la nouvelle comme un coup de poing à l'estomac. Il savait que son fils n'aurait jamais abandonné son poste et qu'il y avait donc de fortes chances pour que Jorge figurât au nombre des quatre.

— D'abord ma femme et maintenant lui, murmura-t-il.

— Votre femme ? demanda Jimenez un peu trop vite.

Espinoza ne remarqua pas la vive réaction du jeune lieutenant et il était tellement abattu qu'il s'épancha auprès de son subordonné.

— Elle est partie en emmenant les enfants. Pis, elle m'a trahi.

Jimenez dut faire des efforts considérables pour contenir son émotion. Si Maxine l'avait quitté, il savait que c'était pour lui. Son cœur se mit à battre à tout rompre. Cette nouvelle lui causait un immense bonheur, aussi les mots qui suivirent furent-ils particulièrement douloureux.

— Les douanes m'ont averti de son départ et j'ai fait en sorte que deux agents l'accueillent à son arrivée à Paris. Mais deux hommes l'attendaient, qui l'ont conduite directement au quartier général de la DGSE.

Jimenez savait qu'il s'agissait là du principal service d'espionnage français.

— Je ne sais pas si elle était leur agent depuis le début, reprit le général, ou bien s'ils l'ont enrôlée, mais les faits sont là. C'est une espionne.

Au même instant, Jimenez comprit qu'elle avait obtenu de lui autant d'informations que de la part du général. Il se rappela leur dernière rencontre, sur les bords de la rivière, quand il lui avait parlé de l'enlèvement du professeur américain et de sa captivité dans l'appartement d'Espinoza, à Buenos Aires. Maxine avait transmis l'information à ses supérieurs et ils avaient organisé son sauvetage.

— Et maintenant mon Jorge est mort, lâcha le général avec tristesse. Dites-moi que tout cela était l'œuvre des Américains, que je puisse me venger.

— J'ai travaillé en étroite collaboration avec Luis Laretta, le directeur de la base, et le commandant Ocampo, capitaine de l'*Almirante Guillermo Brown*. Nos conclusions préliminaires sont que l'ancre du navire a cédé et qu'il a été ensuite projeté par la tempête sur l'usine de gaz, ce qui a entraîné son explosion. Des incendies secondaires ont détruit trois autres bâtiments, dont un atelier et le dortoir où étaient retenus les scientifiques.

— Ça ne vous paraît pas trop beau pour être vrai ? Les deux choses que veulent les Américains, réduire la base en cendres et libérer les prisonniers !

— Ils n'ont pas été libérés, mon général. Ils ont tous péri dans l'incendie : on a retrouvé leurs squelettes calcinés. Sans compter les étrangers, il y a eu seize morts. Huit se trouvaient sur la passerelle du croiseur, deux sont morts dans l'incendie avec les prisonniers, et deux autres, pris de panique, se sont entre-tués en tirant sur des ombres.

Cette dernière information était particulièrement délicate car Jimenez exerçait le commandement sur le terrain : le manque de discipline pouvait lui être imputé.

— Nous n'avons trouvé aucun indice, reprit-il, tendant à prouver qu'il s'agirait d'autre chose que d'un tragique accident.

Le général ne fit aucun commentaire. Il se trouvait face à une quadruple perte : sa femme, ses deux jeunes enfants, son fils, et très probablement sa carrière en raison de cette calamité. Il gardait le regard rivé devant lui, ne bougeant que lorsque l'auto-neige rebondissait sur une bosse. Au détour d'une dernière colline, la base s'offrit à leurs regards. Les dégâts qu'avait subis l'usine de traitement du gaz semblaient énormes, mais une fois sur place c'était encore pire.

La moitié du bâtiment, qui aurait pu accueillir deux avions gros porteurs, n'était plus qu'un trou fumant dans le sol au milieu de tonnes de canalisations tordues et noircies. L'*Almirante Guillermo Brown* était amarré au quai : sa moitié arrière semblait normale, tandis que depuis la passerelle jusqu'à la proue il n'était plus qu'une épave calcinée. On pouvait rendre hommage aux armateurs russes qui l'avaient construit car la plupart des marins s'en étaient sortis vivants.

Au milieu de la baie se dressaient les jambages de trois plates-formes pétrolières. Des derricks eux-mêmes, on ne voyait plus que les bras des grues au-dessus des vagues. Déjà la glace se formait autour d'eux et il ne faudrait que quelques jours pour que la baie soit entièrement solidifiée.

— D'après M. Laretta, on peut encore pomper du pétrole à partir des plates-formes restantes, mais sans moyen de traiter le gaz naturel, nous n'avons pas l'énergie nécessaire pour mener à bien une telle opération, dit Jimenez lorsque le silence devint trop pesant. Mais il a aussi affirmé qu'on peut amener des machines portables qui nous donneront la capacité d'entamer la reconstruction.

Espinoza demeurait muré dans le silence.

— Il faut quand même évacuer la plus grande partie du personnel, reprit Jimenez, jusqu'à ce qu'on ait du combustible et que l'usine puisse repartir. D'après Laretta, il ne lui faudrait au début qu'une vingtaine d'hommes. Il en faudra plus ensuite, bien sûr, mais pour l'instant on ne dispose pas des ressources nécessaires pour les maintenir en vie. J'ai oublié de vous demander, mon général, quand doivent arriver les autres avions ?

Ils se trouvaient près des débris fumants de l'usine. Espinoza ouvrit la porte de l'autoneige et sauta sur la glace sans même relever sa capuche, comme pour jeter un défi à cette péninsule Antarctique qui lui avait tant pris. Il demeura un moment immobile dans le vent glacial qui soufflait de l'océan, et transportant des odeurs de métal calciné.

— Jorge, murmura-t-il.

Jimenez était surpris de la douleur du général. Après tant d'années, il avait fini par croire que le major ne considérait son fils que comme un soldat parmi d'autres.

— Jorge, répéta-t-il doucement.

Puis sa voix s'affermit et le ton devint colérique.

— Tu as échoué et tu n'as pas le courage de me le dire en face, n'est-ce pas ? Tu es mort stupidement pour éviter d'avoir à répondre de tes erreurs. Tu es resté dans mon ombre pendant si longtemps que lorsque le moment est venu de voler de tes propres ailes, tu en es incapable, hurla-t-il en se tournant vers Jimenez. Des avions ? Il n'y aura pas d'avions. Il faudra vous débrouiller pour vivre ou mourir, pour refaire fonctionner ce complexe ou finir congelés. Tant que nos amis chinois soutiendront notre action, vous resterez ici et légitimerez nos revendications. Et maintenant parlez-moi de ce mystérieux bateau qui s'était échoué près d'ici.

Espinoza était passé sans transition de l'abattement à la colère et Jimenez mit une seconde de trop à répondre, ce qui entraîna la fureur du général.

— Lieutenant, vos manquements au devoir ont déjà été remarqués, n'aggravez pas votre cas !

— Oui, mon général. Dès que le temps l'a permis, j'ai envoyé notre hélicoptère en reconnaissance au large, parce que la présence de ce bateau était anormale, ce qui avait déjà inquiété votre fils. L'hélicoptère n'a découvert aucune trace du cargo et vu son état lors de sa dernière inspection, je pense qu'il a coulé au cours de la tempête.

— Coulé ?

— Oui, mon général. Quand nous sommes montés à bord, il y a quelques jours, la cale était inondée et quand il s'est éloigné du rivage, la veille de la tempête, il donnait fortement de la gîte. Il n'a pas pu tenir plus de quelques heures alors que cette tempête a arraché la chaîne d'ancre de l'*Almirante Guillermo Brown*. Il a forcément coulé.

Encore une coïncidence qui ne plaisait guère à Espinoza. Cela dit, après vérification, un cargo *Norego* figurait bien dans la base de données de la compagnie d'assurances Lloyd's de Londres, et il avait disparu avec tout son équipage deux ans auparavant. Il était fort possible qu'il eût dérivé en mer pendant tout ce temps et qu'il eût été poussé jusqu'ici par les courants.

Ce qu'il ignorait, c'était que Mark Murphy et Eric Stone avaient piraté le gigantesque système informatique de la compagnie d'assurances pour y introduire ces informations. Ils avaient fait de même pour le Comité de la sécurité de l'Organisation maritime internationale, au cas où les recherches se feraient plus pointues.

Finalement, tout dépendait de l'attitude de leurs alliés chinois. S'ils continuaient à soutenir l'Argentine, alors ils bénéficieraient de la protection nécessaire pour rebâtir la base. Dans le cas contraire, et en dépit de ses imprécations précédentes, Espinoza n'aurait plus qu'à ordonner une évacuation complète.

Deux heures plus tard, alors qu'Espinoza se trouvait dans le bureau de Luis Laretta qui lui détaillait ses plans pour la reconstruction, leur parvint un rapport en provenance du bateau de surveillance. Après la tempête, Lee Fong et son équipe s'étaient rendus sur les lieux où *La Mer silencieuse* avait été coulée ; ils comptaient plonger et rapporter au monde la preuve indiscutable que Pékin pouvait, en tout légitimité, faire valoir ses droits sur la péninsule.

L'opérateur radio tendit le micro au général qui se trouvait juste à côté de lui.

— Non, ce n'est pas M. Laretta. Je suis le général Philippe Espinoza. Je me trouve avec lui dans son bureau.

— Général, c'est un grand honneur de m'entretenir avec vous, répondit Lee Fong. Et au nom de mon gouvernement, laissez-moi vous présenter mes condoléances pour la perte de votre fils. Je ne l'ai vu que brièvement, mais il m'a fait l'impression d'être un excellent officier et un homme estimable.

— Merci, dit Espinoza d'une voix mal assurée où semblaient se mêler la honte et la tristesse.

— Général, je ne souhaite pas ajouter à votre malheur, mais je dois vous faire savoir que *La Mer silencieuse* a disparu.

— Quoi ?

— Une grosse partie du glacier surplombant la baie s'est effondrée dans la mer au cours de la tempête. L'un de mes hommes pense que l'onde de choc due aux explosions en est peut-être la cause, mais peu importent les raisons. La vague qui s'en est suivie a balayé l'épave. Nous avons mené des recherches intensives mais n'avons découvert aucune trace du bateau.

— Vous allez continuer à chercher.

Espinoza n'avait pu s'empêcher de donner à sa phrase une légère inflexion interrogative.

Un silence suivit les propos du général.

— Je regrette, mais nous ne le ferons pas. J'ai informé mes supérieurs de la situation et ils m'ont donné l'ordre d'interrompre les recherches et d'évacuer mon équipe le plus rapidement possible. Avec la perte de notre sous-marin, les dommages infligés à la base et aucune preuve tangible attestant que mon pays a été le premier à explorer la région, ils ne veulent pas risquer une condamnation de la part de la communauté internationale.

— Mais il ne vous faudrait qu'un jour ou deux pour retrouver *La Mer silencieuse* !. Vous savez bien qu'elle est là-bas.

— Oui, nous le savons, mais au large de la baie, le fond descend à pic à plus de mille cinq cents mètres. Il nous faudrait un mois, voire plus, et nous ne serions même pas sûrs de la retrouver. Mon gouvernement ne veut pas prendre de tels risques pendant un temps aussi long.

Lee Fong venait d'enfoncer le dernier clou dans le cercueil. Le lendemain matin à l'aube, le Hercules s'envola pour l'Argentine en emmenant un premier contingent d'hommes. Ils avaient bien franchi le Rubicon, mais à la différence de César, le destin leur avait été contraire. Sauf que le destin n'y était pour rien et qu'ils devaient leur défaite à Juan Cabrillo et à la Corporation.

*

* *

Comme surmonté d'un drap mortuaire, l'*Oregon* filait cap au nord-ouest en direction de l'Afrique du Sud. Ils ne pourraient assurer la sécurité de l'émir du Koweit en visite d'Etat qu'avec deux jours de retard, mais après une renégociation de leurs honoraires, l'affaire avait été réglée.

Le navire ressemblait à un vaisseau fantôme. Il fonctionnait, certes, mais il avait perdu son âme. On pouvait sentir la présence de Juan à bord, tant son absence était patente. Quatre jours s'étaient écoulés depuis sa mort et l'équipage était aussi abattu que lorsqu'ils avaient compris qu'il ne reviendrait pas.

Avec la disparition de Juan, on évoquait ouvertement la dissolution de la Corporation, et Max Hanley ne faisait rien pour démentir la rumeur.

Mark Murphy était assis dans sa cabine et jouait distraitement à un jeu de backgammon sur Internet. Il était plus de minuit mais il n'avait pas sommeil. Plus que d'autres, il craignait pour son avenir. Toute sa vie, son QI l'avait isolé de ses semblables et c'était seulement en rejoignant la Corporation qu'il s'était senti non seulement à l'aise, mais qu'il avait pu s'épanouir. Cette chance, il n'avait aucune envie de la perdre. Pas question de retourner dans un monde où on le considérait soit comme un excentrique, soit comme un ordinateur ambulant, dans l'industrie d'armement par exemple.

Les gens de l'*Oregon* constituaient sa famille. Ils aimaient ses petites manies, ses particularités, ou au moins les toléraient et cela lui suffisait amplement. En cas de départ, il avait assez d'argent de côté pour n'être plus jamais obligé de travailler, mais il savait qu'il retrouverait bien vite cet isolement qui l'avait tant fait souffrir par le passé.

Il battit un nouveau joueur, le onzième à la suite, et s'apprêtait à entamer une nouvelle partie lorsqu'il vit clignoter l'icône de ses courriels. Peut-être sa messagerie contenait-elle quelque chose de plus intéressant qu'une partie de backgammon. Trois messages. Le reste de l'équipage disposait d'un filtre efficace pour les spams, mais Mark, lui, autorisait toutes sortes de communications sur son ordinateur. Plutôt des pourriels que rien du tout.

Le premier était un spam. L'autre annonçait un coup dans une partie d'échecs de longue haleine qu'il jouait contre un professeur israélien à la retraite. Il l'avait déjà mis mat en quatre coups et le vieil homme n'avait rien vu venir. Il envoya rapidement sa réponse et jeta un coup d'œil à l'adresse du dernier message.

Il ne connaissait personne à l'université de Penn State, mais l'objet du message l'intrigua : Solitaire. Probablement un site de rencontres universitaire, mais il ouvrit quand même le message.

« Salut. Vous vous souvenez de moi ? Jusqu'à ces derniers temps, j'étais le président d'une grosse société. Maintenant, dans cette station de recherches Wilson/George, je suis devenu le roi d'une colonie de pingouins. Mes amis ont été obligés de m'abandonner. Ils ne savaient pas que j'avais pu m'échapper de l'usine de gaz et m'enfuir en profitant de la confusion. Dans la bagarre, j'ai dû casser ma radio. J'ai passé les quatre derniers jours à marcher dans la neige pour gagner cet endroit. Je n'ai pu survivre que grâce aux barres protéinées que j'avais fourrées dans ma jambe artificielle, celle qui a une cachette creusée dans la cheville. J'ai fait repartir le générateur et j'ai toute la nourriture nécessaire, mais mon principal problème c'est la solitude. Des suggestions ? »

Juan avait signé : *« Abandonné dans l'Antarctique. »*

Cet ouvrage a été imprimé par
CPI BRODARD ET TAUPIN
72200 La Flèche
pour le compte des Éditions Grasset
en mai 2013

Ce volume a été composé
par FACOMPO à Lisieux (Calvados)

Grasset s'engage pour
l'environnement en réduisant
l'empreinte carbone de ses livres.
Celle de cet exemplaire est de :
800 g Èq. CO_2
Rendez-vous sur
www.grasset-durable.fr

PAPIER À BASE DE
FIBRES CERTIFIÉES

N° d'édition : 17783 – N° d'impression : 73063
Dépôt légal : juin 2013